» IL CAMMEO «

VOLUME 562

LA MAGIA DI UN BUONGIORNO

di
MASSIMO GRAMELLINI

LONGANESI

www.longanesi.it

ISBN 978-88-304-2914-7

LA MAGIA DI UN BUONGIORNO

INTRODUZIONE

Questa è la raccolta dei corsivi che da quindici anni scrivo in fondo alla prima pagina del giornale con cui felicemente convivo: *La Stampa*.

Col prode Guglielmo Cutolo, che li ha riletti tutti e forse non si riprenderà mai completamente, ne abbiamo selezionati trecentosessantacinque. Come i giorni di un almanacco dove i sorrisi si alternano ai sospiri e gli scatti di indignazione agli sberleffi, lasciando sempre una finestrella aperta per i sogni di passaggio che avessero voglia di entrare. Abbiamo distribuito i corsivi con il criterio più semplice: anno per anno, ma togliendo loro la data, così che ogni capitolo sia simile agli appunti sparsi di un taccuino, sia pure connessi tra loro da un filo di complicità che il lettore non tarderà a trovare.

Oltre che il nome della rubrica, *Buongiorno*, il titolo del libro tira in ballo niente meno che la magia. Declino qualsiasi responsabilità. Quando l'editore me lo ha proposto, mi è parso piuttosto bello e presuntuoso. In realtà ottimista. Auspica che le parole possano ancora creare dei piccoli miracoli nella vita di chi le incontra. Ma per me che ogni giorno le rimesto dentro il calderone, tentando di dare loro una forma che mi assomigli, le parole restano un mistero. Le protagoniste di un rito.

Tutti i giorni – mai prima della sette di sera, più spesso tra le nove e le dieci – dopo avere sfiancato colleghi e amici riguardo alla scelta e al taglio dell'argomento, scompaio nella mia stanza, mi inietto nelle cuffie un album rock preferibilmente degli U2 e incomincio a scrivere, pervaso da una sensazione incomprensibile di sicurezza. Fin dall'infanzia, la scrittura è l'unico gesto quotidiano che riesca a trasmettermi serenità. Nella vita privata rimango un timido che sconfina nell'imbranataggine. In televisione mi agito e mangio le parole. Ma ogni sera, appena infilo la cuffia e la musica inizia a scorrermi nelle vene, le dita si muovono sulla tastiera del computer come se seguissero un tragitto inesorabile.

In qualche caso la mia testa sa già dove andrà a parare, ma quasi sempre si affida all'istinto. Il *Buongiorno* non può avere la razionalità solenne di un editoriale. Tutte le volte che gli fa il verso diventa una predica prevedibile. (Per fortuna ho lettori affezionati e implacabili: esiste una pagina Facebook che prende in giro i miei assolo di trombone). Il *Buongiorno* funziona soltanto se ha la leggerezza e l'imprevedibilità di un corsivo. Cioè soltanto quando è scritto con amore. Alludo all'amore dell'artigiano che rimane mezz'ora di più al tavolo di lavoro per piallare un aggettivo o sostituire una metafora traballante. Il segreto consiste nel mettere il *Buongiorno* a bagnomaria. Succede quando lo abbandono per qualche minuto, così da tornare presso di lui con la mente sgombra e il distacco critico di un potenziale lettore. A quel punto non mi piace più e lo riscrivo per intero, ma nella metà del tempo.

Altro che mago. Sono un manovale che ogni giorno si monta la testa e pensa di poter fabbricare un mondo migliore con le sue parole. Un'illusione, certo. Ma se non la credessi vera, mi passerebbe la voglia di provarci.

4 aprile 2014 M.G.

P.S. Mai come in questo caso la dedica coincide con i ringraziamenti: ai lettori che mi apprezzano, mi criticano, mi suggeriscono, ma soprattutto mi sopportano da quindici anni.

1999

L'ultima scena del tenero *Notting Hill* offre una descrizione inedita della felicità: Julia Roberts con la testa appoggiata sulle ginocchia di Hugh Grant che legge un libro. Incredibile: si può avere Julia Roberts sulle ginocchia e leggere un libro. Anzi, a volte si può averla proprio perché si è capaci di leggere un libro. Quindi leggere un libro non è sempre: a) un lavoro forzato, b) un passatempo da sfigati, c) una pericolosa malattia sociale, come invece crede la maggior parte dei maschi giovani (e meno giovani) del Paese. La scoperta è stata accolta con stupore da vasti settori del pubblico, gli stessi che a metà film non avevano riso a una battuta su Henry James per il semplice motivo che ignoravano chi fosse. All'uscita un ragazzino non si era ancora ripreso dallo shock: « Hai visto Hugh Grant? Leg-ge-va! » diceva a un amico, con la voce imbarazzata di chi sta rivelando un atto erotico. Sono momenti duri per gli ultimi seguaci di Gutenberg: l'orco Bill Gates ha appena dichiarato di voler abolire la carta entro la fine del prossimo decennio. E l'han pure applaudito, anziché tirargli una playstation in testa. Anche per questo, grazie allo sceneggiatore di *Notting Hill* Richard Curtis, lo stesso che in *Quattro matrimoni e un funerale* fece conoscere alle masse il genio poetico di W.H. Auden. Ha fatto più lui per la famosa « cultura » che tanti nostri cineasti finanziati dallo Stato e ignorati dal pubblico.

Tito Bellini, novantun anni, bergamasco, ha sventato una rapina in banca tirando il suo bastone sulla testa del bandito che aveva appena afferrato il malloppo. A chi lo applaudiva ha risposto: « Il mondo sarebbe diverso se tutti avessero un po' di coraggio ». Il pistolotto moralista è in agguato, chiedo scusa, ma serva almeno da abbuono per i successivi: quando, inesorabili, ritorneranno le storie della ragazza stuprata in tram mentre intorno tutti fanno finta di leggere il giornale, o del tipo derubato in pieno giorno con i passanti che si scansano per non disturbare. Facile immaginare cosa avranno pensato gli altri clienti della banca, prima che Bellini facesse roteare il bastone: a) mioddio, rubino pure tutto, purché non mi ammazzino, b) ma dovevo venire qui proprio oggi?, c) e lo Stato, dov'è? Il coraggio è il grande latitante della nostra epoca. Scarseggiava già ai tempi di don Abbondio, ma almeno allora ci si giustificava di non averne. Adesso non lo nominiamo neppure più. Magari, come l'altra sera, ci si ritrova in nove milioni davanti alla tv per ammirare il fegato del capitano Ultimo. Poi, rinfrancati, si torna alle piccole vigliaccherie quotidiane: bugie gratuite per paura di dire la verità, amanti cumulate alle mogli per paura di lasciare entrambe, lavori fissi schifati ma non lasciati per paura del rischio. Dall'altra parte della strada, quel vecchio e il suo bastone. Un mondo di valori che non vogliamo ereditare.

Il tribunale di Napoli restituirà quattordici miliardi a Pierr Di Maria Poggiolini, la Crudelia di Tangentopoli. Gliene aveva sequestrati cinquantacinque, alcuni dei quali – ricorderete – nascosti dentro il famoso puff, simbolo di un'avidità esagerata e arcigna, che insieme agli orribili reati contestati e alla pettinatura da personaggio di Anna Marchesini attirò su di lei un odio collettivo formidabile: persino più di Craxi, che è tutto dire. Non metteremo certo in dubbio il parere sacro (specie di questi tempi) del perito di Bankitalia, il quale ha ritenuto che una parte del tesoro di Crudelia fosse frutto di investimenti « pregressi e personali ». La precisazione, semmai, aumenta la nostra rabbia: con quattordici miliardi in banca, che bisogno avevano la Pierr e il suo Pierr-marito di mettersi a trafficare con i medicinali e quindi con la salute di tutti noi? Non potevano riempire un paio di puff e andare a goderseli in un'isola dei Caraibi, come avrebbe fatto qualunque coppia normale? Una cosa è sicura: anche se giuridicamente ineccepibile, qualche anno fa una decisione come quella di ieri avrebbe scatenato il putiferio. Adesso la incassiamo con rassegnata stanchezza, ultimo segnale di una restaurazione che in Italia non è mai la dolorosa chiusura di una ferita ma un cerotto appiccicato sopra lo squarcio, pronto a staccarsi al primo cambio di stagione.

E venne il giorno dell'arbitro in duplex. Stasera a Genova, in una partita di Coppa Italia che come molte nostre rivoluzioni si annuncia spassosa e devastante. Nel Paese di *Lascia o raddoppia* mai qualcuno che lasci, raddoppiano sempre tutti: chi il lavoro, chi la verità, qualcuno anche l'amante. Soffriamo di solitudine, ma più che altro di scarsa fiducia nel prossimo. Furono gli antenati a inventarsi il doppio console a Roma, perché uno controllasse l'altro e ogni cosa rimanesse doppiamente immobile. Quelli erano dei geni, però non scherziamo nemmeno noi, smaniosi adepti di un bipolarismo che è conflittuale solo in apparenza. In realtà non esisterebbe un D'Alema senza un Berlusconi, né una lista Kgb senza una lista P2. Doppio arbitro, allora. Si profilano i soliti problemi di spartizione. Un arbitro potrà invadere la metà campo del collega « in qualunque momento la situazione del gioco lo suggerisca », che è un modo fantastico per non dire nulla, però con l'aria di aver detto chissà che. Il rischio di un ingorgo decisionale è sovrastato da quello, opposto, di una duplice latitanza. E cioè che, al primo fallo contestato, i due arbitri si guardino smarriti negli occhi, alzino le braccia al cielo e pronuncino, in stereo, la più italiana delle frasi: « Non è di mia competenza ».

Spunti per la sceneggiatura di un film sui *Mostri* dell'Italia contemporanea, presi dalla cronaca di una giornata prenatalizia qualsiasi: ieri. 1) Roma, nel cuore della notte un camion di anguille si rovescia sul Raccordo anulare: incuranti della pioggia, decine di automobilisti scendono dalle macchine per raccattare i pesci a mani nude, formando un ingorgo, quanto mai viscido, di oltre un chilometro. 2) Il noto hairstylist (credo significhi parrucchiere) Franco Fontana, specialista in restauri architettonici di damazze arricchite, lancia la moda della pettinatura ad albero di Natale, che secondo il Maestro « rinverdisce le usanze più antiche e dà un tocco glamour al piacere di stare insieme ». 3) Per la serie: meno renne e più tette, il 27% dei creativi (creache?) pubblicitari boccia l'obsoleto Babbo Natale e negli spot di fine anno propone un'inattesa protagonista: Babba Natale, ovviamente con petto e gambe all'addiaccio. Motivazione testuale: « Il Babbo piace ai bimbi ma la Babba ai papà, che sono poi quelli che pagano ». 4) Nel primo giorno utile per battezzare liberamente un proprio sito su internet, il nome più inflazionato risulta essere « pene », nei suoi vari pseudonimi e varianti dialettali. E pensare che eravamo il Paese dei poeti. Adesso siamo un popolo di hairstylist, di creativi e soprattutto di anguille.

2000

I care (pronuncia Shenker: « ai ker », pronuncia Carrà: « aii keerrr », pronuncia Biscardi: « i gare »), lo slogan che Veltroni ha appiccicato all'imminente congresso del suo partito, sta animando un fervido dibattito fra i coetanei di Veltroni sull'esatta portata dell'espressione: « me ne occupo », « mi interessa », « mi faccio carico ». L'aspetto curioso della vicenda è che quella generazione non si è mai fatta carico di niente, se non di se stessa e dei suoi amichetti di cordata. Fin dai tempi delle assemblee studentesche e dei gruppi di estrema sinistra, in cui – contestandolo – si allenavano a gestire il potere, hanno maturato un finto interesse per la cosa pubblica e uno, sincerissimo, per la carriera privata. Oggi gli ex giovani comunisti, « nati negli anni Cinquanta » come il titolo di una canzone del loro Sting, si occupano ma soprattutto occupano un po' tutto: dalla Rai a Mediaset, dall'Ulivo al Polo, passando per banche, case editrici e aziende di Stato. A forza di occuparsi senza preoccuparsi, hanno accumulato ansie e giravolte politiche e sentimentali: doppie e triple famiglie di cui, eterni nevrotici Peter Pan, cercano di « farsi carico » il meno possibile. E adesso vorrebbero interessarsi a noi? Don't care, ragazzi: ce la caviamo già malissimo da soli.

A dare retta al mio cabarettista preferito Emilio Fede, il popolo italiano avrebbe reagito con sdegno all'inqualificabile comportamento dei due amanti in fuga di Montecastrilli (« i due piccioni », li ha definiti l'Emilio), colpevoli di essersi concessi a pagamento alle domande di Bruno Vespa invece che, supponiamo, a quelle altrettanto ben remunerate della concorrenza. Che vergogna farsi pagare per raccontare i fatti propri in tv! In effetti non era mai successo, se si escludono quelle due o trecento trasmissioni sulla gente comune che intasano i palinsesti pubblici e privati. L'unica differenza è che Leonardo e Agnese sembravano veri: anche i loro discorsi smozzicati rivelavano l'assenza di un copione già scritto dagli autori. E persino i più cinici si sono inteneriti nel vedere che in un angolo della provincia italiana c'è ancora qualcuno che non dice « I care » ma che lo fa, mettendo in pratica quel senso di responsabilità che l'Italia dei sessantottini metropolitani sa soltanto declamare nei congressi. Penso a Leonardo, l'idraulico adolescente che invece di derubare i coetanei e tirar sassi alle vecchiette « si fa carico » del figlio concepito da una donna che ha il doppio dei suoi anni: prenda nota chi non è mai scappato con un amore, ma è una vita che scappa dall'amore.

Insomma, si scappa. Hanno recuperato un ragazzo di tredici anni, a Bordighera. Era fuggito da Bergamo in treno qualche giorno fa. Voleva vedere il mare. Soprattutto non voleva più vedere la sua famiglia. Ai carabinieri ha chiesto solo questo: mettetemi in un istituto ma lasciatemi qui, vicino alla spiaggia e lontano da mio padre, dalle sue mani. E così, si scappa. Dai genitori, dai mariti, da una sentenza contestata. Si scappa per odio e insieme per amore. Con un minorenne, come la madre di Montecastrilli, o con un lenzuolo, come la studentessa di Palermo che aveva un fidanzato troppo povero per poter passare dalla porta di casa. Non c'è giorno ormai senza la sua fuga ed emblematica rimane quella del bambino siciliano che salta su un traghetto di cui ignora la destinazione, solo per provare l'emozione del viaggio e del distacco. La voglia di fuga non è una novità: fa parte del bagaglio genetico dell'essere umano. Ma è cambiato il nostro giudizio, la percezione che sempre più spesso non si tratti di una vigliaccata, ma di un'autodifesa, specie quando a compierla sono gli adolescenti. In un mondo dove si scappa dalle proprie responsabilità stando fermi, sapere che c'è qualcuno che considera l'ignoto meno temibile dell'orrore in cui vive ci fa assaporare ancora il gusto della più bella e bestemmiata delle parole: libertà.

Altro che il vecchio caro Rambo. Per sopravvivere al caos globalizzato dei tempi occorre un nuovo tipo di eroe. Il Piagnone. L'etica della responsabilità lo fa morire dal ridere, anzi dal piangere. Si è abituato a scaricare di tutto – colpe, famiglie, impegni presi – e nel farlo, mente e si lamenta, spesso in contemporanea. A piangere sono soprattutto le figure di potere: allenatori, politici, mamme. Ah, le mamme. Imbattibile quella del quattordicenne arrestato a Bari perché aveva puntato una lama alla gola di un coetaneo per rubargli il telefonino e subito dopo insultarlo: il modello era superato. « Che vergogna! » si è sfogata la signora. « Mio figlio più grande minaccia ogni giorno la sua insegnante con un coltello e nessuno gli dice nulla. E il piccolino per così poco me lo arrestano? » Una vergogna, veramente. Ci sono frignate di destra, toste e sfacciate, dei vari Moggi, Lippi, Berlusconi: gente che dal sistema ha avuto tutto – arbitraggi e decreti a favore – ma non gli basta mai. E ci sono frignate di sinistra, più subdole perché in apparenza a fin di bene. Specialista è l'allenatore del Parma, Malesani, uno di quei veneti con la faccia da prete e le mani sempre in movimento che non sai mai dove te le può mettere. Diceva che bisogna piantarla di frignare, e nel dirlo frignava. Un vero maestro di italianità.

Lo spirito di un'epoca si nasconde dietro le notizie più sceme. Tipo questa: un assicuratore di Riva del Garda possiede il numero che nello spot dei cellulari un cameriere belloccio mostra a Megan Gale. Sono mesi che non vive più, bombardato dalle telefonate impertinenti di donne che credono di parlare col ragazzo della pubblicità, lo chiamano « bel ciuffolino », lo invitano a cena e anche a fare altro. Qualche ritardatario si stupirà per lo scambio dei ruoli – femmine intraprendenti, maschio (e maschio assicuratore, oltretutto) indifeso e in difesa – ma sono le nuove regole del gioco. Piuttosto, l'aspetto sconvolgente della vicenda è la confusione tra fiction e realtà che ha invaso le nostre teste. Ammettiamo che fra le donne che tormentano l'assicuratore ci sia una percentuale di buontempone. Ma la maggioranza è veramente convinta che a quel numero corrisponda la faccia dell'attore che ha visto in tv. È come se fosse saltato un diaframma e avessimo deciso che la grande riforma di cui sentivamo il bisogno fosse proprio questa: sostituire una realtà che ci procura ansia, paura e a volte disgusto con il mondo dei sogni catodici e cibernetici, dove tutto ha un senso compiuto, i conflitti si risolvono, le angosce si placano. Finché un giorno il cameriere e la modella ci risponderanno in diretta durante lo spot e come ai tempi delle fiabe noi vivremo di nuovo felici e contenti.

Con l'ossessività roboante che lo ha reso celebre, il Bossi sta imponendo nel lessico quotidiano la contrapposizione del secolo, che non è più destra/sinistra, ma global/local, da pronunciare arrotando molto le « a ». Per chi ultimamente faticava già a distinguere il rosso dal nero, il nuovo binomio può risultare davvero ostico. L'hamburger è global, la bagna cauda local: e fin qui ci siamo. Ma la Coca? Global. E il chinotto? Local, poverino. Juve e Milan global, specie quando danno loro i rigori. Il mio Toro, disperatamente local. La « new economy » di internet, dove tutti ordinano la spesa sul computer e poi muoiono di fame perché il camioncino del supermercato è rimasto bloccato in un ingorgo di camioncini, ecco, questa meraviglia avveniristica è global. Mentre le aziende arcaiche, quelle con la gente che ci lavora addirittura dentro, sono rimasugli local che il vento global della storia spazzerà via. Le regate sono global, come il conformismo che induce un popolo di pedoni col mal di mare a tirar tardi per una barca a vela. Ma le sciure milanesi in pelliccia che alle sfilate applaudono una sottana antinazi con la faccia di Haider e un « NO » cucito sopra, sono global in quanto politicamente corrette o local in quanto umanamente calzette? Un tempo, scriveva Flaiano, anche il cretino era specializzato. Adesso è global/local.

Le donne che l'Ottomarzo andranno a fare benzina riceveranno in omaggio l'opuscolo *Mai in panne*, dove la pilota Giovanna Amati spiega come cavarsela con una gomma bucata o una batteria scarica e certe malizie per sopravvivere nella giungla motorizzata, tipo: «Se siete ferme al semaforo e qualcuno vi sposta il retrovisore, non aprite subito il finestrino per riposizionarlo: potrebbero rubarvi il braccialetto o l'orologio». L'idea è della commissione Pari Opportunità e nasce dal desiderio di liberare le donne dall'ultima dipendenza che ancora le legherebbe al maschio: quella automobilistica. In realtà, come molte iniziative della festa della donna, anche questa è rivolta a noi uomini-femmina. La novità del paesaggio stradale è infatti rappresentata dal proliferare di vetture con lei al volante, concentrata ed efficientissima, e lui seduto al posto del passeggero che legge un giornale, chiacchiera al telefonino o più semplicemente guarda le altre donne fuori dal vetro. Il passo avanti è epocale e non privo di conseguenze per le signore, che il manualetto cercheranno di passarlo a noi, visto che nei loro sogni resiste l'immagine di un uomo che quando c'è da cambiare una gomma non finge un improvviso mal di schiena. Niente da fare, ragazze: aprite l'opuscolo a pagina 10 e sotto col cric. Al massimo, possiamo leggervi le istruzioni a voce alta.

Un bambino italiano su cinque è obeso, uno su venti addirittura superobeso, cioè ha mezzo bambino di scorta che gli balla abusivamente nel panzone. Quelle fornite ieri dalla società dei dietologi sono cifre da Mozambico all'incontrario e riguardano un'altra forma di carestia, che colpisce il buonsenso di tanti genitori. Avrete conosciuto le loro vittime, quei bimbi-balena che rotolano per la strada fasciati dentro completini aderenti, con le mani sporche di ketchup, la voce querula e gli occhi vuoti, persi nel ricordo dell'ultimo hamburger o della merendina transgenica appena ingurgitata senza masticare. Per vendetta fra qualche anno diventeranno anoressici e poi vegetariani, ma adesso sono l'orgoglio di mamma e papà, che li ingozzano di qualsiasi cosa e per qualsiasi motivo, usando gli intrugli ipercalorici come ricatto, premio o semplicemente diversivo a un'affettività e a una fisicità sempre più virtuali. Mentre la nomenklatura visita i ristoranti come se fossero musei e discetta di fame nel mondo piluccando le opere degli chef di regime, il Terzo Stato mantiene un rapporto sgangherato con il cibo e cerca istintivamente di tramandarlo alla progenie, nella convinzione che sia la patatina fritta e non la nouvelle cuisine il nuovo carburante della storia. Urge anche qui una terza via, possibilmente a base di fibre.

Questo appello è per la signora che stasera, inciampando a tarda ora su Telemontecarlo e vedendo quattro avvenenti madamine di Manhattan chiamare gli atti sessuali con il loro nome, borbotterà il suo sconforto contro la deriva dei tempi e l'imbarbarimento del genere femminile. Non lo faccia, signora. Tenga la sua indignazione per le bellezze da calendario che sculettano fintamente allegre nei varietà col filo interdentale al posto degli slip e il cui esibizionismo triste non scandalizza più nessuno, nemmeno le donne. Si accorgerà che *Sex and the city*, questo il titolo della serie televisiva all'esordio, segna una tappa rivoluzionaria nella piccola storia del costume. Dalla tv senza veli a quella senza peli: sulla lingua, s'intende. Quattro donne in carriera e appena un po' snob (d'altronde a Manhattan ci vive Woody Allen, mica Er Piotta) che parlano di sesso & uomini in tutte le combinazioni possibili e in modo esilarante, sfrontato, talvolta sporcaccione, ma sempre terribilmente sincero e mai bavoso. Difficile immaginare l'impatto di una simile bomba in un Paese represso come il nostro, dove il sesso rimane argomento maschilista, buono per le battute da caserma ma di cui è sconveniente parlare in presenza di donne o anche di una sola, la propria. Non spenga la tv, signora. E, se crede, svegli persino suo marito: sarebbe bello scoprire che stiamo diventando adulti.

Ogni volta che perde, la sinistra delle barche a vela e degli chef osserva il ceto medio trionfante del Nord con un moto di stupefatto disgusto. La società incivile: li chiamano così, quei milioni di italiani che si sentono all'opposizione dai tempi del primo centrosinistra di Fanfani, vorrebbero meno tasse, scartoffie e clandestini, amano i prati ma anche le autostrade, vivono male sotto cieli lividi ma non per questo scappano dalle responsabilità, preferiscono Julia Roberts a Margherita Buy, leggono Wilbur Smith invece di Umberto Eco oppure non leggono affatto, perché come disse un imprenditore ragazzino « se avessi studiato mica sarei arrivato dove sono ». La sinistra li giudica ma non li capisce. Eppure le basterebbe attingere alla sua tanto declamata cultura per inquadrare storicamente questa « Rozza Italia », come l'ha definita nel dopo batosta la verde Francescato. Sono i barbari, insensibili ai valori classici ma traboccanti di fiducia in se stessi e di energie. L'Impero Romano poté solo ritardare la propria caduta, usando le loro truppe per difendere i suoi confini (come la Dc prendeva i voti liberali per fare politiche socialiste) o assorbendone i generali (come D'Alema ha fatto con Di Pietro). Ma una minoranza in declino non può comandare in eterno su una maggioranza più arrabbiata e vitale. Prima o poi i barbari vincono: è una legge di natura che nessun laboratorio genetico del centrosinistra potrà mutare.

Sorridete. Non era forse il vostro sogno, andare in onda? La telecamera che vi inquadra mentre fate la fila, la spesa o più semplicemente gli scemi è una delle trecento in cui si imbatte un poverocristo durante il suo normale giro di commissioni nel centro d'una grande città, secondo la stima del Garante della privacy: trecento telecamere puntate addosso non le ha mai avute nemmeno Sharon Stone. Perché ai comuni mortali viene riservato questo onore? La scusa di banche e negozi la conoscete: proteggersi dai ladri di merendine e dai rapinatori. Ma non bastavano quegli aggeggi elettronici che squittiscono appena si attraversa una porta? O funzionano solo su di noi? No, la telecamera deve essere lì per qualcos'altro, per registrare come ci comportiamo in coda (male, signora telecamera, malissimo), come guidiamo il carrello o indugiamo dinanzi allo scaffale dei surgelati. Informazioni magari idiote per noi, ma vitali per chi fa indagini di mercato e compra a peso d'oro i video con l'autopsia delle nostre anime, vivisezionate per decidere quali nuovi prodotti lanciare. Era questo il Grande Fratello, adesso lo sappiamo, ma non è con le prediche moraliste da sessantottini invecchiati male che si risvegliano le coscienze. Nel 2000 funzionano meglio le rivolte individuali e silenziose. Per cui sorridete alla telecamera. E cercate di fregarla, se potete.

Nel giorno in cui a Bologna un bimbo di dieci anni decide di buttarsi dal balcone perché padre e madre non sono mai a casa, la Milano da ri-bere offre uno spaccato memorabile del vero dramma dei tempi: certi genitori. Il pretesto è il rinvio a giudizio della dozzina di eroici figli di papà che s'imbucarono a una festa di Carolina Vecchioni, la secondogenita del cantante, sfasciando e rubando di tutto. In un'ideale classifica dello squallore, all'ultimo posto metteremmo la scontata reazione degli imputati (« Uffa, manco avessimo ammazzato qualcuno! »), rampolli di una Milano-bene che continua a farsi del male e destinati senza alcun merito a ereditare le fette più grandi della torta. Un gradino sopra, i loro avvocati. Con una logica che dell'antico calvinismo lombardo conserva soltanto l'ossessione per i danè, hanno detto che il processo « farà solo perdere un mucchio di tempo alle famiglie ». Ma gli autentici mostri sono i genitori. Politici e professionisti di successo che hanno tramandato ai figli l'arida sbadataggine delle loro vite private. Mamme griffate e arroganti, senza un valore che non sia quotato in Borsa, una delle quali ha addirittura minacciato d'incatenarsi al tribunale, strillando: « È una vergogna! » È una vergogna, in effetti, che siano loro la nuova classe dirigente del Paese. I grandi borghesi del Novecento arrossiscono nelle tombe.

Con il pensionamento di *Un medico in famiglia* è scomparsa dal video anche l'ultima traccia di umanità. Chi accende la tv si imbatte a qualunque ora in un'orgia di sangue, scherzacci e culi sporgenti che ignora le pulsioni più semplici del cuore umano: i sentimenti. Pubblicità dove amarsi è graffiare sul collo l'amante lesbica o contendere con ferocia al partner le chiavi di un'auto si alternano a trasmissioni in cui si parla del sesso come se fosse un hamburger o un esercizio di aerobica. Le donne fanno a gara per dimostrarsi più ciniche degli uomini, dissertando sulla fellatio come un meccanico di pistoni e sventolando il loro deserto morale come prova di emancipazione. I programmi e gli spot di questo gigantesco supermarket catodico sono affollati di esseri volgari che cercano disperatamente di venderci qualunque cosa. La spaccatura non era mai stata così netta. Da una parte una società affamata di passioni che chiede di sognare. Dall'altra una classe dirigente che non crede più a nulla e che pur di alimentare un consumismo esasperato pensa solo a stupirci, aumentando ogni volta le dosi come con i drogati. Il prossimo rivoluzionario sarà chi avrà l'idea di vendere un gelato facendo vedere due innamorati che guardano le stelle invece che tre fessacchiotte che ululano per uno spogliarello.

Siamo abituati a considerare lo Stato come un estraneo, un nemico da temere e da fregare. Certe notizie alimentano il sospetto che qualche volta lo Stato sia peggio che cattivo: sia fesso. Possiamo sempre leggere un fondo di malizia nel finto-tontismo dell'impiegato a cui stiamo chiedendo per la decima volta il rimborso di una tassa. Ma quale molla segreta, se non l'ottusa insensibilità, può aver spinto degli ispettori ministeriali a chiedere dieci milioni di lire agli eredi del giudice Rocco Chinnici per una banalità burocratica: « Ritardò a dissequestrare un corpo del reato »? Ho conosciuto la vedova a Palermo nel salotto con vista sul marciapiede dove l'autobomba della mafia le fece saltare in aria il marito. E uno prova un po' di vergogna perché comunque la pensiate « lo Stato siamo noi » e ci spetta di diritto una quota delle sue fesserie. I funzionari che hanno multato un eroe vent'anni dopo la sua morte avranno senz'altro agito in buona fede e nel rispetto delle regole. Il problema è che le regole sono come gli uomini: anche le più intelligenti in un determinato contesto diventano stupide. E allora un burocrate dovrebbe avere il coraggio di cambiarle, a costo di andare contro la legge e i suoi superiori. Invece tutti puntano solo a pararsi il fondoschiena perché gli hanno insegnato che è comportandosi da fessi che si fa carriera.

I pochi figli che ancora riusciamo a sfornare sono esposti a radiazioni pubblicitarie sempre più letali. Da alcuni giorni galleggia nell'etere la réclame di un gelato preconfezionato, con una donna incinta che ne divora a palettate mentre all'interno del pancione il pargolo mugugna di piacere. A parte che il gelato alle gestanti fa male, ci troviamo alle prese col primo feto consumista della storia. Un nuovo soggetto che irrompe nella girandola acchiappasoldi della modernità reclamando i suoi diritti inalienabili: più cioccolato e meno vaniglia. Già questo sarebbe sconvolgente e in qualche modo terminale, perché dopo aver sacrificato sul gran falò della televendita i ragazzini, i bimbi e i neonati, oltre i feti ci sono solo ovuli e spermatozoi (mioddio, so cosa state pensando). Ma c'è di più. C'è che a metà dello spot arriva il papà a reclamare la sua sacrosanta tangente di gelato. La mamma ridens gliene allunga una cucchiaiata e allora il feto s'incavola. Piange, capito? E all'improvviso un secolo di psicanalisi vacilla e davanti alla tele i figli di ogni età vengono assaliti dal dubbio: altro che invidia del pene, alla base del complesso di Edipo e del conflitto irrisolto col padre c'è quel boccone di gelato che l'intruso ci sottrasse prima delle doglie. Sputalo fuori, papà.

Ieri mattina passavo in auto accanto a un incendio, uno dei tanti che in questi giorni sterminano i boschi italiani. La cosa più sconvolgente non erano le fiamme. Era l'indifferenza di un gruppo di operai che lavoravano lungo la strada, di un contadino che continuava a zappare il suo orto, di due signore che trascinavano il carrello della spesa. Il fuoco era sulla montagna dietro di loro, il suo fumo ci avvolgeva in un abbraccio umido, ma tutti volgevano le spalle alla tragedia e solo il contadino ha borbottato: «Tanto è ancora lontano da qui, nel frattempo qualcuno ci penserà!» L'educazione che riceviamo a scuola e nelle case dev'essere davvero patetica se il destino di una macchia di alberi, respiro dell'universo e principio della vita stessa, non ci provoca nessuna partecipazione emotiva. Se bruciasse un asilo o un canile, saremmo sconvolti o almeno coinvolti. Ma se brucia un albero non ci importa nulla. E questo solo perché ci hanno insegnato che i vegetali non sono vivi come noi. Ma chiunque abbia abbracciato un tronco di quercia e abbia sentito la linfa pulsare all'unisono col proprio cuore, sa quanto superficiali e vecchie siano certe visioni asettiche della natura. Gli alberi siamo noi e ogni albero che muore depaupera l'anima del mondo, il suo clima, la nostra possibilità di sopravvivere. Chissà se ce lo ricorderemo, al prossimo incendio.

Per costringere i loro riottosi mariti a interrompere la guerra civile, Nelson Mandela ha suggerito alle donne del Burundi di scendere in sciopero fra le mura di casa. Silenzio stampa (e qualche marito sarà pure contento), silenzio mensa (qui invece finiranno tutti nel panico) e un atteggiamento di ferrea chiusura sotto le lenzuola. Lo avesse proposto Berlusconi, tutti a dargli del matto e dello showman. Ma Mandela è Mandela, che diamine, uno che ha fatto la storia e pure gli spot per i telefonini. La sua poi è una citazione colta. Si ispira liberamente alla *Lisistrata* di Aristofane, che non è un centrocampista brasiliano ma il commediografo dell'antica Grecia che raccontò la storia delle donne di Atene e del loro tentativo di fermare la guerra contro Sparta mandando in bianco i mariti. L'efficacia di questa Mandelata è controversa: certe soluzioni possono giusto funzionare in un Paese evoluto come il Burundi. In Italia, per dire, un appello analogo cadrebbe nel vuoto. Gli uomini ormai parlano da soli e quasi soltanto di calcio e di sé, per cui non si accorgerebbero neppure dell'improvviso silenzio delle consorti. Quanto al sesso, è da tempo che lo hanno sostituito con le veline di *Striscia* e le copertine dei settimanali. Resta la cucina, dove però le mogli verrebbero agevolmente rimpiazzate dalle mamme. Da noi l'unico sciopero di successo sarebbe il loro.

In base all'ultima scoperta della psicologia, uno strano individuo si aggira fra gli ombrelloni. È maschio, di mezza età e discreta carriera, ha bolle e rossori che gli invadono il corpo, una tenaglia intorno alla testa, lo stomaco chiuso e la vivacità sessuale di un ghiacciolo alla menta. Non è il rabbino revisionista che nei giorni scorsi ha giustificato l'Olocausto, anche se i sintomi fanno venire in mente Woody Allen. Trattasi dell'italiano medio, alle prese col rito più angoscioso della sua vita: le vacanze. Sottratto per qualche giorno ai piaceri di una esistenza di lavoro (code, smog, affanni), il brav'uomo si riconsegna all'inferno dal quale per tutto l'anno cerca di scappare: la sua famiglia. Abituato a godersi moglie e figli a piccoli sorsi, l'overdose vacanziera lo manda in tilt. Gli eritemi esplodono dopo una settimana, ma basta molto meno tempo (di solito qualche ora) per trascinarlo in una prostrazione triste e senza sbocchi, se non uno: la fine delle odiose vacanze e il ritorno in ufficio, lontano dagli «andiamo in spiaggia, papà?», «mi accompagni al supermercato, tesoro?» Quelle piccole responsabilità collettive che il marito italiano, eterno single nell'anima, rimuove di continuo, disposto ad ammazzarsi di lavoro pur di evitarle. Secondo la ricerca, soffrirebbe di questa sindrome un marito su tre. Resta da capire con chi sono andati in vacanza gli altri due.

A Lampedusa c'è una campana elettrica che ogni mattina, alle 7 in punto, spara nelle orecchie dei ventimila vacanzieri un ululato assordante per richiamare i fedeli alla Messa. Quando dopo cinque minuti di allarme antiaereo la campana finalmente tace, nessuno riesce a riprendere sonno e si scende tutti al bar con gli occhi pesti e l'anticlericalismo alle stelle. Finché un giorno le occhiaie si coalizzano e presentano una mozione anticampana al sindaco. Qui entra in scena il Ppi locale, che difende la Sveglia Obbligatoria con accenti profetici, affermando di preferire il suo ronzio innocente ai frastuoni demoniaci delle discoteche. Di più: i popolari suggeriscono ai turisti di convertirsi alla campana e di andare in chiesa, che gli farà bene. Chi ha ragione? Il vacanziere consumista e criptoberlusconiano che vuole decidere da solo quando svegliarsi e quali rumori (discoteche sì, campane no) imporre all'isola che finanzia con la sua presenza? Oppure la sinistra pauperista che in quel petulante trillare sente l'ultimo richiamo di salvezza, prima che anche Lampedusa diventi, testuale, « un luogo di perdizione »? Fra i due estremismi, come sempre, finirà per prevalere la visione democristiana dell'esistenza: quella del parroco don Leo. Il quale ha già deciso che la campana continuerà a suonare, ma a volume più basso e per un minuto soltanto. Un italiano vero.

Se si facesse quel giornale delle buone notizie che a parole tutti dicono di volere ma che quando poi c'è nessuno compra, oggi il titolo d'apertura spetterebbe a Filippo. Il delfino single di Manfredonia che ha raccolto un ragazzo in bevuta libera fra le onde e l'ha sospinto con la forza dei suoi trecento chili fino alla barca da cui era scivolato. Due anni fa Filippo ha lasciato il branco e con un coraggio che manca ai nostri cocchi di mamma ha deciso di cavarsela da solo. Adora ricevere affetto – carezze sulla pancia – e non se ne vergogna come noi. Con la stessa sincerità compie del bene, e lo fa con quel pudore tipico dei veri eroi. Se fosse un umano, Filippo verrebbe conteso dai talk show: la sua storia di delfino solitario intriga parecchio. Veltroni cercherebbe di candidarlo alle elezioni (« Filippo è uno di noi ») e Berlusconi gli farebbe condurre uno spettacolo in una bella piscina a forma di tetta, con al fianco Natalia Estrada desnuda. Anche da delfino, però, passa i suoi guai. Già fioriscono i « comitati per la salvaguardia di Filippo », che si salvaguarda benissimo da sé. E i siti Internet. E la maledetta curiosità di chi vuole trasformare ogni gesto sano della natura in un fenomeno da baraccone. Lo stanno cercando, con la scusa di ringraziarlo. Ma lui pensa che sia un gioco e non si fa trovare. Riaffiorerà quando ci sarà di nuovo bisogno di un cuore puro.

Omaggio a un vecchio esordiente che ieri si è presentato alla Nazione con queste semplici, chiare parole: « Del Piero è uno di quei giocatori fenomeni gioia e dolore che possono essere messi in una sfera di non gioco, definirli così è un limite ideologico che il calcio non si può imporre, chi è violino non suona la grancassa». Non importa cosa volesse dire, forse non lo sa nemmeno lui. Però è stato come sempre meraviglioso: Giovanni Trapattoni, il ct più amato dagli italiani ma soprattutto dalla Treccani. Un rivoluzionario del luogo comune che appena dice «nella mia vita ho dovuto ingoiare tanti ricci» (un male cane, fra l'altro), tu capisci che i rospi hanno chiuso coi proverbi per sempre. Lontano dagli aridi tecnicismi di Sacchi e dai gorgoglii onomatopeici di Zoff, Trap è un Di Pietro del Nord che ha imparato a stare a tavola. Il nuovo ruolo fa di lui l'unico leader veramente ecumenico del Paese. Ieri, per dire, ha lanciato il federalismo trappico: una divagazione da Haider simpatico sull'insufficienza dell'euro a unificare il continente. Poi ha scavalcato l'Ulivo a sinistra, affermando che «100 anni fa in America tiravano ancora le frecce». Certo, ha rischiato l'incidente diplomatico con Clinton, ma ha recuperato la fascia dei bertinottiani e del non voto. Lo han fermato prima che cominciasse a commentare la Finanziaria. Meglio così: chi è violino non suona la grancassa.

Eugenio Gargiulo, giovane avvocato di Foggia, ha osato iscriversi a un concorso per caposezione del personale, indetto dall'azienda municipale di rifiuti della sua città. Non pago dell'affronto fatto a tanti onesti lavoratori meno dotati di lui, questo autentico provocatore ha anche avuto la faccia tosta di classificarsi primo nella prova scritta e primo in quella orale. Per fortuna la commissione d'esame ha risposto con la saggezza che rappresenta il vanto della nostra pubblica amministrazione. Ha deciso di escludere il Gargiulo dal concorso, ritenendolo «sovradimensionato». Tradotto in italiano, significa troppo in gamba per quel posto, che così andrà a uno più scarso. Un esempio fulgido di flessibilità: si scarta quello bravo perché dopo un po' potrebbe stufarsi dell'impiego e mettersi a cercarne un altro. E si fa vincere invece un mediocre, che da lì non si muoverà più nemmeno con le bombe. Il tutto, ovviamente, per garantire ai cittadini un servizio migliore. Che poi Gargiulo protesti, sia disoccupato e comunque ritenga quel posto idoneo alle sue attuali aspettative, non è stato giustamente preso in considerazione. Altrimenti anche l'Italia cadrebbe in quella spirale pericolosa di libertà individuali che caratterizza i popoli meno evoluti. Quanto ai concorsi truccati, d'ora in poi si venderanno i test con gli errori già incorporati: non si sa mai.

Le favole sono come i panda. Stanno scomparendo. Ormai soltanto il 16 per cento dei bambini fra i due e gli otto anni – recita una ricerca inglese – si addormenta al suono di una storia raccontata dai genitori. Dieci anni fa erano ancora il 30 per cento, trent'anni fa il 75 per cento. La deduzione inesorabile è che la prossima generazione avrà un'infanzia senza favole, se non nella versione transgenica offerta da computer e tv. Secondo gli psicologi, quei dieci minuti prima della buonanotte in cui papà o mamma si sedevano accanto al letto del pupo per raccontargli di Biancaneve o di un altro personaggio inventato lì per lì non erano solo il più straordinario sonnifero mai creato dall'uomo. Rappresentavano il momento decisivo nella formazione morale del bambino: era in quel mondo popolato da mostri e fate che il piccolo apprendeva dalla voce rassicurante dei genitori la differenza fra bene e male. Meno favole, più baby gang: un'equazione facile da dimostrare. Perché milioni di genitori abbiano rinunciato a educare con la fantasia è un discorso che conosciamo bene: stanchezza da doppio lavoro, pigrizia, famiglie dimezzate (e compiti raddoppiati) dai divorzi. Smettiamola almeno di incolpare la scuola e la tv per la maleducazione dei nostri figli. Rimane la speranza di un'illuminazione collettiva sull'orlo dell'abisso: le favole sono come i panda, ma nessun Wwf potrà salvare i sette nani.

Se l'Italia rimane il posto peggiore in cui vivere, esclusi tutti gli altri, è perché solo da noi succedono ancora storie come questa.

Tre vigili urbani entrano in un appartamentaccio della periferia di Napoli per uno sfratto e trovano un bambino che li guarda e piange, aggrappato alle sottane della madre. I colleghi tedeschi o francesi (per non parlare degli americani) avrebbero sollevato di peso il piccolo fardello ed eseguito l'ordine. Così pare che funzioni la vita nelle nazioni civili, poveracce. I nostri vigili, invece, vedono quel faccino spaventato che li scruta. E si ricordano che anche loro, come noi, come tutti in questo benedetto Paese, « tengono famiglia ». Allora uno dice al piccolo: « Siamo solo venuti a controllare che abbiano dato il bianco alle pareti » e un altro corre a comprargli delle caramelle. Poi, appena il lacrimoso comincia a sorridere, se ne tornano in ufficio senza aver sfrattato alcunché. A Napoli può essere vero tutto, anche che il bambino fosse un nano di quarantasette anni che gli abusivi si palleggiano di casa in casa per intenerire le forze dell'ordine. Ma « italiani brava gente » oppure no, rimane il fatto che se c'è una cosa in cui ci distinguiamo dal resto del mondo è nell'applicazione delle leggi: a volte bonaria, più spesso sgangherata, ma sempre umorale e anarchica, due aggettivi che ci cascano addosso come un vestito di sartoria.

Esiste ancora una speranza e si chiama Paolo Marassi, preside di una scuola media di Venezia, il « Morosini ». Stufo di trovarsi i bagni dell'istituto invasi dalla pipì neanche ci fosse l'acqua alta, questo rivoluzionario dei nostri tempi ha detto ai ragazzi della terza B: « La prossima volta li faccio pulire a voi ». Alla successiva esondazione, perdurando l'omertà riguardo ai colpevoli (e poi dicono: i siciliani), Marassi ha scelto un nome a caso dal registro e gli ha dato un paio di guanti sterilizzati e uno scopettone. Invece di ringraziarlo per aver fatto il loro mestiere, i genitori dei pargoli lo hanno additato al Provveditore, denunciando « la gravità dell'accaduto, senza entrare nel merito degli aspetti pedagogici, psicologici e morali ». E no, entriamoci, nel merito. Il preside ha sbagliato: invece del ragazzo estratto a sorte, a pulire i gabinetti doveva mandarci mamma e papà. Sono loro ad averla fatta fuori dal vaso. Loro che se il pupo sporca in casa volano i ceffoni, mentre gli si insegna con l'esempio che le cose di tutti non meritano alcun rispetto. Nessuno pretende il senso civico degli inglesi, che hanno cessi pubblici che sembrano case e case private che sembrano cessi. Basterebbe quello degli animali, che cercano di farla dove si deve e, quando non ci riescono, almeno ci restano male. La vera riforma della scuola sarebbe aprire corsi di recupero per genitori.

Marina, la gatta col doppio mento del Grande Fratello, sta per firmare un contratto da attrice maledetta per la soap opera *Vivere* e il romanzo sceneggiato *Pamela*. Con quali titoli? Nessuno, ma se è per questo anche la Marcuzzi e la Falchi, in lizza con lei per la parte della protagonista, non sanno cantare né ballare né tantomeno recitare e non hanno mai fatto altro che posare, preferibilmente nude, per qualche calendario. Il segnale che arriva ai giovani non potrebbe essere più dilaniante. Da un lato politici e industriali gli ripetono che nell'Era Flessibile non esiste futuro senza fatica e aggiornamento continui. Dall'altro la tv dell'anno Duemila garantisce loro che la vita è un bingo: per riuscire non occorre sacrificarsi. Basta esserci. Partecipare a un quiz, e anche se uno non sa che Roma è la capitale d'Italia, ci arriverà col ragionamento, eliminando b) Calcutta, c) Firenze, d) Forlì. Meglio ancora, infilarsi in uno spettacolo di gente comune, andando a rimpolpare l'esangue circo delle facce note: avranno molte più chances di finire in un film di chi ha consumato le notti a studiare recitazione. Se il comunismo era la mortificazione del merito individuale, piallato dalla prevalenza della massa mediocre, la tv iperconsumista lo ha infine realizzato, issando il pubblico sul palcoscenico e imprigionando gli artisti dentro i camerini.

La trasformazione dell'uomo in un cartellone pubblicitario ha fatto un altro passo avanti verso l'ignoto. Tempo fa due francesi in un bar ridevano della possibilità che le aziende offrissero buoni-benzina agli automobilisti in cambio di strisce pubblicitarie da applicare sulla portiera. L'italiano che li ascoltava fingeva di scandalizzarsi insieme a loro. In realtà i suoi occhi brillavano di cupidigia. Siamo fatti così: la parola gratis ci commuove a tal punto che per lei siamo disposti a rinunciare a quanto abbiamo di più caro: le fiancate, e nei casi estremi anche il cofano. Il sogno si è avverato, comunque: da gennaio il pieno potrà esserci «gentilmente offerto» dal marchio al quale affitteremo pezzi di carrozzeria. Le conseguenze non saranno necessariamente orribili. Non più di tutto il resto, insomma. Saremo costretti a guidare un po' meno da banditi: un incidente danneggerebbe l'immagine dello sponsor. L'importante è non perdere mai la voglia di chiederci cosa può succederci di peggio. I tatuaggi, ovvio. Dopo l'auto, la prossima superficie a essere appaltata sarà il nostro corpo. Perché non cedere allo sponsor l'esclusiva di certe fronti spaziose in cambio di uno sconto ai grandi magazzini? Senza contare che per le scritte aggiuntive (indirizzo e numero di telefono dell'azienda) abbiamo due guance a disposizione e per una volta saremo ben felici di porgerle entrambe.

2001

Una coppia di Cosenza si era organizzata per partorire i suoi gemelli a cavallo dei millenni, uno prima di mezzanotte e l'altro subito dopo. Se ne ignorano le ragioni: forse l'avevano visto a *Beautiful*. Fortuna che la natura si è arrabbiata e ha obbligato i medici al taglio cesareo e i pargoli a nascere entrambi nell'antichità, cioè alle otto di sera del 31 dicembre. Adesso godono di ottima salute, ma c'è da dire che non conoscono ancora bene i genitori. Non meno delirante la sfida sul primo neonato dell'anno: in gara Flaminia di Roma e Kevin di Milano. Questione di mezzo secondo, con mamme e ostetrici che ne discutono come al Moviolone di Biscardi: farà fede il taglio del cordone ombelicale o il primo vagito? Ma è davvero così importante, scusate? Sappiamo che il tempo non esiste o nel migliore dei casi è relativo, che per gli ebrei e i musulmani questo non è il 2001, che basta spostarsi di un fuso per cambiare ogni prospettiva. Eppure a mezzanotte eravamo tutti lì con gli orologi sincronizzati e guai a distrarsi un attimo, a sgarrare di un millesimo l'apertura della bottiglia. Poi, da oggi, gli stessi che al veglione cronometravano anche i respiri ricominceranno la loro vita piena di tempo ma priva di ritmo, fatta di ritardi perenni, ansie nevrotiche e ore sperperate.

Come regalo per i suoi 16 anni Jenna Franklyn ha chiesto ai genitori il seno rifatto. La madre, comprensiva e siliconata pure lei, ha dato l'assenso all'operazione e adesso Jenna non capisce perché mezza Inghilterra le si rivolti contro e l'altra metà, quella cosiddetta progressista, la guardi con imbarazzo. Cosa c'è di male? È stufa che a scuola i compagni la chiamino Olanda per via del fatto che è piatta: tutto lì. Anche se lei proprio piatta non è: ma oggi, spiega, per avere successo nella vita non basta essere moderatamente curvilinee. Bisogna portare almeno la terza di reggiseno. E Jenna ha un piano a lunga scadenza. Per i diciott'anni si farà regalare dei denti nuovi e alla festa di laurea pretenderà la liposuzione. Non stiamo parlando della figlia-bertuccia di Fantozzi ma di una ragazza normale, anzi più carina della media. Che non lo fa per sfondare nella moda o in tv, ma solo per sentirsi accettata dagli altri, cioè da quella società dello spettacolo che abbiamo inventato. Più che le sue voglie precoci di silicone, dovrebbe scandalizzarci il moralismo peloso di chi la critica. Quei politici, sociologi, intellettuali che in tutto il mondo lamentano la riduzione dei valori alla pura esteriorità e intanto continuano a volere sulle copertine dei loro settimanali le protuberanze delle Manuele Arcuri, spacciandole per simbolo d'innovazione.

Siamo la patria dei dritti assai più che del diritto, eppure secondo l'associazione Telefono Blu novantamila turisti schiumanti di rabbia stanno riemergendo a fatica da vacanze tragicomiche, dense di fregature, disfunzioni e promesse mancate. Novantamila, come dire una città di provincia, e neanche delle più piccole. Tutti vittime della disonestà altrui e della dabbenaggine propria, che negli italiani si sposa sempre a un eccesso di tirchieria spacciato per furbizia. Chi riesce davvero a credere che una settimana alle Maldive fra Natale e Capodanno possa costare come una bici usata, compresi viaggi aerei più rilassanti di una seduta yoga, banchetti trimalcioneschi e visite guidate alla barriera corallina? Noi, modestamente. Non si capisce perché un popolo di commercianti abituato a trafficare su tutto e a diffidarne, appena indossa i panni del turista e davanti alla prospettiva di « fare l'affare » si trasformi in un ottusangolo al cubo, un autentico tordo capace di comprare del Chianti a Città del Messico, salvo gridare al tradimento quando scopre che l'hanno imbottigliato sotto casa sua. È come se ognuno di noi avesse una personalità scissa: sul lavoro siamo una cosa, ma quando ci rilassiamo (davanti alla tv, a un agente di viaggi o al commesso di un negozio di articoli «caratteristici») ne diventiamo un'altra, più infantile e credulona, sempre pronta a partire per il paese dei Balocchi.

Ieri sera in molti telegiornali europei l'Italia del Terzo Millennio è stata rappresentata da questa immagine: una processione di proprietari abusivi della Valle dei Templi di Agrigento che esce pregando da una chiesa, costeggia una statua di padre Pio, anch'essa abusiva, e si mette in coda dietro a un cartello con l'immagine del beato frate. Germi, De Sica e Fellini non avrebbero saputo fare di meglio. L'uomo col santino in mano è già un piccolo eroe: si chiama Nunzio Speranza, un nome che sembra il titolo di un'enciclica, e ha eletto sul campo padre Pio protettore dei «costruttori spontanei», come i deturpatori del sito archeologico si sono genialmente definiti. Respingiamo al mittente le risate con cui qualche telespettatore tedesco avrà accompagnato il commento dell'inviato del suo tg. Costui era indignato dal fatto che i militari discutessero con Nunzio (e per suo tramite con padre Pio) prima di azionare le ruspe incaricate di abbattere gli scheletri delle case, nelle quali durante la notte era miracolosamente spuntato l'allaccio dell'acqua e della luce. «È una farsa!» ha gridato al microfono. «In Germania, quando si decide di fare una cosa, la si fa.» In Germania, appunto. Qui si procede a modo nostro, chiaro? Tanto più che in mezzo alla processione una donna ha avuto l'ispirazione divina: «Ma se abbattessimo i Templi, non si farebbe prima?»

In un luogo lontano chiamato Giappone è in corso uno psicodramma nazionale, con ministri che piangono, tv che impazziscono, siti Internet che si intasano e milioni di persone che non parlano d'altro. È successo questo: Lee Su Hyong, un ragazzo sudcoreano che per i giapponesi è come per noi dire un albanese, si è buttato fra i binari della metropolitana di Tokyo per tirare a galla un muratore ubriaco che ci era caduto dentro. Purtroppo il treno li ha presi sotto tutti e due, anzi tre, perché è rimasto falciato anche un fotografo di quarantasette anni che si era unito al ragazzo nel tentativo di salvare quel perfetto sconosciuto. La gratuità assoluta dell'atto di coraggio ha pizzicato le corde dei cuori, provocando una vibrazione collettiva inimmaginabile. Il ragazzo e il fotografo erano persone normali con interessi normali: come mai, si chiede la gente, hanno fatto qualcosa di così vistosamente « anormale »? Pare infatti che certi valori come l'altruismo non esistano più, in Giappone. Soprattutto le nuove generazioni sarebbero molto ciniche, in Giappone. Si vive ripiegati su se stessi a scambiarsi scemenze con i telefonini, in Giappone. E il compito di colmare l'insopprimibile bisogno di sentimenti umani è stato delegato a certi programmi televisivi basati sul buonismo d'accatto della finta verità. In Giappone.

Milena chiede scusa. Anche Ambra chiede scusa, però un po' meno. Veronica invece non chiede niente, solo qualche oggetto acuminato per tagliuzzarsi le braccia. Milena, Ambra e Veronica sono le tre minorenni lombarde che nel giugno scorso sgozzarono una suora nel bosco con diciannove coltellate. Per noia, per satanismo, perché le prime due erano succubi della terza e non osavano dirle di no. È cominciato il processo col consueto corollario di curiosità mediatica per le « diavolesse » e le loro famiglie, ovviamente « normali ». E ha preso forma quel tipico fenomeno italiano che sta a metà fra la caricatura del cattolicesimo e *Carramba*, per cui i colpevoli si trasformano lentamente in vittime. C'è la perizia psichiatrica sull'incapacità di volere. C'è il prete che riceve le loro lettere dal carcere: le ragazze sono cambiate, pentite, vogliose di « ricostruirsi », come se a certi adolescenti occorresse lo shock di un massacro per recuperare un equilibrio interiore. E c'è in agguato la lacrimata in pubblico, con cui sciogliere la tensione e avviarsi purificate verso una nuova vita. Intanto si sussurra di pene fra i cinque e i dieci anni. Ma quelle ragazze disprezzeranno sempre una società che rinunciasse al suo dovere di tener dritta la schiena della giustizia, di rispettare i morti oltre che i vivi. Nessuna redenzione è mai passata attraverso lo zucchero degli sconti e dei facili perdoni.

In un mondo più sano, sarebbe San Valentino tutti i giorni. Invece dobbiamo ancora ringraziare i commercianti se in mezzo ai tax day, agli election day e ai tanti altri day (e dei) onorati dalla società moderna, il cuore si ritaglia questo piccolo spazio, quasi una festa della memoria. E non importa che in troppi ci speculino sopra per venderci le loro rose rosse e gli anellini avanzati di Natale, se il loro tornaconto ci costringerà a pensare almeno per un attimo all'amore. All'ultima volta che ci siamo emozionati sul serio e non era un film con Tom Cruise, un calendario della Ferilli o un gol di Del Piero. Quella sensazione di pienezza divina. Quel coraggio di vivere fino in fondo la nostra leggenda personale che abbiamo irriso, smorzato e infine perso nei meandri stressanti delle nostre importantissime miserie quotidiane, ma che torna prepotente quando si ama riamati (quello a senso unico è un sentimento che fa scrivere belle canzoni, ma non è amore). E pazienza se la panchina più affollata è diventata internet, la più inadatta, per assenza di fisicità, a interpretare il senso profondo di questa data. Che non sono le parole dolci (di quelle ne buttiamo anche troppe durante l'anno) ma i silenzi, gli sguardi, il contatto dei corpi. Buon San Valentino a tutti, specie a chi lo festeggerà da solo, trovando la forza per avere l'amore che gli spetta.

Il politicamente corretto è quella cosa per cui uno spazzino si chiama operatore ecologico, ma continua a vivere e guadagnare come uno spazzino. L'illusione di migliorare i rapporti umani a colpi di vocabolario invece che di valori ha toccato un'altra vetta, purtroppo sempre momentanea. Il consiglio comunale di Berkeley, California, ha proibito ai padroni di cani & gatti di fregiarsi di quell'appellativo odioso che nelle aziende non usa più nessuno, soprattutto i padroni veri. Ci saranno solo « tutori » d'ora in poi. Non sfugge la portata rivoluzionaria della decisione, anche se il sindaco si è affrettato a spiegare che non cambierà niente. I cani potranno continuare a fare le feste e la pipì in casa al tutore come se fosse sempre il loro padrone, senza ridiscutere il trattamento salariale in ciotola né lo spinoso problema delle ferie, durante le quali molti tutori abbandoneranno gli animali per strada proprio come facevano i padroni, uniti dalla medesima certezza di impunità. Eppure a Berkeley, culla e bara del progressismo snob, scommettono sul potere evocativo delle parole. E se funzionerà coi quadrupedi sono pronti a estendere l'innovazione ad altri membri a rischio della famiglia, per esempio i genitori. Come se trasformare in « operatrice materna » una madre che non vuole per casa il fidanzato della figlia potesse stemperare i contrasti e magari risparmiarci qualche tragedia.

Per limitarci alle ultime ore, abbiamo appreso che politica e mafia sarebbero sinonimi, che nella serie C si vendono le partite di calcio un tanto al chilo come i carciofi e che persino l'acqua che beviamo non sarà più sicura: in base a una direttiva Cee, nei supermercati ci potranno rifilare quella clorata del rubinetto, sotto la denominazione furbastra di « acqua da tavola ». È tale lo smarrimento che vien voglia di ubriacarsi con una bottiglia di gazzosa, se non fosse che potrebbero averci già contaminato anche quella. Più aumenta la sete di sensazioni autentiche, più ce le smontano sotto gli occhi, in un terremoto emotivo che produce cinismo e disincanto. Ma cosa è diventato Dio, un chirurgo plastico? Possibile che la vita si sia ridotta a un gigantesco lifting, dove ogni valore in grado di produrre piaceri e passioni risulta artefatto? Lo sport, il cibo, la politica e non allarghiamoci all'amore e alla famiglia, altrimenti Paolo Crepet ci fa subito un altro libro sopra. Sembra esserci spazio solo per i furbi che si adeguano al gioco e per i fanatici che lo vogliono rovesciare con la violenza. Eppure il filosofo Bertrand Russell diceva: « Gli innocenti non sapevano che la cosa era impossibile e per questo la fecero ». A cambiare il mondo saranno gli ingenui che si rifiutano di credere che sia ridotto così male.

In un mondo rincitrullito da troppi messaggi, l'unico modo per farsi notare è dire buh! Le parole normali hanno perso peso e i fatti, quelli, non interessano più a nessuno. Per cui non resta che spararla grossa e vedere l'effetto che fa. Sempre lo stesso: stupore e indignazione, cioè pubblicità. Cosa resterebbe del protomartire Luttazzi se non avesse mangiato finta cacca e non ne avesse gettata altrettanta, insieme a Travaglio, nel ventilatore? E di Haider, un nazista da operetta che si è guadagnato le prime pagine coi suoi grugniti razzisti, mai seguiti però (e per fortuna) dal benché minimo gesto concreto? Persino un trasgressivo come Celentano si mette a dire parolacce per esistere ancora. E non parliamo di Bossi, l'emblema della società del «buh!» La sua Lega non è mai stata coinvolta in uno, dicasi uno, episodio di violenza. Se quel fanfarone delirasse in sociologese come i brigatisti o Pino Rauti, non se lo filerebbe nessuno. Invece usa un linguaggio condito di kalashnikov e basta che dia ad Amato del «nano nazista» perché il coro gridi allo scandalo. Come se la Storia, anziché i comportamenti umani, la facessero le interviste. Le parole sono lo strumento peggiore per giudicare un politico, un artista, un innamorato. Giulietta moriva d'amore, ma per il suo Romeo lo fece davvero. Oggi si limiterebbe a rilasciare una dichiarazione.

Finalmente Fini ha avuto il coraggio di dire quel che tutti pensiamo: «l'attacco proditorio» dei giornali tedeschi contro la pasta radioattiva e le fragole all'insetticida va collegato agli articoli della stampa inglese e spagnola dei giorni scorsi. E fa parte di un complotto internazionale su vasta scala, teso a screditare il nostro paese colpendolo nei suoi simboli più sacri: gli spaghetti, la macedonia e Silvio Berlusconi. I poteri stranieri hanno paura di noi. Diciamolo pure: se la stanno facendo sotto. Sanno fin troppo bene che se vince Berlusconi non ce ne sarà più per nessuno: ben presto il G8 si chiamerà G1+7 se ci va, la Nato dovrà spostare il quartier generale a Cuneo, e Wall Street traslocherà dal Sud di Manhattan a Cernusco sul Naviglio. Logico che la Spectre pluto-giudaico-massonica che governa il mondo sia corsa ai ripari con una campagna di disinformazione senza precedenti. La prossima mossa sarà dire che Sofia Loren da giovane era una racchia rifatta e che la *Dolce vita* di Fellini fu girata grazie ai soldi di un prozio mafioso di Dell'Utri. Restano la pizza e la Ferrari, ma la presenza di un crucco come Schumacher complica i piani: bisognerà insinuare che è figlio illegittimo di uno stalliere di Arcore. E lo faranno, lo faranno. Ma noi, grazie all'occhiuto Fini, terremo duro, stringendoci al cuore i nostri Berlusca al dente.

C'è un'emergenza criminale non meno indecente di quella che riguarda i bambini, e sono gli anziani. Sottoposti ogni giorno al rischio di aggressioni da parte di ladri vigliacchi, che preferiscono estorcere diecimila lire a chi non si può difendere piuttosto che un milione a chi ha il vigore per opporsi. L'ultima storiaccia arriva da Caltanissetta: due pensionati sistematicamente vessati da una coppia di inquilini disoccupati e morosi. Finché la signora Rosa in una botta di orgoglio giovanile si ribella, rifiutandosi di aprire la borsetta per il solito obolo, e i balordi l'ammazzano di botte sotto lo sguardo impotente del marito. Uno si chiede come sia possibile che nella nostra società tanto civile due vecchietti subiscano per mesi certe angherie senza che nessuno intervenga, né un parente né un funzionario dello Stato. E infatti le vittime di questi agguati miserabili sono sempre dei relitti esistenziali privi di protezione, gente che vive sola e spaventata, legata da un rapporto esile o addirittura inesistente con figli e nipoti. Troppi anziani sono indifesi come i bambini, ma le loro disavventure non scatenano nell'opinione pubblica la stessa indignazione. E questo non fa che aumentarne la solitudine. Quel sentirsi incompresi e tollerati a stento da un mondo sovraffollato e superstressato che sembra quasi imputargli la colpa di non voler morire.

Parlare male di Vittorio Cecchi Gori «l'è come sparare sulla Croce Rossa», ebbe a dire egli stesso, in uno di quei giorni dispari in cui è persino autoironico. Nell'ultimo anno ha perso la moglie, Batistuta, la televisione e lo scranno da senatore, fino alla randellata definitiva: Rita Rusic gli ha presentato il conto del divorzio e fanno duemila miliardi, nuovo primato mondiale della specialità. A quell'uomo non gliene va una giusta per definizione, però stavolta mettetevi nei suoi panni. Los Angeles, tanto tempo fa: passeggiata al chiaro di luna con la promessa sposa Rita, la tenerona che Verdone definì « un ufficiale della Gestapo ». « Metà di quel che è mio sarà tuo » sussurra lui, e trattandosi di Cecchi Gori l'avranno sentito fino a Chicago. Sul momento non ci dà peso. Da buon italiano, e di cinema per di più, è abituato a usare le parole come coriandoli. Ma Rita, che ha avuto un passato difficile (viene dalla Croazia e da un film in costume con Abatantuono), barcolla sui tacchi a spillo per i quali ha il porto d'armi e capisce di aver svoltato. Lei sa che l'America è un posto serio, dove le promesse verbali valgono come contratti. E adesso, a rottura avvenuta, passa alla cassa: il 50 per cento del patrimonio di famiglia, duemila miliardi. La dolce metà. Morale della favola: certe dichiarazioni d'amore alle fidanzate è più prudente farle a Busto Arsizio che a Los Angeles.

Qualcuno ricorderà la storia del giovane Berlusconi che davanti a una platea di industriali emiliani, non proprio gli ultimi farlocchi del pianeta, presenta il suo autista come ingegner Kwai, « autore del ponte sul fiume omonimo », ricevendo l'estasiato apprezzamento dell'uditorio. La prova, disse il futuro premier, che gli italiani erano creduloni (chissà perché gli interessava tanto scoprirlo). Ogni giorno porta conferme: a Ischia hanno pizzicato un truffatore che sgommava in autoblu, sirena accesa e finta guardia del corpo munita di paletta, facendosi chiamare « onorevole Buonuomo » e andando in giro a promettere posti e raccomandazioni in cambio di mazzette: l'unica cosa vera di tutta la vicenda, oltre a quel cognome da personaggio di Totò. Buonuomo si presentava alle sue vittime in abiti firmati e tanto bastava perché gli aprissero i cuori e i portafogli. Gli italiani pensano di essere cinici, ma hanno un bisogno disperato di credere in qualcuno. Purché indossi le insegne esteriori del successo, le uniche di cui si fidino, avendo smarrito i veri strumenti di riconoscimento, quali l'istinto e la capacità di ascoltare con attenzione chi gli sta di fronte. Poi succede che Bill Gates entri in una banca di Milano coi jeans sdruciti e il cappellino da baseball e gli facciano fare anticamera per ore, prima di accorgersi che non è Buonuomo e magari nemmeno un buonuomo.

Per il vecchio liberale Raffaele Costa si tratta di un sopruso che legittima la disobbedienza civile. Ma chiunque abbia a cuore la libera manifestazione del pensiero e degli ortaggi non può che ribellarsi alla globalizzazione del fagiolino, appena decisa dai burocrati di Bruxelles. Finora il simpatico legume aveva goduto di una certa libertà d'azione: poteva crescere diritto o storto e scegliersi la tonalità di verde che più garbava alla terra che lo aveva partorito. Ma una direttiva firmata dal commissario agricolo Franz Fischler inaugura l'era del Fagiolino Unico, « turgido, dritto, senza fili né semi e largo esattamente dodici millimetri », una verdura perfettamente ariana. A ogni mazzo di venti fagiolini è concesso il brivido di un'imperfezione, « purché limitata all'estremità del peduncolo ». Quanto agli altri disgraziati, vengono deportati nella categoria dei subfagiolini se presentano « lievi difetti di forma », altrimenti in un terzo gruppo di reietti la cui sorte è avvolta in un inquietante mistero. Il superstato europeo sarà anche una conquista straordinaria, come d'altro canto il federalismo delle regioni. Se non fosse che queste meraviglie istituzionali, pensate per migliorarci la vita, si traducono sempre in un ampliamento esponenziale delle burocrazie che tutto pianificano e regolamentano. E ad andarci di mezzo siamo noi fagiolini.

Toni Pagot, l'inventore di Calimero, era un artista geniale e solo Oliviero Toscani, che si crede tale senza esserlo, poteva commentarne la morte definendo il pulcino della pubblicità « patetico, razzista e falso ». D'altronde da uno che ha detto « di fondo tutte le italiane sono lesbiche » non è che ci si possano aspettare ulteriori illuminazioni. La realtà è che Calimero ha dato forma poetica al vero collante nazionale: quella predisposizione al lamento che accomuna il disoccupato di Caltanissetta (« e lo Stato dov'è? » al padroncino di Treviso (« lo Stato è dappertutto! »), l'imputato che si sente perseguitato al giudice che si sente delegittimato e la moglie tradita all'amante sacrificata e pure al marito, insoddisfatto di entrambe perché non si decidono a mollarlo semplificandogli le cose. Siamo un popolo di calimeri a cui piace fare la vittima e ancora di più chi la fa. Berlusconi ci ha costruito sopra un carrierone. Molti sostengono che dipenda dalla nostra educazione cattolica, basata più sul senso di colpa che su quello di responsabilità. Resta il fatto che quando qualcosa ci va storto, la prima reazione non è chiederci dove abbiamo sbagliato ma chi è stato a fregarci e soprattutto perché. È commovente questa convinzione che il mondo ce l'abbia con noi. Poi un giorno scopriamo che il mondo non ci considera così importanti e cadiamo in depressione.

Il sondaggione di Ferragosto rivela che in vacanza coi genitori ci vanno più volentieri i figli che non i genitori medesimi. I quali, persa ogni speranza di vedere il pupo barbuto scomparire per un po', sognano disperatamente la fuga. Strano destino, il loro: è tutta la vita che vogliono scappare di casa, prima come figli e adesso come genitori. Una generazione di carcerati, insomma, cresciuta con padri ancora posseduti dal principio d'autorità e finita poi nelle grinfie di giovani tiranni ubriachi di comodità. È naturale che i loro posatissimi figlioli, che anche in vacanza dicono di cercare soprattutto il relax, non sgommino via neppure d'estate: quale campeggio o villaggio turistico può offrire i servizi di cucina, biancheria e discrezione che garantisce gratis una famiglia moderna e accessoriata di seconda casa al mare? Solo i romantici si ostinano a credere che i viaggiatori on the road del passato sognassero l'avventura per spirito di libertà: in realtà fuggivano da un padre che gli negava le chiavi della soffitta e da una madre che non li svegliava alle tre del pomeriggio con la brioche e senza chiedere l'elenco di tutti gli esseri di sesso opposto incrociati in discoteca. Non avendo goduto di genitori ideali, lo sono diventati loro, ma il risultato non sembra premiarli troppo. Gli andrà meglio da nonni, vedrete: scapperanno insieme ai nipotini.

Oggi è un mese che Montanelli ha chiuso il servizio e benché questa vita alka-seltzer ci faccia digerire di tutto siamo in tanti a non riuscire a dimenticarlo, come testimoniano le lettere a lui consacrate che continuano ad arrivare anche qui. Gli unici ad aver smesso in fretta di piangerlo sono i coccodrilli di sinistra, che ne hanno fatto un martire dopo averlo considerato un fascista fino all'altro ieri, e i coccodrilli di destra che gli avvelenarono gli ultimi anni dandogli del comunista, lui che i comunisti era stato fra i pochi a combatterli quando esistevano davvero. Montanelli non apparteneva né agli uni né agli altri. Apparteneva ai tanti lettori che non lo hanno frequentato di persona, ma che lo conoscono meglio di chiunque, perché fra libri e articoli hanno passato migliaia di ore in sua compagnia: più di quante ne abbiano trascorse coi propri professori e parenti. È un popolo di orfani che adesso si domanda che cosa penserebbe Indro dello scaricabarile intorno al G8 e di altre bischerate. « L'Italia è un Paese dove nessuno recita la parte che gli compete: il vecchio misantropo vuol fare il giovane amoroso, il giovane amoroso lo zio colonnello, tutti si sentono primedonne, anche i maschi, e nessuno sa recitare senza il suggeritore ». È un suo pezzo del '53, ma sembra scritto stamattina. Guardo i volumi di Montanelli sullo scaffale: l'articolo di domani è già lì, basta saperlo cercare.

Feliz Sanchez era un giovane broker di Wall Street, uno di quelli aggressivi e sudati che si vedono sempre in tv. Lavorava alle Torri, ma non gli andava più. Si licenziò la sera del 10 settembre 2001, poche ore prima che l'aereo dei terroristi gli sfondasse la scrivania. La decisione di cambiare ufficio gli aveva salvato la vita, il pericolo scampato gliela cambiò. Chiuse col mestiere di broker: sarebbe tornato al suo Paese, Santo Domingo, come general manager di una squadra di baseball. Decollò da New York la mattina del 12 novembre. Il suo volo, il suo sogno, si infranse tre minuti dopo, dentro una casetta con giardino dei Queens. Una storia simile obbliga a schierarsi. O pensi che l'esistenza sia una boiata senza senso, un gioco perfido che si diverte con te come il gatto col topo e se oggi ti risparmia è solo per colpirti più duramente domani. Oppure sei costretto a inghiottire il cinismo e a credere che quei due mesi di abbuono abbiano una logica e siano serviti a Feliz per compiere un passo decisivo della sua crescita interiore. Forse proprio a tirargli fuori il coraggio di ricominciare daccapo. Se n'è andato nell'atto di realizzare la sua scelta, ma comunque dopo averla presa. Così quella che a noi sembra una crudele incompiuta potrebbe invece essere la prova che gli toccava superare in questa vita. Per diventare più completo da qualche altra parte, si spera.

Da grande voglio fare il pompiere, dicevano un tempo i bambini, ammaliati da un lavoro costruito su attese infinite e scatti improvvisi: l'essenza di ogni emozione. Forse ricominceranno a dirlo, adesso che l'Occidente è una camera a gas che quando parla di capi e modelli pensa solo alle sfilate di moda e ha eletto a suoi ultimi, emblematici eroi coloro che spengono le fiamme del mondo. Dei pompieri che a Manhattan come a Montesacro si giocano la pelle in mezzo alle tragedie affascina il coraggio disarmato, virtù rara in epoche di violenza e vigliaccheria. Questa è gente che va nel luogo da cui tutti scappano. E ci va per meno di due milioni al mese e senza la retorica di altri mestieri a rischio, abitati talvolta da spostati esistenziali. Ma forse c'è anche qualcosa di meno evidente che ci colpisce in loro. Il fatto che siano fra i pochi ad aver già realizzato la più moderna delle istituzioni sociali: quella « famiglia lavorativa » raccontata in tv da *Distretto di polizia*, in cui i vincoli fra colleghi si affiancano a quelli di sangue, fino a prenderne il posto. A New York e a Roma, decine di vigili del fuoco hanno rischiato fino alle lacrime pur di tirar fuori dalle macerie i commilitoni. Perché non erano compagni occasionali di stipendio, ma fratelli di elezione. Quelli con cui, finito il turno, si va a cena e si vive, sapendo che poi ogni tanto si muore.

Non è un gran momento per i maschi, a qualunque specie appartengano. Le ultime, tragiche notizie arrivano dallo zoo di Pechino dove, nel tentativo di evitarne l'estinzione, i veterinari hanno cominciato a dare il viagra ai mariti delle tigri, colpiti da un calo verticale del desiderio. Pare che quei bestioni, simbolo antico di virilità al punto che il loro pene era considerato in Cina un afrodisiaco, si aggirino con l'occhio spento e le fauci spalancate, sì, ma in uno sbadiglio. C'è da scommettere che se avessero un telecomando, preferirebbero tirar tardi con Bruno Vespa piuttosto che adempiere ai doveri coniugali. In gabbia si affloscíano, in libertà si smarriscono. Proprio come gli umani. E intanto le tigri femmina sono sempre più irritate e aggressive: fra un po', come minimo, chiederanno di dirigere un tg. La natura impazzita lancia segnali sinistri, ma noi ci illudiamo che basti impasticcarla di viagra. Finirà come con la pornografia applicata ai panda: era stato patetico sperare di eccitarli proiettando nelle tane le immagini dei rapporti indiavolati di qualche loro simile più disinibito. Quando, sondaggi alla mano, si sarebbe dovuto sapere che gli appassionati di calendari « artistici » non vanno quasi mai al di là dell'amplesso oftalmico. Perché è così che ci estingueremo, noi maschi a due o più zampe: con una scatola di viagra in tasca e il poster della Ferillona sulle ginocchia.

Nonostante dicembre sia il mese dei bagni e del solleone, la neve non sembra aver colto troppo di sorpresa i popoli del Nord Europa, evidentemente allertati dai servizi segreti. Gli abitanti delle case private hanno gettato il sale davanti alle porte, mentre gli automezzi preposti provvedevano a tener pulite le strade e risolvere le emergenze, riducendo al minimo i disagi e il numero dei feriti. Uno scandalo. Nel civile Nordest italiano, quello che vota Lega e dà lezioni di civiltà a tutti, per fortuna le cose sono andate diversamente. Lastroni di ghiaccio come al Polo, ingorghi, tamponamenti e scivoloni: insomma, la vita vera. A Milano e Venezia, note nel mondo per i loro palmeti, la nevicata impossibile è stata affrontata in modo geniale: lasciandola sfogare. Neanche un amministratore di condominio ha ottemperato all'ordine di rovesciare il sale sui marciapiedi, ritenendolo un sopruso intollerabile. I vigili di Milano sono rimasti in assemblea sindacale, dando prova di grande sangue freddo. E un po' ovunque l'Anas ha sollecitato la Società Autostrade che ha sollecitato il Comune che ha sollecitato la Provincia che ha sollecitato la Regione: le delizie del federalismo. Nessuno si è ricordato di sollecitare i macchinisti delle metropolitane milanesi, che così hanno sgobbato col cuore in mano fino all'alba. I soliti indisciplinati. Meno male che la Protezione Civile ha poi rassicurato gli italiani, suggerendo loro di chiudersi in casa.

Accovacciata sotto un bancomat di Wall Street, la senzatetto newyorchese Renee Lyons maledì il freddo, Bin Laden e i passanti micragnosi, poi fece un fumetto con la bocca e tossì. «Lei ha la bronchite, prenda queste, per le medicine», disse la voce di Babbo Natale, prima di chinare la barba bianca su di lei e appoggiarle in grembo cento dollari. Renee, quarant'anni e quattro figli dati in affidamento, si girò fra le mani la banconota: cavoli, era autentica. «Ma allora esisti davvero!», disse a Babbo Natale. «Può darsi», sorrise lui. «E sei lo stesso che ieri in chiesa ha lasciato cinquemila dollari per le vedove dei vigili del fuoco?» «Può darsi». «Dicono che da tre giorni tu giri la città travestito da Santa Claus, regalando soldi a ogni poveraccio che incontri!» «Può darsi.» «Scusa, amico, perché lo fai? D'accordo, i miliardi sono tuoi, ma gli esseri umani non meritano niente. Non li vedi? Hanno paura e si odiano a vicenda, eppure corrono da un negozio all'altro per farsi dei regali!» «Può darsi», rispose Babbo Natale, «a vent'anni ero anch'io un barbone che detestava l'umanità. Una sera entrai in una birreria per mangiare qualcosa: avevo le tasche vuote e il cameriere voleva chiamare la polizia. Ma il padrone del locale mi disse: 'Signore, le sono caduti questi'. E appoggiò sul tavolo venti dollari. Allora ho capito che niente era perduto. Che ce la possiamo fare». Buon Natale a New York e a tutti noi.

2002

La fanno facile i medici: contro lo smog mangiate più verdura. Poi uno va al mercato (con la minuscola) e scopre che il verduriere si è trasformato in una succursale particolarmente scostante di Tiffany. Prezzi disumani in qualunque valuta li si legga, euro o lire. Talvolta ce ne vogliono tredicimila – circa mezzo sermone su disco del profeta ubiquo Jovanotti – per un silenzioso chilo di zucchine. A Roma, capitale del carciofo, un rappresentante smorto e solitario della categoria veniva spacciato ieri mattina a tremila lire e le massaie ne tastavano il gambo con circospezione, nella speranza che contenesse una perla o quantomeno un biglietto di scuse. Ci spiegano che è colpa degli arrotondamenti, anche se quando quattromila lire di cavolfiori diventano di colpo tre euro (quasi seimila) la parola più appropriata non è arrotondamento ma furto. Oppure ci fanno bere la favoletta del ghiaccio assassino, come se non sapessimo che quasi tutto ciò che ritroviamo bello e lucidato sui banconi non viene dal campo del contadino ma da serre iper-riscaldate in mano alle multinazionali della sbobba. Qualcuno penserà di arrendersi al transgenico, qualcun altro di farsi l'orto personalizzato e coperto. Più prosaicamente, abbiamo il diritto di chiederci se un Mercato (con la maiuscola) che sbertuccia senza pietà il consumatore si meriti ancora quel clima di idolatria acritica che lo circonda da anni, o se non sia giunta l'ora di controllare e punire chi specula sulla nostra pelle.

Il salva-ebrei Giorgio Perlasca era un eroe? Non esattamente. Un fascista ammanicato e furbastro, ecco cos'era. Un italiano, come recita il sottotitolo un po' retorico del film-tv di Raiuno, e nemmeno dei migliori. In realtà Giorgio Perlasca era solamente un giusto e così forse avrebbe fatto meglio a chiamarsi il suo ritratto: «Storia di un giusto». I giusti come Perlasca o lo Schindler della famosa lista non sono né eroi, né italiani, né tedeschi, né soprattutto buoni. Sono giusti e basta. Infatti non agiscono in nome di una religione o di un'ideologia, ma soltanto di quella legge naturale che nel momento supremo della scelta urla dentro di loro: «Comportati da essere umano!» È una voce che oggi non si sente quasi più. C'è così tanto rumore, in giro. Eppure Perlasca la sentì, e la sentì Schindler e la sentì Sofia Koszack: una polacca che scriveva libri antisemiti in cui sosteneva che gli ebrei erano la feccia del mondo. Arrivò la guerra, gli ebrei bussarono alla sua porta e lei ne salvò duemila. Fu internata ad Auschwitz per questo, ne uscì viva per miracolo e dopo la guerra ricominciò a scrivere libri. Antisemiti, ovviamente. Perché i giusti possono avere idee sbagliate, ma le azioni, quelle non le sbagliano mai. Soggiogati dalla dittatura dell'immagine e dell'apparenza, noi umani del Duemila abbiamo dimenticato (anche in amore) che le persone non si rivelano né si giudicano da ciò che dicono, ma da ciò che fanno. Perché le parole e le idee – anche le più belle – escono pur sempre dal cervello, i gesti dal cuore.

In un'assemblea di condominio si sta discutendo l'installazione dell'antenna parabolica. Secondo la legge è una spesa «ordinaria» e come tale non occorre metterla ai voti. Ma un gruppo di condomini si oppone, affermando in una lettera all'amministratore che il codice può dire ciò che vuole, però in una recente puntata di *Forum* il giudice a riposo Santi Licheri ha sostenuto la tesi contraria: la «satellitare» è voluttuaria. E poiché la sentenza del tribunale di Rete4 è successiva alla norma, va considerata interpretazione autentica della medesima. Cose che succedono nel gennaio 2002, in una cittadona evoluta del Nord Italia. Per gli illusi che ancora credono al potere salvifico della cultura, uno dei sette firmatari del documento è un insegnante con laurea. Si ignora la reazione dell'amministratore: se si sia rivolto al Gabibbo per chiarimenti oppure abbia ritenuto più dignitoso rassegnare le dimissioni direttamente nelle mani di Giletti. Ora il nuovo quadro istituzionale è al completo. Il Parlamento si è trasferito a *Porta a Porta*, rimpiazzando gli stenografi con le opinioniste scosciate (da Vespa i pantaloni li portano solo i maschi e neanche tutti). Il giornalismo d'inchiesta lo fanno le Iene, la magistratura inquirente lavora per *Striscia* e quella giudicante ha sostituito la Cassazione col più agile *Forum*. Di valori e futuro parlano solo i maghi nelle tv locali. E per le cose serie la sinistra è da tempo in mano ai comici, mentre i suoi liderini continuano a occuparsi di quelle da ridere.

Secondo *Le Monde*, la francese Canal Plus, madre delle tv a pagamento e proprietaria di Telepiù, sta per annunciare il primo calo di abbonati nella sua storia ventennale. Che succede? Un sospetto ce lo abbiamo e non ha niente a che vedere con il costo e la qualità dei programmi, moltissimo invece con la nausea da saturazione mediatica. Chiunque abbia un satellite in casa saprà di cosa si tratta: centinaia di canali che solo a curiosarli tutti ci si perde mezz'ora, decine di film di ogni epoca e genere fra i quali è impossibile scegliere, anche perché bisognerebbe avere due ore libere per gustarsene uno. Ma chi le ha più, due ore lisce e filate, se alle dieci di sera ancora deve consultare il televideo, leggere l'articolo di giornale saltato al mattino, lanciare uno sguardo colpevole al romanzo che giace esanime sulla mensola, aprire la posta elettronica e la cartacea, ascoltare la segreteria del telefonino e pure quella del telefonone, andare sul sito web consigliato dall'amico tramite sms, rispondergli con un messaggio possibilmente spiritoso e nelle pause parlare coi parenti e accorgersi della nuova pettinatura del coniuge? La tecnologia va troppo veloce per le nostre limitatissime forze. Se ne lamentava già Troisi a proposito dei libri: « Voi siete in tanti a scrivere, ma a leggere io sono solo! » I guru del progressottimismo non avevano calcolato che l'eccesso di offerta genera angoscia e paralizza la scelta. Oggi la vera libertà è spegnere tutto, compreso ogni tanto se stessi.

Edizione straordinaria: ieri, a Roma, è stata avvistata un'emozione. Vicino all'ambasciata americana di via Veneto, sotto il semaforo della *Dolce vita*. Da una parte della strada lui: trent'anni, bruno, un Raoul Bova minore, col portamento da modello guastato dalla borsa lisa e troppo incinta di pratiche. Dall'altra lei, icona bionda e quasi romantica, non fosse per il tailleur e il cipiglio, entrambi in carriera. Verde. I due sguardi si intercettano in mezzo all'incrocio e una scarica di magia pura attraversa l'aria e persino i passanti. Lui si blocca come ipnotizzato, lei continua a camminare con la testa all'indietro finché sbatte contro un taxi in sosta, ci sale, sussurra la destinazione all'autista e, mentre la macchina salpa, si torce all'indietro per appiccicare gli occhi al vetro e non perdere quelli di lui. Per un attimo speriamo che succeda qualcosa: che lei scenda dal taxi o lui ci si butti sotto. Ma l'auto scompare dietro una svolta e la vita riprende: i passanti, il traffico, tutto si rimette in moto. Tranne lui, il collo bloccato in direzione del punto in cui lei è scomparsa. Allora succede una cosa incredibile. Il telefonino squilla per richiamarlo alla non-vita di sempre, ma lui lo getta strillante dentro la borsa lisa: non vuole intrusi nel suo spettacolo. I casi sono due. O si conoscevano già (e quindi io sono un pirla). Oppure si sono riconosciuti nella folla, con uno scambio di segnali muti ma di uguale frequenza. Lontani per un attimo dal frastuono che ci assorda il cuore fino a deprimerlo.

Come tutti gli anni, anche l'altro ieri il signor Claudio Di Felice si è alzato nel cuore della notte per scrivere una lunga lettera d'amore alla sua Cristina. L'ha finita alle prime luci del mattino con la formula tradizionale: «All'alba del 1826° giorno», tanti ne sono passati da quando lui e la moglie non stanno più insieme. Poi è andato al giornale, a dettare la lettera per la pagina dei necrologi. Claudio scrive a Cristina a ogni anniversario, e anche a Natale: per farle gli auguri. Gli ultimi gli sono costati dodici milioni, che strappa alla pensione mese dopo mese, rimediando qualche lavoretto e risparmiando sui denti (se li dovrebbe curare), sul cibo e persino sulla luce. Non importa:

deve far sapere a tutti quanto meravigliosa fosse la sua donna. Quando lei se ne andò, al termine di una malattia, lui era uscito a fare la spesa e non riesce a perdonarsi quell'unico appuntamento mancato. Le parole che non le disse allora, gliele ripete adesso: «Amore mio, potrò io donarti gli ultimi miei respiri per farti respirare anche per un istante aria e sorsi della nostra vita trascorsa?» La storia mi è stata segnalata dalle tante lettrici che ogni anno ritagliano le sue parole e se le infilano nel diario, sognando che sia stato il loro uomo a spedirgliele. Una colletta per la prossima lettera di Claudio sarebbe un pensiero grande. Ma scriverne una noi, di lettera, e metterla sotto il cuscino delle nostre donne domattina, finché sono ancora vive, è uno di quei gesti che da soli valgono sei camion di mimose.

Marco Biagi era uno di noi, un moderato che lavorava per il governo e ne condivideva il programma, scandisce Berlusconi nei tg della sera con voce solenne, guardando gli italiani negli occhi con quell'aria spaurita che lo assale ogni volta che infonde alla sua maschera un'impronta ostentata di gravità. Cambio repentino di immagine e i delegati della Margherita a congresso applaudono in piedi la foto del defunto, in tenuta da ciclista accanto a Prodi. Così il messaggio diventa: Marco Biagi era uno di noi, un moderato che votava il centrosinistra ed era amico del nostro leader in esilio (momentaneo). Non è la solita corsa un po' cinica ad accaparrarsi le spoglie del martire, anche se suona francamente assurdo che Rutelli metta il marchio del suo partito su Biagi e stamattina partecipi alla manifestazione indetta da Cofferati contro la riforma che proprio il professore assassinato contribuì a varare. Nella duplice e contemporanea appropriazione c'è piuttosto la conferma che Biagi era di tutti e di nessuno, perché apparteneva al partito trasversale del buon senso. Quello dei pragmatici che rifuggono proclami e girotondi, tanto sanno che le grandi scelte, e la liberalizzazione del mercato del lavoro è una di esse, hanno una loro inesorabilità che rifugge dagli schemi ideologici e dal colore del governo in carica. Gente che magari sembra arida e invece riesce a tirar fuori dal riformismo quei valori e quelle emozioni che gli eterni bambini della vecchia politica cercano rovinosamente nelle utopie.

Ai lettori che sui giornali vorrebbero più storie luminose e meno cronache di macelleria piacerà la straordinaria avventura del giovane Arcuri e del giudice Montalbano. Il giovane Arcuri si chiama Oscar, vive a Palermo e non è parente, anche se appena dice «piacere, Arcuri», tutti pensano a quella là. L'altro giorno gli è suonato il cellulare ed era la moglie incinta che annunciava la rottura degli indugi. Il giovane Arcuri è salito sul motorino con tale ansia che lo ha ingolfato. Preso dal panico, ha visto lo scooter incustodito di un postino e come nei film d'azione gli è saltato in groppa ed è corso in ospedale. Ma quello della moglie era un falso allarme e la sera il giovane Arcuri si è ritrovato padre soltanto di un motorino. Poteva abbandonarlo lì e fregarsene, come i pirati della strada quando tamponano un ciclista o ci rigano la macchina al parcheggio. Invece il giovane Arcuri è andato in questura. Ha detto «piacere, Arcuri» e i poliziotti hanno pensato a quella là. Poi ha spiegato cos'aveva fatto. Il commissario l'ha dovuto denunciare per furto, benché non gli andasse per niente. Così ne ha parlato col giudice, che si chiama Giacomo Montalbano e non è parente di quell'altro neppure lui, anche se quando dice «piacere, Montalbano» tutti pensano a Camilleri o all'attore della tv. Montalbano s'è fatto raccontare tutta la storia, come voi, e alla fine ha deciso che non c'era mai stato nessun furto. Il giovane Arcuri è stato assolto. Ci piace immaginare che lui e Montalbano siano andati a prendersi un caffè insieme.

Una nuova moneta si aggira per l'Italia, la «vecchia lira». Rispetto a quella appena pensionata non ha consistenza cartacea, ma solo immaginifica. Eppure non v'è chi ne riesca a fare a meno, quando discute un prezzo, un affitto, uno stipendio. A cinque mesi dall'introduzione dell'euro, le persone continuano a pensare ed esprimersi in lire, anteponendo quel «vecchie» come un forzoso omaggio al cambiamento. Lo fa il presidente del

Consiglio in tv, mentre parla di pensioni o di opere pubbliche. E passi per zio Silvio, che come tutti i ricchi maneggia poco il danaro e forse un euro vero non l'ha ancora usato mai. Ma il guaio è che lo stesso succede agli altri, che ricchi non sono. Un problema di abitudine, certo, destinato a rientrare un po' alla volta. Ma soprattutto un blocco psicologico. I cittadini sembrano aver digerito l'euro proprio come l'Unione europea: senza particolare sofferenza o entusiasmo. Senza emozioni, insomma. Cioè, con le identiche emozioni che avrebbe dato un'annessione alla Svizzera. L'idea di cementare con un accordo fra banchieri questo continente stracarico di gloria ma povero di energie vitali ha prodotto l'unico risultato possibile: una moneta che sentiamo straniera. Non imposta da un invasore, ma dall'ineluttabilità di un fato oltre il quale si fatica a vedere un progetto politico e morale. Dietro la « vecchia lira » sentiamo battere tuttora qualcosa. Davanti al « nuovo euro », esterrefatti tacciamo. E facciamo di conto, ma soltanto col convertitore.

Giuliano Giuliani ha dunque chiesto che lo Stato « sia condannato e chieda scusa » per l'assassinio di suo figlio, ucciso durante il G8 da un carabiniere. Il contesto è tale che qualsiasi replica che non sia un applauso verrebbe considerata reazionaria. Lo Stato è un'entità così generica e comoda: si direbbe che lo abbiamo inventato per attribuirgli la colpa di ciò che non riusciamo a spiegare. Da cinquant'anni è evocato come un nemico da mafiosi e vedove di mafia, nullafacenti con lacrima a comando e padroncini in cerca di evasione (fiscale), leghisti e immigrati, centri sociali e naziskin da curva. C'è lo Stato dietro ogni scandalo, ogni mistero, ogni talk show di Santoro. Lo Stato però è una comunità. Non soltanto i funzionari esecrabili che a Genova pestarono nel mucchio senza acchiappare nemmeno un black bloc. Lo Stato era anche Carlo Giuliani, che resta una vittima, ma una vittima col passamontagna sulla faccia e l'estintore in mano, non esattamente la divisa del pacifista. E lo Stato è suo padre, che nello Stato ha cercato di entrare, candidandosi con scarso successo alle elezioni sulla scia di un ricordo che forse sarebbe stato meglio onorare col silenzio. Come conferma la storia di Erika, un padre ha tutto il diritto di non essere obiettivo. Ma nemmeno il dolore giustifica che si porti il cervello all'ammasso per affogarlo nei luoghi comuni, alimentando quel clima di ostilità sorda verso un nemico vago che prepara altri passamontagna, altri estintori, altri spari.

È tutto così prevedibile, specie le disgrazie, che sono poche le notizie capaci di provocare ancora una vertigine esistenziale. Questa lo è: Fidel Castro che parla bene di Berlusconi in un'intervista rilasciata all'ex soubrette Katia Noventa per l'autorevole *Chi*. L'impasto, bisogna ammetterlo, è notevole. Come se il fantasma di Bin Laden avesse esaltato la superiore civiltà americana in un faccia-a-faccia con Alessia Merz su *Topolino*. Si ignorano le cause dell'insano gesto. L'età, o più probabilmente il bisogno di soldi. « Non ho mai avuto l'onore di conoscere Silvio Berlusconi », declama senz'ironia il bolso dittatore, « ma vedo che con il governo attuale l'Italia sta sopportando la crisi meglio di altri Paesi europei ». Un giudizio che sullo scacchiere politico nostrano lo collocherebbe fra Follini e Rosy Bindi, in ogni caso più a destra di D'Amato e forse persino di D'Alema. Non sappiamo come la prenderanno Bertinotti e soprattutto Gianni Minà. Mentre immaginiamo benissimo la possibile reazione di Berlusconi. Ringrazierà « il caro amico Fidel ». Gli farà i complimenti per la barba fluente e per il bellissimo nome, lo stesso di Confalonieri, e gli riconoscerà di non essere mai stato veramente un comunista, a differenza di Prodi e Rutelli. Dopo aver promesso di ristrutturargli la capitale, L'Avana 5, firmerà un contratto solenne con i cubani, riguardo al quale Castro non troverà nulla da eccepire, se non forse l'incarico a lui riservato: vicepresidente.

Uno si immagina Bolzano come l'ultima frontiera non ancora lambita dalle forme più sgargianti di italianità. Invece è proprio lì che il signor Enzo Ansaloni conduce da tre giorni uno sciopero della fame contro i rumori notturni del bar sotto casa.

Quelli del bar gli hanno subito dato dell'intollerante. Da noi vige infatti la regola che sia la vittima di un sopruso a doversi sentire in colpa, se non china la testa. Prima di scandalizzarsi, urge un breve ripasso interiore: quante tv a finestre aperte e porte sbattute a notte fonda abbiamo anche noi sulla coscienza? Il silenzio ha perso. Espulso dai funerali, dagli inni (adesso vanno cantati, mah) e persino dai «minuti di silenzio», che pure portano il suo nome e dove invece si grida e si applaude. Dovrebbe sopravvivere nei bar? Nessuno lo ritiene più un valore e molti lo considerano un chiaro indice di asocialità. La ragazza che in spiaggia ascolta la musica nelle cuffie passa per un'isolazionista, mentre la sua vicina d'ombrellone che urlacchia nel cellulare ed erutta decibel da uno stereo a forma di silos sarà salutata come un tipo cordiale. Il rumore avanza senza rimedi. L'unico l'ha trovato la natura, otturando geneticamente le orecchie dei giovani mutanti del Duemila: la Tappo Generation, la sola a muoversi dentro il frastuono senza impazzire. Agli altri non resta che sperare in quei black-out elettrici che càpitano ancora ogni tanto in città. Quando all'improvviso ci si ritrova immersi nel silenzio. Condannati, che angoscia, a pensare.

Che l'aria condizionata facesse male lo si supponeva già, altrimenti non sarebbe diventata un feticcio irrinunciabile. Di ammalarsi in inverno, infatti, erano sempre stati capaci tutti. Mentre prendersi il raffreddore a giugno inoltrato è una conquista della modernità. Nell'era artificiale il sudore crea imbarazzo come la miseria. E chi ha davvero a cuore il benessere degli accaldati accoglie il suo prossimo dentro case e automobili che sembrano igloo, godendosi la reazione: la stessa di una pizza bollente infilata dentro una ghiacciaia. In aggiunta ora si scopre che l'aggeggio ammalante, inventato per rimuovere l'esistenza del caldo, lo farebbe in realtà aumentare. Pompando finto freddo nei luoghi chiusi, spalma autentico gas inquinante in quelli all'aperto, così da contribuire alla trasformazione del clima terrestre in un forno a microonde. Difficile che la notizia sconvolga i patiti del genere, ormai attrezzati a una vita in scatola che associa la natura alla scomodità. Potrebbe però colpirli sapere che gli italiani spendono cinque milioni di euro al giorno per rinfrescare i loro bunker. Una spesa energetica insostenibile, come lo sviluppo cannibalesco in cui ci sollazziamo. Peccato, perché oltre a quello delle pillole contro la raucedine, la moda dell'aria condizionata aveva favorito il diffondersi di un inedito mercato estivo di maglioni, che le vittime si legano in vita sotto la canicola, per infilarseli non appena riparano stravolte in qualche negozio abitato da commesse sorridenti e surgelate.

Guardiamola dal punto di vista del piccione. Svolazzando sopra Caltanissetta, scopre che il sindaco ha emesso un'ordinanza in cui punisce con cinquanta euro di multa chiunque gli dia da mangiare. Ma come, s'indigna il piccione, io svolgo un lavoro socialmente utile, il rovistatore di rifiuti, e arrotondo in nero facendo la comparsa nelle foto-ricordo di piazza accanto ai bambini per un compenso irrisorio: briciole. E invece di ringraziarmi, mi si condanna alla morte più terribile, quella per fame? Essendo un piccione moderato, resiste alla tentazione di indire un immediato girotondo di protesta sulla testa del sindaco. E non essendo un piccione americano, rinuncia persino a bombardarla. È un piccione delle libertà, allergico alle regole ma tendenzialmente ottimista. Immagina che chi arriva a sfilare cinquanta euro ai passanti che aiutano un piccolo sporcaccione come lui, colpirà con sanzioni ben più gravi i condòmini che considerano un vezzo esotico la raccolta differenziata dei rifiuti, gli amministratori pubblici che lasciano marcire nell'immondizia le periferie e i palazzi dei centri storici, i vacanzieri che trasformano le spiagge italiane in una discarica di cicche, bucce e catrame. Ma appena scoprirà che le cose non stanno così e che gli umani vogliono trasformarlo in un piccione espiatorio per scaricargli addosso le loro responsabilità, allora ricomincerà a scaricare anche lui.

Lungomare italiano a Ferragosto. Due bambine che non avranno sei anni stanno costruendo un castello sul bagnasciuga. Passa un marocchino sepolto da una vetrina semovente di vestiti. Neanche si fermerebbe, sono le bimbe con mala grazia a chiamarlo: «Ehi tu, vieni qua. Fa' un po' vedere!» Gettano sulla mercanzia degli sguardi smagati da negoziatrici di suk. La più piccola tasta un braccialetto e fa una smorfia: «Quanto viene? Due euro... ma fila via, negro, torna nella caverna, sparisci! Due euro... quattromila lire, sciò, sciò», e accompagna le parole con un movimento a scatti delle mani. L'amichetta la imita, ridendo: «Sciò, negro, sciò». Le madri, sprofondate nelle sdraio, invece di sgridarle sorridono compiaciute: la prole promette bene. Il marocchino scuote la testa, poi la nasconde dietro il sipario delle stoffe e riprende la marcia sotto il sole. Uno assiste a certi spettacoli e pensa: Erode in fondo era un eroe. Ma pensa male, perché i due piccoli mostri hanno soltanto replicato una scena vista recitare per strada chissà quante volte dai genitori. Se i valori sono le lettere di cui si compongono le parole della vita, noi vediamo ogni giorno all'opera torme di analfabeti esistenziali che ignorano le basi della convivenza umana, considerandole una forma di debolezza. Pensano che farsi rispettare sia più importante che rispettare: se stessi, gli altri. E lo insegnano ai figli, che così non rispetteranno neppure loro.

In Francia il Sessantotto è finito un'altra volta ieri mattina: con l'inizio del nuovo anno scolastico, lo studente dai tredici anni in su che insulta un professore rischia la condanna a sei mesi di carcere. È la legge Perben (dal cognome del ministro proponente) che in francese fa rima con Le Pen e da noi si presta ai giochi di parole. La sterzata autoritaria è netta e, per la maggioranza «perbenista», auspicabile: ormai i minorenni sono visti come un problema di ordine pubblico. Se la Perben l'avesse varata il governo italiano, scriveremmo tutti che è una legge fascista. Infatti un po' lo è, ma trattandosi di una regola severa, è quanto di più detestabile esista per la nostra destra sbrisolona. La quale non solo non l'approverebbe mai, ma fornirebbe alle giovani vittime del sopruso giudiziario un servizio completo di assistenza, altrimenti noto come pacchetto Taormina-Previti, e comprensivo di: a) ricusazione dell'insegnante oltraggiato e sua sostituzione col bidello durante i compiti in classe per legittimo sospetto, b) ricerca di materiale scottante sui precedenti sessantottini del «prof» che giustifichino ampiamente le parolacce rivoltegli dall'allievo, c) comparsata del monello in lacrime da Vespa e Costanzo, scortato da genitori molto preoccupati per l'avvenire della scuola italiana. Nella migliore delle ipotesi, l'insegnante insultato se la caverebbe con sei mesi di galera.

Mentre era al lavoro nei campi, un povero mezzadro scozzese sentì un grido d'aiuto provenire dalla palude vicina. Vide un bambino che affogava nelle sabbie mobili e a rischio della propria vita lo salvò. Il padre di quel bambino era un nobile: la sera stessa bussò alla casa del mezzadro e per sdebitarsi si offerse di pagare le scuole a suo figlio. Così il figlio del mezzadro poté frequentare i migliori istituti del Regno Unito e laurearsi in medicina fino a diventare famoso. Il suo nome infatti era Alexander Fleming, lo scopritore della penicillina. Qualche tempo dopo, il figlio del nobile che il mezzadro aveva salvato si ammalò gravemente di polmonite: e la penicillina lo guarì. Si chiamava Winston Churchill, il premier britannico che fermerà Hitler. Senza saperlo, con un solo gesto il mezzadro scozzese aveva cambiato due volte la storia dell'umanità. Per chi si ritrova bombardato di notizie e sballottato fra eventi che non capisce più, questa storia vera, recuperata su internet, rilassa come un massaggio alla cervicale. Combatte quel senso di inutilità che ci pervade fino a immobilizzarci, come se ogni cosa fosse sfuggita al nostro controllo e il cinismo rappresentasse l'unico antidoto allo smarrimento. Ma le azioni di ogni individuo producono sempre un risultato da qualche parte. E hanno un senso preciso, anche quando chi le compie gliene dà un altro oppure nessuno, dal momento che non gli è concesso di conoscere tutto il copione.

Si dice che solo i cretini non cambino mai idea. Allora in questi giorni dev'essere scoppiata un'epidemia di intelligenza (dalla quale è rimasta stranamente esclusa l'Italia). Bono, il grande cantante irlandese e cattolico, ha rinnegato decenni di pacifismo « a prescindere », dichiarando che se gli toccassero i figli non porgerebbe più l'altra guancia, come predicato finora nei concerti. Non meno interessante la conversione di un fanatico del liberismo, il giornalista della tv francese Jean-Marc Sylvestre, salvatosi proprio grazie a quel sistema sanitario pubblico contro il quale si era accanito in tante trasmissioni. Sylvestre è stato sottratto a morte certa da un delicatissimo intervento all'aorta, il cui costo economico risultava talmente superiore alle possibilità di riuscita da rappresentare l'esempio tipico di quei « deficit di gestione » che l'ultrà dei tagli alla spesa aveva sempre considerato contrari a ogni logica aziendale. Adesso che la mutua gli ha ridato la salute, il particolare che per farlo abbia ulteriormente aggravato il bilancio statale non sembra più scandalizzare troppo Sylvestre. « Quando uno sfiora la morte », ha detto, « tende a smussare gli angoli delle proprie convinzioni e a diventare più umano ». Le lezioni della vita si trovano di rado nei manuali. E una recita che liberismo e comunismo sono formidabili in teoria, spietati nella pratica. Mentre lo Stato Sociale rimarrà pure un disastro, ma un disastro umano.

« Esimio presidente del ConSilvio, vorrei ringraziarla per la straordinaria idea di ribattezzare le auto Fiat 'Ferrari young' e 'Ferrari woman'. È un vero peccato che il buon gusto e l'umiltà, Sue caratteristiche da sempre, Le abbiano impedito di aggiungere alla lista la 'Ferrari gay', una Panda a pallini rosa coi sedili ghepardati, la 'Ferrari sexy', una Punto col cofano a forma di tetta, e l'esclusiva 'Ferrari small': una Cinquecento con pedale del freno allungabile, prodotta in due esemplari unici per Jean Todt e Lei. Parafrasandola, anche molti di noi – se fossero liberi da altri impegni – si offrirebbero di 'prendere in mano' un'azienda che versa in una crisi di risultati davvero drammatica: il suo governo. Come ha già detto Lei, bisogna prima cambiare il management, che è piuttosto scarsino: per informazioni sia meno timido e telefoni alla Rai. Poi si potrebbe pensare a quel che Lei in anglobrianzolo ha definito 'restyling'. Gasparri, per esempio: basterebbe chiamarlo 'De Gasperi young' e di colpo diventerebbe un drago della politica. E il tremante Tremonti? Mettiamogli la parrucca e ribattezziamolo 'Thatcher': chissà che finalmente non salti fuori qualche provvedimento liberale. Quanto a Bossi, nemmeno Pininfarina potrebbe rifargli la convergenza ai congiuntivi, per cui andrebbe rottamato come infermiere in un ospedale di Catanzaro. Tanto, lo ha spiegato da Vespa, chiunque può fare l'infermiere. Il capo di questo governo invece può farlo soltanto Lei. Un saluto riconvertito da Massimo Ferrari.»

Si lava prima di andare a letto per risparmiare tempo la mattina. In strada sorpassa gli altri pedoni con falcate da marciatrice olimpica: anche sui tacchi, anche di domenica. Soggiace alla dittatura muta di agende cicciute e post-it sovraccarichi che le ricordano di continuo che cosa deve fare, ma mai il perché. Mangia male, senza pensarci, e si addormenta peggio, senza fare l'amore. È la Trafelata, secondo la definizione del medico texano Brent Brost, e conta sessanta milioni di aderenti solo in America, dove è già diventata oggetto di studio e di sfruttamento, dato che proliferano libri che la descrivono e medicinali per lo più inutili che pretendono di curarla. Contrariamente a un pensiero comune, queste donne stremate dal troppo, che non scelgono piaceri ma assommano doveri, non sono soltanto mamme e mogli in carriera strizzate fra la colazione di lavoro, la riunione di condominio e il pupo da recuperare in piscina prima che si buschi il raffreddore. Sempre più spesso si tratta di semplici casalinghe e persino di pensionate. Gli unici a salvarsi sarebbero ancora gli uomini. Grazie a una natura ossessiva e irresponsabile che, impedendoci di fare più di una cosa alla volta, ci induce ad accumulare arretrati in tutto – talvolta anche nelle docce – ma almeno ci preserva dall'intasamento nervoso. Il momento della verità però si avvicina. O la società occidentale rallenta il ritmo e rivaluta l'ozio. Oppure, per conquistare il tempo, la Trafelata sarà costretta a conquistare il potere: di toglierlo a noi.

Diceva sempre: se qualcuno chiede aiuto non si deve pensare, si deve correre. Si chiamava Paolo Foglia. Aveva trentacinque anni e una Francesca da sposare a settembre. La mattina di Ferragosto la portò a prendere il fresco sulle rive del Ticino, accanto a Pavia, insieme al loro cane, un pastore tedesco. All'improvviso un bambino si dibatté in acqua e urlò. Si tuffò il padre del bambino e scomparve quasi subito fra i gorghi. Allora si buttò una ragazza, buona nuotatrice, ma la corrente era così carogna che inghiottì pure lei. Il bambino si chiamava Eglison e il padre Shklezen: erano albanesi. La ragazza: Raffaella. Paolo Foglia non sapeva chi fossero. Sapeva solo che se qualcuno chiede aiuto non si deve pensare, si deve correre. Si lanciò nell'acqua ghiacciata e li trascinò a galla e poi verso la riva, uno dopo l'altro: il bambino, l'uomo, la ragazza. Alla fine, stremato, affogò. Da una barca gli tesero un remo, ma Paolo aveva braccia troppo pesanti per afferrarlo, cedette alla malizia di un ultimo mulinello e si inabissò. Francesca e il pastore tedesco non hanno ancora smesso di piangerlo. Il comune milanese di Bresso, dove abitava, gli ha dedicato una piscina. In coda a un anno di angosce, quest'uomo straordinariamente normale rappresenta il fantasma del nostro coraggio: disperso, spolpato, rimosso, eppure mai del tutto sfrattato dal suo nido in fondo al cuore. Per me, e spero anche per voi, Paolo Foglia è l'italiano del 2002 e l'angelo custode del 2003. Che ci insegni a correre, senza avere paura.

2003

Stasera chiunque passeggiasse nei dintorni della stazione di Padova rischierebbe di incespicare in un oggetto misterioso. Un libro. Anzi, a guardar meglio, decine di libri. Abbandonati strategicamente da una casa editrice piccola e astuta, la Meridiano Zero, per promuovere una nuova collana di romanzi, ma un po' anche per vedere l'effetto che fa. Il malcapitato che si imbattesse in un libro disperso potrebbe in effetti: a) denunciarlo alla polizia per occupazione di luogo pubblico, b) barattarlo con un biglietto dell'ultima opera di Boldi per tornare a vederla e capire finalmente le battute, c) aggiungere uno « zero » al prezzo e poi venderlo a un « comunista », iniziando una carriera dalle prospettive presidenziali illimitate, d) tenerlo all'incontrario sfogliandolo con aria interessata, come Bush in una foto purtroppo autentica, e) lanciarlo contro il televisore durante un appassionante dibattito sull'ombelico della sinistra decrepita, nella speranza di scuotere D'Alema e Cofferati, non essendocene alcuna di svegliare il conduttore, f) usare la copertina dura per grattarsi i punti irraggiungibili della schiena (provateci con una PlayStation!). Non si può però escludere a priori un'ipotesi residuale, la g: che provi a leggerlo. E la lettura è una brutta malattia, da cui si guarisce da giovani grazie alla scuola, ma che presenta sempre il rischio di ricadute. Un virus controllabile finché resta confinato alle librerie e alle biblioteche. Ma di cui nessuno conosce le conseguenze, se si cominciasse a diffondere per le strade.

La legge NON è uguale per tutti. Invece ogni tanto succede ancora. Si tratta di casi isolati, ma pur sempre spiacevoli. Perciò, signori della Corte, vi chiediamo di punire quel poliziotto di frontiera che ha denunciato Alberto Tomba a Fiumicino dopo averlo sorpreso a « tombeggiare » col passaporto scaduto: cambiandogli a biro la data di emissione. È vero che, in base a una legge imminente, falsificare i passaporti sarà considerato un gesto di creatività. Però il signor Tomba non avrebbe mai perso tempo a manomettere il proprio se non vi fosse stato costretto dall'imputato. Il quale non ha tenuto in nessun conto che il signor Tomba era il signor Tomba (nonostante la vittima glielo abbia ricordato più volte) in partenza per le spiagge delle Seychelles, dove intendeva inaugurare alcuni skilift. Il poliziotto sapeva che il signor Tomba era in ritardo per colpa degli ingorghi statalisti che paralizzano il libero dispiegarsi dell'iniziativa privata sul Raccordo anulare. E che se avesse perso quell'aereo non avrebbe potuto prenderne altri, a causa di uno sciopero indetto dai sindacati senza alcun rispetto per la sua carriera. Eppure ha persistito in un atteggiamento arrogante, costringendo la vittima a compiere quella che il signor Tomba, con espressione felice, ha definito « una banalità in buona fede ». Se poi si pensa che l'imputato non ha mai vinto neanche uno slalom, il suo sopruso diventa davvero intollerabile. Quest'Italia di Tomba non si merita servitori simili. Che venga esiliato!

Più paghette da piccoli, meno mazzette da adulti. È la conclusione implicita di un'inchiesta condotta dall'università di Bonn fra undicimila adolescenti di tutta Europa. Nei paesi nordici, dove i ragazzi ricevono dai genitori calvinisti un microstipendio regolare e lo arrotondano con qualche commissione domestica pagata a parte, si cresce intrattenendo un rapporto responsabile col denaro, non foss'altro perché s'impara fin da bambini a collegarlo al merito e alla fatica. Invece nel Sud Europa la paghetta fissa è rimpiazzata quasi ovunque dal prototipo della tangente: elargizioni estemporanee, dettate dalla convenienza o dalla parzialità e slegate da qualsiasi prestazione professionale lecita (tipo pelare le patate o andare alla posta). Così nel ragazzo italiano, greco e spagnolo si fa strada l'idea che i soldi non siano la ricompensa per un lavoro ben fatto, ma il frutto di una concessione capricciosa da strappare con tecniche seduttive e ricattatorie. Anche più stringente è il nesso fra la mancata paghetta e la tendenza all'indebitamento, altro vizio endemico delle economie mediterranee. Mentre gli euroragazzi del Nord, quando vanno in rosso, girano al largo dalla famiglia e chiedono un prestito ai coetanei (che ne esigeranno la pronta restituzione), nei paesi del Sole i virgulti s'attaccano alla banca a fondo perduto dei genitori oppure, ma solo in Italia, al pronto soccorso dei nonni. E una volta imparato a vivere allegramente al di sopra dei propri mezzi, non ci rinunciano più.

È straordinario l'entusiasmo con cui i maschi italiani hanno accolto la notizia del nuovo pillolone erotico in grado di protrarre lo stato di grazia dello strumento ben oltre le ventiquattro ore. A sentirli non sembra di abitare un Paese sessualmente in ammollo, dove si fa sempre meno l'amore e le inadeguatezze d'alcova vengono nascoste anche ai medici come segreti di Stato. Così quella che altrove è la stampella degli impotenti da noi è stata allegramente derubricata a doping per mandrilli e sulle radio e nei bar si stilano tabelle, si minacciano record. A me il cialis!, gridano all'unisono le voci dei guerrieri del materasso, per le cui sfrenate mire espansionistiche il viagra, con le sue quattro ore scarse di garanzia, era ormai diventato un'aspirina, tanto da aver indotto più d'uno a ricorrere al generoso fai-da-te dei farmacisti. L'atmosfera evoca scenari epici: la preda eccitata in trappola e il cacciatore che prima dell'ultimo assalto trangugia pozioni magiche con nomi da elfi tolkieniani. Cialis, Taladafil, Caverjet, Vardenafil: la folla di additivi chimici che invaderà il mercato promettendo, dopo « la pillola del weekend », quella delle vacanze estive: ne prendi una il primo agosto e resti impalato come un ombrellone fino alla riapertura delle scuole. E la moscia realtà? Meglio non pensarci. Ci sarebbero anche gli effetti collaterali – mal di stomaco e pioggia di miliardi alle case farmaceutiche – ma i nostri mandrilli sono troppo signori per prenderli in considerazione.

Dedicato ai cuori solitari per scelta. Altrui. Quelli che sono stati appena lasciati e non ci stanno. Quelli che ci starebbero anche, se solo trovassero qualcun altro disposto a stare con loro. Quelli che fanno gli innamorati di riserva e da svariate festività aspettano che lui/lei lasci il titolare. Quelli che « io dall'amore non mi aspetto più niente », ma sperano ancora di aver detto una bugia. Quelli che non sanno che sapore ha un bacio, o non se lo ricordano più, e oggi mangeranno troppi cioccolatini. Quelli che se lo ricordano benissimo e mangeranno troppi cioccolatini lo stesso. Quelli che « ma come cantava Baglioni, strada facendo troverai anche tu un gancio in mezzo al cielo? » Quelli che « ma fammi il piacere! » e alzano la testa, così, per controllare. Quelli che la testa non la alzano più e invece gli farebbe bene. Quelli che leggono che oggi, San Valentino martire, gli italiani spenderanno ottocento milioni di euro in fiori, peluche, messaggini telefonici e cene a base di carciofi e pensano: « Dove andremo a finire? » Quelli che vorrebbero finire proprio lì, sepolti da fiori e peluche, a scambiarsi messaggini fra i carciofi. Quelli che « se potessi tornare indietro » o « se riuscissi ad andare avanti » e intanto intralciano il traffico. Quelli che si sentono esclusi, sconfitti, diversi, incompresi, inadeguati: soli, eppure sono tantissimi. Quelli che non sentono più niente e, dopo averlo rincorso invano, adesso scappano dall'amore. Quelli che tanto l'amore prima o poi li raggiunge.

Un tempo i film d'autore raccontavano tutti la stessa storia: un tipo vive in modo sbagliato, ne prende coscienza, si ribella e cambia. Il cuore era in quel trasformarsi e ricominciare, « l'unica gioia al mondo » scriveva Pavese, che quando smise di provarla smise anche di vivere. Oggi i registi si limitano a gettare sulla società uno sguardo freddo da entomologi. Vedono scenari cupi e li fotografano con maestria, ma senza preoccuparsi di indicare l'orizzonte di un riscatto. La famiglia media non è sempre il nido di orrori descritto da Muccino in *Ricordati di me*. Ma anche se lo fosse, un artista sensibile dovrebbe far intravedere agli spettatori angosciati uno squarcio di luce. Muccino ci rinuncia, come il Moretti della *Stanza del figlio* e come Ken Loach, il cui ultimo film parla di un sedicenne con madre ex tossica, patrigno violento e nonno poco amabile che, cercando di emergere dal fango, ci sprofonda. « Prima di dare speranze, dobbiamo far conoscere la realtà », si difende il regista. Peccato che la semplice denuncia dei problemi non produca rivolte, semmai depressioni. E poi il pubblico la realtà la conosce benissimo. Giornali e tv non fanno che parlargliene. Per questo, quando va al cinema o apre un libro, vorrebbe scappare dal mondo in cui vive, a caccia di stimoli intelligenti che gli diano la forza per cambiarlo. « Il film di Muccino è un bel pugno nello stomaco », ha detto l'ex ministro della cultura Melandri. Bene, è proprio di quei pugni che abbiamo la nausea. Per scuoterci, adesso, ci servono carezze.

Lunedì sera, a Torino. In una strada del centro due nordafricani ubriachi assaltano un uomo per rubargli il portafogli. La vittima, gli occhiali rotti e la faccia arrossata dai pugni, strilla nel silenzio i suoi « aiuto ». Una signora e il marito spalancano la finestra e urlano, inducendo così gli aggressori a scappare. A volte basta poco per essere eroi. Specie se quel poco ci si ritrova a farlo da soli. Due palazzi di parecchi piani incombono sul punto dell'agguato, racconta la signora. E a ciascuna di quelle finestre sventola una bella bandiera della Pace. Eppure nessuno vi si è affacciato durante il pestaggio e neppure dopo, quando sono arrivate l'ambulanza e la polizia a sirene spiegate. Tutti sordi? O ipnotizzati davanti alla tele da qualche fabbricante d'ansia senza conforto? No, semplicemente asserragliati dietro le tende con un chilo d'ovatta sulla coscienza. Per credersi buoni è più che sufficiente la bandiera alla finestra o l'offerta di qualche euro a una maratona televisiva. Esaurite le prediche contro l'egoismo e il rifiuto di sentirsi parte di una comunità, scendiamo a un livello utilitaristico. Ciò che ha spinto per millenni gli uomini a dare ospitalità ai viandanti non era amore. Era la certezza che un giorno sarebbero stati viandanti anche loro. Ora, è vile ma umano che una persona spaventata si rifiuti persino di affacciarsi alla finestra. Ma è allucinante che quella persona si sia dimenticata che prima o poi sarà lei a guardare una finestra nella speranza che si apra.

Spettabile fatturato elettorale di sinistra, facendo seguito alla circolare diffusa ieri in Bari dal dottor Premier, nella quale veniva messa all'indice *Bandiera rossa* in quanto « canzone cattiva » (oltre che antipatica, brutta e cafona), si comunica che da oggi « Avanti popolo » diventa « Avanti pubblico », di Adornato-Apicella-Berlusconi. Fiato alle trombe, Schifani!

« Avanti pubblico, datti una mossa/ se vuoi star meglio, passa alla cassa/ avanti pubblico, consuma in massa/ e il benessere ritornerà/ Berlusca sempre si intervisterà/ Berlusca sempre l'ultima dirà/ Berlusca sempre la trionferà/ Evviva il Capufficio delle libertà!

« Degli imputati l'immensa schiera/ noi salveremo dalla bufera/ O magistrati senza vergogna/ il vostro premio sarà la gogna/ Berlusca sempre si autoassolverà/ Berlusca sempre gli altri accuserà/ Berlusca sempre la trionferà/ Il frutto del processo sia l'immunità!

« Dai campi al mare alla miniera/ Lui dell'Italia farà una fiera/ taglia i servizi ma non le tasse/ per rimpinguare le patrie casse/ Berlusca sempre ci prometterà/ di fare quello che poi non farà/ Berlusca sempre ci comanderà/ Soltanto il fatturato è vera libertà!

« Non più nemici, non più frontiere/ Sette canali, un Cavaliere/ se qualcun altro si mette in vista/ dategli addosso, è un comunista/ Berlusca in onda dappertutto andrà/ di barzellette ci ubriacherà/ Per questo sempre lui trionferà/ Evviva il logorroico delle libertà! »

Gentila ministra Moratta (femminile, no?) s'ono il allievo modello di un'istituto superiore di una citta itagliana. O' letto con un po di locomozione e tantamatanta joia le sue statistike su noi studenti ke non sapremmi (plurale, giusto!) + la drammatica, la nalisi logica e l'ageometria. In certe skuole professionali a dirittura il 70 per ciento! Siamo stati eroinici, l'ò sò. Estata dura addebolire le regole, i ragionamenti e l'inmaginazione ke l'emaestre ci havevano in segnato a usare d'urante Lele Mentari. Ci soni voluti tanti ministri e funzionari di destri e di sinistri, tanti soldi né gati, tanti profi avviliti e subpagati, tanti programmi e videogiochi de c'è rebrati, tanti adulti maleducanti e maleducati. E qualc'osa ciel'abbiamo aggiunta purè noi. Ma all'afine ciel'habbiamo fatta!! Dora in poi funzionerà partaimm anke il c'ervello: x adeguarlo al mercato. La strazione e la inmaginazione sona già stata sostituita dai video, che facendo vedere tutto, ti allenano a non inmaginare + gnente. In somma, signora Moratta. S'iamo pronti x le Uropa. Tanto, x battere l'Acina mica serve di sapere il teorema di Taliente o cosè un complimento oggetto. Serve l'hinglese e una skuola ke attracchi i vestimenti americani, comà spiegato ieri a Uoll Strìt il nostro capoclasse, sfornando tante belle segretarie e sempre meno komunisti (da quando s'ono diminuiti, in Italia s'ono di nuovo aumentati i bambini: e questa, m'iscusi, non sarà ageometria ma è nalisi logica.)

Tim offrirà gratis fino a dicembre la televisione sul telefonino (purché sia un Gprs, ovvio, in attesa dell'Umts e del definitivo Rcrdp: Riciclabile-come-racchetta-da-pingpong). Non bastava parlargli addosso, non bastava scrivergli dentro. Il simpatico ordigno entra massicciamente nella terza fase: ci fa vedere. Cosa? I gol di Nedved. I video di Sting. E più in là persino la porta di casa nostra, qualora un ladro decidesse di sfondarla. Sarà una delizia osservare in diretta un uomo incappucciato che svaligia l'argenteria di famiglia facendoci ciao con la mano. È antimoderno chiedersi perché persone dotate di una vista normale dovrebbero smaniare dalla voglia di rovinarsela, guardando i gol di Nedved in formato lillipuziano, quando trascorrono la maggior parte del tempo in case e uffici ricolmi di televisori dalle dimensioni bulimiche. Il videofonino è inutile, quindi diventerà indispensabile. Anche se guardare i gol costerà molto più caro che spedirsi messaggini. E anche se, al momento, chiunque non sia un nevrotico dell'elettronica e abbia più di sedici anni fatichi certe volte a digitare persino il codice pin. Su una cosa però si può scommettere, sicuri di non venire sbugiardati dal futuro. Non lo useremo per vedere, ma per farci vedere. Altro che spettatori passivi! Sorgerà una nuova generazione di registi autoreferenziali alla Moretti e di paparazzi che andranno in palestra a videofonino sguainato con l'obiettivo di carpire l'immagine di una mutanda e diffonderla in rete. In America già succede ed è un gran bel progresso.

Chi crede nel mito dell'Anima Gemella ha forse trovato la pezza d'appoggio che gli mancava. Il 28 agosto 1982, al Bolitho Hospital di Penzance in Cornovaglia, un bambino e una bambina venivano al mondo a distanza di tre ore. Essendo gli unici nati di quel giorno, all'infermiera sembrò naturale depositarli in due culle affiancate, dove Adam Redgrave e Melanie Sommerville trascorsero la loro prima notte di vita a strillarsi meraviglie non comprensibili da orecchie adulte. Poi le famiglie li separarono, come forse succede ancora solo a quell'età. Ma vent'anni dopo il destino assoldò uno sceneggiatore esaurito di Hollywood e fece scontrare i loro carrelli al supermercato. «*Sorry*, ma... non ci siamo già visti?» Tirarono l'alba a parlare e, tipico dei colpi di fulmine, pensarono di conoscersi da sempre. Però nel loro caso era vero: lo hanno scoperto mentre preparavano i documenti per il matrimonio. Adesso su Adam e Melanie (Adamo e la Mela?) grava una certa responsabilità. Se in futuro divorziassero, magari scannandosi sugli alimenti, come la metteremmo con l'Anima Gemella? Riguadagnerebbe terreno il partito di chi pensa che la metà che abbiamo perso al momento dell'incarnazione, e che per tutta la vita cerchiamo nel sorriso di un nostro simile, non abiti fuori ma dentro di noi. E ci aspetti oltre lo specchio, al termine di questa esperienza terrena. L'amore per un altro essere umano sarebbe lo strumento magico che ci è stato dato per riconoscerla.

A ogni cambio di moneta, chi ci perde sono sempre i risparmiatori e i consumatori, ha spiegato ieri il governatore Fazio. Grazie del pensiero. Ma non potevano avvertirci prima? Se uno va a riprendersi le collezioni dei giornali nelle settimane che precedettero il varo dell'euro, da parte delle Autorità non trova che dichiarazioni sugli immancabili destini del continente. Nemmeno un accenno agli arrotondamenti del verduriere. Prodi fu tra i pochi ad abbassarsi al livello della plebe. Ma solo per dirle di tenere d'occhio i resti e le monete false. In questa nazione di ossessivi, dove sei considerato un grande comunicatore se ripeti le stesse cose fino alla nausea, nessuno si degnò di addestrare ossessivamente gli italiani a una ginnastica mentale che associasse l'euro alle duemila lire e non alle mille. Come invece è puntualmente avvenuto. Anche i media, ansiogeni per vocazione, riguardo all'euro si adeguarono all'enfasi generale, forse per non turbare un pubblico che stava andando verso la moneta unica con indifferenza e superficialità: la miscela che ha fatto da madre a tutti i nostri disastri. Gli amanti della dietrologia fiuteranno in queste latitanze generalizzate l'odore di un complotto. Speriamo. Sempre meglio il complotto, che presuppone intelligenza, della probabile verità: un difetto di comunicazione, spia del pressappochismo di un'intera classe dirigente. Persa in un'orgia di messaggi retorici, polemici, pettegoli. E ormai incapace di trasmettere i pochi che servono, i pochi che contano.

Quella sera di due anni fa, Chante Mallard, giovane infermiera texana di Fort Worth, compì una serie impressionante di scelte sbagliate. Si mise al volante della sua auto dopo aver fatto il pieno di ecstasy, superalcolici e marijuana. Investì un barbone, che rimase incastrato al suo parabrezza. Si rifiutò di soccorrerlo e lo lasciò morire dissanguato. Infine, con l'aiuto del fidanzato e di un complice, nascose il corpo della vittima nei pressi di una discarica, come in certi telefilm a corto di idee. La arrestarono. Al processo si dichiarò colpevole e fu condannata a cinquant'anni di carcere, ma solo perché in Texas la pena di morte è circoscritta agli omicidi premeditati. Due anni dopo, in conseguenza del suo gesto, altre persone compirono una serie non meno impressionante di scelte diverse. Cominciò un ragazzo di nome Brandon Biggs, che chiese di poterla incontrare. Era il figlio del barbone ucciso e voleva perdonare: lei, il fidanzato, il complice. Disse: « Se l'amore fa funzionare il mondo, è il perdono che lo rende più sincero ». Non ne parlò con nessuno, ma le carceri sono una Cnn senza fili e così nel giro di una settimana lo sapevano tutti. Vennero anche a sapere che Brandon aveva intenzione di iscriversi all'università, ma non ne aveva i mezzi. Fu allora che i condannati a morte di tutte le prigioni d'America presero l'ultima decisione di questa storia: organizzare una colletta fra loro per pagargli una borsa di studio. Raccolsero diecimila dollari e lo mandarono a scuola.

Alla signorina Falchi Anna, di professione Famosa, la prefettura di Perugia ha restituito in meno di ventiquattro ore la patente ritirata il giorno prima per eccesso di velocità. Il sindacato di polizia che ha denunciato l'episodio ironizza sull'improvvisa rapidità di un ufficio appesantito da tonnellate di arretrati e si chiede se le motivazioni di urgenza addotte dalla Famosa nel suo ricorso (doveva correre al capezzale di un conoscente) avrebbero sortito lo stesso effetto se a pronunciarle fosse stato uno sconosciuto. Il quadro descritto è solo parziale. Non tiene conto che nella moderna gerarchia sociale esistono tre categorie di individui: i Potenti, i Famosi e i Contuntubo. Il Potente (banchiere, grande manager, ecc.) non coincide necessariamente col Famoso: anzi, spesso si tiene alla larga dalle luci della ribalta. Se viene fermato per eccesso di velocità, come minimo lo scortano a sirene spiegate fino a destinazione. E se anche sono così ingenui da ritirargli la patente (per restituirgliela subito dopo, leccata su entrambi i lati), potete star sicuri che non si verrà MAI a sapere. Il Famoso semplice, invece, fa la fine della Falchi: gode di certi benefici, però li paga salati. Gli ridanno la patente ma finisce sui giornali, capro espiatorio del malcostume nazionale. Oppure viene preso a botte senza alcun rispetto da un automobilista esagitato, come è successo ieri mattina a Massimo Giletti. E il Contuntubo? Niente. Quello prende le botte e basta.

Se almeno nella commozione esistesse un po' di giustizia, oggi tutta l'Italia che ha pianto le vittime di Nassiriya dovrebbe chinare la testa davanti all'appuntato Massimo Guerini. Era un giovane carabiniere della sezione antirapine di Torino, sposato da poco più di un anno. È morto in guerra anche lui. Una guerra che si combatte senza edizioni straordinarie dei tg e che lo ha reciso ieri mattina sulla strada di Ceresole d'Alba, mentre inseguiva il suo assassino: un bandito condannato all'ergastolo per l'omicidio di un poliziotto, ma ovviamente in libertà vigilata, perché da noi le sentenze definitive di condanna sono un'indicazione di massima, l'espressione di uno stato d'animo. L'appuntato Guerini non è un eroe perché è morto, ma perché era bravo: aveva già contribuito ad arrestare i responsabili di cinquantaquattro rapine. Lo è, soprattutto, per il coraggio dei giusti con cui è andato incontro alla morte: rifiutandosi di aprire il fuoco per primo. Eppure, nella gerarchia dei turbamenti nazionali, la perdita di un ragazzo che in cambio di uno stipendio modesto cercava di renderci un po' più sicura la vita ha avuto un impatto quasi di routine. È sempre stato così. Solo che non ci si faceva caso. Ma dopo l'ubriacatura di retorica per i suoi colleghi uccisi in Iraq, la differenza di trattamento risalta spiacevole. Come se l'epica di un gesto dipendesse dal contesto più o meno estremo in cui avviene. E gli eroismi che accadono accanto a noi ci toccassero il cuore soltanto quando li vediamo a *Distretto di polizia*.

J.D. Salinger si è opposto alla trasposizione cinematografica del *Giovane Holden*, rifiutando offerte strabilianti da parte di Spielberg e Miramax. Lo ha rivelato il suo agente, in un libro di memorie. Nella società dell'immagine, dove i romanzi si scrivono già pensando al film, si tratta di una decisione fuori dal tempo, ispida, assurda. In una parola: meravigliosa. Non si può certo tacciare Holden di incoerenza. Detestava il cinema già cinquanta anni fa, a pagina due, quando criticava la scelta del fratello di lavorare a Hollywood. Ora lo accuseranno di snobismo miope: in fondo il film garantirebbe al libro nuovi lettori. Già, ma a quale prezzo? Si mangerebbe il romanzo, come è successo a tante creazioni letterarie degli ultimi anni: Hannibal Lecter, Montalbano, Bridget Jones. L'interprete del film, riprodotto su migliaia di copertine, diventerebbe «il» giovane Holden per tutti. E finirebbe per sovrapporsi all'Holden che ogni lettore si è creato da sé, partendo da quell'unico particolare inconfutabile: il berretto da baseball con la visiera girata al contrario. Stimolare il cervello a produrre immagini è il vero compito della parola scritta e orale: favole, romanzi, canzoni. Invece, dando un corpo definito alle fantasie, l'immagine ingabbia l'immaginazione e ci disabitua a girare film nella nostra testa. È anche questa atrofia «muscolare» ad averci resi così superficiali, instabili, ansiosi. Grazie, mister Salinger, per essersene ricordato.

Bidonato dagli argentini e dai latticini, dai bond che di nome non fanno James, dalla Borsa e dalla vita, dal caro-tariffe, dal caro-affitti e da tutta quanta la tribù dei suoi cari & rincari. Costretto a difendersi da ragionieri che creano e creativi che ragionano, imprenditori che rubano e manager che tagliano, banchieri che lesinano e controllori che dormono. Perplesso davanti a un mondo che ha spostato altrove il baricentro del benessere, da un'Europa che non è Stato e da un euro che c'è stato, anche troppo. Confuso dal crollo dei propri valori – il merito, la moderazione e la voglia di lavorare – che per la prima volta non gli garantiscono più certezze. Snobbato dagli intellettuali di sinistra, che lo disprezzano da sempre, e tradito dai politici di destra, che dopo avergli chiesto il voto lo hanno dimenticato. Blandito dai pubblicitari, che invece non si dimenticano di vendergli novità tecnologiche che non può più permettersi, dipingendogli negli spot una gioventù immaginaria che passa il tempo a parlare al videofonino, certo non con lui. Il vero eroe del 2003 è l'ex ceto medio retrocesso a quasi povero. Il borghese piccolo piccolo che si è rimpicciolito ancora un po' e giunge alla foce di un anno infestato dai caimani stringendo idealmente fra le dita l'unico euro risparmiato e l'ultima illusione di futuro. Simbolo silenzioso di tutti quegli italiani che, come le vittime di Nassiriya, hanno attraversato il 2003 compiendo il proprio dovere, nella speranza che possa servire a qualcosa e non solo a qualcuno.

2004

L'agente Barbara Bonanni della polizia Stradale ha raccolto in un libro tutte le scuse con cui per dieci anni gli automobilisti hanno tentato di scansare le sue multe. Prevale la linea del sorrisone, che consiste nell'inchinarsi al potere costituito e cercare di blandirlo con argomenti credibili. Ecco il punto: ciò che sembra credibile agli italiani è davvero incredibile. « Sono passato col rosso, ma era quasi verde. » Il colpevole riconosce il misfatto, ma lo sposta in un territorio neutro ai confini della legalità, dove si muove la maggioranza dei suoi simili, che se si fermassero tutti al « quasi verde », nessuno circolerebbe più, e mica solo su strada. « Guidavo col cellulare all'orecchio, ma ascoltavo soltanto. » Tentativo spregiudicato di riscrivere le regole: si può tenere una mano sul volante e l'altra sul telefonino, purché la bocca resti chiusa. In apparenza insostenibile, ma se la ripeti un po' di volte alla tv è possibile che il vigile, oltre a toglierti la multa, ti voti alle elezioni. « Ho frenato allo stop, ma l'auto è andata avanti lo stesso. » Scaricabarile classico, declinato in versione postmoderna, dove la colpa non viene più attribuita ad altri esseri umani, ma a un oggetto inanimato che si muoverebbe con una volontà propria, al solo scopo di metterci nei guai. Però le mie preferite sono « non ho messo le cinture di sicurezza in quanto avevo mangiato troppo » e « ho superato i limiti di velocità per far entrare aria fresca ». Perché la faccia tosta è un'arte. E modestamente noi quell'arte la dominiamo.

A giudicare dall'esordio, l'ultima parte della saga del *Signore degli Anelli* si accinge a diventare il film più visto nella storia del cinema. In particolare in Italia, dove le peripezie degli hobbit e del mago Gandalf incrociano un pubblico eterogeneo che va dai seguaci di Boldi a quelli di Tarantino, e capita di vedere un bullo tatuato sedersi in platea accanto a un intellettuale con gli occhialini. Quando un'opera dell'ingegno umano raccoglie un consenso così ampio, significa che una verità profonda è annidata al suo interno e agisce a livello inconscio. Chiunque abbia letto il romanzo di Tolkien, che il film ha il pregio di rispettare con devozione quasi religiosa, conosce questa verità. *Il Signore degli Anelli* è l'unica epopea in cui i protagonisti non rischiano la pelle per conquistare un tesoro (foss'anche, come Ulisse, il ritorno a casa), ma per buttarlo via. Pur sapendo che l'Anello è fonte di potenza per chi lo detiene. E che la sconfitta del male che deriverà dalla sua perdita salverà il mondo, ma lo indebolirà comunque. Essendo il male, come il bene, una faccia dell'inscindibile Tutto. Il tesoro da buttare simboleggiato dall'anello di Mordor è la brama smodata di ricchezza e di dominio sugli altri. In un'epoca che ha accettato come un dato di fatto che il Potere non possa essere che questo, e dove chi critica coloro che lo detengono è perché lo desidera per sé, l'idea che l'unica salvezza possibile consista nel rinunciarvi volontariamente è una rivelazione che rianima i cuori: persino i nostri, già così congelati.

La Protezione Civile vorrebbe dalle radio « un linguaggio più diretto » nell'informare i cittadini sui danni del maltempo e gli ingorghi stradali. La richiesta suona a implicito riconoscimento dello stato catatonico in cui versa l'automobilista e in genere l'italiano medio. Ormai incapace di allarmarsi per una notizia che si limiti ad annunciare sette chilometri di coda o la presenza di un orso bianco al casello di Roncobilaccio. È successo nell'ultimo fine settimana, quando in migliaia hanno intasato le autostrade sepolte di neve, nonostante da Isoradio fino all'ultima stazione di provincia venisse loro descritto uno scenario apocalittico. D'ora in poi, par di capire, si chiederà a *Onda Verde* di alzare i toni: gridare all'attacco atomico per ottenere almeno l'acquisto delle catene. È il risultato della droga somministrata anno dopo anno in quantità sempre più massicce dai media: titoloni e annunci drammatici, spesso sul nulla, che voci concitate scandiscono col sottofondo di musiche thriller. Da questo scroscio di iperboli, che mendica attenzione ma trasmette più che altro ansia, il cittadino ha imparato a difendersi alzando la corazza della diffidenza e del cinismo. Se ogni bisticcio è «una guerra», ogni raffreddore della politica «un golpe» e tutto, ma proprio tutto, «è bufera», logico che quando alla radio ti dicono che è arrivata la bufera – quella vera – uno faccia spallucce e continui a viaggiare, pensando che alla peggio incontrerà Bossi e Follini che litigano sull'otto per mille in autogrill.

Ogni settimana un milione e mezzo di italiani adulti legge *Topolino*. Di solito in bagno e vergognandosi di ammetterlo, come fosse un'attività pornografica. La paura dei più è di essere sorpresi a metà di un'avventura di Zio Paperone dai due nipotini Morelli & Crepet col dito puntato. E doversi sorbire un'omelia psicanalitica sull'infanzia infinita e i rapporti fra Paperino e Peter Pan. C'è qualcosa di male nel leggere i fumetti di Walt Disney a quaranta o settant'anni? Non più di quanta ce ne sia nel tifare per una squadra di calcio, altro tributo pagato alla nostalgia dell'infanzia, quando gli amori erano tersi e si scolpivano nel cuore con la forza indelebile della scoperta. Eppure nessuno prova imbarazzo nell'abbracciare un estraneo dopo un gol e spesso neanche nello sbirciare alla tele chi urlacchia da Biscardi. Perché dovrebbe sentirsi un ritardato sociale se sorride per una freddura di Pippo? La fedeltà matura a *Topolino* (sancita da una nuova pagina dedicata ai lettori maggiorenni) è il segnale di un fenomeno moderno. La prevalenza del rimpianto sulla speranza, dei ricordi sui sogni, del passato sul futuro: che non va più di moda. Gli adulti di *Topolino* sono cresciuti in un mondo che si chiedeva cosa sarebbe successo fra trent'anni e che ora invece si domanda cos'era successo trent'anni prima. La storia prevale sulla fantascienza, le ricostruzioni sui progetti. Una volta il futuro aveva l'immagine di un robot. Adesso di un deserto. Qualcuno preferisce non pensarci e si porta in bagno *Topolino*.

Il Dipartimento investigativo antimafia (Dia) segnala l'aumento drammatico del consumo di droghe sintetiche fra i giovanissimi. La notizia trasporta l'eco di un allarme lontano, come di vicenda già sentita, discussa, sviscerata e rimossa. Erano i tempi dell'ecstasy, ricordate? All'inizio del Duemila. Quando la morte di un adolescente in discoteca ci aprì un mondo e non si poteva più accendere la tv senza trovare un genitore angosciato o un impasticcato pentito. Poi cadde il silenzio. È stato così per molti fatti della vita, il cui destino è di entrare e uscire dall'agenda delle emergenze nazionali e delle chiacchiere ansiose della gente. Ci fu un periodo in cui non passava giorno senza che piovessero sassi dai cavalcavia. Più di recente, i rottweiler assassini e le bottiglie d'acqua bucate. Una psicosi durata un paio di settimane e subito sostituita da un'inflazione di piedi in cancrena che i possessori si rifiutavano di farsi amputare: uno, due, tre, poi è esplosa Madrid e non se n'è saputo più niente. Ma dove andranno queste notizie, quando nessuno si occupa più di loro? In alcuni casi deperiscono, come il nonnismo nelle caserme. In altri si rinforzano per poi ripresentarsi ancora più minacciose: il bullismo nelle scuole. E si fatica a capire se certi eventi si moltiplichino per emulazione, o se sia la torcia dei media che nel buio non riesce a illuminare più di uno squarcio alla volta, dando l'impressione che la realtà stia tutta lì, in quella fettina di sofferenza disvelata che definiamo «attualità».

Anche Cruise & Cruz, ditta ispano-hollywoodiana di attori dal cognome quaresimale e quasi uguale, si è sciolta dopo tre anni di onorata attività. Un tempo avremmo filosofeggiato sui legami provvisori delle star. Troppe tentazioni. Vite complesse. Il bel Tom ossessionato da Scientology che non tollera una fidanzata scettica. La bella Penelope alla scoperta dell'America che si stufa della favola dopo averla spremuta fino all'ultima copertina. E via spettegolando. Ma oggi il fiato corto di questa unione famosa rientra assolutamente nella media di quelle normali. L'amore dura tre anni: è il titolo di un romanzo cinico ma vero (lo ha scritto un pubblicitario pentito, Frédéric Beigbeder). Almeno nella sfera sentimentale, l'agognato status di divi ce lo siamo guadagnati un po' tutti. È bastato diventare come loro. Convincersi che la « love story » ideale sia una festa eterna senza sacrifici. E che quando la passione richiede uno sforzo è perché sta cominciando a svanire. Eppure, persino l'amore più grande cammina su strade piene di buche, spesso c'è pure la nebbia, « *e quanti ostacoli e sofferenze e poi* », cantava Battisti, « *sconforti e lacrime per diventare noi* ». Troppa fatica. Ma per chi ha ancora voglia di sobbarcarsela, il premio è qualcosa di assolutamente unico, quasi eroico, in un mondo di valori ed emozioni flessibili, riciclabili, facilmente sostituibili. È il respiro dell'eternità.

Mi dissocio dal convincimento diffuso che mostrare immagini di violenza sia giusto o addirittura necessario per accrescere la consapevolezza dei cittadini. Le foto delle torture e dell'ostaggio sgozzato contengono un inganno. Dicono a chi le guarda: siamo documenti autentici che ti permettono di formarti un'opinione sui fatti. Ma mentono, perché a diffonderle nel tritacarne mediatico è stato e sarà sempre un potere di parte, interessato a provocare certi effetti (le dimissioni di un ministro, la sollevazione di una massa). Quindi l'immagine non libera lo spettatore: lo usa. Ma c'è un'altra ragione ancora più importante che mi spinge a diffidarne. A differenza di un testo scritto, l'immagine di un orrore non stimola la riflessione, ma solo un'emozione momentanea e prevedibile, che si limita a ribadire ciò che sappiamo già: in questo caso che le guerre di ogni epoca tendono a estrarre dall'uomo le pulsioni più estreme. Ma nella civiltà dell'immagine esiste solo ciò che vedi, sfringuellano i guru della modernità acritica per giustificare il loro voyeurismo. Già: ma PER QUANTO esiste? L'immagine, anche la più sconvolgente, galleggia in superficie. E produce reazioni emotive che evaporano in fretta, lasciandoci dentro un ricordo confuso e una scia di sdegno che va a stratificarsi sulle precedenti per gonfiare il salvagente di cinismo con cui cerchiamo di proteggerci. Rendendo indispensabile aumentare la dose dello schifo, la prossima volta.

L'unica ragione per cui sarebbe scorretto definire i gagà della Nazionale una squadra di femminucce è che non esistono ragazze di quell'età che pratichino lo sport con un'ossessione così smisurata per l'aspetto estetico. Chiunque abbia assistito alla sfilata d'esordio dei modelli azzurri in Portogallo sarà rimasto annichilito, prima ancora che dalle gambe molli, dalle facce ritoccate dei nostri. Totti aveva le trecce e il codino: sembrava il cognato di Heidi. Camoranesi inalberava un codone da virtuoso del tango. Vieri il cerchietto della Cuccarini. Persino il guappo Cannavaro si era moquettato la testa come un Beckham qualsiasi. L'insieme del quadro, i cui unici tratti di virilità erano rintracciabili nel ringhio di Gattuso, apriva squarci strazianti sugli ozi del ritiro azzurro. Nessuno pretende dagli italiani che escano ogni giorno a passeggiare sotto il sole cocente come i danesi, per abituarsi al clima. Ci saremmo accontentati di qualche passatempo da caserma: al limite una gara di rutti. Invece appare chiaro che fra loro questi ragazzi non parlano più di tacchetti, ma di cerchietti. Non di terzini, ma di orecchini. Si tagliano i capelli l'un l'altro, come vecchie amiche. E trascorrono le ore davanti allo specchio per sfumare un pizzetto, allungare una basetta, chiedersi se il colore della maglia non li sbatterà troppo. Non si preparano a giocare, ma ad apparire in tv. Chissà quanta pena dovrà suscitar loro Zidane, che continua a pensare più alla pelota che alla pelata.

Se qualcuno avesse ancora dei dubbi sui motivi per cui gli intellettuali italiani non riescono più a comunicare con la società, le polemiche ospitate dai giornali estivi basterebbero a dissipargli eli. Ogni disputa degli ultimi anni, mesi, giorni ruota intorno a carteggi segreti ed eredità politiche, sempre e comunque roba di defunti. Gli immigrati premono alle porte, quelle dell'Onu ci vengono sbattute in faccia dai tedeschi, l'economia langue, ma all'intellettuale nostrano questo mondo urgente e dolente interessa poco. Ad affascinarlo è il passato. Ma non quello che contiene le domande eterne dell'uomo ed entusiasma il pubblico, come testimonia il successo editoriale degli Egizi e del Graal. A lui interessa la storia italiana recente, pretesto per polemiche spicciole incentrate sul dissidio fra una sinistra e una destra che sopravvivono solo nell'album dei suoi ricordi giovanili. Adesso, per esempio, si discute l'egemonia culturale della Sinistra, che è esistita davvero, ma trent'anni fa, quando proprio perché esisteva non ne parlava nessuno. E poco importa che i mezzi con cui si esercitava quell'egemonia – l'editoria e il cinema d'autore – rappresentino oggi il cibo di una minoranza colta, mentre sono gli spot, con il loro linguaggio e i loro valori, a condizionare realmente milioni di persone. Tanto, su questo nostro presente, si accapiglieranno gli intellettuali del futuro. Fra trent'anni.

E vissero a lungo felici e contenti, garantiva l'ultima riga delle favole. Finalmente sappiamo che la prima parte, almeno quella, non era un imbroglio. Dei ricercatori inglesi vi si sono dedicati per un decennio, arrivando alla conclusione che la coppia, come certe pile, dura di più. Il tasso di mortalità aumenta con la solitudine, già a trenta-quarant'anni. Il single, nuova stella polare del firmamento umano, rischia come un fumatore accanito, anche quando non fuma. Addirittura il doppio, se è un maschio. Le cause del logorio precoce si riassumono in una sola: peggiore qualità della vita. Crolla miseramente il mito del singolo autosufficiente che si dedica ai piaceri e alla carriera senza gli impedimenti frapposti da un partner con prole. Privo di una persona con cui scannarsi amorevolmente ogni giorno, in realtà si smarrisce e s'intossica. L'impulso di ogni individuo alla stabilità affettiva non è quindi solo il frutto di un condizionamento sociale. Ha a che fare con l'istinto di conservazione. Chi vive in due, vive più a lungo. Con meno picchi emotivi, magari. O forse proprio per questo. I single potranno consolarsi al pensiero che un matrimonio infinito non sempre è un affare. Dipende dal matrimonio. Alla deputata laburista che in Parlamento gli gridava « se io fossi vostra moglie, vi servirei una tazza di tè avvelenato », Winston Churchill rispose: « E se io fossi vostro marito, la berrei ».

Sono contento di essere un connazionale del signor Pari, il padre di una delle due Simone rapite in Iraq. Ogni volta che lo vedo in tv, faccio esattamente quello che lui non fa: mi commuovo. Ha i capelli di Spencer Tracy e una faccia simile: solida, aperta. Occhi gonfi che non scoppiano mai. Insomma, il Papà. E quando dice: « Noi genitori ci teniamo dentro i nostri magoni, ma rispettiamo le scelte dei figli » capisci che non lo ha letto in un saggio: l'ha vissuto davvero. Da Nassiriya in poi, gli orrori della guerra ci stanno svelando un'Italia dignitosa che non credevamo di meritare. Fatta di famiglie che sanno mantenere in pubblico il controllo delle emozioni. Non insultano, non accusano. Casomai ringraziano. E non piangono. Coscienti che le uniche lacrime sincere – lo diceva sempre Montanelli – sono quelle che si versano al buio in una stanza senza specchi. L'Italia in ostaggio – l'Italia delle famiglie Baldoni, Pari e Torretta – non assomiglia a quella dei reality show, dove ogni pretesto è buono per scatenare isterismi travestiti da passioni. Ma non è neppure quella vittimista (« e lo Stato, dov'è? ») che animava i processi e le piazze televisive degli anni Novanta. Ero convinto che le persone che corrono in Iraq a sfidare la morte lo facessero per scappare da un vuoto. Dopo averne visto all'opera i familiari, comincio invece a pensare che sia proprio il pieno che si sono lasciate dietro a dare loro la forza per andare tanto avanti.

Lo sciopero della scuola contro la riforma appena varata dal governo in carica è un rito autunnale che si ripete da decenni. Ma se si esclude la vergogna immutabile del sottostipendio degli insegnanti, nel frattempo i problemi della scuola sono cambiati. Mentre il tenore della protesta, a giudicare dagli striscioni inalberati anche ieri, rimane sempre lo stesso: un affastellamento di banalità politicamente corrette che non sfiorano mai il punto centrale: il diritto di insegnanti e studenti a NON essere considerati tutti uguali. La battaglia sessantottina contro il nozionismo è stata vinta, in qualche modo. Adesso da parte di tutti, studenti compresi, ne andrebbe combattuta una opposta: contro l'ignoranza, prodotto naturale di un sistema che ha livellato verso il basso la qualità dello studio in nome di una smania fintamente ugualitaria, in realtà dai connotati reazionari. Perché il figlio ignorante di un ricco se la caverà sempre nella vita. È il figlio di un povero che non può permettersi il lusso di un'istruzione superficiale. E tutti, ricchi e poveri, hanno bisogno di una scuola più dura, dato che la facilità non genera felicità, mai. La più efferata delle discriminazioni consiste nel considerare il merito e la fatica una discriminazione. Invece che per il tempo pieno (viva il tempo vuoto che spinge a pensare!) le scuole dovrebbero cominciare a distinguersi, e i genitori a sceglierle, per la qualità dei professori, garantendo ai più bravi uno stipendio adeguato alla loro missione.

Uccisi per aver mancato di rispetto a un coetaneo, per aver rivolto uno sguardo o una parola di troppo alla sua fidanzata. Leggere le cronache dei quattro omicidi compiuti davanti alle discoteche nell'ultima settimana – l'ultimo ieri – equivale a spalancare il sipario sulla «generazione del *Gladiatore*». I danni inferti da quel bel film (e dai suoi modesti cloni) alle psicologie dei ragazzi più deboli vengono ormai alla luce e si traducono in una riproposizione distorta di valori assopiti, quali l'onore e la dignità. I nobili concetti che animavano il generale romano intepretato da Russell Crowe risuonano oggi come parole d'ordine nei luoghi di aggregazione di massa: stadi e discoteche. A brandirle in modo isterico sono ragazzi privi di qualsiasi filtro culturale, che se ne riempiono la bocca e le mani nella speranza di colmare un vuoto di riferimenti che è soprattutto interiore.

Fossero una frangia islamica, si potrebbe cercare una spiegazione nel fanatismo religioso. Ma sono per lo più italiani: commessi, studenti, minorenni. Il loro è un integralismo senza religione, un militarismo senza guerra, un codice mafioso e cavalleresco senza mafia né cavalleria. Sono pedine fragili e conformiste di un mondo che gli dice come vestirsi e cosa pensare. Sopra quella mollezza di creta si sono costruiti per reazione una falsa corazza da gladiatori, che li induce a scambiare la forma per sostanza e a chiamare « onore » quel che tutt'al più è un rattrappito, disperato amor proprio.

Tutti in Europa sono più poveri di cinque anni fa, eppure nessuno è così depresso come gli italiani. Ieri l'Istat ha annunciato anche il calo dei consumi alimentari, mentre aumentano a dismisura i decreti ingiuntivi per i pagamenti rateizzati. Significa che non solo i consumatori, quel poco che comprano, lo comprano a rate, ma che molti di loro non riescono più a far fronte neppure a quelle. Tedeschi e francesi sono altrettanto inguaiati, ma un po' meno abbattuti, perché storicamente i consumi occupano un ruolo meno centrale nella percezione che essi hanno di sé. Averli dovuti ridurre, per loro, è un problema. Per noi, un dramma. È più facile sopportare le angosce del « consumenismo » dove c'è uno Stato che funziona, le scuole e gli ospedali sono decorosi, la pubblica amministrazione autorevole, i trasporti efficienti. Per decenni l'italiano ha barattato la mancanza di questi servizi con i piaceri anarchici del consumismo. Il sistema che lo costringeva a un'ora di coda per ritirare una raccomandata era lo stesso che gli consentiva di cambiare di continuo il telefonino, l'orologio, in qualche caso il fuoristrada. Nel suo album di famiglia non c'era lo Stato, ma solo il ricordo di un'antica povertà. Così molti hanno finito per far coincidere il turboconsumismo con la qualità della vita, non potendo godere delle conquiste civili che altrove concorrono a determinarla. E oggi sognano un taglio vero delle tasse: felici di sacrificare uno Stato mai visto, pur di riavere il consumismo perduto.

Chiunque abbia visto le matrone di Secondigliano dilatare i corpi sciatti davanti alle telecamere per inveire contro i carabinieri che venivano a prendersi i loro cari, è attraversato in queste ore da pensieri poco natalizi circa il possibile uso di missili chirurgici su determinati quartieri. Ha dunque bisogno al più presto di recuperare fiducia nella natura umana. Un compito gravoso che si è assunto Stefano B., quarantenne milanese imbottigliato nel traffico del ponte di sant'Ambrogio. Non stava sull'Isola dei Famosi e non ha avuto una storia con Al Bano, eppure merita uno spicciolo della vostra attenzione. Lo vedete? È lì, fermo al semaforo rosso, mentre ripassa mentalmente i ritardi accumulati nella giornata. Quand'ecco che a poche macchine di distanza due ragazzi in moto affiancano l'auto di una giovane donna, Laura P., aprono la portiera e nonostante la sua resistenza riescono a scipparle la borsa. Stefano B. assiste alla scena con una decina di altri automobilisti. Ma soltanto lui la interpreta come un segnale che l'universo gli sta mandando per dirgli: non puoi fare lo spettatore a vita, intervieni. Non si chiede dove sia lo Stato, perché capisce che in quel momento lo Stato è lui. Insegue i ladri, li costringe a sbandare, si avventa su quello che tiene in mano la borsa e lo blocca fino all'arrivo dei poliziotti. Ignoro se Laura P. sia sentimentalmente appagata. Casomai non lo fosse, appurata la penuria di coraggio in circolazione, le suggerirei di innamorarsi con una certa urgenza di Stefano B.

Stavolta l'uomo dell'anno è un bambino. Quel piccolo della provincia di Pordenone che la settimana scorsa, nel cuore di una notte sottozero, è saltato fuori dal letto e, dopo aver rotto il salvadanaio e indossato una felpa sopra il pigiama, ha percorso da solo tre chilometri al buio per andarsi a comperare un giocattolo. Il numero di persone di ogni età che mi hanno scritto sulla vicenda, e la passione che hanno profuso nel farlo, lasciano intendere che il suo gesto, in apparenza soltanto capriccioso, abbia toccato un nervo scoperto: la nostalgia per un certo modo di affrontare la vita. Il bambino desiderava quel giocattolo a Natale, ma prima di andare a letto aveva subìto un rimbrotto dalla madre e temeva di non riceverlo più. Invece di incolpare i genitori o il destino perché si frapponevano fra lui e il tesoro, ha deciso di agire all'istante. Non sapeva che, in piena notte e con due soldi, andare in cerca del suo sogno sarebbe stato impossibile. Però sapeva che era il suo sogno, e questo gli bastava. Alla fine del viaggio iniziatico è giunto davanti a una vetrina chiusa, ma non si è scoraggiato: si è semplicemente seduto ad aspettare che aprisse. La vita è semplice soltanto quando la si affronta con la logica di un bambino. I cinici non sanno più neanche come si fa e ne rideranno. Ma gli altri, per quanto piagati da un anno difficile, sentono che qualsiasi proposito di riscossa non può che partire da lì. Dalla capacità di stare al mondo con il desiderio nitido e il cuore infallibile dell'infanzia.

2005

C'era un ragazzino che sognava di diventare chitarrista. Venne il suo compleanno e come regalo chiese, ovviamente, una chitarra. Era molto bella. Piena di corde, però. Provò timidamente a toccarle e ne fu respinto. Allora le accarezzò. Emisero un gorgoglio ottuso: niente a che spartire col mondo di suoni che lui si sentiva dentro. «Andrò da un insegnante di musica», disse. Aveva saputo da qualche parte che quando un sogno ti resta incollato addosso significa che non è più un'illusione, ma un segnale che ti sta indicando la tua missione nella vita. Cucinare. Fare calcoli. Riparare orologi. Ciascuno di noi ha la sua e l'errore è credere che una sia più importante dell'altra, solo perché non tutte procurano fama e denaro. Il ragazzino era sicuro che la sua missione fosse tirare fuori dalla pancia quei suoni. Così andò a lezione. Non capì niente. Ci ritornò e fu peggio. «Mi arrendo, il sogno era falso: io non ho talento per la musica.» Se non s'imbottì di prozac, è solo perché non esisteva ancora. Nascose la chitarra in un baule e accese la radio. Lo invase un suono semplice, nuovo: pochi accordi ritmati. Alla radio lo chiamavano skiffle, ma era già il rock. Riaprì il baule e provò il primo accordo. Allora capì che per sapere se un sogno era giusto occorreva prima rinnegarlo, affinché la vita te lo restituisse per sempre con una rivelazione improvvisa. Raccontò la sua scoperta a un amico, che ieri in un'intervista l'ha raccontata al mondo. Ah, quel ragazzino si chiamava John Lennon.

«Siamo lieti di informare i signori passeggeri che il treno sta viaggiando in perfetto orario.» Scrive una giovane lettrice che, di fronte a quell'altoparlante capace di rivendersi la normalità come un trionfo, ai viaggiatori del rapido 2466 in servizio l'altro ieri da Codroipo a Udine non è rimasto che difendersi con una spontanea risata di gruppo. Una volta erano solo i bambini a vantarsi di aver fatto il proprio dovere. Ma in un quadro generale di regressione all'infanzia appare inesorabile che le grandi aziende a contatto col pubblico adeguino la strategia seduttiva. Non più soltanto minimizzare i disagi, ma enfatizzare il dovuto come se fosse un regalo. Per capire quanto l'impostazione sia subdola, basta fingere di applicarla ad altri aspetti della vita quotidiana: mai visto una cuoca che annunci come un evento un piatto di pasta al dente e non annegata nel pentolone, o uno spazzino che proclami con orgoglio di aver svuotato i cassonetti anziché concedere ai topi del rione la licenza di abitabilità. Il gioco è meno ingenuo di quanto sembri. Se i nostri diritti cominciano a essere spacciati per valore aggiunto, alla lunga finiranno per diventarlo davvero e costeranno ancora di più. Contro l'astuzia di chi traveste il non disservizio da trattamento speciale, la rabbia non è mai un buon antidoto. Molto meglio la risata dei passeggeri di Udine. Perché non c'è nulla che confonda i piani dei furbi come il sospetto di passare per ridicoli.

Nove figli su dieci vorrebbero un padre diverso da quello che hanno. Lo sostiene l'ultima ricerca curata da un plotone di psicologi e non c'è motivo di dubitarne. Per i maschi i padri sono sempre una delusione, finché non lo diventano a loro volta. Allora sono costretti ad ammettere che i vecchi non erano poi così male. La novità però sta nelle motivazioni. Un tempo nel padre si contestava il potere costituito, dal quale affrancarsi per affermare se stessi. Gli si rinfacciava di essere troppo incombente o troppo assente. Comunque, troppo. Ora la sua colpa è di essere troppo poco: ricco, potente, famoso. Dopo aver teorizzato per anni la necessità di un « mammo », si scopre che questi ragazzi non sanno che farsene. Al Dustin Hoffman di *Kramer contro Kramer* preferiscono il Berlusconi di *Porta a Porta*. Meglio ancora Bonolis, il brillante in carriera, perché dal padre non pretendono una presenza assidua, ma la garanzia di un presente agiato e di un futuro senza gavetta. Essere figli di papà, che per i papà era un insulto da riscattare con la rivoluzione, per i figli torna a essere uno «status». Prima di dire che stanno crescendo dei mostri, bisogna chiedersi quali modelli alternativi gli abbia offerto questo sistema di caste, perfezionato proprio dai loro padri, dove la raccomandazione familiare conta anche più di quella politica e la flessibilità vale solo per gli spiantati, perché chiunque abbia un privilegio tende rigidamente a trasmetterlo, facendo sempre prevalere i diritti del sangue su quelli del merito.

Chiunque di noi sparasse fumogeni in una via del centro, sarebbe subito circondato dai passanti e arrestato: allo stadio rimane impunito e diventa pure un personaggio. Se un'azienda evadesse abitualmente il fisco, verrebbe additata al «pubblico ludibrio», per parlare la lingua del sommo Brera. Quando lo fa un presidente di calcio, i tifosi lo applaudono e il primo ministro (presidente di calcio pure lui) giustifica lo scippo allo Stato con motivi di ordine pubblico. E cosa direste di uno studente che pensasse solo a copiare, accusando i vicini di banco? La stragrande maggioranza dei calciatori simula e poi si agita contro l'arbitro perché non ha visto la simulazione altrui: eppure sono loro i modelli di riferimento, i nuovi eroi delle pubblicità. Se un giornalista insultasse il Nord o il Sud in una tribuna politica, rischierebbe la denuncia. Facendolo da Biscardi, sbanca l'Auditel. Quando un imprenditore riceve richieste sistematiche di pizzo da un gruppo di malviventi, in molte regioni d'Italia si rivolge ancora alla polizia. Ma appena le riceve da una frangia di sostenitori della sua squadra, baratta la pace sociale con biglietti omaggio e concessioni economiche: e dopo la decisione di interrompere le partite al primo petardo, il prezzo del ricatto salirà ancora. Inutile nascondersi dietro i fumogeni di San Siro. Per togliere allo stadio il suo statuto attuale di porto franco, oltre ai violenti bisognerà cominciare a perseguire i furbi e i fanfaroni, ovunque si annidino. Insomma, una carneficina.

Nessuno sa dire quando esattamente cominciò: molto tempo prima che a Follini venisse imputato di non battere mai le mani a Berlusconi, comunque. Però un giorno il mondo si svegliò con il cuore asciutto e le mani calde, e scoprì di essere scivolato dentro la dittatura dell'applauso. Applausi alle commemorazioni e a chi va in pensione. Applausi nelle strade e negli stadi, durante i minuti di silenzio che tali non sono più, dato che il silenzio fa paura, induce a piangere lacrime autentiche o addirittura a pensare. Quel silenzio che era anche un segno di rispetto e ora viene interpretato come indifferenza, ostilità. Il ministro dell'Interno ha riconosciuto ai cittadini la libertà di fischio, perché quella di applauso neanche un pazzo si sognerebbe di sottoporla a una regolamentazione dettata dalla sensibilità. Follini dice che i suoi mancati applausi a Berlusconi non erano sintomo di gelo, ma di assenza d'illusioni. E forse chi applaude a ogni costo vuole proprio quello: illudersi. Di contare qualcosa, di essere vivo. E allora vai col bell'applauso, riflesso condizionato della civiltà del sonoro. Applausi in Ecuador per la cacciata del tiranno, ordinati in diretta dallo speaker della radio. Applausi ai funerali del Papa vecchio, coi fedeli di Cracovia, gente all'antica, che abbandonano sconvolti i maxischermi collegati con San Pietro. E applausi all'omelia del Papa nuovo: trentasette. Se Gesù tenesse oggi il discorso della Montagna, quanti ne prenderebbe? Così tanti che forse alla fine le sue parole non le ricorderebbe nessuno.

Per una settimana ho scordato la tv. Solo una partita di calcio e brandelli di notiziari. Non è stata una scelta voluta, ma il risultato di una serie di circostanze, non ultima il suicidio di alcune valvole del televisore preferito. Nessun pregiudizio, di quelli che inducono gli snob a ostentare l'assenza di apparecchi nelle loro case. E nessun vanto. È capitato e basta, senza partecipazione della volontà, almeno all'inizio. Proprio per questo le conseguenze mi hanno lasciato esterrefatto. Intanto si dorme meglio. Come un fumatore in astinenza, la seconda notte ho sognato Mike Bongiorno che conduceva il Tg1 al posto di

Giorgino e non era neanche male. Poi però sono arrivati sogni più sani. Soprattutto più tempo libero e voglia di dedicarlo a letture e passeggiate: svaghi altrettanto gratuiti ma senza pubblicità. La vera scoperta è stata una sensazione di maggiore freschezza ed energia. Quasi che l'abbandono dell'atteggiamento passivo di chi si stravacca in poltrona col telecomando avesse prodotto un circolo virtuoso nell'organismo. Risorte le valvole, stasera riaccenderò il trappolone. Ma come un vizioso che ha sperimentato i vantaggi della continenza, tenterò di difendermi nell'unico modo possibile: restando esposto alle sue radiazioni solo per la durata dello spettacolo che avrò scelto in precedenza di vedere. Cosciente che le esili probabilità di successo non dipendono dalla cattiva qualità dei programmi, ma dalla fantasia di chi deve farmi sparire il telecomando: il nascondiglio dei dolci l'ho sempre trovato.

Non ha fatto notizia neppure nell'ora della sua morte, che è stata annunciata il giorno dopo. Eppure poche persone hanno inciso sull'umore del prossimo quanto lei. Si chiamava Anna Palomba e suonava l'arpa nell'*Intervallo*, il siparietto a base di pecorelle che nel secolo scorso ha ipnotizzato almeno tre generazioni di italiani davanti a un televisore in bianco e nero. Chi ha più di trent'anni non può aver dimenticato quegli stacchetti soporiferi e soprattutto quella musica, che quasi nessuno sapeva cosa fosse (la *Toccata* di Paradisi) ma che tutti colleghiamo a un'epoca meno urlata di questa, tanto da averne fatto una sorta di colonna sonora della sobrietà. Ma non di malinconie e nostalgie canaglie si vorrebbe parlare qui. Semmai di un sentimento vitalissimo, sia pure controcorrente. L'arpista Palomba dimostra che l'influenza sociale di una persona non sempre è proporzionale alla sua visibilità. Che si può essere grandi musicisti e scrittori (pensiamo agli sceneggiatori), come grandi operai, impiegati, dirigenti, scienziati e educatori, senza per questo essere riconosciuti dal panettiere all'angolo. Magari nei suoi anni ruggenti la Palomba avrà avuto la tentazione di fermare i passanti per la strada gridando: « Ehi, sono l'arpa dell'*Intervallo*! » Ma dopo un po' se ne sarà fatta una ragione. Dietro quel suono senza volto c'era una donna che aveva scoperto il suo talento e, valorizzandolo, dato un senso alla sua vita. L'essenziale, insomma. Il resto è intervallo: roba da pecorelle.

Fa caldo, è vero. Ma non doveva farne poi molto meno ai tempi di Fanfani e della televisione in bianco e nero, quando le matrone grondanti si sventagliavano in balcone e i nonni leggevano il giornale sulla sedia a dondolo in mutande e canottiera. Anche allora d'estate si moriva e si impazziva con maggior frequenza che nelle altre stagioni. Eppure nessuno credeva di trovarsi al centro di un'emergenza epocale, forse perché i media non gliene parlavano con altrettanta enfasi. Si accettava l'inesorabilità della natura senza vergognarsi del proprio sudore. E si fronteggiava la sofferenza con una serie di avvertenze banali che oggi la televisione rilancia come se fossero le rivelazioni di un premio Nobel, interpellando schiere di « esperti » che consigliano con sussiego di mangiare più frutta fresca che polenta bollente e di vestirsi leggeri anziché, si presume, dare fondo alla scorta di pellicce. Nessuno aveva l'aria condizionata e quindi nessuno si sentiva un fallito o un perseguitato a non averla. Il caldo di ieri era un fastidio con cui convivere, non una sconfitta sociale. Il caldo di oggi è come la crisi economica: obbliga chi lo patisce a consumare oltre le sue possibilità per conservare il livello ideale di benessere al quale ciascuno ha ancorato il proprio rispetto di sé.

Napoli, metà anni Ottanta. Un giorno in cui stranamente aveva deciso di allenarsi, Maradona guardò i giornalisti con aria di sfida e appoggiò cinque palloni sulla linea di fondo, nel punto in cui s'interseca con l'area piccola. Da lì la porta incombe, ma non si vede: il palo esterno è un muro. Fare gol non è difficile. È impossibile. La palla deve compiere una sterzata di novanta gradi e violare una mezza dozzina di leggi fisiche. Maradona calciò i cinque palloni, segnando cinque gol. I giornalisti, allibiti, non trovarono neanche la forza di applaudire. I giocatori del

Napoli erano già sotto la doccia, tranne una giovane riserva che si era fermata in contemplazione. Recuperò i palloni in fondo alla rete e li riportò dove li aveva messi Maradona. Era persino più piccolo di lui. Calciò cinque volte e cinque volte prese il palo. Si accoccolò sull'erba, piegando la testa sulle ginocchia. Maradona, che in queste cose era sublime, gliela accarezzò: « Alla tua età non ci riuscivo nemmeno io ». E presogli un piede, gli mostrò il punto esatto in cui andava colpita la palla. La riserva provò e riprovò, anche dopo che Maradona se ne fu andato, finché non sentimmo il suo urlo: « Gooool! » Così compresi quel che fin lì avevo soltanto pensato: il talento conta nulla senza il carattere. Pura potenzialità, se non c'è la tenacia a dargli una forma. Il ragazzino che me lo insegnò si è ritirato ieri a trentanove anni. Grande campione e grande uomo. Mestiere anche più difficile, soprattutto per chi debba conciliarlo con quello di campione. E allora grazie, Gianfranco Zola.

Nicole è sudafricana e bianca. Bella come il bozzetto di un pittore: essenziale nei tratti e luccicante nel sorriso. Femmina d'altri tempi, benestante ma riservata, ama le cose semplici come l'aria di mare, un tuffo fra le onde, del buon pesce gustato in compagnia. Per molto tempo ha fatto credere a tutti di non aver bisogno di nient'altro. Finché non ha conosciuto un australiano e se n'è innamorata a tal punto che quando lui è tornato a casa, lei ha deciso di raggiungerlo. A nuoto. I suoi amici non volevano crederci. Sono persone colte, docenti universitari. Ma le leggi dell'amore, che pure muovono il mondo, non rientrano nella sfera immediata dei loro interessi. Hanno malignato su di lei, definendola « sessualmente immatura ». A stupirli non era la scelta del mezzo di trasporto: Nicole ha sempre avuto un'idiosincrasia dichiarata per i motori. Neppure la distanza da coprire: si sta parlando di una campionessa storica, bravissima nello stile libero e nel dorso, un po' meno a rana. Ma non riuscivano a capacitarsi che per amore, e solo per amore, Nicole si fosse allontanata da ciò che le aveva sempre dato sicurezza e piacere. Non si afferma da millenni che la femmina è creatura stanziale, Penelope anziché Ulisse? È vero che la rivoluzione dei costumi ha prodotto fanciulle dinamiche e assertive, costrette a inseguire maschi sempre più pigri e distratti. Ma non a nuoto. E soprattutto non per così tanto tempo. Nove mesi è durato il viaggio di Nicole lungo la costa. Qualche volta ha temuto di perdersi e allora l'hanno orientata le stelle. Poi è giunta in Australia e ha trovato il suo lui, inorgoglito da una simile cocciutaggine e prontissimo, come ogni buon maschio, a lasciarsi amare. Che storia. Capita sempre più di rado di trovarne una capace di forare la scorza dei nostri cinismi, destando meraviglia. Senza contare che Nicole è uno squalo.

2006

Ieri notte ho visto un bambino emozionarsi guardando la neve che scivolava copiosa al di là del davanzale. Non provo nessun imbarazzo ad ammettere che quel bambino ero io. Da tempo immemorabile sul deserto nord-sahariano di Torino non cadeva più nulla dal cielo. Salivano invece copiose le giaculatorie di ogni credo, laico compreso, affratellate da una sensazione di spaventato disagio. Lo smacco di un'Olimpiade senza materia prima aveva lasciato finalmente affiorare la consapevolezza che le leggi della natura, a differenza di quelle degli uomini, non sono calpestabili impunemente troppo a lungo. E che un inverno asciutto anziché bagnato, grigio anziché bianco, è il vero inverno del nostro scontento, anzi del nostro fallimento. Abitiamo esistenze banalmente anomale. Gesti quotidiani che si ripetono meccanicamente in un contesto sociale e ambientale sempre più incongruo. Se – come scrive Savater qui a fianco – la balena del Tamigi rappresenta l'anomalia che scompagina la routine, la neve sulla Torino delle Olimpiadi della Neve è la spruzzata di normalità che rinsalda le sicurezze perdute. È il miracolo della vita che torna a darsi un ritmo di cui tutti abbiamo nostalgia, pur senza averne in molti casi il ricordo.

Lui tedesco, bruno, serio, fin troppo alto per la sua età. Lei italiana, bionda, prorompente, non si può dire che passi inosservata. Camminano sul bordo della strada che costeggia le colline di Sanremo, quando la bionda scivola, precipitando nel canale di scolo, trappola di cemento armato. Un muro liscio di quattro metri la separa dalla salvezza: lei prova a scalarlo con le unghie, ma crolla al suolo senza altra speranza che lui. Lui, il tedesco, la conosce appena, ma sa che l'amore è dare, dare sempre e per primi, non importano le conseguenze e le ricompense. Corre in cerca di una casa dimenticata nel bosco e grida aiuto. Nessuno lo sente e allora continua a gridare: incessante, tenace. Ogni tanto torna al canale e guarda giù: resisti, bionda, ti salverò. All'alba qualcuno nella casa si affaccia, pensa che sia uno scocciatore, uno zingaro, un mendicante affamato. Gli butta qualcosa dalla finestra, forse del cibo, ma il tedesco scuote la testa e continua a gridare. Finalmente nella casa capiscono e chiamano i vigili del fuoco. Lui li guida fino allo scolo, li osserva calarsi lungo la parete ed estrarre la bionda bagnata e tutta tremante. Ma quando i pompieri lo invitano a salire sull'ambulanza con lei, il tedesco tentenna, arretra, si sottrae. Ha agito in nome dell'amore assoluto, quello che non chiede nulla in cambio se non la libertà. Si riempie i polmoni con l'aria del mattino e la rincorre lungo sentieri che solo lui conosce, fino a scomparire all'orizzonte. Lascia la speranza che tutti, una volta nella vita, si possa palpitare allo stesso ritmo celeste del tedesco e della bionda. Anche se loro, va detto, sono due cani.

In apparenza il lettore umbro Piergiorgio O. racconta la solita storia di ottusità burocratica. I vigili di Milano gli ritirano il libretto di circolazione perché non ha fatto il « tagliando » nei tempi previsti, lui torna a casa per mettersi in regola, ma come in un incubo kafkiano all'officina gli dicono che senza il documento requisito la revisione non si può fare. Comincia la trafila di telefonate a vuoto e di carambole regolamentari in cui la nostra pubblica amministrazione è maestra: venga qui, no vada là, le ricordo la raccomandata in carta da bollo, ma perché mi ha portato la raccomandata, ci voleva il fax e poi guardi che non ci siamo capiti, ricominciamo tutto daccapo. Ciascuno di noi conosce questi viaggi umilianti nello stomaco dell'umanità e ne dà la colpa al governo, al sistema o, quando è di luna buona, alla mancanza di buon senso. Ma se uno si sforza di riavvolgere il nastro, scopre che all'origine c'è sempre il silenzio pigro o inconsapevole di un uomo. In questo caso il vigile, che nel ritirare la carta di circolazione avrebbe dovuto spiegare all'automobilista che cosa occorreva fare per rientrarne in possesso. Questo semplice gesto richiede molto più di una rivoluzione politica. Una rivoluzione individuale: mettersi nei panni altrui. Siamo in guerra. E oggi le guerre, in Occidente, non si combattono con le armi, ma col menefreghismo che ci avvelena la vita ogni giorno. Solidarietà è parola logorata dall'abuso. Amore è troppo. Disponibilità troppo vago. Rispetto, ecco: per aiutare il prossimo a non impazzire non si richiede di amarlo. Sarebbe già più che sufficiente rispettarlo.

Mi scrive un'insegnante: « Questo è il dialogo che ho avuto con uno dei miei studenti (quindici anni, seconda liceo scientifico) durante una lezione privata. So che sembra ai confini della realtà, ma ho bisogno di condividerlo. Studente: 'Devo fare il tema sulla tolleranza religiosa'. Io: 'Adesso o in passato? In Italia o nel mondo?' Studente: 'Non so, boh... può essere che la prof ha detto qualcosa tipo delle vignette?' Io: 'Ah, allora devi fare un tema di attualità sul caso delle vignette!' Studente: 'Che vignette?' Io: 'Quelle satiriche... sai... la polemica'. Studente: 'Ma io non ho mica capito a cosa si riferiva la prof, difatti'. Inizio a parlargli dell'argomento e uso banalmente i termini 'Occidente' e 'Oriente'. Lo studente mi blocca: 'Scusi?' Io: 'Dimmi'. Studente: 'Ma noi siamo Oriente o Occidente?' ». Sarebbe bello poter scorgere dietro questo interrogativo a suo modo drammatico l'eco sottile di una polemica. Purtroppo l'unico suono che rimbomba è quello dell'ignoranza più crassa. Il frutto di una vita che non incrocia mai un telegiornale o un giornale, ma neppure un genitore o un amico che ne facciano saltuariamente uso. È evidente che non tutti i quindicenni sono conciati così. Ma è altrettanto probabile che chi non lo è debba la sua evoluzione a un ambiente familiare in cui sopravvive qualche esercizio ginnico del cervello. Quando però non è più la scuola a determinare il livello di formazione dei ragazzi, riequilibrando almeno in parte gli svantaggi di partenza, a cosa serve ancora la democrazia? E se non serve più a niente, siamo ancora Occidente?

L'*Herald Tribune* è sorpreso dalla scarsa attenzione che i politici italiani riservano al precariato, quasi non si rendessero conto della gravità del problema. Come li conosce male. È proprio perché se ne rendono conto che preferiscono non occuparsene. Si trattasse di questione effimera o scaduta, una ricetta di piccoli maoisti bolliti o rivelazioni straordinarie sul ruolo della prozia di Togliatti nella Resistenza. Ma qui è bastato far entrare un po' di vita reale nei comizi con la storia dei Bot per seminare il panico fra le masse. Figuriamoci se qualche candidato cominciasse a chiedersi quale futuro può avere una società in cui i nonni mantengono i nipoti coi risparmi che pensavano di lasciare in eredità ai figli. La situazione infatti è questa, e non serve andare fino a Parigi per scoprirlo. Gli organismi mondiali dell'economia premono perché in Europa il costo del lavoro si abbassi a livelli orientali, con la piccola differenza che mille euro al mese per un indiano significano il progresso e per un italiano la fame. Ma per chi producono le aziende, se i loro dipendenti non hanno più soldi per comprare? La flessibilità ha nutrito una generazione di stressati negli Usa, dove tutto sommato la porta girevole del lavoro funziona. Figuriamoci nel Paese in cui un ingegnere licenziato due anni fa si ritrova ancora a dare ripetizioni di matematica come uno studentello. E poi ci si scandalizza se nei sondaggi il 60 per cento dei giovani dichiara di preferire un posto fisso, ancorché noioso, a quello dei sogni. Per amare il rischio bisognerebbe non avere conosciuto la sicurezza: soprattutto non averla perduta.

La sera del 22 maggio, nella cittadina californiana di Poway, succederà qualcosa di sensazionale: gli abitanti non faranno assolutamente niente. Non parteciperanno a nessuna riunione. Non assisteranno a gare sportive e tantomeno saranno loro a disputarle. Sospenderanno le assemblee di condominio, le cene sociali, i gruppi di sostegno. Chiuderanno le palestre, le scuole di danza, i convegni imperdibili e invece perdibilissimi, almeno per una sera. Si tratta del primo tentativo di sciopero generale di una comunità contro il Troppismo, quel bisogno affannoso di riempirsi la vita per non pensare alla vita, che affligge gli umani fin dalla nascita o quasi. Le prime vittime infatti sono i bambini, che a sei anni hanno già l'agenda di un manager: da un corso all'altro, sempre di corsa, per consentire ai genitori di affannarsi anch'essi, lamentandosi che manca il tempo per fare quel che vorrebbero. Niente. Naturalmente nessuno si sentirà chiamato in causa, convinti come siamo di svolgere solo le attività indispensabili a garantire la sopravvivenza materiale. In realtà un sottile senso di colpa ci lavora ai fianchi, inculcatoci anch'esso fin dall'infanzia. Sostiene che l'ozio è una malattia, il padre dei vizi. Bene, ci hanno mentito. L'ozio è una condizione dello spirito meravigliosa: specie per chi lavora. È un fumetto che si apre all'improvviso sopra la testa. Da riempire con i desideri repressi, i sogni nascosti, le idee mai create. L'ozio costringe a pensare e ad ascoltare. Chissà come lo affronteranno gli abitanti di Poway, in pantofole nei loro tinelli. Forse la prima volta si annoieranno. Ma anche l'ozio, come ogni attività, migliora con l'esercizio. L'importante è incominciare.

La vita non assomiglia a ciò che sembra, quasi mai. Questa è la storia straordinaria del signor Paul Anderson, ma apparirà un incubo ai morti di fama che si scannano per apparire davanti a una telecamera e considerano inutile un'esistenza srotolata dentro un cono d'ombra. Paul Anderson è un insegnante di danza che nel tempo libero spinge un carrello da infermiere in una soap opera della Bbc, *Casualty*. Lo spinge da vent'anni. Per i primi dieci non gli hanno fatto aprire bocca. Poi, nel 1996, incredibilmente una battuta: «Ecco qui», o qualcosa del genere. Da allora ha ricominciato a tacere. Si limita a transitare di continuo con il carrello e il camice colorato, dietro gli attori in primo piano. Un corpo fluttuante sullo sfondo. La sua unica missione: esserci senza mostrarsi, e gli è riuscita appieno, tanto che il pubblico della soap ignora completamente chi sia. Eppure Paul Anderson, che i «colleghi» chiamano Oscar come il personaggio che interpreta e la statuetta che non vincerà mai, afferma ai giornali inglesi di essere una persona serena. Sul set lo pagano, gli danno anche gratis da mangiare. E poi gli attori passano, mentre lui resta lì, camice e carrello inquadrati sempre di sfuggita, ma unico punto fermo per tutta la troupe, di cui è diventato la memoria storica e il confidente privilegiato. Senza Paul Anderson, quel mondo di cartapesta crollerebbe di schianto. Lui lo ha capito e ha trovato un senso alla sua avventura. Se «Oscar» iniziasse a parlare, forse direbbe che la vita non assomiglia a ciò che sembra, quasi mai. Che puoi essere molto utile al mondo anche quando il mondo non ti considera importante, se hai capito chi sei e se ami quel che fai.

Non è il caso di andarli a cercare in Cina o in qualche sperduto villaggio del Pakistan. I nuovi schiavi abitano accanto a noi e ci stanno pure antipatici. Sono quelli che al telefono rispondono con frasi evasive alle nostre richieste d'aiuto o al contrario chiamano con petulanza per offrire servizi che raramente ci interessano: la tribù dei «call center», di cui ieri è stato reso noto il primo censimento impietoso. La creazione di un ceto di capri espiatori professionali come il Malaussène di Pennac, sul quale l'utente insoddisfatto possa scaricare le sue rabbie, ha prodotto due risultati drammatici. La retrocessione del consumatore a suddito, costretto a dialogare con voci senza volto, sempre diverse, sempre gentili e sempre incompetenti a risolvere il suo problema. Ma soprattutto il ritorno in auge di quel lavoro a cottimo che ci eravamo illusi di aver confinato nel museo della memoria: semafori verdi per poter andare in bagno, il rumore del fax che perfora le cuffie come uno sparo, turni di centoventi telefonate in quattro ore che neanche Moggi, al termine delle quali la schiena sembra un inno alla scoliosi e il cervello è ridotto alla consistenza di un semolino. Una catena di montaggio mentale che si consuma in ambienti sovraffollati, con stipendi che non bastano a pagare l'affitto di una monocamera. Agli albori del turbocapitalismo ci eravamo raccontati la favola che i «call center» fossero il classico lavoro temporaneo che avrebbe permesso ai giovani di guadagnare qualcosa in attesa di spiccare il volo. Oggi l'età media degli schiavi con le cuffie è quarant'anni, quando un impiego del genere, più che un trampolino, viene percepito come l'anticamera del fallimento esistenziale. Pensiamoci, la prossima volta che digitiamo uno di quei numeretti telefonici che fanno ridere solo nelle pubblicità.

Sarà difficile dimenticare la corsa del terzino Fabio Grosso dopo il gol della vita, con l'indice a tergicristallo e la testa che sbatte, mentre le labbra ripetono: « Non ci credo » come in una litania. L'Urlo di Tardelli era lo sfogo del supereroe che, al culmine dell'impresa, libera finalmente la tensione. Ma il Non-ci-credo di Grosso è qualcosa di più: l'emozione di un individuo normale che diventa subito patrimonio di tutti. Per questo ci ha preso al cuore. Perché siamo addestrati a una vita di medio profilo, refrattaria agli sbalzi emotivi. Il dolore è un dramma cupo, la felicità un peccato, o comunque un insulto agli dei. Sotto la linea della medietà quotidiana si staglia la morte, di cui abbiamo paura. Sopra il paradiso, che pensiamo di non meritarci, almeno per ora. Appena la realtà ci porta al di qua o al di là della linea, la nostra reazione è la stessa di Grosso: « Non ci credo ». Ho ventinove anni, mica pochi per un calciatore, è la prima estate che trascorro in mondovisione e ho appena eliminato la Germania in casa sua con un sinistro a rientrare: è troppo, è il biglietto della lotteria, è il colpo d'ala che cambia per sempre i connotati di un'esistenza. Non è mai da ingrati rispondere: « Non ci credo » alla felicità. L'importante è gridarlo dopo aver segnato e non prima. Altrimenti non sei più Grosso, ma Charlie Brown, che mentre la palla da baseball sta per finirgli dentro il guantone, si domanda: « Se riesco a prenderla, cosa dirò alla bambina che mi piace? » E la palla gli sfugge via.

Poiché il governo dei sinistri offre già spunti sufficienti di satira, mi ero ripromesso di non ospitare più fra queste righe le gesta dell'on. Berlusconi. S'intende, a meno che non si concretizzassero in qualcosa di straordinariamente esagerato, grottesco e volgare. Chessò, allestire un finto vulcano nel villone sardo e organizzare per la notte di Ferragosto una colata lavica modello Forza Etna o Stromboli 5. Ebbene, egli lo ha allestito. Il vulcano, dico. Con tanto di eruzione, fumi, lapilli e lava a volontà. Una finzione talmente realistica che gli inquilini delle ville circostanti, credendo d'aver sbagliato mare e di essersi persi in un arcipelago giapponese ad alta densità tellurica, hanno chiesto l'intervento della Protezione Civile. Immaginiamo lo stupore dei pompieri accorsi sul luogo della «catastrofe», nel rendersi conto di essere capitati dentro la Disneyland di un settantenne. Ma immaginiamo ancora di più lo stupore del padrone di casa: possibile che un privato cittadino non possa più nemmeno fabbricarsi un'eruzione vulcanica nel suo tinello, senza che lo Stato gli mandi subito qualche funzionario a controllare? Bei tempi quelli in cui Nerone riusciva a suonare indisturbato la lira fra le fiamme di Roma e a darne la colpa agli amici di Casini. Al giorno d'oggi uno non può più neppure guardare una colata lavica in Costa Smeralda cantando il karaoke insieme a Iva Zanicchi, che subito i vicini fanno la spia e magari quel comunista triste di Soru si inventa una tassa sui lapilli.

L'estate sta finendo, ma gli scandali estivi sono già sfioriti da tempo. Evaporati come acqua dopo un temporale violento e breve. Lo scandalo moderno è disponibile solo in versione light: rapido e concentrato, un detersivo al limone, un lampo che provoca indignazione, ma si lascia dimenticare in fretta. Indifferente al mestiere del protagonista – monarca surreale, velina rampicante, boss pallonaro, portavoce politico – lo scandalo facilmente digeribile s'incarna in un processo che comincia con la sentenza di condanna, l'avviso di garanzia, a cui segue l'espiazione della pena tramite gogna mediatica: intercettazioni, dibattiti, sberleffi e sputi contro il potente caduto in disgrazia. Ma già dopo qualche settimana scatta la riabilitazione, attraverso il Ravvedimento Aggressivo. Il reprobo si presenta col volto aggrondato di lacrime e ammette di non essere un santo, ma d'altronde chi può definirsi tale, a questo mondo? Egli ha sbagliato né più né meno degli altri, che anzi ne hanno combinate di peggio, eppure non vengono perseguitati, chissà perché. La giuria popolare, in tinello o sotto l'ombrellone, appare confusa. Le sue certezze si affievoliscono e una forma appiccicosa di compassione va a fondersi con la tipica insofferenza dell'uomo moderno verso tutto ciò che avrebbe bisogno di ritmi lenti e stratificazioni profonde. Lo scandalo è pronto per finire in archivio. Con la condanna dell'imputato al minimo della pena – la perdita del suo ruolo pubblico – e l'assoluzione dell'intero sistema per sopraggiunta e generale nausea. Avanti il prossimo.

Da ieri ho un nuovo poster nel cuore: quello del dottor Carlos Lemus. Dirige l'ospedale « Simon Bolivar » di Bogotà, Colombia, dove è appena stato praticato l'aborto a una bimba di undici anni violentata dal patrigno. Il cardinale Alfonso Lopez Trujillo, presidente del pontificio consiglio per la famiglia, ha proclamato la scomunica. Del patrigno? No. Dei medici che hanno effettuato l'intervento, nonché dei familiari della piccola che avrebbero ordito « l'orrendo crimine ». La violenza carnale? No. La decisione di far interrompere la gravidanza meno voluta e cercata del mondo. A questo punto entra in scena il dottor Lemus, cattolico praticante. Ascoltate le sue parole: « Come fedele, rispetto la posizione del cardinale, anche se non la condivido. Come direttore d'ospedale, mi assumo tutte le responsabilità di quanto è successo: che la scomunica colpisca me e soltanto me, non i medici che lavorano alle mie dipendenze. Come cittadino, ho disposto l'aborto in ossequio a una sentenza della Corte Costituzionale che fa esplicito riferimento ai casi di violenza in questione. Come uomo, infine, ho visto il visino angosciato della bimba quando è arrivata all'ospedale e quello del tutto trasformato quando ne è uscita: è quanto basta alla mia coscienza ». La Chiesa fa bene a fare il suo mestiere. Ma forse lo farebbe meglio se i suoi campioni assomigliassero un po' meno al cardinal Trujillo e un po' di più al dottor Lemus.

Quando avevo l'età dei ragazzini che guardano *La pupa e il secchione*, la tv era un mondo adulto, dove si sbagliava da professionisti e alle domande rispondevano i secchioni, mica le pupe. Erano domande impervie: in quale giorno mese anno Dante iniziò a scrivere il terzo canto dell'*Inferno*? Il secchione cominciava a fare di sì con la testa, appoggiava le mani sulle cuffie a forma d'agnolotto e diceva al Mike Bongiorno di turno: me le ripete una alla volta? Quindi distillava le risposte esatte, facendoti sentire un verme. Si trattava di nozioni aride, contro cui si erano battuti i fratelli maggiori nel '68. Ma intanto il secchione le conosceva, tutte, mentre tu a stento eri in grado di distinguere una poesia di Dante da una di Petrarca: dando insicurezza al tuo sapere, il quiz ti spronava ad accrescerlo. La tv del Duemila è un mondo infantile, programmato per massaggiare l'autostima di bambini dai cinque ai novant'anni. I conduttori scandiscono le sillabe come se parlassero a una platea di poppanti e poiché la nuova regola è che ogni concorrente faccia solo quello che non sa, i secchioni sollevano pesi e le pupe rispondono ai quiz. Pensano che Dante sia un capo indiano, al massimo un olio d'oliva, e il ragazzino davanti al televisore freme di pietà e orgoglio: Dante è un poeta o qualcosa di simile. Comunque non un capo indiano, questo si sente rigorosamente di escluderlo. Osservando i finto-veri balbettii delle miss Ignoranza, il fanciullo viene colto da vertigini di beatitudine: ne so più io della tv, quindi che bisogno ho di saperne di più? Così comincia a saperne sempre di meno, fino a quando è pronto per il grande passo: attraversare il video e diventare un pupo anche lui.

Gentile dottoressa Madonna, ho molto apprezzato la sua decisione di acquistare pronta cassa un bambolotto vivente del Malawi conosciuto addirittura una settimana fa. Tempi decisamente lunghi per una sovrana impulsiva come Lei, che quando vide un fotomodello desnudo dentro un cartellone della pubblicità, chiese alle guardie del corpo di procurarsi l'originale in carne e ossa, e di portarglielo a palazzo già attrezzato per l'uso. Non riesco a non pensare alla fortuna sfacciata di quel piccolo africano che si ritrova proiettato da un orfanotrofio a una vita da ricco. E mica da ricco qualsiasi, con fabbrichetta e tasse di Visco sul groppone. Figlio della popstar più famosa del pianeta! Quanti vorrebbero essere al suo posto. A questo proposito, mi permetta di segnalarLe il caso di un quarantenne bianco lievemente sovrappeso. Perché Lei riserva ogni Sua cura ai poveri del Terzo Mondo, quando c'è così tanto dolore anche nel Primo? Si affacci dal terrazzo di uno dei suoi villoni d'Occidente: troverà un'umanità affaticata che non riesce più a pagare le rate del mutuo e a guardare la faccia di Prodi senza urlare per lo spavento. Non è mossa a compassione da questo triste spettacolo? Si consulti col suo amico Bono, quel sant'uomo che chiede all'America di cancellare il debito dell'Africa e intanto ha cominciato col cancellarsi il suo con l'erario, spostando una società in Olanda per non pagare le imposte. Insieme potreste prendere sotto la vostra ala quei milioni di poveri di spirito che non conoscono la kabbalah, ma sarebbero disposti a chiamarsi tutti David & Betsabea e a sentirvi steccare sotto la doccia, pur d'avere il privilegio di vivere a vostre spese. Perciò La prego, dottoressa Madonna: adotti anche me.

L'italia è la nazione più vecchia d'Europa. Lo dice l'Istat, ma bastava scorrere la lista del comitato di saggi che dovrebbero dare vita all'imberbe Partito democratico: età media sessantadue anni, lievemente più bassa che al Conclave. Lì in mezzo il cinquantenne Veltroni appare come una recluta scalpitante, mentre a Londra per il suo coetaneo Blair si avvicina già l'ora della pensione. Quanto al migliore dei quarantenni, Enrico Letta, è già tanto che lo lascino entrare in Consiglio dei ministri non accompagnato dai genitori. Solo le dinastie familiari si possono permettere dei trentenni sulla tolda di comando. Ma dove al vincolo ereditario si sostituisce la cooptazione, la prevalenza dell'adulto attempato (anziano ormai è un termine che si usa solo dai centoquattro anni in su) è un precetto di fede. Per qualcuno la vicenda presenta dei vantaggi. Penso alla mia generazione di nati negli anni Sessanta, subito dopo i famelici babyboomers sessantottini che spazzarono via i padri per prendersi le fette migliori della torta. Noi siamo stati gli ultimi a poter entrare nel mondo del lavoro intorno ai vent'anni, quando si è ancora obiettivamente giovani. La mancanza di ricambio ci ha permesso di rimanerlo anche a trenta. E adesso, che ne abbiamo più di quaranta, veniamo sempre considerati dei ragazzi. È come sul tram: non spingiamo chi sta davanti perché nessuno ci spinge alle spalle. Quelli che dovrebbero farlo non riescono neppure a salire. Così continua l'allegra favola da incubo di questa confraternita di Dorian Gray, destinata ad andare in pensione a ottant'anni (senza ricevere la pensione), quando forse comincerà a prendere forma il Partito democratico e l'età media del comitato di saggi sarà salita a novantotto.

Signori della Corte, alla luce delle notizie che descrivono la gioventù in preda a drammatici eccessi di scostumatezza, vorrei rendere una piena e completa confessione. Sono stato anch'io un bullo. A undici anni ho partecipato alle Olimpiadi rionali di tiro al lampione, classificandomi ultimo a causa di uno sfortunato incidente: invece del palo, il sasso colpì la nuca di un passante, forse Fassino, la cui magrezza mi aveva indotto in confusione. A tredici ho appoggiato una gomma da masticare già masticata sul seggiolino del tram, poi mi sono distratto e ho finito col sedermici sopra, ma lo spiacevole contrattempo non attutisce l'asocialità dell'intenzione. A quattordici ho stantuffato una pernacchia in faccia al prof di italiano che mi accusava di scrivere « come un giornalista ». Non ho ripreso la scena col videofonino, ma solo perché a quei tempi non esisteva: mi limitai a raccontarla, opportunamente dilatata, a tutte le fanciulle che conoscevo, convinto del potenziale seduttivo che emanava dal mio gesto di ribellione. Terminato l'elenco delle nefandezze, mi rivolgo a voi per implorare un atto di clemenza da estendere ai ragazzi coinvolti ingiustamente in uno di quei ciclici impazzimenti che si verificano quando, scoperto un filone nefasto, si tende a infilarvi dentro anche ciò che dovrebbe restare fuori. Non si può far rientrare nella stessa categoria chi umilia un down e chi s'abbassa le braghe davanti all'insegnante, chi sevizia una bambina e chi si bacia in classe per far arrabbiare la preside. Esiste un confine fra bullismo e goliardia. Quel che sembra mancare è il buonsenso per distinguere l'uno dall'altra: la mala gioventù da quella che ripete, con strumenti moderni, le smargiassate adolescenziali che hanno attraversato la crescita di ogni generazione.

Gentile signor Sassoli de Bianchi, ho letto la pagina a pagamento del *Corriere della Sera* in cui lei lancia il Partito Nuovi Villaggi, del quale si è già nominato presidente. Non le nascondo che la proposta di « nuovi habitat costruiti dallo Stato su porzioni disabitate del proprio territorio, esonerati dalle leggi vigenti e basati su principi altruistici » mi ha preoccupato. Quando poi ho appreso che nei Nuovi Villaggi « sarà garantito a tutti il lavoro, nessuna tassa verrà imposta e saranno forniti gratuitamente casa, cibo, istruzione e cure mediche », la preoccupazione ha ceduto il posto al terrore. E ancora non avevo letto che « saranno assicurate una giustizia veloce, la salvaguardia dell'ambiente e l'eliminazione di burocrazie inutili, strumenti monetari e consumi voluttuari ». Se garantisse anche lo scudetto negli anni dispari e l'amicizia di Angelina Jolie in quelli pari (sempre che per lei questi non rientrino fra i consumi voluttuari), la parte peggiore di me sarebbe persino tentata di iscriversi. Per fortuna ne conservo una più saggia che mi porta a diffidare delle utopie e di chi le cavalca, illudendosi di cambiare la natura umana attraverso operazioni di ingegneria sociale. Anche Hitler, Lenin e Mao si ripromettevano di migliorare l'umanità o una parte di essa, ma il loro sogno ha prodotto i campi di concentramento. Si fermi, signor Sassoli. La prima vittima dei Nuovi Villaggi sarebbe lei. Dopo un mese di convivenza, i suoi « compagni » si coalizzerebbero per fregarle la presidenza e vi trovereste di fronte all'alternativa di tutte le rivoluzioni: anarchia o dittatura. L'egoismo e la voglia di primeggiare sopraffacendo il prossimo non si estirpano fondando città, ma con uno sforzo intimo, lento, individuale. E se gli esempi della storia non bastano a convincerla della perniciosità dell'impresa, dia uno sguardo a un'assemblea di condominio.

L'anonimato degli articoli deciso oggi dalla Federazione Nazionale della Stampa consente all'autore misterioso di questo corsivo di togliersi alcuni rospi dallo stomaco. Tanto per cominciare, l'onorevole riciclato... è sempre stato un uomo vanesio e mediocre, per quanto persino lui appaia un gigante della politica, se paragonato a quel demagogo insopportabile di... ... e soprattutto a..., insulso presenzialista che fonderebbe un altro partito solo per andarlo a dire nel salotto televisivo di... Ci vuole coraggio per sostenere certe accuse, e lo sto dimostrando, mi pare. Ma occorre addirittura un trapianto di faccia tosta per definire geniale un regista come... Avete visto i suoi ultimi film? O vi siete addormentati a metà dei titoli di testa come l'autorevole critico..., che poi si è prostrato sulla tastiera del computer per scrivere una recensioncina adorante? Nessuno che abbia il coraggio delle sue azioni. Eppure tutti sanno che il noto conduttore..., scortato dal notissimo calciatore..., passa le notti in compagnia di una batteria di soubrettine di cui non ho alcun problema a fornire la lista completa:..., la sua amica... e anche... (sì, proprio lei). Un mondo senza firme rende tutti più leggeri. Tranne i firmati per eccellenza, gli stilisti. Bravi quelli. Mai nessuno che osi mettere in dubbio il loro talento michelangiolesco per paura di perdere la pubblicità. E invece bisognerà pur dirlo, una buona volta, che le giacche di... non le indosserebbe nemmeno un pinguino daltonico. E non sto parlando di... &..., sia chiaro, ma proprio del celebratissimo... In persona.

La grande storia di questo Natale è quella dei sette ragazzini afghani che camminano lungo i binari vicino a Venezia, in fondo a una notte di dicembre e a una marcia sterminata come il mondo, conclusa da due immagini di rara potenza emotiva. I giovani profughi in maglietta e pantaloncini corti, avvinghiati ai termosifoni della stazione, a costo di friggere come il ghiaccio dentro la fornace. E gli agenti della polizia ferroviaria che per rifocillarli danno fondo alle proprie tasche, scaricando gli spiccioli nelle macchinette dei succhi di frutta e delle merendine. È sempre più raro che un racconto di sofferenze sappia bucare la crosta protettiva dei nostri cuori. Questo ci è riuscito perché dentro ci leggi la divinità insopprimibile dell'animo umano, espressa in una serie di gesti disperatamente straordinari. Il più formidabile lo hanno compiuto i genitori di quei ragazzi, nel decidere di privarsi di tutto ciò che avevano – i pochi beni materiali e la possibilità di invecchiare accanto ai loro figli – pur di finanziarne la fuga dall'inferno. Una spremuta d'amore assoluto. Ma non è stata da meno la prova iniziatica dei piccoli eroi: in marcia a piedi verso l'Occidente, attraverso Iran e Grecia, dormendo dove si poteva, mangiando cosa e quando capitava, e scansando tutte le trappole che il mondo degli adulti frapponeva lungo il cammino. Uno se li immagina al traguardo, a divorar merendine aggrappati alle stufe, e pensa che nessuno meglio di loro abbia compreso la vita e meriti di viverla.

Ma al giorno d'oggi un adolescente educato e perbene potrà andarsene a meditare in santa pace sotto un albero di pipal per qualche tempo, diciamo sei o sette anni, risparmiandosi la scocciatura di essere trasformato in un fenomeno da baraccone, con telecamere agli infrarossi che lo scrutano anche di notte per scoprire se mangia (non mangia, non mangia) e venditori di cianfrusaglie che smerciano la sua faccia sopra i santini? Questo deve aver pensato il giovanissimo contadino nepalese Ram Bahadur Bomjon nel marzo scorso, quando la sua volontà di ripercorrere alla lettera le gesta di Siddharta venne sporcata dall'intrusione del mondo moderno. Subito dopo ebbe l'illuminazione: darsela a gambe. Andando a nascondersi a qualche centinaio di chilometri di distanza, fra le fronde di un albero raccomandato dal garante della privacy. Una volta diventare santi era decisamente più semplice. Il primo Buddha poté starsene sotto il suo fico a inseguire la conoscenza dell'ottuplice sentiero e delle quattro nobili verità, senza che la Cnn pretendesse di fargliene rivelare almeno una in esclusiva. E Gesù non avrebbe passato un'infanzia tanto tranquilla, se la sera del 6 gennaio i Re Magi avessero convocato una conferenza stampa. Invece il sogno del piccolo Ram è durato soltanto nove mesi. Il giorno di Natale, purtroppo, lo hanno ritrovato. Era nell'incavo di una pianta. Con i capelli più lunghi e le vesti più sporche, ma sempre sereno e meditabondo, persino mentre gli allungavano un microfono davanti alla faccia. Stava già pensando alla prossima fuga.

La sacrosanta Cassazione ha sentenziato che quando un automobilista tenta di speronare la vettura davanti alla sua e le taglia polemicamente la strada sventolando il dito medio dal finestrino è meritevole del carcere. Siamo d'accordo, naturalmente: ogni tentativo di scalfire la presunzione di impunità degli arroganti è un atto di giustizia. Ma esiste un altro settore della maleducazione umana che continua a pascolare indisturbato sulle strade e anche altrove. Il menefreghismo. Paghi il fio delle sue colpe il pilota che considera l'auto una prosecuzione del proprio apparato riproduttivo, la strada una giungla e se stesso il re. Ma perché deve continuare a sfangarla chi abbandona la macchina in seconda fila e non si lascia stanare da mezz'ora di clacsonate che sveglierebbero persino un telespettatore di *Porta a Porta*? La lista degli egoisti al volante è fonte di infiniti strazi. C'è quello che avanza a passo di lumaca verso l'incrocio nonostante il semaforo verde, ma accelera appena diventa giallo, obbligando chi lo segue a inchiodare. Il monaco zen del casello autostradale che sistema gli spiccioli a uno a uno nel portafogli, incurante della coda da esodo biblico alle sue spalle. Per tacere del tipo che si piazza sulla corsia laterale, pur sapendo che da lì a poco si accenderà la freccia per chi intende svoltare, e quando questo accade e da dietro si sbracciano per indurlo a spostarsi, continua imperterrito a intralciare il traffico. Finché qualcuno tenta di speronarlo, gli taglia la strada sventolando il dito medio e finisce in galera.

2007

Caro vicino che non hai aperto la porta quando ho suonato il campanello per dirti che avevo finito il sale, vorrei scuoterti ma anche tranquillizzarti. Il sospetto che una lite condominiale possa aver prodotto il massacro di Erba non significa che ogni inquilino del nostro palazzo sia diventato automaticamente Jack lo Squartatore. Quindi sappi che non avrai il mio voto, se alla prossima assemblea proporrai di mettere un metal detector sul pianerottolo e all'ingresso dell'ascensore. Da che mondo è mondo, i vicini di casa si sono sempre detestati, più o meno cordialmente. Gli esseri umani non sopportano a lungo i propri simili e la prossimità forzata si trasforma nell'esca di infinite intolleranze, psicosi, incomprensioni. Però nel nostro condominio, scala A, i rapporti erano più flessibili, un tempo: si litigava e si diventava amici, anzi si diventava amici proprio perché prima si era litigato. Le posizioni non erano definite una volta per tutte. Fluttuavano a seconda degli interessi e degli umori, alla ricerca di un minimo di quieto vivere, in piena sintonia con la democristianità politica che ci girava stancamente intorno. Poi qualcuno ha fatto un incantesimo e ci siamo risvegliati in un Paese e in un condominio bipolari, dove i rancori sembrano scolpiti nell'acciaio e le ossessioni procedono immutabili in una sola direzione, quella del loro accrescimento incessante. Non si fa più la pace. Non si cambia più idea su niente e su nessuno. E si vive male. Dai, vicino, apri questa benedetta porta. Prometto che non ti darò una coltellata. Al massimo un pizzicotto.

C'era un imprenditore, un grande imprenditore. Produceva così tanto lavoro che riusciva a darne anche ai balordi e ai derelitti. Nessuno meglio di lui sapeva diversificare gli investimenti. Aveva trovato un sistema per riempire le giornate agli ex drogati e un altro per pagare le bollette della luce ai pensionati che non arrivavano alla fine del mese. Sull'onda del successo si era allargato al ramo-convegni, allestendo gli incontri dei genitori ai quali un incidente o una malattia avevano appena sottratto il figlio. Altri imprenditori, al suo posto, avrebbero rimediato soltanto ingratitudine. Ma lui era diverso: possedeva il senso del ritmo. Sapeva muoversi fra i crucci degli uomini nel modo e al momento giusto. Con leggerezza. C'era questo imprenditore, a Vercelli. Ma adesso c'è qualcosa di ancora più incredibile. Una comunità sterminata di dipendenti che fanno la coda da giorni davanti alla sua bara per dirgli grazie e rimpiangere che lui li abbia lasciati soli. Il loro simbolo è un vecchio ubriacone che ha trascorso la vita a maltrattare il mondo e a esserne maltrattato: è lì che piange a dirotto come un fanciullo, senza schiodarsi di un millimetro dalla salma. Ai funerali saranno talmente tanti che bisognerà montare i maxischermi in piazza. C'era davvero un grande imprenditore, a Vercelli. E il bello è che non aveva, e non dava, neanche un euro. Si chiamava Luigi Longhi, ma per tutti era il Prete Buono. Un povero parroco di periferia. Non sapeva che salvare i perduti è impossibile. Perciò li ha salvati, fino all'ultimo.

Vorrei inviare una carezza di carta alla moglie di Sayed Agha, l'autista dell'inviato di *Repubblica* Daniele Mastrogiacomo che i talebani hanno sgozzato con la stessa pietà che il macellaio dedica a un prosciutto. Uno degli orrori delle guerre è che ci obbliga a selezionare le commozioni. Nessuno, a parte forse qualche santo, ha energie sufficienti per soffrire ogni giorno e per ogni corpo che cade. Perciò si finisce col concentrare l'emotività su un caso emblematico, di solito quello che vede protagonista un proprio connazionale. Meglio se giornalista o pacifista, al fine di conservare un'illusione pelosa (e penosa) di equidistanza fra le parti. Ma anche all'interno della microstoria che accidentalmente eleviamo a Storia non tutti i personaggi godono della stessa attenzione. Sayed è stato fin dall'inizio « l'autista di », come se non avesse un nome, un'identità, una dignità propria. Occupati a trepidare per la sorte dell'ostaggio italiano, abbiamo accolto con distrazione e quasi con indifferenza la notizia che era stato decapitato e che sua moglie, incinta di sei mesi, per il dolore aveva perso il bambino. Ma adesso Mastrogiacomo è libero e ci sentiamo liberi anche noi di rivolgere il pensiero a una donna e al suo uomo, che aveva l'unico torto di guadagnarsi da vivere scarrozzando giornalisti lungo strade infestate da esseri umani nei cui gesti riesce davvero difficile trovare il barlume di quella divinità della quale si professano custodi.

L'autorevole *Financial Times* ha pubblicato un dossier assai autorevole sulla situazione mondiale delle corna. Da un esame autorevolissimo delle statistiche è emerso che una caterva di maschi africani, americani ed europei confessa di tradire la moglie. Fa eccezione l'Italia, dove appena tre uomini su cento riconoscono di aver commesso un adulterio, ma molto piccolo. Gli analisti britannici ne sono rimasti sorpresi. Ci conoscono poco. E ancor meno conoscono i risultati di ogni indagine demoscopica che ci riguardi. Com'è noto, il 92% degli italiani apprezza la cultura più del calcio, il 95% smania dal desiderio di pagare le tasse, il 97% detesta le barzellette becere e, finché la Democrazia cristiana è esistita, il 112,8% negava di averla mai votata. L'italiano è un dissimulatore professionale. Mettetegli davanti un sondaggista ed egli cercherà di soddisfarlo: barrando la risposta più nobile, la più lontana dalla bruta verità. Non per naturale tendenza al depistaggio o desiderio di compiacere l'interlocutore. E neppure per una visione edulcorata dell'esistenza che lo induce a preferire le bugie fantasmagoriche alla noia della realtà. Semplicemente è convinto che i sondaggi non siano un termometro di comportamenti, ma un indicatore di buoni propositi. A chi gli domanda cosa fa o cosa pensa, lui risponde cosa gli piacerebbe fare e pensare per sentirsi migliore di quel che è. Davanti all'intervistatore si comporta come un tempo davanti al prete: puntando a uscirne con un'iniezione di autostima che gli permetta di rimettersi a fare i propri comodi circondato da un alone di santità.

Da quando se n'è andato Berlusconi, in Italia vige una totale armonia fra il governo e i suoi amministrati. Perciò ha fatto una qualche impressione il comportamento dei vigili del fuoco che ieri per protesta si sono presentati sotto casa di Romano Prodi in mutande. Da un esame dei giornali dell'ultimo anno risulta infatti che i pompieri mutandati sono la prima categoria ad aver manifestato pubblica sfiducia verso il presidente del consiglio, se soltanto si escludono i tassisti, gli ambientalisti, i notai, i fornai, i benzinai, i tabaccai, i commercialisti, i dentisti, i baristi, i negozianti, i tranvieri stanchi, i bancari fusi, gli agrimensori, i dottori, i controllori, i passeggeri, i precari, i trans, gli industriali, gli impiegati statali, i gestori dei locali, le prostitute, le guardie del corpo, i guardiani dei fari, le hostess di aria terra e mare, gli studenti, i ripetenti, i pensionati, i metalmeccanici, gli esuberi, le coppie di fatto, gli operai tessili, i poliziotti, Pippo Baudo, i presidenti di calcio, i commentatori ostili al ritorno in tv di Enzo Biagi, le casalinghe, gli ultrà, gli omeopati, le guardie carcerarie, i dirigenti d'azienda, i pacifisti, i sindaci, i produttori ostili a Nanni Moretti, Nanni Moretti, i direttori d'orchestra, qualche ala destra, gli intellettuali senza cattedra, quelli con cattedra ma senza prebende, quelli con cattedra e prebende ma senza incarichi nelle commissioni ministeriali, i commissari, i primari, gli infermieri, gli psicologi, gli analisti e gli psicanalisti.

Invece il grosso del Paese resta saldamente nelle mani di Romano Prodi.

Uno studio del Cnr ha scovato tracce consistenti di cocaina nel respiro di Roma. Quanto alle città del Nord, non si conosce ancora la loro radiografia atmosferica perché gli addetti alla rilevazione sono stati ricoverati in un centro di recupero. È una battuta, spero. Ma non c'è dubbio che, oltre a un ricettacolo di smog e benzene, l'aria sia diventata la discarica invisibile dei nostri vizi e delle nostre passioni. Sostanze che ci escono dalla bocca per diventare patrimonio di miliardi di pori e milioni di nasi. Le droghe, la caffeina, la nicotina. Ma anche altre più impalpabili. Alcune pesano poco, ma abbastanza per alimentare i cattivi pensieri di chi le respira: le parole dei politici, le promesse dei furbi, i « ti amo » degli adulteri. Poi c'è la paura, che impregna l'aria di un odore acre. E, sottoprodotto della paura, la rabbia. In un racconto di fantascienza, una razza di extraterrestri malevoli piantava un'antenna invisibile sulla testa degli umani per potersi nutrire dell'energia emanata dai loro scatti d'ira. Ogni litigio al semaforo, ogni strillo isterico, ogni telefono sbattuto è un fiato di veleno che elettrizza l'atmosfera e inquina le idee e i comportamenti di tutti. Per fortuna ci sono i bambini. Quelli di sei anni. E quelli di trenta o settanta, quando si ricordano di poterlo essere ancora. I sogni limpidi, i pensieri forti, le sfide anticonformiste, le follie sane che cambiano la realtà. Anche questo è nell'aria, a disposizione di chi sa riconoscerlo. Non è difficile: basta pensare alla luce, chiudere gli occhi e respirare forte, cercando il profumo della vita in mezzo a tutta la puzza che c'è.

I resistenti della grammatica – un gruppo di ecologisti del linguaggio e nostalgici dell'italiano che fu – scrivono dal confino per denunciare l'ultima strage perpetrata in questi giorni alla radio. Una pubblicità spiega le possibili destinazioni del Tfr (Trattamento di fine rapporto o, più realisticamente, Tanto finiremo rovinati) e invita gli ascoltatori a scegliere, con lo slogan: « Basta che vi decidete ». Anche chi pensa che il congiuntivo sia una malattia degli occhi dovrebbe avere cura almeno delle orecchie e sobbalzare al suono di quelle sillabe stonate: « deci-dete » invece di « deci-diate ». Capita a tutti di sbagliare una *consecutio* mentre si parla in diretta alla radio o si scrive di corsa su un giornale. Ma in questo caso la frase sgrammaticata non è un incidente. C'è una persona che l'ha pensata e altre che l'hanno valutata, discussa e approvata. C'è un attore che l'ha letta, un fonico che l'ha registrata, un tecnico che l'ha messa in onda. Possibile che nessun milite ignoto di questo sterminato esercito abbia tossicchiato il proprio dissenso, per rispetto di sé o della maestra elementare? Si fa strada un'ipotesi ancora più agghiacciante. Che gli inventori dello spot sapessero benissimo di commettere uno strafalcione. Ma lo abbiano inanellato apposta, per avvicinare il messaggio al grande pubblico che ha ormai espulso il congiuntivo dai suoi discorsi. Sventurato il popolo che ha bisogno di eroi, diceva Brecht. Chissà come ne avrebbe definito uno che, per rendersi simpatico, ha bisogno di analfabeti.

In anticipo di ventiquattr'ore sul Gay Pride, si è svolta ieri a Roma la giornata nazionale dell'orgoglio eterosessuale. A differenza dell'altro raduno, nel quale sfilano personaggi di ogni tipo, l'iscrizione all'Etero Pride obbediva a requisiti molto precisi. Non bastava provare un'inclinazione verso persone di sesso diverso. Era indispensabile aver dimostrato di possedere le qualità che fanno di un uomo e di una donna un vero uomo e una vera donna. Essere degli individui che nel rapporto di coppia sanno mantenere la parola data, conservano una coerenza assoluta fra le promesse verbali e i comportamenti concreti, rinunciano ad approfittare dell'amore altrui quando sanno in cuor loro di non poterlo contraccambiare con intensità analoga, evitano di disperdersi in doppie e triple vite cumulando storie multiple per l'incapacità di chiuderne qualcuna, rinunciano a sposarsi solo per abitudine o per sfuggire la solitudine, non considerano il fare figli un sistema per risolvere i problemi coniugali, non illudono, non millantano, non scappano, non perdono tempo dietro amori impossibili e platealmente sbagliati, sanno scovare nuovi stimoli anche quando l'innamoramento è finito, capiscono, ascoltano, talvolta perdonano ma sempre rispettano: se stesse e chi le ama. Vi starete chiedendo come mai i telegiornali di ieri non abbiano mostrato le immagini dell'Etero Pride e i giornali di oggi lo ignorino così sfrontatamente. Credo dipenda dal fatto che non c'era nessuno.

Una spiaggia libera, una delle poche rimaste sulla costa più privatizzata d'Europa. Conficcata nella sabbia, una bottiglia di plastica vuota. Infine una coppia di adulti abbastanza evoluti: hanno libri e giornali sotto il braccio, lui chiede a lei chi è questo Corona, ricevendo risposte evasive. Piantano l'ombrellone a meno di un metro dalla bottiglia. Prendono il sole ascoltando civilmente la musica nelle cuffie, parlano fra loro con una certa indignazione di ecologia e costi della politica, mangiano la frutta avendo cura di mettere le bucce in un sacchetto e il sacchetto dentro il cestino dei rifiuti. La bottiglia derelitta no. Ci inciampano persino, tanto è vicina, ma non la toccano. E quando la sera lasciano la spiaggia, la bottiglia rimane là. Monumento imperituro all'idea che del bene comune hanno molti italiani, per i quali ciò che è pubblico non è di tutti, ma di nessuno. Quindi dello Stato, un'entità esterna a cui non sentono di appartenere, se non come finanziatori forzati attraverso le tasse. Da noi il proverbio scandinavo « Pulisci davanti alla porta di casa tua e tutta la città sarà pulita » non avrebbe possibilità di attecchire, perché la porta di casa siamo pronti a lucidarla pure con la lingua, ma qualsiasi cosa le stia davanti esula dalla sfera delle nostre attenzioni. E quando qualcuno ce lo fa notare, rispondiamo con la più arcitaliana delle frasi: « Non è di mia competenza ». P. S. La bottiglia di nessuno l'ho poi gettata io nel cestino, ma quante dovrò ancora gettarne prima di pareggiare le volte in cui non l'ho fatto?

Alcune migliaia di adolescenti cinesi hanno tradotto in una sola notte l'ultimo volume di Harry Potter. Si sono divisi i capitoli, i paragrafi, probabilmente anche le sillabe, e adesso l'edizione pirata del romanzo circola sulle bancarelle di Pechino a poco più di un dollaro, in anticipo di due mesi rispetto alla traduzione ufficiale. Una prova maestosa di efficienza, rapidità e impunità di massa: infatti, mentre il ragazzo di Aix en Provence che curò la versione illegale in francese ha pagato il suo ardire solitario con il carcere, davanti a quel formicaio le autorità cinesi saranno costrette ad abbozzare, a meno di voler procedere a un rastrellamento di proporzioni maoiste. Se si aggiunge che i quindicenni asiatici hanno realizzato l'impresa di loro iniziativa e durante le vacanze estive, emerge un quadro preoccupante per la concorrenza. Immaginiamo che un'idea simile venga a una comitiva di giovani italiani. Intanto deciderebbero all'unanimità di ridiscuterne dopo la villeggiatura. Sorgono due coalizioni di traduttori, una per i capitoli dispari e l'altra per quelli pari. Ma dato che entrambe vogliono tradurre i dispari, viene indetta un'assemblea, al termine della quale gli sconfitti convocano una conferenza stampa allargata ai genitori per denunciare l'esistenza di un complotto. Nel frattempo i vincitori si mettono alacremente al lavoro per stabilire chi fra loro dovrà andare a parlarne in tv. Si raggiunge un compromesso: ci andranno tutti, appaltando la traduzione pirata ad alcune migliaia di adolescenti cinesi.

L'adolescente appicca un incendio nei boschi e dice ai carabinieri: l'ho fatto per provare un'emozione. L'adulto tradisce l'amata con una signorina a pagamento e confessa alla posta del cuore: l'ho fatto per provare un'emozione. Anch'io di recente devo aver provato qualcosa di simile: è stato quando sono sceso dall'auto nel piazzale di Valtournenche e sopra la mia testa ho visto incombere il Cervino. Mentre lo scrivo, so già che qualcuno mi prenderà per presuntuoso e qualcun altro per scemo. Invece vorrei soltanto capire quale appellativo meriti il sentimento che mi ha invaso il cuore durante quell'atto di pura contemplazione della maestà universale. Ci si può emozionare di un capolavoro della natura o della cultura, senza esserne per forza i protagonisti? Oppure è indispensabile interpretare il ruolo principale dello spettacolo, anche se stupido e superficiale, purché inedito e carico di adrenalina? Ho sempre creduto che l'incapacità diffusa di godere le meraviglie della vita, quasi tutte gratis, dipendesse da un deficit di educazione estetica, deteriorata dal linguaggio violento e volgare della comunicazione di massa. Come se alcune persone non possedessero più le sfumature sensoriali per cogliere certe prelibatezze del cosmo e fossero costrette a provocarsi dei piccoli elettroshock per illudersi di essere vive. Avevo sottovalutato un'altra molla non meno fatale: il desiderio disperato di sentirsi qualcuno, diffuso soprattutto in chi teme di essere nessuno.

Mi riesce difficile considerare un'omicida la signorina Eliana Centrella, professoressa in pensione del liceo scientifico di Vercelli, che lunedì ha strangolato con una calza la madre di novantatré anni ridotta dall'Alzheimer a poco più di un vegetale, per risparmiarle il ricovero in ospizio che lei – la figlia – avrebbe vissuto come un fallimento e un'umiliazione personali. Non è giusto né sano annullarsi completamente nell'assistenza di un genitore anziano. Ma per molte persone non esiste una soluzione di riserva: le badanti costano, i servizi sociali scarseggiano e le reti di protezione e mutuo soccorso che garantiva la famiglia patriarcale sono scomparse. Oggi il gioco si fa duro e si restringe alle parentele strette, in case che assomigliano sempre più a stagni perché la vita non vi scorre, i figli non se ne vanno, gli anziani nemmeno e chi sta in mezzo deve mantenere i giovani e occuparsi dei vecchi, piegandosi agli egoismi e talvolta ai capricci degli assistiti. Finché arriva il momento in cui, mentre per il ventesimo anno di fila stai lavando e vestendo una madre che non parla neanche più, percepisci di essere in un cul de sac. E allora ti assale il panico, aggravato dalla sensazione di esserti fatta sequestrare la vita da colei che te l'aveva data. Il gesto della professoressa in pensione non è un assassinio e neppure un'eutanasia. È il grido d'allarme di chi ha già vissuto sulla sua pelle il futuro di una società sempre più vecchia e isolata, in cui ad aver bisogno di aiuto saranno soprattutto coloro che sono obbligati a darlo.

Chiede un lettore settantenne, faticosamente sposato a una donna di quaranta: lei cos'avrebbe suggerito a Pavarotti, se anziché sfogarsi con gli amici avesse scritto alla sua posta del cuore? Dipende, caro signore. Se mi avesse « consultato » quando si innamorò della giovane segretaria, avrei cercato nel mio piccolo di dissuaderlo dal farne sua moglie: in amore l'equilibrio è tutto e una coppia in cui uno dei due ha il doppio degli anni e un'estrazione culturale diversa si è già prenotata un biglietto di prima classe per l'infelicità. All'inizio il partner più anziano potrà bilanciare il dislivello con il fascino dei soldi, se è un imprenditore, del talento, se è un artista, e del potere, se è un capufficio. Ma col passare del tempo, colui che si era innamorato della gioventù per esorcizzare la morte vedrà proprio nell'avvicinarsi della medesima un motivo ulteriore di angoscia, di invidia e di gelosia verso una donna che gli sfugge nel modo peggiore: sopravvivendogli. Forse noi maschi-femmina possiamo ancora reggere questo tipo di stress. Ma i maschilisti della generazione di Pavarotti, abituati a concepire l'amore come un rapporto di forza, non hanno gli strumenti per competere contro la ferocia della giovinezza e si arrendono, regredendo all'infanzia e lamentandosi della giovane moglie come di una despota: con infinito terrore. Perciò, se il Maestro mi avesse scritto negli ultimi mesi della sua vita, gli avrei suggerito di arrendersi all'errore commesso anni prima. Di fare buon viso a cattivo gioco, senza promettere nemmeno a se stesso un divorzio che non aveva più l'energia per gestire.

L'Ufficio Indignazioni Facili segnala che la Asl 7 di Torino è arrivata a mettere un annuncio su Secondamano, sezione « Baby sitting e lavori domestici », per cercare una famiglia disposta ad accogliere un malato di mente, allettandola con un contributo pubblico di mille euro al mese. L'Ufficio Reazioni Di Stomaco esprime tutta la sua nausea per la bassezza morale di una simile iniziativa, che scaraventa l'umanità sofferente sul mercatino dell'usato e fa sembrare l'affido del paziente psichiatrico un nuovo modo per raggranellare denaro. L'Ufficio Quando Ce Vò Ce Vò fa notare agli spettabili uffici Indignazioni Facili e Reazioni di Stomaco che la Asl ha sì fatto ricorso al giornale di annunci, ma solo dopo aver vanamente tentato di sistemare i malati presso associazioni cattoliche e laiche di volontariato, alle quali era stata garantita la stessa somma. L'Ufficio Precisazioni Necessarie ricorda che i medici non mandano i pazienti nelle famiglie per toglierseli dai piedi, ma per favorire il loro reinserimento graduale nella società. L'Ufficio Realismo & Associati rileva con soddisfazione mista a stupore che decine di lettori di Secondamano hanno risposto positivamente all'appello. L'Ufficio Morale Della Favola ne deduce che i malati di mente, queste persone in rimonta abbandonate dalle famiglie di origine e ricusate persino dalle organizzazioni dedite al bene, hanno finalmente trovato accoglienza nel luogo più impensabile: fra motorini riciclati e massaggiatrici a ore.

Chiedo scusa ai parenti di Vito Taccone, ma ieri non è morto soltanto un uomo, un ciclista. È morta una biglia. La mia biglia, per la precisione. Era l'estate del 1967, la prima volta in cui i «grandi» mi ammisero a giocare con loro sulla spiaggia, e solo grazie al mio sedere che si era offerto volontario per tracciare la pista, curve paraboliche comprese. Avrei preferito la biglia di Gimondi, ma l'aveva già presa qualcun altro. Rimanevano l'azzimato Gianni Motta e il grugno calloso di Taccone, che mi guardava in cagnesco dall'interno del pezzo di plastica. Lo scelsi con l'incoscienza infallibile dei sei anni. Cappottammo subito. Era una biglia ribelle, la sua missione nella vita consisteva nel finire fuori pista: ogni tanto andava a infilarsi nella bocca aperta di una signora che prendeva il sole nei paraggi. Aveva un futuro, come pallina da golf. Ma quanto a biglia, un disastro. Finché una mattina che eravamo abbastanza ultimi, all'improvviso sentii il mio cuore in equilibrio e mi venne voglia di tirare una stecca senza senso. Taccone sfrecciò lungo il rettilineo di sabbia, aderì alla curva prendendo velocità senza sbandare e, anziché cappottarsi come al solito, bocciò Gimondi spostandolo di lato e atterrò oltre il traguardo. Per la rabbia, il bambino sconfitto prese un tacco di sua madre e spaccò il mio Taccone. Troppo tardi: la biglia ribelle aveva fatto in tempo a insegnarmi che nelle dita di ciascun uomo è racchiuso un miracolo. Basta rimettersi in pista, ogni volta che si esce. E quando il cuore è in equilibrio, tirare una stecca senza senso.

Non riesco a togliermi dalla testa il tassista di Lecce intervistato nei giorni scorsi dal Tg3 a proposito della presenza in quella splendida città barocca della non meno splendida e barocca Monica Bellucci. « Si tratta di una delle migliori attrici italiane, però dovrebbe imparare a recitare », esordiva spigliato e senza la minima ambizione ironica il campione della Gente Comune. Poi, evidentemente ancora non sazio, rincarava la dose: « La Bellucci è tutta contorno e niente fumo ». A questo punto vorrei capire dove e quando abbiamo sbagliato. Come sia possibile che un giovane uomo, cresciuto in una nazione che gli ha garantito almeno otto anni di istruzione finanziati dalla collettività, possa mettere il contorno al posto del fumo e il fumo al posto dell'arrosto, non riesca a cogliere l'incongruenza logica fra l'essere una delle migliori attrici (falso) e il non saper recitare (vero), ma soprattutto sia capace di inanellare tali sfondoni dinanzi a una telecamera senza trasudare imbarazzo, neanche una gocciolina. Di quale delle duecento riforme scolastiche susseguitesi nell'ultimo mezzo secolo sarà figlio cotanto cervello? E per quale motivo i nonni del tassista di Lecce, che a differenza del nipote si fermarono probabilmente alla terza elementare, non avrebbero mai pronunciato una castroneria simile? Alla prima domanda, l'unica risposta credibile è: tutte. Alla seconda, che magari i nonni erano quasi ignoranti come lui, ma non se ne vantavano ancora. Avevano troppo rispetto e timore delle parole per pattinarvi sopra con sciagurata disinvoltura.

Gentile collega che da oltre un'ora mediti davanti alla macchinetta del caffè nel legittimo espletamento delle tue esigenze di ristoro, ti rallegrerà sapere che la Cassazione ha condannato il capufficio che si era rivolto a un suo dipendente afflitto da stanchezza esistenziale con l'interrogativo amletico-romanesco: « Ma tu che cacchio ce stai a fa qua dentro? » Un sopruso inaccettabile, che viola la privacy e la Convenzione dei Diritti dell'Uomo, di ogni Uomo, a farsi i fatti propri senza renderne conto a nessuno. L'unica legge applicata in modo ferreo nel nostro Paese, il più permaloso del mondo, dove tutti adempiono al sacrosanto dovere di criticare chi li sta criticando e di pretendere dagli altri quel rispetto che non sono capaci di darsi da soli. Gentile collega che hai infine bevuto il caffè e sei tornato al tuo posto per controllare il listino della Borsa e la classifica della serie A, telefonare alla moglie e mandare una mail alla fidanzata, spero non troverai troppo invadente la richiesta di dare una rapida occhiata alla pratica che giace svenuta sul tuo tavolo da ieri mattina. Oso augurarmi che riuscirai persino a inserirla fra i tuoi numerosi impegni, sempre e solo a condizione che questa ipotesi non offenda la tua suscettibilità. Nel pieno rispetto dei valori democratici e antifascisti che sono alla base della convivenza civile. E che cacchio.

A Mittweida, ex Germania Est, una ragazza di diciassette anni è intervenuta in difesa di una bambina extracomunitaria di sei, che alcuni naziskin stavano importunando nel parcheggio del supermercato. Mentre la bimba si metteva in salvo, gli eroici ariani, quattro contro una, hanno inciso la svastica su un fianco della ragazza con un bisturi. Hanno anche tentato di sfregiarle la guancia scrivendoci sopra SS, ma lei è riuscita a scappare. Intanto un gruppo di adulti osservava la scena dal balcone di una casa vicina, come al cinema, senza neppure sollevare un ditino per avvertire la polizia. Non so se la ragazza marchiata sia bianca, nera, gialla. Né se abbia protetto la bambina extracomunitaria per solidarietà di sesso, razza, condizione sociale, oppure solo obbedendo all'impulso umano che ti fa reagire col cuore ai soprusi degli arroganti e degli stupidi: umani anch'essi, purtroppo. Quella voce profonda che nei momenti estremi ti urla: smetti di subire il mondo, esci dalla scatola delle tue paure e agisci da persona viva. Ripeto, non so chi sia e perché lo ha fatto, non me ne importa niente. So solo che è una ragazza di diciassette anni. E questo mi importa tantissimo. Perché d'ora in poi, ogni volta che in omaggio alla generalizzazione imperante starò per scrivere che « i giovani d'oggi » sono più cinici e feroci delle generazioni che li hanno preceduti, mi ricorderò della ragazza tedesca che rischia la pelle per una bambina che forse non conosceva nemmeno. E di quegli adulti al balcone, a guardare.

Il leghista di Treviso che aveva auspicato la decimazione degli extracomunitari secondo i metodi insuperabili delle SS ha chiesto scusa. Ho sbagliato, ha detto, ma dovete capirmi, un immigrato aveva minacciato la mia mamma e la mamma è sempre la mamma. Nessuno ha trovato nulla da replicare a questa sacrosanta affermazione, tratta dall'articolo 1 della Vera Carta Costituzionale (il testo letterale recita: l'Italia è una Repubblica di individualisti fondata sulla mamma). Anche quel bravo figlio di leghista tiene una mamma in fondo al cuor e questo giustificherà pure un peccatuccio di nazismo. Non essendo stati nazione per quindici secoli, gli italiani non conoscono il senso dello Stato, semmai è lo Stato a far loro senso. In alternativa hanno maturato un fortissimo senso della mamma. Votavano Dc perché era un partito materno, tagliato sulla misura dei loro vizi, che usava le casse del Tesoro per garantire il massimo dell'anarchia con il minimo del rischio. Uno Stato mamma pronto a perdonare, sempre. E a pagare, tutto. Venuto meno lo Stato mamma, istintivamente gli italiani hanno buttato via lo Stato e si sono tenuti la mamma. Di uno Stato papà, un papà con la faccia di Padoa-Schioppa poi, non sanno che farsene. L'emblema è Berlusconi, che considera lo Stato un impedimento al limpido dispiegarsi dell'egoismo, ma la mamma un totem dal quale attingere legittimazione. Prodi ha accusato Bertinotti di non avere senso dello Stato e adesso, al massimo, cadrà il governo. L'avesse accusato di non avere il senso della mamma, sarebbe scoppiata la rivoluzione.

Dice l'Istat che appena il 6% degli stupri viene commesso da estranei, categoria nella quale rientrano, senza esaurirla, gli immigrati brutti sporchi e cattivi: la stragrande maggioranza è opera di mariti, fidanzati e rispettabili ex. Adesso ci aspettiamo la convocazione di un Consiglio dei ministri straordinario che disponga misure di sicurezza all'interno delle famiglie e l'invio di ruspe nei condomini col compito di spianare i tinelli nei quali si rintanano gli stupratori in pantofole: impuniti, per lo più. Non si vuole certo negare l'esistenza di clandestini pericolosi. Ma dare al fenomeno le giuste dimensioni, che non sono quelle che si percepiscono ascoltando una conversazione al bar, guardando la televisione o sfogliando i giornali. La realtà è quasi sempre migliore, comunque diversa, da come la si rappresenta. Prendete lo studio dell'istituto di pediatria sui sogni dei giovanissimi. Undici ragazzine su cento sperano di diventare veline. Ma ottantanove no, vogliono ancora fare i medici, gli architetti, le parrucchiere. E ottantanove è una percentuale strepitosa, se si pensa che gli adulti descrivono una gioventù di bulli e pupe interessate solo ad apparire. La ricerca della felicità è un diritto sancito dalla Dichiarazione d'indipendenza americana. In Italia mi accontenterei di rendere meno vincolante la ricerca della depressione, che alimentiamo di continuo proiettando i fantasmi deformati delle nostre paure, per poi provarne spavento. Come quando da bambini ci mettevamo la maschera di Belfagor e passando davanti a uno specchio lanciavamo urla genuine di terrore.

C'era una volta un dépliant dell'università di Manchester. Forse qualcuno lo aveva ricevuto per posta e, non sapendo che farsene, lo aveva buttato nella spazzatura. Ma mica in una spazzatura qualunque. Nella spazzatura del quartiere più spazzatura di Nairobi. Un bambino di nome Sammy rovistò dentro quel cassonetto per cercare del cibo e pescò il dépliant. Il suo stomaco non ne fu felice, ma il suo cuore sì. Sarà stato per il nome, che gli ricordava il Manchester United, o perché fra i pochi nomi che riuscì a compitare riconobbe quello della sua patria: Kenya. Sammy lo mise in tasca, ammesso che ne avesse una, e non se ne separò più. Nemmeno quando il padre morì assassinato durante una guerra per bande. Nemmeno quando cominciò a fare lo spacciatore per sfamare la madre e i dieci fratellini. Nemmeno quando entrò in coma per una overdose di cocaina. Fu guardando il dépliant, al risveglio, che comprese come un'altra vita sia sempre possibile. Si mise a lavorare per un'associazione di beneficenza. Conobbe un inglese che, colpito dalla sua conversione, volle conoscerne la molla. Sammy si toccò la tasca, ammesso che ne avesse una: il dépliant era lì, ingiallito e stropicciato, ma l'indirizzo si leggeva ancora bene. Nonostante il ragazzo fosse sprovvisto di diplomi, l'inglese riuscì a iscriverlo all'università di Manchester. E stamattina, dopo anni di studio duro, Sammy si laurea. Mandandoci a dire che per tutti esiste un dépliant. Il guaio è che molti camminano lungo la vita senza sapere di averlo in tasca o, peggio, senza mai trovare il coraggio di tirarlo fuori.

La notizia che i pulcini di una squadra della provincia di Empoli non giocheranno la prossima partita per protesta contro i comportamenti barbarici dei loro genitori a bordo campo è stata salutata da radio e siti web con uragani di urrà. Da parte di altri genitori. Tutti a complimentarsi per l'iniziativa e a reclamarne una replica nelle scuole, un altro terreno dove si esercita la partigianeria di familiari pronti a tutto, ma soprattutto al peggio, pur di proteggere il buon nome del bullo di casa da compagni e professori infingardi. Abbiamo avuto la prova che l'Italia è drammaticamente spaccata in due. Una metà esalta i pulcini di Empoli e l'altra tenta di sbranare l'arbitro che osa fischiare un fallo al pupo beneamato. Una metà difende i prof dall'arroganza dei figli altrui e l'altra i figli propri dall'arroganza dei prof. Una metà critica la gente che applaude ai funerali e l'altra si spella le mani al passaggio delle bare. Una metà vorrebbe meno sangue e donne nude sui giornali e l'altra compra i giornali soltanto quando ci sono sangue e donne nude. Una metà pretende il rispetto delle regole da parte di tutti e l'altra non le rispetta dicendo che così fan tutti. Una metà non sa più chi è e l'altra grida: lei non sa chi sono io. Una metà inneggia al senso dello Stato e l'altra si comporta come se fosse lo Stato a farle senso. Per l'integrità della Repubblica una e indivisibile, è tempo che queste due metà si affrontino a singolar tenzone e vinca la migliore. Ma non sarà facile, dal momento che spesso si trovano entrambe nella stessa persona.

2008

Se una donna confidasse alle amiche: « Voglio un uomo dotato della bomba atomica » provocherebbe un crepitio di risatine, seguite da amari commenti sulle testate missilistiche dei rispettivi ex. Ma quando Carla Bruni pronunciò questa frase memorabile, racconta la sua ultima biografia, nessuna delle astanti la interpretò come una metafora: conoscendola, capirono subito che andava presa alla lettera. Intendeva accalappiare uno dei nove capi di Stato che possono far saltare il mondo. Anzi, uno degli otto, perché George W. Bush non ha ancora finito di leggere le istruzioni. Esclusi per ragioni estetiche gli asiatici (a loro non piacciono le donne a forma di attaccapanni) e Gordon Brown (alle attaccapanni non piacciono gli uomini a forma di bulldog), restavano in lizza Putin e Sarkozy. Tardivo e assai osteggiato dalla comunità internazionale l'inserimento di Ahmadinejad. Inutile quello di Veltroni e Berlusconi, che al più potevano offrire una cassetta di petardi. Putin non era poi male, ma è stato messo fuori gioco dai climatologi: l'impatto fra due iceberg come l'orso russo e l'ape regina torinese avrebbe causato una catastrofe naturale. E così, Sarkozy. L'arrivista è arrivata, dicono ora le malelingue. Se il potere la eccita, affari suoi. A me invece incuriosisce sapere perché lo voleva proprio dotato di bomba atomica. A che pensa quando lo abbraccia, a una deflagrazione nel deserto del Nevada? Soprattutto, e qui la curiosità cede il passo alla preoccupazione, non è che per ispirarsi pretenderà di tenere la valigetta ai piedi del letto?

Le donne non sono fortunate: due secoli per vederne una alla Casa Bianca e la prima che potrebbe davvero farcela, invece del solito bietolone alla Kerry si ritrova come rivale alle primarie il candidato perfetto: nero, bello e simpatico, che la sorpassa a sinistra sull'autostrada del Politicamente Corretto. Il confronto fra Hillary e Obama dice una cosa molto importante sulle relazioni fra uomini e donne. La donna, che nella letteratura dei luoghi comuni resta creatura eterea e inafferrabile, si rivela al contrario, anche in politica, la più preparata, seria e concreta. Eppure continua a perdere perché le sue parole non fanno sognare. Resta una ringhiera che rassicura e non una rampa da cui spiccare il volo. L'uomo, lui, è approssimativo, improvvisatore. Ma sa essere affascinante. Uno specchio delle passioni altrui. Un foglio bianco, anche se nero, su cui ognuno può scrivere quel che gli pare. Le sue parole hanno un suono superiore al peso. E si prestano a qualsiasi interpretazione, purché aerea e sognante. La donna non ha quel tipo di talento, ma nessuno meglio di lei sa apprezzare gli uomini che lo posseggono. Perciò ne paga il prezzo. Si illude, imprestando i propri sentimenti inespressi a chi glieli sa stimolare. E quando il maschio la delude, rivelandosi alla prova dei fatti uno sbruffone o un millantatore, gli ritira la fiducia, promettendo a se stessa di non cascarci più. Ma senza riuscirci, perché prima o poi le tornerà la voglia di sognare, la voglia di un uomo che sorridendo le dica: « Yes, we can ».

Aeroporto di Fiumicino. In attesa dell'imbarco, un passeggero sta sfogliando i giornali. Si inchioda davanti alla vignetta di Altan su *Repubblica*, un padano in camiciotto verde che bofonchia: « Basta con le mezze misure, ci vuole il boia di quartiere ». Il passeggero si gira verso un amico: « Finalmente qualcuno che ha il coraggio di dire le cose come stanno! » Tendo l'orecchio, sicuro che l'interlocutore gli spiegherà che Altan è un umorista e gli umoristi coltivano i fiori del grottesco. Invece l'amico sbotta: « Non sono d'accordo. Vogliamo arrivare alla pulizia etnica? E sì che Altan una volta era progressista ». Mi viene da piangere. Come a un funerale. La mia adorata satira giace lì senza vita, assassinata sulle poltroncine del gate numero 4. Forse è morta per asfissia: la realtà è diventata così paradossale da aver tolto il fiato a un'arte che si nutre di paradossi. Forse l'hanno pugnalata le due sorelle siamesi: ignoranza e volgarità. Forse si è suicidata a furia di prendersi troppo sul serio, anche se non è certo il caso di Altan. Oppure si è semplicemente atrofizzato il muscolo invisibile che consentiva ai lettori di cogliere il salto logico. Quella capriola intelligente del pensiero che distingue l'ironia dalla comicità da caserma, persino quando entrambe si nutrono delle stesse parolacce (è la differenza fra la Littizzetto e il Bagaglino). Qualunque sia la causa del decesso, il referto è implacabile: se bisogna mettere i sottotitoli all'umorismo, significa che non lo si capisce più. Comunicazione interrotta, riprenderemo a sorridere il più presto possibile. Sperando non sia troppo tardi.

Dov'eravate il 23 maggio 1992, un sabato pomeriggio, quando la mafia fece saltare in aria Giovanni Falcone con moglie e scorta, fissando per sempre quella data nella memoria degli italiani come il loro 11 settembre? Io mi trovavo a Roma nella redazione de *La Stampa* e avevo voglia di un gelato. La tv accesa ronzava boiate e mi alzai dal computer per proporre a Ciccio La Licata un raid alla gelateria siciliana sotto il giornale. Lo trovai curvo su un foglietto di carta: lo rigirava fra le mani come se cercasse il verso giusto per leggerlo. Era il dispaccio d'agenzia che annunciava l'Attentatuni. Palermitano e principe del giornalismo di mafia, Ciccio era amico personale di Falcone, uno dei pochi. Quando me lo aveva presentato al giornale (Falcone scriveva per noi), ero andato in cerca di una frase memorabile, ma dalla gola non mi era uscito che uno stupido « Pia-ce-re! » Ciccio posò il foglietto e rispose al telefono. Il direttore, da Torino, gli chiedeva un ritratto del magistrato ucciso. Lui non disse nulla. Accese il computer e cominciò a battere piano sulla tastiera. Lo osservavo come in un incantesimo: intorno a noi i televisori strepitavano la notizia, sui volti dei redattori e dei fattorini montava la rabbia, ma Ciccio niente, scriveva e perdeva acqua dagli occhi in silenzio. Le lacrime gli scendevano lungo la scanalatura del naso e andavano a inzuppare la barba senza che lui facesse un solo movimento per fermarle. Ancora oggi lo rivedo mentre scrive quelle parole asciutte con gli occhi bagnati. E penso che Falcone doveva essere davvero un grand'uomo per meritarsi un giornalista così.

Sparlate pure di tutti gli altri ministri, ma non toccatemi Brunetta, il mio preferito. Quest'uomo, al cui confronto don Chisciotte era un pragmatico, si è messo in testa di far funzionare lo Stato. E mica in Danimarca o in Lapponia. In Italia. Non è commovente? Fra i tanti ex barbari del governo che camminano per le stanze del potere con le pattine sotto le scarpe, Brunetta «Taglia & Affetta» è l'unico ad aver conservato l'impeto delle origini. Irascibile peggio di Paperino, il kamikaze del liberismo si muove fra i riti di Palazzo con la leggerezza di un lottatore di sumo scaraventato in una coreografia del *Lago dei cigni*. Non che non si sforzi di fare il diplomatico. Ieri ha addirittura convocato i sindacalisti, una categoria che gli procura attacchi d'asma e sfoghi sulla pelle curabili solo dopo lunghe ore di meditazione davanti alla foto della Thatcher che addenta le cosce di un minatore gallese. «L'amministrazione dello Stato è una palla al piede», ha esordito con la consueta cautela. L'incanto è durato un quarto d'ora, poi il delegato della Cgil ha abbandonato il tavolo (le cronache non precisano se era inseguito dai cani), protestando perché il ministro aveva invitato un solo rappresentante per ogni sigla. Ne voleva di più, quell'ingordo, senza pensare all'effetto devastante che una cucciolata di sindacalisti sbraitanti avrebbe provocato sul sistema nervoso di Brunetta, già scosso dagli sfottò che Fiorello riserva ogni giorno alla sua statura da gnomo. Ma non è un colpo basso, nel 2008, fare ancora battute sull'altezza? Lo perdoni, Brunetta. E richiami indietro i cani.

Uno degli eventi più strabilianti della nostra epoca è la scomparsa dei verbi al futuro. Dopo l'abbuffata del Duemila, quando per strada e sui giornali era tutto un «saremo» e «diventeremo», il futuro ha cominciato a rattrappirsi. Fino alla condizione attuale, in cui per i poveri coincide con l'ultima settimana del mese e per i potenti con la fine dell'anno, quando molti di loro verranno giudicati sulla base del bilancio consuntivo: premiati se avranno tagliato i costi, ma puniti senza pietà se li avranno aumentati per sviluppare gli investimenti, la ricerca scientifica, la formazione del personale. Le società umane appassiscono così, a furia di chiudere in pareggio i bilanci di fine anno senza più avere un senso di marcia che non sia la mera sopravvivenza. Gli unici che osano ancora coniugare i verbi al futuro sono gli innamorati. Ascoltate i loro discorsi (o ricordate i vostri, di quando lo eravate). Pur nelle difficoltà di una vita precaria palpitano di visioni, progetti, scenari che escono dalla meschinità del presente per proiettarsi in quella dimensione magica dove le possibilità del cambiamento volteggiano intatte. Il futuro è il verbo di chi emana energia. E l'energia più potente e più giovane rimane sempre l'amore. Persino in un continente per vecchi come la nostra estenuata Europa. Non sono un economista e nemmeno un sociologo, ma sento che dalla depressione economica e morale ci potranno salvare soltanto le persone innamorate: di un'altra persona, di un sogno, del proprio talento. Della vita.

C'è il caldo caldo e c'è il caldo percepito, di solito più caldo di almeno cinque gradi. Ci sono l'inflazione ufficiale e l'inflazione percepita, di solito più alta dello stipendio percepito. E poi ci sono l'aumento del mutuo e l'aumento percepito, il declino reale e il declino percepito, la violenza percepita, la paura percepita, i furbi percepiti anche se poco perseguiti, la Nazionale che va fuori ai rigori: un pareggio percepito come una sconfitta. Giuro che non ci percepisco più niente. Non mi fido delle statistiche rassicuranti, come degli allarmi assillanti. E non mi fido neanche della memoria che abbellisce le ombre del passato e dilata i mostri del presente. C'era davvero meno violenza trent'anni fa, quando due ladri picchiarono mio padre nell'androne di casa per portargli via una cartella di cuoio che conteneva pratiche banalissime? Faceva davvero meno caldo quando nelle sere d'estate mia nonna bivaccava sul balcone passandosi *La Stampa* davanti alla faccia a mo' di ventaglio? Ed eravamo davvero più ricchi quando riuscivamo a sopravvivere con le scarpe risuolate e senza telefonini? Di sicuro eravamo più giovani: anche i vecchi. Di sicuro il futuro era avvolto nella nebbia, come sempre, ma il futuro percepito non aveva lo stesso sapore di paura che si percepisce oggi. Questa paura di perdere che ci rende tutti così aggressivi eppure così abulici. Potessi esprimere un desiderio, vorrei che percepissimo più coraggio e dietro ogni porta che si chiude non vedessimo soltanto il muro, ma un'altra porta che si apre. Messaggio percepito?

Da quando ho letto la denuncia di una lettrice su *Specchio dei tempi*, non riesco a togliermi dalla testa la scena di quei baldi ventenni che, in spiaggia a Varigotti, hanno torturato un pesciolino vivo, strizzandolo di mano in mano, sbattendogli la coda sugli scogli e infine usandolo come palla da tennis per i loro racchettoni. Non mi sorprende il sadismo. E nemmeno la faccia tosta con cui hanno replicato alle rimostranze della lettrice: « Ci stiamo divertendo ». Ciò che fatico a mandare giù è l'atrofia delle emozioni che impedisce ormai a troppe persone di mettersi nei panni di un altro, di chiunque altro, persino di un altro particolarmente piccolo e inerme come un pesciolino. Chiedersi che cosa prova l'innamorato che stiamo ingannando, il bambino che stiamo trascurando, il sottoposto che stiamo umiliando, l'animale, la foglia o la pietra su cui stiamo infierendo. Si tratta di un esercizio di ginnastica dell'anima che un tempo veniva insegnato fin dalla tenera età. Serviva a renderti un po' meno irresponsabile dei tuoi atti. Ma soprattutto a farti sentire parte di qualcosa di più ampio delle tue paturnie individuali. Parte di una comunità, di una nazione, del creato. Invece questo solipsismo menefreghista spacciato per libertà ci ha ridotti a un balletto isterico di particelle staccate, perse dietro le proprie rivendicazioni personali, ma incapaci di prendere anche solo in considerazione quelle del prossimo. Ciascuno sfoga la sua irrilevanza torturando i pesciolini che può. E ciascuno è a sua volta il pesciolino di qualcun altro.

Franco Frattini non parteciperà al vertice europeo dei ministri degli Esteri sulla guerra del Caucaso perché impegnato in una vacanza alle Maldive. Ignoriamo il contenuto, ovviamente segreto, della delicata missione che il ministro sta svolgendo in quel lontano arcipelago, dietro lo schermo ufficiale del viaggio di piacere. Ma che si tratti di far rientrare la ribellione armata (di stuzzicadenti) del contingente di gitanti bergamaschi innervositi dalla cattiva qualità delle olive negli hotel di Fua Mulaku, oppure di fungere da arbitro nella disputa territoriale fra due vicini di bungalow dell'atollo di Bathala circa l'uso dello stendino per i costumi, non vi è dubbio alcuno che la nostra diplomazia saprà essere all'altezza della situazione, essendo appunto le vacanze e i luoghi a esse collegati il contesto ideale per dispiegare i nostri talenti migliori. Non finiremo mai di lodare la saggezza di Frattini e il suo pragmatismo: ci pensino quei boriosi dei francesi a far finta di dipanare l'ingarbugliato gomitolo caucasico. Noi presidiamo i bungalow e l'oliva, senza escludere un vertice sugli sci d'acqua con il democratico americano Barack Obama, in ferie di lavoro alle Hawaii. Però disertare la riunione europea di Bruxelles sarebbe stato maleducato. Così, al posto del ministro con le pinne il fucile e gli occhiali, a rappresentare l'Italia sarà una giovane promessa della politica: il sottosegretario Vincenzo Scotti, omonimo del notabile democristiano risalente al periodo mesozoico della Repubblica. Ma talmente omonimo che è proprio lui.

Caro collega che sull'*Independent* di ieri passavi in rassegna le misure adottate dai nostri sindaci e concludevi: « Turisti, attenti, se una cosa è divertente, l'Italia ha una legge che la vieta », vorrei che mi togliessi una curiosità. Ma come dobbiamo essere, cosa dobbiamo fare, per ricevere la vostra approvazione? Sai quanto ci teniamo, al punto da riportare in prima pagina ogni articolo che parli male di noi, compreso l'ultimo della *Frankfurter Allgemeine* che ci accusa di rubare gli accappatoi negli hotel. Mentre nascondo in valigia il diciannovesimo accappatoio di pessima tela sradicato dai vostri eurobagni (potreste almeno mettere quelli di spugna, tirchi), torno a domandarti: cosa dobbiamo fare? Perché se intasiamo le piazze di rifiuti, scrivete che siamo dei buzzurri. Ma appena cominciamo a multare chi butta per terra una lattina, ci disegnate come dei pedanti insopportabili. In attesa di una parola chiara da parte tua, azzardo una teoria. Non sarà che vi irrita l'idea di non poter più venire in Italia a fare i vostri comodi? Ho conosciuto dei tuoi connazionali che a casa loro chiedevano permesso anche per attraversare la strada, mentre qui erano capaci di trasformare ogni luogo pubblico nell'imitazione particolarmente riuscita di una pattumiera. Il caos latino, che tanto criticate negli articoli, è uno splendido alibi. Consente al turista rattrappito in patria dai controlli sociali di muoversi con leggiadria nel paradiso del chissenefrega: sporcando, gridando, prevaricando. Se è questo il divertimento di cui lamenti la scomparsa, sappi che a noi non divertiva affatto: facevamo finta. Per compiacervi, come al solito.

Nauseato dal surreale omaggio di Roma ai soldati papalini di Porta Pia, ieri pomeriggio sono uscito a fare due passi e in una piazza di Torino ho incontrato lo Stato. Almeno, credo fosse lui: ormai sono anni che non si fa troppo vedere in giro. Sullo sfondo dei palazzi barocchi si stagliavano centinaia di alpini di ritorno dall'Afghanistan. Un sottosegretario parlava al microfono senza sbrodolarsi eccessivamente in retorica. Dietro le transenne i parenti dei soldati osservavano la scena mescolati agli alpini anziani. È partito l'inno di Mameli e non è che lo cantassero tutti a squarciagola come calciatori: lo mormoravano, per non sporcare la compostezza del quadro. Poi i ragazzi in divisa hanno reso omaggio a una bandiera, gli alpini anziani si sono portati la mano alla fronte, un genitore dietro le transenne ha gridato: « Viva l'Italia » e nessuno lo ha trovato strano né comico. Sembrava di essere precipitati dentro una pagina di De

Amicis o sul set di una fiction risorgimentale, ma l'atmosfera era troppo sincera per assomigliare alla tv. Anche uno come me, che militarista non è mai stato e certo non potrebbe cominciare a esserlo ora con un principio di pancetta, ha percepito per un attimo la presenza di una comunità. Bella o brutta, non so. Ma era la sua. La nostra. Persino in un Paese che non è una nazione, dove il cittadino non ha senso dello Stato e semmai è lo Stato che gli fa senso, può ancora succedere di inciampare in avventure come questa, che ti fanno tornare a casa con la sensazione di essere un po' meno solo.

Quand'è che l'insonnia è diventata un valore politico? Perché i cocchi della folla hanno sempre menato vanto del loro dormir poco? L'amato premier lo ha ribadito sabato, strusciando fuori da una discoteca milanese alle sei e un quarto del mattino: « Mi basta dormire tre ore, così poi ho l'energia per fare l'amore altre tre ». Anche il capo dell'opposizione passa la notte a duplicare cd per gli amici e a vedere film ubzeki coi sottotitoli in lituano, ma giustamente non lo dice a nessuno. L'insonnia è politicamente spendibile solo se funzionale al racconto, vero o millantato, di prestazioni sessuali e riunioni strategiche, le due attività in cui ogni capo branco maschio esprime la propria concezione del potere. È vero che anche i mistici si svegliano alle tre di notte, ma loro lo fanno per pregare e comunque si erano coricati al tramonto, senza aspettare l'ultima dichiarazione di Cicchitto. « L'allievo dormirà sei ore, ne siano concesse sette solo al pigro, a nessuno otto », si leggeva nel regolamento delle scuole pitagoriche. Ma sei ore erano garantite a tutti, una sorta di minimo esistenziale sotto la cui soglia si celano il malessere e l'inquietudine. Tanto poi avrò l'eternità per dormire, sentenziano gli stakanovisti del fare. E non capiscono che sarebbe saggio cominciare a portarsi avanti col lavoro. Che solo chi dorme riesce a sognare. E che i sogni sono la vita vera. Avessero dormito di più anche certi cocainomani di Wall Street, forse adesso la notte prenderemmo tutti sonno un po' meglio.

Lui, Marco, fratello minore di Antonio, il primo operaio a morire nel rogo della Thyssen. Lei, Laura, sorella minore di Giuseppe, l'ultimo ad andarsene dopo lunga agonia. Si conobbero all'indomani della tragedia, confusi fra i parenti delle vittime. Non avevano occhi per il piacere ma si piacquero subito, senza dirselo. Non avevano tempo per l'amore ma ne ebbero tantissimo per il dolore: piansero e cercarono consolazione sulle rispettive spalle. Si corteggiarono senza corteggiarsi durante le veglie, le fiaccolate, i funerali solenni in Duomo. Poi cominciarono a frequentarsi con regolarità, dandosi appuntamento sempre allo stesso posto: il cimitero, là dove i fratelli maggiori giacevano affiancati. Davanti alle tombe singhiozzarono molto e parlarono ancora di più: dei morti, e dei vivi che si sentivano morti. Ma il dolore per la perdita di un bene comune, che avvelena le coppie più solide, incollò invece la loro. Il 31 agosto, al cimitero, Marco tolse gli occhi dalla foto del fratello e li posò su quelli di Laura per invitarla in pizzeria. Laura resse lo sguardo e rispose va bene. Stanno insieme da quella sera. Dicono che nessun altro sopporterebbe la loro presenza, fatta di mestizie improvvise, ossessionata dai ricordi e da una rabbia che non riesce a stemperarsi in oblio. Dicono anche di sentirsi in colpa nell'essere così felici, perché senza la morte di coloro che amavano non avrebbero mai incontrato questo amore. Ma la vita è un pavimento a scacchi che ci ha abituato a contrasti anche maggiori, e spesso è là dove sembra ci sia solo buio che si accende all'improvviso una luce.

Mi sento come certi studenti che ho incontrato in questi giorni: non rappresentato dalla politica. Invidio i dichiaratori assertivi, modello Capezzone o Sabina Guzzanti: sembrano sempre così convinti di indossare le ragioni del bene, contrapposte a quelle del male. Io sono pieno di dubbi, accidenti. Ammiro chi aderisce in toto a uno schieramento o a un'ideologia, condividendone i valori e gli interessi, e giustificandone i vizi con la motivazione tifosa che gli altri fanno peggio. Io non ci riesco. Sono infastidito dalla volgarità del centrodestra, però mi dà ai nervi la supponenza del centrosinistra. Penso che bisognerebbe dimezzare il numero degli insegnanti e raddoppiare invece i loro stipendi. Ritengo il lavoro precario una forma di schiavitù, ma non appoggio un sindacato che in nome della giustizia sociale finisce per proteggere ingiustamente i furbi e gli scansafatiche. Mi piace il benessere, ma non chi lo ostenta. Ho una sola certezza, che la ripresa economica arriverà dalle energie alternative, ma mi sta sullo stomaco il millenarismo iettatorio di certi ambientalisti. Non sopporto l'ipocrisia della Palin, mentre mi fa tenerezza quel dispari di McCain. Diffido del mito di Obama, ma resto affascinato dalla sua giovinezza fisica e mentale. Sono felice che esista Saviano, ma i libri sulla realtà mi angosciano e per capire davvero come funziona il mondo preferisco rifugiarmi nel linguaggio simbolico della fantasia. Ogni tanto mi viene voglia di fondare un partito, ma so già che non mi ci iscriverei.

Quando il tuo ex compagno di scuola viene eletto presidente degli Stati Uniti, hai un bel ripetere a tutti i microfoni che sei contento. Nella migliore delle ipotesi proverai un pizzico di umanissima invidia. Nella peggiore, verrai assalito dal morbo letale dei paragoni, che ti provocherà la sensazione di essere una nullità. Perciò mi ha spiazzato e commosso la breve intervista a un ex compagno di scuola di Obama: « Il suo destino era diventare presidente, il mio diventare orologiaio. E ce l'abbiamo fatta tutti e due », ha detto con naturalezza. E si capiva che per lui non esistevano una serie A e una serie B, ma due desideri di eguale valore che si erano realizzati. La cultura dominante ripete ogni giorno che per essere felici bisogna entrare nel piccolo cerchio della notorietà e che solo i mestieri che garantiscono fama e denaro meritano di essere perseguiti. Invece l'ex compagno di Obama ci ha detto una cosa diversa. Che tutti ma proprio tutti abbiamo un talento, piccolo o grande, e l'unica cosa che conta è accorgersi di possederlo. Per superficialità o blocchi interiori, molti non riescono a metterlo a fuoco e conducono vite magari brillantissime ma infelici, perché scentrate rispetto alla missione iniziale del loro vivere. Non c'è nessuna differenza fra chi ripara orologi e chi viene chiamato a riparare il mondo, se entrambi infondono nel proprio lavoro il senso profondo di un'esistenza. Soltanto uno dei due finirà sui libri di storia, ma poco importa. Importa che anche l'altro potrà dire di aver vissuto davvero.

Ogni giorno alle 13.40 la signora Kathy, titolare con il marito Rocco del banco di carni e salumi in un famoso mercato di Torino, riceve la visita di un gruppo di adolescenti in libera uscita da una scuola media poco distante. Ogni giorno scende dal predellino e rivolge loro le stesse due domande: come state e quanti siete. Col tempo la seconda domanda è diventata sempre più importante, perché il numero dei ragazzini è in aumento. A ciascuno Kathy offre un sorriso e una fetta di prosciutto. Non sa nemmeno lei perché lo fa. Ha cominciato e si è scordata di smettere. L'aspetto più straordinario di questo racconto, del quale sono venuto a conoscenza dalla mamma di uno dei beneficiati, è la sua assoluta gratuità. Una fetta di prosciutto non basta a sfamare neppure Fassino e i dodicenni che la ricevono in omaggio non appartengono alla schiera dei bisognosi. Il gesto di Kathy non possiede quindi alcuna utilità pratica o rilevanza sociale. Eppure ogni giorno alle 13.40 sembra che al mercato stia per succedere qualcosa. I frequentatori abituali cominciano a chiedersi: ma i ragazzi quando arrivano? E quando arrivano, perché arrivano sempre, e ogni volta più numerosi, il rito della fetta di prosciutto si ripete, per la soddisfazione incomprensibile di tutti. È come se in un mondo dominato dallo scetticismo dei pensieri tristi, quel siparietto quotidiano di assurda bontà fungesse da balsamo e da ripasso universale. Per ricordarci, nel caso gli affanni della vita ce lo avessero fatto dimenticare, chi siamo e cosa potremmo essere davvero.

Spero di non sconvolgere nessuno rivelando che *La cura* di Franco Battiato, giustamente considerata da tutti (anche da

Celentano che l'ha appena inserita nel suo nuovo album) una delle più belle canzoni d'amore di ogni epoca, è dedicata a una persona che ciascuno di noi conosce o crede di conoscere piuttosto bene. Non esiste donna che, ascoltando i versi di quel capolavoro, non abbia sognato di incontrare un amante che, invece di parlarle affannosamente dei propri problemi, le sussurrasse protettivo all'orecchio: «Ti salverò da ogni malinconia, perché sei un essere speciale e io avrò cura di te». In effetti la canzone contiene una serie di promesse da far impallidire dieci campagne elettorali. Oltre a una serie di doni non irrilevanti che il protagonista si offre di portare in dote – il silenzio, la pazienza, le leggi del mondo – alla fortunata destinataria viene assicurato un servizio di pronto soccorso sui seguenti temi: paure, ipocondrie, turbamenti, ingiustizie, inganni, fallimenti, ossessioni, malattie e lotta all'invecchiamento. C'è da far innamorare di Battiato persino Berlusconi. Ma la verità, e magari per qualcuno sarà una sorpresa, è che in questa canzone l'artista catanese non si rivolge a una donna o a un altro essere umano, ma a colei a cui probabilmente già pensava Leonardo quando disegnò la *Gioconda*: la parte nascosta di se stesso. Perché solo chi riesce ad amarsi nel profondo, «superando le correnti gravitazionali», avrà poi la forza di scacciare l'egoismo e di amare veramente il suo prossimo.

Scrivo da un letto di dolore che troppo di dolore non è. Insomma, ho l'influenza come milioni di italiani e cerco di godermela fino in fondo. Mi barrico con la testa sotto le lenzuola come da piccolo, quando immaginavo che il letto fosse un sottomarino. Poi guardo fuori, ma non mi pare di perdermi un granché. Le Borse borseggiano e i terroristi terrorizzano, quasi quanto gli economisti, i quali assicurano che il 2009 sarà peggio del 2008 ma uno scherzo rispetto al 2010. La febbre è una compagna preziosa. Ti libera dallo stress e dalle scocciature. E ti consegna a quello stato di ottundimento che è la condizione ideale per concentrarti sul linguaggio silenzioso del corpo, mediatore indispensabile per raggiungere la parte più inesplorata di se stessi. Il mal di testa ti impedisce di leggere, il mal di gola di telefonare. Resta la televisione, da guardare a occhi chiusi, appisolandoti di continuo. E ogni volta, sempre la stessa scoperta: il mondo va avanti senza di te. Straziato dalla tua assenza, ma in qualche modo ce la fa. La commissione urgente si rivela rinviabile. L'appuntamento da non perdere, perdibilissimo. E il tarlo affettivo o professionale che ti teneva sveglio la notte svanisce al cospetto di una fitta alla schiena. Sei ai box a fare il pieno, a cambiare le gomme. E, se ci riesci, a dare un'occhiata al motore. Mi piace pensare che la crisi assomigli all'influenza: uno stato di malessere che prelude a un benessere meno isterico e più consapevole. Ma non datemi retta: mica sono un economista, anche se il mio delirio almeno ha l'alibi della febbre.

2009

Certo che triste quel caravanserraglio di vecchi presidenti sciancati o in carrozzella: il più sveglio sembrava Bush junior ed è tutto dire.

Certo che retorica in quel predicatore che ha chiesto a Dio di proteggere gli Stati Uniti d'America (e da noi, pioggia acida?)

Certo che noia quell'inno cantato da Aretha Franklin con un cappellino a ics che non metterebbe neanche la regina Elisabetta.

Certo che inutile pompa quelle ventidue macchine del corteo presidenziale: meglio se arrivava da solo, guidando un'utilitaria.

Certo che strazio quel vestito della First Lady: la stilista lo avrà ricavato dalle tende del salotto di sua zia.

Certo che logora quell'usanza di giurare davanti a un magistrato che se inciampi a metà della dichiarazione non ti fa neanche arrestare.

Certo che paroloni in quel discorso inaugurale: virtù, speranza, responsabilità, persino l'attraversamento del Delaware ghiacciato da parte di George Washington nella guerra di indipendenza. E neanche una barzelletta, un riferimento allo sport, una confezione d'odio da tenere a portata di mano per spalmarla addosso al nemico e sentirsi in pace con la coscienza.

Certo che energia in quell'uomo e in quella gente che ci crede ancora: nel suo Paese, nel futuro, nella possibilità di rigenerarsi e di cambiare nonostante.

Certo che invidia.

(*Scritto in occasione del primo insediamento di Barack Obama alla Casa Bianca.*)

L'olimpionico di ginnastica Jury Chechi ha respinto le offerte di alcuni reality, preferendo ritirarsi nelle Marche a gestire un agriturismo. In tempi normali questa sarebbe stata una notizia normale, ai confini del « chissenefrega ». Ma questi non sono tempi normali. Questi sono tempi in cui il *Grande Fratello* italiano ingaggia ex hostess, maggiordomi, non vedenti, tettone. E quello spagnolo una nana, perché per gli addetti al casting non conta la persona ma il carattere, inteso come il segno particolare, possibilmente caricaturale, che si porta appresso. A furia di alzare la dose, è scattata l'assuefazione e i fenomeni da baraccone sono diventati assolutamente banali. Adesso potrebbero anche ingaggiare una nana tettona non vedente, sposata con un maggiordomo trans che prima di cambiare sesso faceva la hostess (presto lo faranno, non disperate). Ma neppure una simile trovata avrebbe la forza innovativa di Chechi che rinuncia a un mucchietto di soldi e a venti copertine assicurate per scomparire in silenzio fra le colline di Ascoli Piceno a raccogliere olive. Ci avevano insegnato che sui giornali bisogna raccontare l'uomo che morde il cane, ma oggi è il cane che morde l'uomo la vera notizia. Perché in un mondo di esibizionisti violenti e isterici che hanno reso rivoluzionario il buon senso, essere normali sta diventando qualcosa di eccezionale.

Il treno sta arrivando in stazione. Un giovanotto con la mascella da manager abbassa il finestrino e guarda fuori, alla ricerca di qualche faccia conosciuta. Soddisfatto, recupera la sua ventiquattrore dal bagagliaio e si accinge a scendere. « Scusi, ma conviene chiuderlo, quel finestrino, altrimenti chi salirà dopo di noi morirà di freddo », suggerisce con linguaggio felpato e volutamente impersonale un signore dall'aria serafica. Il giovanotto gli rivolge uno sguardo strafottente: « A me non conviene ». E se ne va. Nessun passeggero sembra fare caso a questo episodio di ordinaria solidarietà fra le genti, tranne una ragazza energica che aiuta il signore dall'aria serafica a richiudere il finestrino e intanto commenta: « Lei è troppo buono. Al suo posto, io gli avrei tirato un calcio in mezzo ai calzoni » (non dice proprio calzoni, ma ci siamo capiti). Da questo aneddoto, raccontatomi da un lettore, un pessimista trarrebbe lo spunto per celebrare i funerali dell'umanità. Se persino in tempi di crisi il menefreghismo prevale sulle forme più elementari di educazione civica, le speranze di veder sopravvivere la convivenza sociale sono ridotte al lumicino. Ma chi è condannato dal titolo della rubrica a concedere sempre un'ultima chance all'ottimismo, non può non guardare con simpatia alla ragazza energica. Che diventi mamma al più presto per educare la prossima generazione di calzoni, ricorrendo ai metodi che riterrà più appropriati all'immane compito. A noi conviene.

Oggi vorrei scrivere qualcosa di veramente impopolare, per cui parlerò della gentilezza. Della sua prematura e così poco rimpianta scomparsa. La defunta non richiedeva sacrifici particolari e nemmeno eroismi. Solo un po' di educazione e, prima ancora, di umanità. Era una forma mentale. Talvolta ipocrita, e però utile ad ammorbidire le asprezze della vita quotidiana. Grazie, prego, passi pure, mi scusi, ma si figuri, non me n'ero accorto, ha bisogno?, c'era prima il signore, non si preoccupi, disturbo? Ciascuna di queste espressioni, e dei gesti che spesso le accompagnavano, era una pennellata di grasso sugli ingranaggi esistenziali. Un balsamo che non migliorava le cose, ma consentiva di affrontarle per quel che erano, senza dovervi aggiungere lo sconforto che sempre ci assale quando abbiamo la sensazione di andare contromano. Forme sporadiche di gentilezza sopravvivono nei rapporti sentimentali, almeno nella prima fase. Per quanto, anche lì. Tracce residue si ravvisano in piccole comunità non ancora divorate dall'individualismo dei diffidenti e dei disperati. Non si hanno notizie sicure di altri avvistamenti. A dire il vero, qualcuno che provi a essere gentile ogni tanto lo si incontra ancora. Ma passa subito per retorico, approfittatore o ruffiano. L'idea che nelle relazioni umane sia ancora possibile mettersi nei panni degli altri è considerata bizzarra. Ma non me ne vengono in mente di migliori per uscire da una crisi che ha spolpato i portafogli solo perché da tempo aveva già corroso i cuori.

Dopo un lungo e democratico dibattito fra sondaggisti, il Pdl ha infine deciso le modalità con cui, a fine mese, sceglierà il suo leader fra Silvio e Berlusconi. Niente acclamazione con petardi e putipù, come avrebbe preteso l'ala critica del partito. Scartata anche la genuflessione, causa problemi tecnici (i tailleur delle delegate). Si procederà per alzata di mano: vietato usarne più di tre a testa, e questo per scoraggiare il mercato delle protesi. Lascia perplessi il basso profilo della scelta adottata. La «ola» avrebbe garantito una resa assai migliore nei telegiornali della sera. Per non parlare del «trenino» e della macarena, perfettamente in linea con la cultura egemonica: il villaggio-vacanze. L'idea di fingere un'elezione vera, raccogliendo i voti anche per un rivale fantomatico a cui attribuire un 10 per cento di bandiera, è stata scartata perché noiosa e infatti già utilizzata da Franceschini nella recente pantomima del Pd. Ammainata a malincuore anche l'ipotesi dell'incoronazione nella cappella di Arcore dopo il rifiuto dei vescovi lefebvriani di partecipare alla cerimonia (che noiosi, non fanno che negare e negarsi su qualsiasi argomento), restava l'ipotesi di un karaoke sulle note del tormentone festivaliero di Arisa: «Silvio Pascià / è un elemento imprescindibile / per una coalizione stabile / che punti all'eternità». Ma pare sia stata bocciata dall'unica forma di democrazia ancora concessa alle masse: il televoto.

Non riesco a togliermi dagli occhi l'immagine di un signore sui quarant'anni che ho incrociato all'ingresso di un centro commerciale. Mi hanno detto che sta lì tutto il giorno, da quando ha perso il lavoro. Arriva la mattina presto e si piazza davanti alle vetrine, ricolme di beni di consumo che non può, o non osa, più comperare e che per lui rappresentano il misuratore della felicità: così gli avevano insegnato. Di solito sono i pensionati quelli che guardano. Si fermano in mezzo alla strada per seguire la manovra di un'auto che tenta un parcheggio in retromarcia, nella segreta speranza di assistere allo scempio di una fiancata. Oppure trascorrono il pomeriggio davanti a un cantiere per controllare i movimenti degli operai. Quel disoccupato si sente già un pensionato. Guarda la vetrina perché non riesce più a vedere il futuro. Quando chiesero a Wayne Gretzky, miglior giocatore di hockey su ghiaccio di tutti i tempi, quale fosse il segreto del suo talento, rispose: « Pattino sempre verso il punto dove finirà il dischetto, invece che verso quello dove si trovava prima ». La crisi mondiale è il dischetto che si muove. Ma noi dove stiamo guardando? Si diventa vecchi quando la nostalgia prevale sulla speranza e i rimpianti sui sogni. E sempre più spesso si diventa vecchi da giovani, benché non ci sia niente di più triste. Mi vedo riflesso in uno specchio del centro commerciale: sono un uomo che sta guardando un altro uomo fermo davanti a una vetrina. Mi verrebbe voglia di andarlo ad abbracciare. Per dirgli: il dischetto si è mosso, muoviti anche tu.

Può darsi che abbia un po' esagerato. Sì, può darsi che la maestra di una quinta elementare di Novara abbia un po' esagerato nel rispondere in maniera esplicita alle domande dei suoi imberbi allievi, che durante una lezione di scienze su « corpo umano e apparato riproduttivo » le avevano chiesto cosa fosse il sesso orale e a cosa servissero, a letto, le manette e i frustini. Anziché eludere la loro curiosità e spedirli dietro la lavagna con un libro di catechismo sotto le ginocchia, la maestra ha spiegato con tono asciutto che il sesso orale è quello che si fa con la bocca, e che frustini e manette sono dei giochi erotici. Le birbe hanno riferito a casa e, apriti cielo!, i genitori hanno chiesto alla preside la rimozione della pervertita. Può darsi che abbia un po' esagerato. Ma la maestra ha compiuto un'operazione importante: ha tolto al sesso la sua morbosità. Il sesso non è un peccato di cui vergognarsi, per poi alludervi di continuo nelle barzellette, nei balletti e nella pubblicità. Il sesso è un gioco sacro che diventa vizio solo quando viene investito di un'aura perversa di proibito. Fra programmi televisivi e discorsi di adulti intercettati in casa, da quante parole e situazioni a sfondo sessuale viene aggredito ogni giorno un bambino di dieci anni? Sì, può darsi che la maestra abbia un po' esagerato. Ma mai quanto quei genitori che si sono scandalizzati per le sue risposte, invece di chiedersi in che modo i loro figli avevano appreso le domande.

Non capisco perché i settimanali continuino a dedicare spazio alle imprese banali di Fabrizio Corona, il fotografo di modelle che passa il suo tempo a guidare macchinoni senza patente, in compagnia di bonazze straniere per non partire troppo svantaggiato nell'uso dell'italiano. Che noia. Che mancanza di originalità. Diciamola tutta: che vita da sfigato. Vorrei qui lanciare un personaggio molto più eccentrico, sia pure di mia invenzione: Fabrizio Scettro, fotografo di matrimoni. Signor Scettro, ci racconta la sua giornata-tipo? « Mi alzo, esco di casa e vado a lavorare ». Pazzesco: continui. « Non sniffo cocaina e bevo una birretta ogni tanto, assaporandola con gusto. Pago le tasse: senza esagerare, ma le pago. E non cambio l'orologio da quindici anni ». Incredibile, come mai? « Funziona ancora ». E il sesso, il sesso? « Ho due figli piccoli e una moglie, sempre quella. Sa com'è, dopo tanti anni ci si inventa quel che si può. Ma non intendo sfasciare tutto ». Incredibile, come mai? « Funziona ancora ». Non coltiva svaghi emozionanti? « Ogni tanto mi succede di divertirmi sul lavoro. Quando fotografo due sposi imbranati. O quando guardo il cielo e mi commuovo nel vedere che c'è. La sera ascolto musica e, se non sono troppo stanco, apro un libro per non arrugginire la fantasia ». Ma lei è un mito, ma lei è un panda, ma lei è un eroe dei nostri tempi. Le andrebbe di partecipare a un concorso televisivo di parolacce? O preferisce un talent show per aspiranti scorreggiatori? « No, grazie, mi vergogno ». Anche noi, caro Scettro: ma si consoli, siamo rimasti in pochi.

Una Mitsubishi bianca si aggirava ieri per le strade di Sora, lindo comune ciociaro che plebiscitò Andreotti per mezzo secolo, invitando col megafono la popolazione a lasciare le case in previsione di una nuova scossa di terremoto. Fra i tanti episodi di sciacallaggio che ogni tragedia trascina con sé, questo mi ha colpito per la sua gratuità. In fondo, il tizio che su Facebook ha suggerito di versare gli aiuti sul proprio conto corrente, spacciandolo per quello della Protezione Civile, era animato da una deprecabile ma diffusa volontà di speculare sui sentimenti del prossimo. Anche gli zingari che si sono mescolati agli sfollati negli alberghi del litorale agivano sulla spinta di un interesse pratico. E il telegiornale che ha sciorinato i dati di ascolto – come se aumentare o strappare alla concorrenza gli spettatori sulla scia di una tragedia fosse un merito professionale da sbandierare – sacrificava il buon gusto sull'altare di quel Dio Auditel con il quale è costretto a misurarsi chiunque faccia televisione. Ma quale necessità può avere spinto un gruppo di persone a salire su una jeep per seminare il panico fra i concittadini? Definirli nichilisti sarebbe fuorviante. Cattivi, un complimento. Sono vili. Così spaventati dalla morte vista in tv da doverla subito esorcizzare con un gesto assolutamente stupido e crudele. Nessuno pretende che imitino gli umani di cui in queste ore vediamo brillare la solidarietà. Basterebbe che prendessero esempio dai cani che si aggirano fra le macerie in cerca dei padroni: senza paura di morire, ma con negli occhi il terrore di non poter amare più.

Non stupisce che una mamma sia stata condannata a trecentosessanta euro di multa per «stalking», dopo che per due anni e mezzo aveva perseguitato il figlio con una media di quarantanove telefonate al giorno. Non stupisce che l'amore di una mamma travolga qualsiasi bolletta e trovi nuove opportunità espressive nel progresso tecnologico: il telefonino, per esempio, che le consente di tenere sotto controllo il pupo a intervalli regolari (ogni quarto d'ora, calcolando che lo chiamasse anche durante il sonno). Non stupisce nemmeno che la mamma in questione abbia settantatré anni e suo figlio intorno ai quaranta. Le mamme non vanno mai in pensione. E a quarant'anni i figli hanno appena superato il periodo dello svezzamento per accingersi a muovere i primi e incerti passi verso l'adolescenza: periodo affascinante ma irto di pericoli, che solo una mamma con la testa sul collo e la cornetta all'orecchio è in grado di sventare. Ecco, semmai stupisce che sia stato lui, il figlio, a denunciarla. Ma sicuramente dietro quella decisione ingenerosa si nasconderà la mano di una nuora intirizzita dalla gelosia. In realtà l'unico particolare che stupisce, in questa storia, è la nazionalità della mamma. Austriaca. Ma forse c'è una spiegazione anche qui: le mamme italiane, avendo i figli di quarant'anni ancora in casa, non hanno alcun bisogno di perseguitarli sul telefonino.

Ai primi di aprile il sindaco argentino di San Isidro iniziò la costruzione di un muro che avrebbe dovuto separare il quartiere più ricco della sua città dal quartiere più povero dell'adiacente comune di San Fernando. Il sindaco di San Fernando lo denunciò alla magistratura, che con decisione d'urgenza ordinò di abbattere il muro. Ma il sindaco di San Isidro si oppose, affermando l'indispensabilità del muro per proteggere le famiglie ricche dalla rabbia di quelle povere. Fin qui la cronaca. Ora proviamo a immaginare come andrà a finire. Il sindaco di San Isidro fece ricorso, lo vinse e ricostruì il muro. Ma poiché i furti nelle case dei ricchi continuavano, decise di costruirne un altro per separare le case dei ricchi più ricchi dalle case dei ricchi normali. Quella notte rubarono in casa sua e così il sindaco fece costruire un terzo muro che lo isolasse dai vicini invidiosi. La notte seguente trovò la figlia in atteggiamenti sospetti con un povero di San Fernando, o con un ricco di San Isidro, al buio non si vedeva bene, e decise di murarla nella sua stanza. Ma la moglie si arrabbiò e allora il sindaco fece innalzare un quinto muro, definitivo, in camera da letto. Per sé tenne soltanto un piccolo bagno, nel quale andò subito a rintanarsi. Lì si sentì finalmente in pace e al sicuro. Quando, alcuni giorni dopo, i ladri sfondarono il muro, lo trovarono adagiato sul pavimento. Aveva un sorriso beato e fra le mani il progetto edilizio dell'Aldilà. Nel mezzo aveva disegnato un muro altissimo per non fare passare la morte. Ignorava che lei sapesse volare.

L'ultimo caso di uso criminoso della tv pubblica ha per protagonista il mago Silvan, sì proprio lui, quello che da cinquant'anni lancia messaggi in codice: « Sim-sala-bim ». Nel corso di *Domenica In*, il vecchio illusionista comunista (tutti ricordano quando si fece rinchiudere nella tomba di Lenin e dopo due ore ne uscì Fassino) agita la bacchetta magica sotto gli occhi compiaciuti della conduttrice Lorena Bianchetti. « Poi la impresteremo a Berlusconi » sussurra, alludendo (immagino) a una frase del premier, « Non ho la bacchetta magica », riferita ai tempi di ricostruzione dell'Aquila. A nessuno sfugge il codardo oltraggio. Di sicuro non alla Bianchetti che, non potendo sbianchettare il mago, provvede seduta stante a imbiancare se stessa, trasformando il bel sorriso di poco prima in una maschera di cera. Mentre l'ignaro Silvan continua il giochino di prestigio, la sventurata placa con ampi gesti un funzionario che dietro le telecamere le sta gridando di strozzarlo in diretta. Appena il mago finisce i sim-sala-bim, lei lo affronta a muso duro: « La tua battuta è assolutamente personale ». E parte in quarta con un monologo sull'impegno delle istituzioni nella tragedia. Ma la cosa più straordinaria non è il monologo della Bianchetti. È la faccia di Silvan. Si guarda intorno, alla ricerca di qualcuno che gli spieghi se si tratta di uno scherzo o di una puntata pilota del « Lecchino d'oro ». Davanti allo schermo, osservo la sua bacchetta magica con nostalgia. Mago della mia infanzia, ti prego, fammi scomparire in un mondo di schiene dritte.

Dopo aver visto in televisione un documentario sul Medioevo che pullulava di terremoti, bancarotte, carestie, epidemie, dazi, balzelli, crociati, pirati, monaci questuanti, profeti di sventura e cavalieri che vollero farsi re.

Dopo essermi accorto che non era un documentario sul Medioevo, ma un'edizione del telegiornale (forse la presenza di Capezzone e Cicchitto avrebbe dovuto insospettirmi).

Dopo essermi alzato dalla poltrona e aver controllato che il ponte levatoio e le sbarre – pardon, l'antifurto e le grate – fossero in grado di reggere l'urto dei clandestini accampati giù a valle. Dopo aver infilato l'elmo – il casco – sulla testa per proteggermi dai pericoli della strada, la mascherina sulla bocca per proteggermi dall'influenza suina (se si incrocia con l'aviaria avremo i famosi porci con le ali), l'impermeabile sulle spalle per proteggermi dalla bufera che imperversa nei cieli, il giubbotto antiproiettile sulle zone sensibili per proteggerle dall'insidia degli orchi e i peli sullo stomaco per proteggerlo dal ricatto dei postulanti che si assembrano ai semafori con l'occhio liquido.

Dopo aver fatto tutto questo, redatto testamento ed essermi confessato, ho preso la decisione più perigliosa della mia vita. Ho aperto la porta e sono uscito di casa.

Chiedo scusa, ma avrei una buona notizia. Santiago Gori, residente a La Plata (Argentina) ha trovato sul sedile posteriore del suo taxi una valigia che conteneva l'equivalente di quindicimila euro. Veramente la buona notizia non è questa. Per quanto quindicimila euro, di questi tempi. Santiago ha rintracciato chi aveva perso la valigia e l'ha restituita, piena. Ma la buona notizia non è ancora questa. Per quanto una persona che obbedisce alla sua coscienza senza esserne costretta sia più rara di un panda che balla il rock'n'roll su un tapis roulant.

Due pubblicitari hanno aperto un sito in onore del tassista, invitando i lettori a ricompensarlo. Ma la buona notizia non è neppure questa. Per quanto possa apparire straordinario, ai confini del paranormale, che ad avere l'idea siano stati dei pubblicitari, cioè la categoria di comunicatori che contende ai giornalisti l'Oscar del cinismo. Da tutto il Sud America hanno risposto all'appello. Ciascuno sta donando a Santiago quel che ha: soldi, pizze, navigatori satellitari, biglietti per il teatro, persino un servizio completo di depilazione. Chi non ha nulla, spedisce abbracci, baci, benedizioni. E tutti hanno scritto: grazie per averci spiegato cos'è l'onestà. Le persone hanno fame di gesti più che di parole. Diffidano dei discorsi e si lasciano sedurre dagli esempi. Finora la regola funzionava solo con quelli cattivi. Ora incomincia ad allargarsi all'altro reparto. La buona notizia è questa. Per quanto ancora così rara. Ma d'altronde, se non fosse rara, non sarebbe una notizia.

Passeggiando fra gli stand della Fiera del Libro, così come in qualunque altra festa, convegno o luogo di convivenza forzosa fra simili, ogni dieci passi ci si imbatte in una persona che non vedi e non senti da molto tempo. Ci si saluta con estrema cordialità, ma anche con una certa fretta, perché dieci passi più indietro già si profila un'altra persona da salutare. L'incontro si riduce a una stretta di mani logorate dall'uso o a uno scambio di baci al vento (se per sbaglio qualcuno centra la guancia dell'altro viene guardato con sospetto, come se fosse portatore di qualche peste miracolosamente sfuggita al terrorismo dei media). La conclusione dello struscio, invece, è sempre la stessa: ci sentiamo presto, dice uno. E l'altro, di rimando: hai il mio nuovo cellulare? Segue la ricerca di una biro e di un posto dove scrivere il numero, di solito il bordo del programma, almeno fino a esaurimento dei bordi. Salvo scoprire che il numero è sempre lo stesso, come la scarsa volontà-necessità di sentirsi. Eppure quel « ci sentiamo presto » rimbomba di continuo sotto le volte del Lingotto, così come in ogni altra festa, convegno e luogo di convivenza forzosa fra simili. Non è solo una piccola menzogna dettata dall'ipocrisia. Piuttosto è un modo di esorcizzare la morte. I distacchi sembrano sempre addii, ne sa qualcosa chi trascina all'infinito una storia d'amore pur di non dover sopportare il trauma dello strappo. Perfino durante le cerimonie apparentemente innocue dei saluti, le persone cercano rassicurazioni sull'immortalità. A proposito: ci sentiamo presto.

Chi sono i 307.650 individui che, record dei record, hanno visitato questa edizione della Fiera del Libro? Un isolotto di intelligenza alla deriva in un mare di grandifratelli e letterine? L'idea di contrapporre 307.650 illuminati a cinquantanove milioni di presunti beceri che vanno in piazza solo per applaudire *Amici* o festeggiare gli scudetti mi puzza di razzismo intellettuale. E non mi convince neanche l'ipotesi che siano l'avamposto di un'altra Italia, misurabile a milioni, ma comunque drammaticamente minoritaria. Un'Italia sobria e normale che rifugge le telecamere e ha desideri sobri e normali, fra i quali quello di sdraiarsi su un'amaca all'ombra di un albero con un libro fra le mani e un amore sulle ginocchia. Ho l'impressione, e in taluni casi la certezza, che fra i 307.650 templari del Libro ci siano persone che guardano *Amici* e pure le partite, che votano Lega e Berlusconi, che leggono solo bestseller da autogrill e a volte nemmeno quelli. Gli esseri umani sono più complessi e variegati di come li rappresenta questo buffo bipolarismo antropologico di moda, in base al quale chi vota a destra lavora, rutta e sogna di impalmare una velina e chi vota a sinistra studia, arriccia il naso e sogna di impalmare una contessa. Molti di noi – la maggioranza, spero – non stanno sempre o di qua o di là, ma un po' di qua e un po' di là, e un po' da nessuna parte, per fortuna. E non perché siano cerchiobottisti, ma perché persino in un'epoca di conformismi, nessuna vita è riconducibile a un questionario omogeneo di luoghi comuni.

Ieri telefona un tipo e con la voce gorgogliante di uno che si è appena inghiottito la boccetta del dopobarba dice: « Salve, mi occupo di fund raising per alcuni importanti social event ». « Complimenti », rispondo. E intanto prendo tempo, cercando di sondarlo con domande laterali. Alla fine capisco che si tratta di un disperato che chiede denaro per finanziare iniziative di beneficenza in tempi di crisi. Però, vuoi mettere: fund raiser. Ha un suono da *Guerre stellari*, benché significhi « procacciatore di grano ». Solo dei maestri di ipocrisia potevano riuscire a trasformare la lingua più diretta del mondo in un ennesimo travestimento. E noi, modestamente, siamo quei maestri. Un'altra espressione anglo-furba è peace-keeping. Letteralmente vuol dire « mantenere la pace », ma in realtà la si adopera per fare la guerra. Anche gli americani la usano, sia pure con più prudenza e imbarazzo. I nostri invece ne parlano in tono giulivo, come se peace-keeppare fosse un'attività ginnica da consigliare a chiunque sia un po' sovrappeso. Ma là dove il nostro stravolgimento dell'inglese raggiunge vette di puro e surreale sadismo è nella parola « governance ». Appena vedete qualcuno assumere un tono grave e affermare: « In questa azienda esiste un problema di governance », toccatevi la sedia sotto il sedere perché è iniziata l'opera di falegnameria. Segare la poltrona di un altro prima che lui la seghi a te: questa è governance. E se nei proverbi degli avi comandare era meglio che fare sesso, esercitare la governance mi sembra un formidabile succedaneo del viagra.

Della lettera di Gino (come chi è Gino? Gino, l'ex ragazzo di Noemi, la figlioccia di Papi che si è separato da Veronica che, secondo Daniela, starebbe con Alberto), pubblicata nei giorni scorsi dal *Corriere della Sera*, mi ha colpito il passaggio in cui l'autore fa l'elenco delle contumelie ricevute dopo l'intervista in cui raccontava le telefonate fra la sua morosa e il Gatsby di Villa Certosa. « Dicono che sono un Camorrista, Boss, Bugiardo, Leader di Sinistra, Falso, Diffamatore, insomma una schifezza d'uomo. » Nel mondo di Gino, che è il mondo del popolo, essere leader di sinistra è ormai un insulto da querela. Un bel salto di qualità rispetto a una decina d'anni fa, quando la sinistra non era ancora disprezzata dai nuovi proletari, ma solo ignorata, e uno studente delle medie mi domandò serissimo se i comunisti erano le persone che lavoravano in Comune. Forse, oltre a chiedersi come mai a Berlusconi piacciono le ex ragazze di Gino, la sinistra dovrebbe cominciare a chiedersi perché a Gino non piace più lei. Un indizio viene da un altro passo della lettera, dove Gino omaggia Berlusconi come Uomo del Popolo. Ora, se il popolo considera Uomo del Popolo un miliardario che vive fra villoni e guardie del corpo, significa che la parte politica che un tempo si richiamava al popolo ha smesso di fare il suo mestiere: parlare a Gino in modo diverso, ma di cose che interessino a Gino, anche se le cose che interessano a Gino ai leader di sinistra spesso fanno senso. In fondo è il segreto di Obama, uno per cui Gino avrebbe votato volentieri.

Come portavoce autonominato della Opposizione Estetica, mi permetto di esprimere tutto il mio sommesso disgusto per il prototipo di donna che emerge dagli scandali di queste settimane, che poi è la stessa donna che vediamo paparazzata nelle feste della Roma Cafona o issata sui troni di cartapesta di certi programmi televisivi. Bella di una bellezza vistosa e ritoccata. Vestita e truccata come la maschera di un trans. Aggressiva, sgangherata, ignorante. Non so per quale ragione certi uomini di potere abbiano una predilezione per lei. Immagino perché non li mette in discussione. È una donna-sofà, a cui il potente si rivolge per scaricarsi e rilassarsi, con lo stesso spirito con cui davanti al televisore preferisce una gara di rutti a un programma di storia. So però che sopravvive un altro genere di maschi e che a questi maschi continua a piacere l'altra donna. Quella che non sghignazza, ma sorride. Che non mostra, ma allude. Che non seduce con le microgonne, ma con gli spacchi. Che conserva intatto il mistero femminile e intriga l'uomo che cerca di entrarvi in comunione. Che non si rifà, ma ha cura di sé. E sa coltivare sogni più larghi di una passerella scosciata in tv. Di quest'altra donna i media non parlano più, al punto che qualcuno è arrivato a preconizzarne la scomparsa. Mai la realtà fu così lontana dalla rappresentazione. L'altra donna esiste e cammina ogni giorno accanto a noi. A scuola, in famiglia, in ufficio, sul tram. Basta solo ripulire un po' lo sguardo per riuscire a cogliere la sua meraviglia.

Ero un turista che chiacchierava in un parco di Parigi, circondato da carovane di bambini con mamme e tate, e stavo inerpicandomi nel racconto di qualche scemenza quando mia moglie mi ha rivolto uno sguardo carico di riprovazione: «Abbassa la voce! Perché urli?» Ho serrato la bocca e mi sono messo in ascolto. I tanti bambini di quel parco producevano un brusio di sottofondo, qua e là increspato da frasi brevi e assertive delle madri. Il più molesto della combriccola ero decisamente io. Ma mi è bastato rientrare in Italia per sentirmi di nuovo afono. Qui urliamo tutti. Impariamo da piccoli, di solito dai genitori, che suppliscono con i decibel alla carenza di carisma (gli strilli sono manifestazioni di stanchezza e di impotenza). Il resto lo apprendiamo davanti alla tv, dove chi urla di più ottiene di essere inquadrato più a lungo, e politici e « tronisti » hanno messo a punto la tecnica del « disco rotto », che consiste nell'urlare all'infinito la stessa frase, così da impedire agli altri di rispondere. Cresciuti a questa scuola, da grandi siamo pronti per scendere in strada e partecipare alle gare di urlo, particolarmente in voga durante il periodo estivo, quando la gente ha il pessimo vizio di dormire con le finestre aperte. E qui si ritorna alla domanda di mia moglie. Perché urli? Perché urliamo? Per farci sentire. Perché nessuno ci ascolta. O forse perché non vogliamo ascoltare. Ma soprattutto per liberare quella rabbia compressa e senza bersagli definiti, figlia della solitudine e dello smarrimento, che nessuna tastiera di computer riuscirà mai a sfogare.

Uno studio commovente rivela che ogni donna passa in media sedici mesi della sua vita a piangere. Le lacrime vengono versate negli appositi cuscini e fazzoletti, in prevalenza durante le ore notturne, e hanno un effetto positivo sulla psiche e sul fisico della frignante, squassato da benefiche scosse. Mi viene da piangere. D'invidia. Come molti maschi, infatti, faccio sempre più fatica a lasciarmi andare a uno scroscio liberatorio. L'unica lacrima che frequento con assiduità è quella in versione patinata: il leggero velo che lubrifica l'occhio in risposta a una sollecitazione visiva, di solito un'immagine di guerra o di miseria, diffusa (sempre più di rado) dai telegiornali. Ma si tratta di impulsi superficiali, come le lacrime dei vip che si commuovono a comando e a favore di telecamera. Niente a che vedere con quei pianti che da bambino ci pompavano l'amaro su dalle viscere: pianti col risucchio e gemiti strozzati in gola. Le donne li producono ancora. Magari cominciano da un attacco di isteria, che però riesce a inerpicarsi fino ai territori purificanti del dolore. E non fanno sempre la scena. Spesso spremono da se stesse lacrime sincere, quelle che si piangono in solitudine e in una stanza buia e priva di specchi. Ciò detto, la mia impressione – non suffragata da alcuna statistica – è che un po' tutti, maschi e femmine, si pianga e si rida di meno. Il risultato è questa umanità rattrappita. Trattenuta fuori e furibonda dentro, che invece di piangere e ridere, ghigna o sghignazza, ma non scarica nulla e poi esplode all'improvviso.

La malattia delle società vecchie è il torcicollo. Al Festival di Venezia, in tv, nelle classifiche dei dischi: è tutto un riesumare gli anni Quaranta, Cinquanta, Sessanta, Settanta, ma ormai anche Ottanta e Novanta. Ogni generazione ha il suo Bombolo, il suo decennio da rivalutare e da rimpiangere, di solito quello coincidente con la propria gioventù. Arriverà quindi il giorno, e noi contiamo di esserci, in cui si comincerà a celebrare la melma nella quale viviamo. In cui ci toccherà assistere a una retrospettiva sui film tratti dall'opera omnia di Moccia. Leggere l'elogio della Salerno-Reggio Calabria. Assistere al riconoscimento dell'alto valore culturale del Superenalotto. E ascoltare discorsi di questo tipo: « Ti ricordi l'*Isola* e il *Grande Fratello*? Che tv di qualità, mica le schifezze che danno adesso ». « E il jet set? Corona, Belén, gente di classe che si faceva fotografare in mutande, non come quelli di oggi che vanno in giro senza. » « Pensa che noi ragazzi guadagnavamo settecento, qualcuno anche ottocento euro al mese. Bei tempi! E i ricercatori senza santi in paradiso scappavano all'estero solo dopo la laurea, mentre l'altro giorno il figlio di un mio amico ha chiesto asilo politico all'India per iscriversi all'asilo. » « I bagagli delle vacanze arrivavano a Fiumicino due giorni dopo l'aereo. Ora non partono neanche più: io li lascio in albergo, un anno per l'altro. » « Anche la politica, non c'è paragone. Un leader di peso come Franceschini la sinistra del 2029 se lo sogna. E sai cosa ti dico? Persino il presidente del Consiglio, che pure è lo stesso di vent'anni fa, all'epoca mi sembrava più moderato.»

Il mio sogno strozzato di bimbo era di montare sul primo treno diretto a Chissadove. Lo sta realizzando in mia vece Toby Field. Toby è un moccioso inglese di quattro anni che ogni tanto scappa dalle sottane della madre, sgambetta fino a una stazioncina del Kent e monta sul primo treno diretto a Chissadove. Lo ha già fatto quindici volte e quindici volte lo hanno bloccato i ferrovieri, ai quali egli si rivolge con educazione per chiedere un biglietto e avere informazioni sul viaggio. Rimane sempre deluso. Essendo adulti, ne sanno molto meno di lui: oltre il finestrino vedono prati e fabbriche, mentre per Toby ci sono mari tempestosi e vascelli in fiamme. Alla stazione successiva lo fanno scendere e accomodare in sala d'attesa per dare il tempo all'ansimante mamma Kirstie di venire a riprenderselo. La povera donna ha paura del giorno in cui il figlio perderà l'innocenza e da poeta si trasformerà in ladro: appena incomincerà a nascondersi ai bigliettai, quello a Chissadove è capace di arrivarci sul serio e anche di perdercisi. Così da qualche tempo in tutte le stazioni del Kent, accanto alla foto della regina Elisabetta, campeggia quella di un moccioso di quattro anni: chiunque lo veda aggirarsi su un treno è pregato di fermarlo. Ho il cuore spaccato. Mi immedesimo nell'ansia della madre, però immagino anche quanto sia bello essere Toby. Alla sua età l'importante non è ancora arrivare, ma mettersi in cammino. La meta del viaggio rappresenta solo lo stimolo per partire. E chi incomincia presto a cercare ciò che ama, finirà quasi sempre per amare ciò che trova.

Credo non ci sia maschio, anche se di successo e rosolato allo spiedo delle telecamere, che non sogni di essere ricordato dalla sua donna nell'ora della propria morte con queste parole: «Hai avuto una vita splendida e io sono così fortunata che l'ho condivisa con te. Grazie. Ti amo». È il testo con cui Daniela Zuccoli ha salutato il marito Mike Bongiorno dalla pagina dei necrologi del *Corriere*. Un testo asciutto e perciò così commovente. Qualsiasi uomo che alla fine degli esami ottenga una pagella simile dalla persona che ha amato potrà ben dire di non aver vissuto invano. È come se dopo la grappa, i prosciutti e le pellicce, Mike (cui ci vollero tre matrimoni prima di trovare quello giusto) avesse deciso di congedarsi con un'ultima fenomenale televendita dedicata alle coppie. A quelle fisse, stabili e ancora innamorate, nonostante tutto. Che non inseguono più le emozioni ma i sentimenti, e quindi non fanno notizia, ma fanno la vita e la costruiscono insieme, un giorno dopo l'altro. L'amore di coppia non va «per la maggiore», avrebbe detto lui. Non fa vendere giornali, se riguarda i vip, e non alimenta pettegolezzi, se riguarda i nostri amici. È un elemento statico in un mondo che il mercato vorrebbe in movimento perpetuo. Inoltre è un mestiere faticoso, impone rinunce e compromessi continui, e presenta il conto a milionari e poveracci, senza distinzioni. Non prevede ricompense né riconoscimenti ufficiali. Solo due righe di necrologio e la sensazione di essere un po' più vicini degli altri al cielo.

Dopo il proclama del Capo, il quadro è finalmente chiaro. I magistrati sono di sinistra, e questo già si sapeva. La tv pubblica, eccetto Topo Gigio, è di sinistra. Il 72 per cento dei giornali è di sinistra (non il 71 e nemmeno il 73: il 72, l'ha detto Lui). La corte costituzionale è di sinistra, il Quirinale è di sinistra, gli arbitri in genere sono di sinistra, e anche i vigili che danno le multe sono di sinistra, i professori che rifilano 4 a mio figlio sono di sinistra, il vicino di casa che appesta il pianerottolo con la sua frittura è di sinistra, la signora che mi ha scippato il parcheggio è di sinistra, come la Regina di Biancaneve, Veronica Lario e la Costituzione: tutte di sinistra. La sveglia alle sette è di sinistra, la barba da radere è di sinistra, il caffè amaro è di sinistra, i calzini bucati e gli ingorghi al semaforo sono di sinistra, il capufficio odioso è di sinistra, la moglie che mi ricorda le commissioni da fare è di estrema sinistra. Il Superenalotto è di sinistra, altrimenti vincerei. Gli stranieri, i comici, i miliardari e i gatti neri sono di sinistra. Le escort sono di sinistra, ma solo quelle che chiacchierano, naturalmente. Cavour era di sinistra, come Montanelli e Barbarossa, del resto. Fini è di sinistra e pure le previsioni del tempo, se segnalano pioggia. Persino io, quando non digerisco la peperonata, divento di sinistra. Da noi l'unica disgrazia che non sia di sinistra è la sinistra.

P.S. Viva l'Italia, viva Berlusconi! (Anche questo l'ha detto Lui.)

A Napoli un bambino è morto a sei anni di povertà. Veniva dall'isola di Capo Verde, ma sapeva già leggere e scrivere in italiano. Era educato, ordinato, molto pignolo, dicono le maestre. Amava il disegno e sognava di fare l'ingegnere. Si chiamava Elvis, come l'eroe del rock. Lo hanno trovato per terra, in una stamberga di venti metri quadri, i polmoni intasati dalle esalazioni di un piccolo braciere. Da quando l'Enel aveva staccato la corrente che alimentava la stufetta elettrica, quel fuoco improvvisato e velenoso era diventato l'unica fonte di riscaldamento di tutta la famiglia. Non c'era altro calore, non c'era più cibo. Ed Elvis se n'è andato così, addosso alla madre agonizzante, la testa appoggiata al ventre da cui era uscito sei anni prima per la sua breve e infelice partecipazione alle vicende del pianeta Terra.

Mi sento totalmente inutile, come giornalista e come essere umano, perché mi tocca ancora raccontare storie del genere, nel mio evoluto Paese. Ci riempiamo la bocca, io per primo, di parole superflue. Ci appassioniamo ai problemi di minoranze potenti e arroganti. E accanto a noi, in un silenzio distratto, si consumano le disfatte degli umili e dei mansueti. Persone come la mamma di Elvis, che fino all'ultimo ha provato a raggranellare onestamente qualche soldo per la stufetta, andando in giro a fare le pulizie. Il Bene ieri ha perso di brutto. L'importante è rendersene conto, non distrarsi, non rassegnarsi, organizzare la riscossa. Anche per Elvis, che tornerà a trovarci ogni giorno, sulla faccia di tanti bambini uguali a lui.

A un anno esatto dal plebiscito che lo issò al potere, la prima tranvata elettorale di Obama (ha perso in due Stati su due) rivela uno dei mali oscuri della nostra democrazia. La psicologia immatura degli elettori. I quali si accostano alla politica con lo stesso atteggiamento emotivo con cui, secondo me sbagliando anche lì, vanno incontro all'amore. Obama è stata una cotta. E, come nelle cotte, i suoi morosi hanno costruito un personaggio immaginario e lo hanno riempito di tutto ciò che volevano vedere. Era bello, era nero, era nuovo e le sue parole massaggiavano i cuori. Ci siamo innamorati di lui come ci si innamora di una ragazza conosciuta a una festa: intensamente, ma in superficie. Infatti è bastato che si rivelasse per quel che è, un uomo politico e non un mago, perché milioni di elettori in America e di fan in tutto il mondo si ritraessero delusi, addirittura traditi. Ma traditi da cosa? Dai propri sogni esagerati e da quel transfert infantile che porta a delegare al Capo-Icona la soluzione, naturalmente immediata, di problemi epocali. Non si dovrebbe giudicare un leader dopo un anno di lavoro, come non si giudica un raccolto al momento della semina. È la stessa traiettoria di tanti matrimoni che non sopravvivono alla convivenza e al calo di adrenalina, quando la vita smette di essere un susseguirsi di gesta eroiche per diventare azione paziente, prosaica, quotidiana. Obama avrà anche perso il suo fascino di amante, ma diamogli almeno la possibilità di riconquistarci come marito.

Da piccoli ci insegnavano a fare la carità di nascosto per non cadere in peccato d'orgoglio. Adesso è diventata una questione di incolumità personale. Se vieni beccato a fare il buono ti insultano, quando va bene. Lasciamo stare l'allenatore dell'Ascoli, messo in croce dai tifosi per un gesto di fair play nei confronti degli avversari, o quello di una squadra giovanile di Piacenza licenziato dal presidente per aver ritirato dal campo i suoi ragazzini dopo una zuffa: il calcio, si sa, è un mondo di maschi esaltati. Ma sentite cosa è successo a una signora di Macerata, Fiorella Faggiolati. Legge sul giornale che a Padova due bambini sono stati lasciati fuori dalla mensa dell'asilo nido comunale perché la madre non aveva i soldi per pagare la retta. D'impulso chiama il servizio scolastico e salda l'arretrato di 460 euro. Una meraviglia di gesto, penserete. Come minimo le daranno la cittadinanza onoraria, le intesteranno la sala mensa o le fettuccine al pomodoro sul menu. Errore. L'assessore padovano alla scuola (pardon, alle politiche scolastiche, non so se mi spiego), in quota Partito democratico, reagisce piccato: « Ognuno farebbe bene a guardare a casa propria ». Marchigiana che non sei altro, fatti gli asili tuoi. E sotto con una spiegazione burocratica su quale procedura la mamma dei due bambini lasciati fuori dalla mensa – gli amichetti dentro a mangiare e loro niente, roba da trauma psichico perenne – avrebbe dovuto seguire per accedere alla carità comunale. Alla fine la benefattrice di Macerata ha dovuto ancora giustificarsi, chiedere scusa all'assessore. La prossima volta che farà del bene, ricordi almeno di mettersi in faccia un passamontagna.

Non capisco perché mi odino, ha confessato a don Verzé in pieno trauma da giorno dopo, quando al dolore fisico si accompagna sempre la prostrazione morale. Berlusconi è l'opposto di Cyrano. Quello si disprezzava e, disprezzandosi, odiava essere amato. Silvio si adora, e adorandosi, desidera l'amore altrui, senza distinzioni. Non si rende conto che chi pretende l'amore attira con la stessa intensità anche l'odio. I veri politici non pretendono di essere amati e infatti la gente li apprezza. Li ignora o li disprezza: sentimenti medi, razionali, gestibili. Solo un terrorista può spingersi a odiare un politico, però inteso come simbolo. Non colpisce Moro perché è Moro, ma perché rappresenta lo Stato. Invece Berlusconi viene colpito proprio in quanto Berlusconi. Non un politico, ma un'icona, una rockstar. Uno che suscita sentimenti estremi: nei fan (l'inno della Dc tedesca non si intitola « Meno male che Angela c'è ») come nei detrattori. Lui parla alle viscere prima che ai cervelli: e le viscere sono incontrollabili, da esse può scaturire tutto il bene e tutto il male del mondo. Questo, ovviamente, non significa giustificare il gesto di uno squilibrato e la violenza verbale di chi lo esalta sul web. È solo il tentativo di dare una risposta alla domanda drammatica che Berlusconi ha posto a don Verzé. Sventurato il popolo che ha bisogno di eroi, scriveva Brecht. Ma sventurati anche gli eroi che hanno bisogno del popolo.

La storia dell'ex campione di pugilato Nino Benvenuti che accorre in aiuto di Emile Griffith malato di Alzheimer sembra la favola di Natale perfetta. Per chi era bambino negli anni Sessanta, Benvenuti-Griffith è il nome di una ditta che aveva sede al Madison Square Garden, è il ricordo di immagini via satellite in bianco e nero, dove il bianco era l'italiano e il nero l'implacabile picchiatore degli States. Il pugilato era una cosa cattiva, quindi sommamente desiderabile, che si poteva vedere solo con papà e di nascosto da mamma. Per risaltare in mezzo a quel furore, l'eleganza di Benvenuti aveva bisogno dell'orco americano. Un orco disgraziato, costretto a ricorrere ai sussidi pubblici che però non bastavano più a pagargli le medicine. Così la sua metà bianca, quella che lo prendeva a cazzotti quarant'anni fa, gli ha pagato il viaggio in Europa, usando ancora una volta il nome della ditta per organizzare un giro di conferenze che garantiranno a Griffith il denaro per le cure. Benvenuti ha agito per affetto, ma soprattutto perché non poteva fare altrimenti. Ignorare l'antico bersaglio dei suoi pugni sarebbe stato come mandare al tappeto se stesso. Ciascuno di noi ha il suo Griffith che lo ha fatto penare sul ring della vita, obbligandolo a tirare fuori risorse insospettabili. Per qualcuno sarà il fratello con cui faceva a botte da bambino, per altri il professore che ha contestato e poi rimpianto, per tutti il collega col quale si sente, spesso inspiegabilmente, in competizione. Finché un giorno scopriamo che il rivale è la parte di un tutto che senza di lui ci impedirebbe di essere noi, come il buio non esisterebbe senza la luce.

Quasi duecentomila sardi fra i diciotto e i trentadue anni hanno partecipato al gioco di una catena di distribuzione intitolato

Vinci il tuo posto di lavoro. Una bambina bendata ha estratto i quattro nomi che avranno diritto a un posto di commesso al supermercato, il prossimo anno. Non è una gag, è una notizia. L'ho letta ventisette volte e ancora non riesco a crederci.

Non riesco a credere che il lavoro sia diventato un premio sorteggiabile come una pentola o un biglietto della Lotteria Italia. Non riesco a credere che sia stato accolto come un successo di marketing l'immenso numero dei partecipanti, spia di una situazione economica drammatica, tanto più che in palio non c'era un impiego fisso (il famoso concorso da vigile urbano) ma un lavoro precario e poco remunerato. E se anche riesco a credere, senza nessuno sforzo, che qualche managerino rampante si sia inventato l'iniziativa, non mi capacito che il sindacato l'abbia avallata allargando le braccia: « Di questi tempi è meglio di niente » ha detto un dirigente locale della Cgil. Soprattutto non riesco a credere che l'opinione pubblica digerisca un evento così avvilente per la dignità umana senza riscuotersi dal torpore in cui sembra precipitata. Eppure l'articolo 1 della Costituzione recita ancora: « L'Italia è una Repubblica fondata sul lavoro ». Andrebbe aggiornato: « Fondata sulla raccomandazione e sull'estrazione ». L'unica alternativa possibile, a quanto pare.

Salve, faccio parte della tribù quasi estinta degli Imbarazzati. Il tipico asociale che sul treno, appena il telefono comincia a vibrare, si alza di scatto ed esce in corridoio a biascicar parole a mezz'asta. Poi rientro nello scompartimento per ascoltare le conversazioni degli altri. Conversazioni squillanti e istruttive, concluse dalla nuova formula di congedo vagamente cinese: « cia-ciao ». Apprendo dalla viva voce della signora accanto al finestrino che sua figlia è stata respinta a un esame per aver copiato il compito sbagliato: succede. Apprendo dalla vicina di posto che sua sorella ha problemi di dissenteria, e la cosa mi addolora, anche perché starei mangiando un panino. Apprendo che la moglie del mio dirimpettaio si è scordata di fare la spesa e la grave mancanza innesca un litigio coniugale sui massimi sistemi, tale da comportare una interruzione momentanea delle comunicazioni. Lei richiama, lui lascia trillare a lungo (ha la suoneria dei « tre piccoli porcellin », lo giuro) e infine risponde. Pace fatta, per la soddisfazione di tutti i passeggeri. Il mio telefono torna proditoriamente a vibrare e scappo in corridoio. « Perché va fuori a parlare? », commentano alle mie spalle. « Non vorrà che ascoltiamo quel che dice ». Sì, lo ammetto, anche quello. Però non solo quello. C'è il timore di infastidire il prossimo e – si potrà dire? – un po' di vergogna: cascami di maleducazione familiare che purtroppo trent'anni di tv-verità non sono ancora riusciti a debellare. Questo vorrei rispondere al signore dei tre piccoli porcellin. Ma quando rientro nello scompartimento sta urlando al telefono.

Chissà se i capodogli trovati morti sulla spiaggia di Peschici con la pancia piena di sacchetti di plastica volevano dirci qualcosa. E non solo qualcosa di ecologico in senso stretto. Del genere: « Uomini, vil razza dannata, coi vostri rifiuti intossicate l'universo ». Lo sappiamo già e non ce ne importa niente. Ci hanno insegnato nei secoli dei secoli che la natura è una donna di servizio, da sfruttare molto e pagare poco, possibilmente in nero. Invece, sorpresa, era la padrona di casa e sta presentando il conto dell'affitto, arretrati compresi, ma tanto non abbiamo i soldi per pagare. No, mi chiedo se quei cetacei non volessero raccontarci anche un'altra storia. Soltanto quattro di essi avevano la plastica nello stomaco, e il capobranco più di tutti. Ma nelle pance degli ultimi tre non è stato trovato niente. Niente. Hanno seguito il capo fino alla morte per puro spirito gregario: assopimento di coscienza, mancanza di personalità. Ecco, forse i sette capodogli di Peschici volevano dirci proprio questo. Che rischiamo di diventare così anche noi. Divisi in capibranco famelici che ingurgitano qualsiasi cosa per pura bramosia di possesso e in cortigiani che si contendono i resti dello stesso nulla, spacciato per chissà che. In scia, poco distanti, avanzano gli spettatori: a stomaco vuoto, si accontentano di godere la visione del pasto altrui. E seguono il capobranco senza chiedersi dove si sta andando. Onda su onda, fino allo schianto finale.

Tutti gli iscritti al concorso per funzionario dell'Ufficio Appalti di Orbetello – aperto ai soli laureati – sono stati respinti dopo la prova scritta a causa di sfondoni grammaticali. Non vi sfuggirà la buona notizia: non c'era neanche un raccomandato (e trattandosi di un Ufficio Appalti, la sorpresa è ancora più grande). Per il resto prepariamo i fazzoletti, perché una cosa è fare dell'ironia sull'ignoranza dei concorrenti del *Grande Fratello*, nessuno dei quali almeno si fregia del titolo di dottore, un'altra dover riconoscere che l'università laurea dei somari che scrivono « ha » senza l'acca, « legittimo » con due g e « anomala » staccando la a: « a nomala », come « a zia » e « a nonna » nel vocabolario di Totti. Intendiamoci. A tutti può capitare di scrivere « egli a mangiato ». Ma in seconda elementare. È lì che si gioca la partita decisiva. Quando capitò a me, la maestra mi fece riempire un intero quaderno di « ha ». Fu tale il trauma che me lo ricordo ancora. Sarà per questo che, talvolta, mi ricordo anche di scrivere « ha ». Di sicuro non ho mai dimenticato le parole con cui lei accompagnò quel supplizio. « La scuola dell'obbligo non serve a insegnarti un lavoro, ma a darti le basi per scegliere quello più adatto a te. Chi scrive e parla male, pensa e vive male. Io non allevo specialisti, ma esseri umani ». Sono passati quarant'anni, signora maestra, ma se lo lasci dire: grazie.

2010

Non è solo l'onestà che colpisce, è la costanza. La costanza nel voler fare a tutti i costi la cosa giusta. Mukul Asudazzaman è un tassista bengalese a New York City. Una pensionata italiana, Felicia, dimentica sulla sua vettura i 21.000 dollari che devono finanziare il viaggio transoceanico dell'intera tribù familiare. Possibilità di rivederli?, domanda affranta alla polizia. Sottozero, signora. Alla fine del turno Mukul trova il tesoro sul sedile posteriore. Conta i soldi dieci volte, perché così tanti non ne ha visti mai. E nel contarli trova un indirizzo di Long Island, ottanta chilometri di tangenziale. Ci torna tre volte, prima di incontrare qualcuno. Ore e ore di vita, e almeno un pieno di benzina. La costanza. Anche nel resistere alle tentazioni. Finalmente gli aprono. È una parente, alla quale il bengalese – buono sì, mica scemo – non dà i soldi, ma un biglietto per la loro proprietaria: « Non preoccuparti, Felicia, li terrò al sicuro io ». Felicia torna a casa e pensa, nell'ordine, a uno scherzo, a un ricatto, a un miracolo. Decide di rischiare e chiama Mukul. Il tassista ripercorre un'altra volta gli ottanta chilometri e consegna i 21.000 dollari all'italiana. Lei ne toglie mille dal mucchio per darli a lui, che li rifiuta e quasi si offende. « Quando avevo cinque anni mia mamma mi disse: sii onesto, lavora sodo e salirai di livello ». Poi non va sempre così. Ma di sicuro si sale: se non nella carriera, nella considerazione di se stessi. Grazie alla mamma di Mukul per quel che ha insegnato. E grazie a Mukul per come lo ha imparato.

Sconvolto dagli effetti apocalittici del terremoto di Haiti, sono andato in cerca di informazioni per scoprire com'era la vita nell'isola, fino all'altro ieri. Ho appreso che l'ottanta per cento degli haitiani vive (viveva) con meno di un dollaro al giorno. Che il novanta per cento abita (abitava) in baracche senza acqua potabile né elettricità. Che l'aspettativa di vita è (era) di cinquant'anni. Che un bambino su tre non raggiunge (raggiungeva) i cinque anni. E che, degli altri due, uno ha (aveva) la certezza pressoché assoluta di essere venduto come schiavo. Se questa è (era) la vita, mi chiedo se sia poi tanto peggio la morte. Ma soprattutto mi chiedo perché la loro morte mi sconvolga tanto, mentre della loro vita non mi è mai importato un granché. So bene che non possiamo dilaniarci per tutto il dolore del mondo e che persino i santi sono costretti a selezionare i loro slanci di compassione. Eppure non posso fare a meno di riflettere sull'incongruenza di una situazione che – complice la potenza evocativa delle immagini – mi induce a piangere per un bambino sepolto sotto i detriti, senza pensare che si tratta dello stesso bambino affamato che aveva trascorso le ultime settimane a morire a rate su quella stessa strada. Così mi viene il sospetto che a straziarmi il cuore non sia la sofferenza degli haitiani, che esisteva già prima, ma il timore che una catastrofe del genere possa un giorno colpire anche qui. Non la solidarietà rispetto alle condizioni allucinanti del loro vivere, ma la paura che possa toccare anche a me il loro morire.

Sul lago di Garda abita una ragazza dello Sri Lanka, venuta in Italia per guadagnare i seimila euro che servono a pagare le cure del fratellino malato di tumore. Lavando i pavimenti di giorno, facendo la badante di notte, e risparmiando ferocemente su tutto, giorno e notte, in un anno la ragazza riesce a mettere da parte la cifra agognata. Si accinge a mandare il vaglia a casa, ma non resiste alla tentazione di telefonare alla mamma per anticiparle la grande notizia. Entra in una cabina (la ragazza non ha il telefonino), tenendo a tracolla la borsa con i seimila euro. Quando quattro ragazzetti gliela strappano, lei lancia un urlo nella cornetta e la madre, dall'altra parte del mondo, vive il suo dramma in diretta. I carabinieri identificano subito i rapinatori: li conoscono già. Sono adolescenti della zona, molto ricchi e molto annoiati, che cercano di scuotere l'abulia delle proprie esistenze con gesti che procurino scariche violente di adrenalina: per esempio rubare soldi a chi ne ha bisogno per andarli a spendere in cose di cui loro non hanno alcun bisogno. Vengono acciuffati mentre stanno finendo di dilapidare il bottino in un negozio di oggetti griffati. Lo scontro fra bene e male è così lampante che per mettere tutto a tacere, anche la coscienza, i genitori dei bulletti rifondono i seimila euro. « Sono i nostri figli, cosa possiamo fare? » si giustificano. Un'idea l'avrei. Vivere come la ragazza per un anno: lavando i pavimenti di giorno, facendo i badanti di notte, e risparmiando ferocemente su tutto, giorno e notte. Magari funziona.

Ma che mestiere fanno questi Anemone, questi Tarantini, questi nuovi personaggi del bestiario italiano che per comodità giornalistica vengono chiamati imprenditori, anche se in vita loro non hanno mai prodotto neppure un bottone? Vendono un pacchetto di piaceri, dal festino alla gita in idrovolante, ottenendo in cambio dei favori. E rappresentano l'aspetto illegale della mutazione genetica che ha investito la nostra società: il predominio delle pubbliche relazioni. Intendiamoci. Saper trattare col prossimo è sempre stata una qualità importante Ma adesso è diventata pressoché esclusiva e si è allargata a tutti i settori. Non riguarda più soltanto i venditori in senso stretto, perché chiunque voglia migliorare la propria posizione deve diventare venditore: di se stesso. A fare carriera infatti non è il più preparato, e tanto meno il più adatto, ma il più bravo a intessere rapporti personali. Fra uno che vanta un bel curriculum e un altro che possiede una rubrica di indirizzi fornita, chi verrà premiato? Fra un professionista che passa le serate a studiare i documenti e uno che le trascorre in cene di lavoro, chi otterrà gli incarichi di maggior prestigio? Il secondo, ovviamente, il quale assume quello bravo affinché gli svolga il lavoro che poi lui andrà a vendere in giro come suo. Ma un sistema in cui le persone che ricoprono ruoli di responsabilità dedicano le migliori energie alle relazioni invece che ai prodotti è superficiale e mediocre: due aggettivi che ben si adattano, purtroppo, alla civiltà dei consumi.

Ieri sera ero a cena con Eduardo e Pirandello, e si chiacchierava dell'ultima ricerca di Richard Lynn, docente emerito e razzista ad honorem dell'Università dell'Ulster, secondo cui il Sud Italia è arretrato perché i meridionali sono meno intelligenti dei settentrionali. « Per quale motivo saremmo più stupidi di lui? » ha domandato Pirandello, senza smettere di guardare Calderoli che mangiava al tavolo accanto. « Secondo l'Emerito, dipende dalla mescolanza genetica con le popolazioni del Medio Oriente. » « Mo' pure i mediorientali sarebbero stupidi? » ha chiesto Eduardo. « Sì. La tesi di Lynn è che più si scende, più si è fessi. Il friulano è più intelligente del romano, il romano del napoletano e il napoletano del siciliano, il più fesso di tutti. » Eduardo ha guardato Pirandello e gli ha fatto una smorfia. « E cos'altro ha detto, 'sto intelligentone? » « Che dal Quattrocento il Sud non partorisce figure di spicco nelle arti e nella politica. » « Sulla politica non mi pronuncio » ha risposto Pirandello, « per quanto Nitti, Crispi, Moro... Ma le arti! Ha conosciuto un intellettuale più arguto del lucano Beniamino Placido? » « No. » « E il Nobel per la medicina vinto dal catanzarese Dulbecco? » « Se è per questo, signor Pirandello, il Nobel lo vinse anche lei... » « Forse 'sto Lynn ti avrà preso per uno svedese » ha detto Eduardo al suo commensale. « A noi meridionali manca tutto, tranne l'intelligenza. Il guaio nostro è che ne abbiamo così tanta che pensiamo di poter campare solo con quella. Sarebbe meglio darne via un po'. » Detto fatto, ha preso un etto della sua intelligenza e l'ha spedita in Ulster.

« Popolo di Raiuno! Popolo di Canale 5! Benvenuti a Decide il Poppolo, il programma a reti unificate che da oggi sostituisce il Parlamento. (Vivissimi applausi dalla platea.) Basta Casta, gli onorevoli adesso... siete voi!!! (boati). Ma veniamo al tema di questa sera. Si vota sui lavoratori clandestini: regolarizzarli o rispedirli indietro? Chiamo sul palco Malik Barak, che ci esporrà in tre minuti le ragioni per cui andrebbero accolti... Grazie, Malik... E ora, per i fautori del rimpatrio forzato, Giasone Pecoracci... Grazie anche a te, Giasone... Popolo! Pensate di aver acquisito una conoscenza approfondita del problema? (Coro: Sììììì!)... Allora... si decide! Se volete regolarizzare i clandestini come Malik, il codice di televoto è lo 01. Se invece volete cacciarli come proposto da Giasone, il codice è lo 02... Notaio, push the botton! Stop al televoto... Ecco, mi stanno consegnando la busta con l'esito della votazione... Il popolo sovrano ha deciso... Vorrei un po' di atmosfera... Regista, spegni lo studio... La volontà... insindacabile... del popolo... italiano... è che i lavoratori... clandestini... siano... rimandati a casa loro! Mi dispiace, Malik. Domani verrete tutti rimpatriati, ma non disperare: ci sono ancora i ripescaggi... Popolo di Raiuno! Popolo di Canale 5! Vi aspetto la settimana prossima per una nuova puntata di Decide il Poppolo. Voteremo la Finanziaria: siete favorevoli all'abolizione delle tasse?» Mi sveglio di soprassalto. Il telefono dorme ignaro sul comodino, attaccato al caricatore. È stato solo un sogno.

Per ora.

Dopo l'ultimo scandalo, che a quest'ora sarà già diventato il penultimo, sorge spontanea una domanda.

– Premesso che da dieci anni non sono più i ladri a indignarci, ma le guardie (forze dell'ordine, magistrati, arbitri di calcio e ogni altro soggetto psicologicamente disturbato che si ostini a voler far rispettare qualche straccio di regola).

– Premesso che a ogni malefatta commessa da una parte deve corrispondere una malefatta eguale e contraria commessa dalla parte opposta, affinché si possa dire che sono tutti uguali e andare avanti come se niente fosse.

– Premesso che (postilla del precedente), appena uno della nostra parte viene preso con le mani nella marmellata, ogni sforzo non va rivolto a pulirgliele, ma a dimostrare che sono sporche anche quelle degli altri.

– Premesso che l'uomo è cacciatore e razziatore, e chi non si rassegna a veder trionfare gli istinti più bassi è un ingenuo o un moralista.

– Premesso che non solo ogni inchiesta, arbitraggio ecc. è per definizione un complotto, ma la vita intera è un complotto, ordito da tutti contro tutti all'insaputa l'uno dell'altro.

Ebbene, tutto ciò considerato e premesso, vengo alla domanda.

C'è ancora in Italia un disadattato che non ruba, pur occupando un ruolo che gli consentirebbe di farlo?

Qualora esistesse, lo pregherei di rilasciarci un'intervista. Sarebbe lo scoop del secolo.

Martina Maturana ha dodici anni, vive sull'isola di Robinson Crusoe, al largo della costa del Cile, e non dorme. Ha appena sentito tremare il materasso sotto la schiena. Una vibrazione l'ha svegliata, ma neanche troppo. Potrebbe tranquillamente girarsi dall'altra parte e ricominciare a dormire, come stanno facendo tutti gli altri seicento abitanti dell'isola di Juan Fernandez. Martina invece scende dal letto. Vuole capire. Scuote il padre poliziotto, rintanato sotto le coperte. « Cosa è stato, papà? », « Cosa è stato cosa? Niente, torna a letto. » Lei ci va, ma non riesce a prendere sonno. Allora, in punta di piedi, raggiunge la finestra, guarda in basso e vede. Vede ondeggiare le barche nella baia, al chiaro di luna. E capisce. « Lo tsunami! » Si precipita in piazza e suona il gong. Adesso sono tutti svegli e corrono all'impazzata verso la cima dell'altura che domina l'isola. Appena in tempo: nel volgere di qualche minuto un'onda gigantesca sommerge la baia, inonda la piazza, distrugge il municipio e le case circostanti. La bambina che non voleva dormire ha salvato la vita di tutti coloro che non volevano svegliarsi. Ricordiamoci di lei, ogni volta che ci rassegniamo alle spiegazioni rassicuranti e rimuoviamo la realtà per non essere costretti ad affrontarla. Martina incarna lo spirito di ogni essere umano, com'era al momento della nascita e come dovrebbe essere sempre e invece non è quasi mai: presente a se stesso, capace di meravigliarsi. In una parola: vivo.

La pedofilia non riguarda solo il clero, ma anche altri ambienti – dice il portavoce vaticano padre Lombardi – ed è bene occuparsi pure di questi. Certo, padre, è sempre bene occuparsi dell'universo mondo. Per esempio della regressione all'infanzia che induce uomini attempati a comportarsi come all'asilo, annegando le proprie responsabilità in quelle del prossimo. Lo fanno anche gli altri... Perché colpite solo me e non gli altri... È un complotto ordito dagli altri... A mandare in paranoia certe persone non è la multa rifilata loro dal vigile, ma il fatto che non l'abbia estesa alla macchina accanto. Non l'otto in condotta del figlio, ma il nove dato al suo vicino di banco che è notoriamente più teppista. Appena un politico compie qualche malefatta, i giornali della sua parte cercano subito un pretesto per dimostrare che anche quelli della parte avversa rubano, trafficano, frequentano le escort esattamente come lui. E che gioia, che goduria, nel poter affermare che gli altri fanno schifo come noi, e che il vero scandalo non è che tutto sia uno schifo, ma che ne sia venuto a galla soltanto il pezzo che ci riguarda. Gesù diceva: chi è senza peccato scagli la prima pietra. Ma lo diceva per indurci a perdonare il prossimo, non a sollevare polveroni dentro i quali far scomparire le responsabilità individuali. Se persino il portavoce vaticano comincia a ragionare così, forse bisognerà ricordargli che chi si ritiene investito di un'autorità morale deve anzitutto meritarsela con i comportamenti. A prescindere da quel che combinano i famigerati Altri.

A un anno e mezzo dalla morte del figlio Vito, ucciso dal crollo del soffitto del liceo Darwin di Rivoli, la signora Cinzia ha ingerito un tubetto di pillole nel tentativo di raggiungerlo. È stata salvata dalla lavanda gastrica, e dall'altra figlia che l'ha trovata riversa sul letto come se dormisse. Gli stoici dicevano che il dolore è un'inadeguatezza alla situazione ed effettivamente è così.

Siamo inadeguati a reggere l'evento più innaturale che esista: la morte di un figlio, che è morire in due rimanendo vivi, e rimanendolo in mezzo ad altre persone che soffriranno con noi solo per un po' – gli amici, il parentado – oppure per sempre, ma in modo diverso. Mi riferisco ai figli sopravvissuti, che si ritrovano senza un fratello e orfani di genitori che non saranno mai più quelli di prima. Anche chi è assolutamente convinto che la vita abbia un senso ammutolisce di fronte al dolore di una madre o di un padre. E non può non interrogarsi sulla potenza selvaggia di quel legame di carne che ogni giorno, giustamente, viene messo in discussione dai conflitti generazionali. Tutti, almeno una volta, abbiamo pensato che i nostri genitori non ci amassero. Ma il gesto della signora Cinzia serve a ricordarci che il senso della vita è proprio lì, in quel legame fra chi crea e viene creato. In quell'amore assoluto che dà senza chiedere. Nel libro *Una madre lo sa* di Concita De Gregorio, un'ostetrica racconta che, appena nasce un bambino, le persone in attesa fuori dalla sala-parto le chiedono subito come sta il figlio. Solo una chiede prima come sta la mamma. Sua mamma.

Arriva una lettera firmata. Racconta di una mamma che, facendo pulizia nella stanza della figlia dodicenne, trova una busta con un migliaio di euro in tagli da cinque. Pensa a un furto e ad altre cose orribili, tranne all'unica che, messa alle strette, di lì a poco la ragazzina le confesserà: i soldi sono il ricavato di prestazioni sessuali eseguite a scuola. La madre è sconvolta dalla scoperta e dalla reazione della figlia: di normalità. Incolpa il *Grande Fratello* e i politici (una volta avremmo detto « la società ») per il pessimo esempio che danno. Sorvolando sulle responsabilità di quella famiglia, che sicuramente ci saranno ma che non abbiamo strumenti per valutare, un'osservazione si impone inesorabile: la morte del futuro ha cancellato nei ragazzi l'idea di crescita. Un tempo la vita era un percorso e ogni fase consisteva in un passaggio che tendeva a uno scopo: il raggiungimento della consapevolezza di se stessi e di che cosa si voleva diventare. A un certo punto il meccanismo è saltato.

La vita ha smesso di essere una scala da salire un gradino dopo l'altro ed è diventata un'arena piatta e senza confini. Ma se manca l'idea di un percorso da compiere, l'unico navigatore diventa l'utilitarismo. Voglio soldi e me li procuro nel modo più facile. Vendo sesso (o lo compro) senza pensare alle conseguenze, perché già la parola «conseguenze» presuppone una coscienza del tempo e dello spazio che non posseggo più. Purtroppo in un mondo che – a casa, in politica, in tv – non fa che togliere ringhiere da tutte le parti, è molto più facile cadere.

Sento l'esigenza di una boccata d'aria pura. Perciò, a chi se la fosse persa, vorrei raccontare la piccola storia di assoluta meraviglia che è apparsa nei giorni scorsi su «Specchio dei tempi». Comincia col funerale di Claudio, custode di una scuola materna di Torino, amatissimo da bambini e genitori per la sua disponibilità. Un italiano di quelli che piacciono a noi, che con un gesto o una parola di buon senso riescono a stemperare i problemi e a colmare i vuoti della struttura in cui lavorano. I bambini riempiono fogli di messaggi e disegni per Claudio. Poi, con la serietà di cui solo loro sono capaci, decidono di recapitarglieli. Come? Ma che domanda stupida, scusate. Attaccandoli a un palloncino in grado di volare fino a lui. Detto fatto: il palloncino carico di corrispondenza viene liberato nel cielo di Torino. Per un paio di settimane non se ne sa più nulla. Quand'ecco che alla scuola materna arriva una lettera. «Sono una nonna di settant'anni e abito a Parma. Anch'io ho dei nipotini che vanno all'asilo. Volevo dirvi che il palloncino del vostro amico Claudio è arrivato. Caduto su un prato verde appena scoperto dalla neve. Io ho ricordato il vostro amico nelle mie preghiere, ma sono certa che da lassù sarà lui a proteggere voi, che siete stati capaci di un gesto così gentile.» La prima volta che l'ho letta mi sono venuti i lacrimoni. E anche adesso, insomma. Sarà l'età che avanza. O forse la consapevolezza che fin quando ci saranno persone come Claudio, come la nonna di Parma e come quei bambini, non proprio tutto è perduto.

L'agenzia di notizie Tiramisù, che attinge abitualmente alle lettere di « Specchio dei tempi », segnala la storia di un'anziana signora torinese, entrata nel salone de *La Stampa* per dettare il necrologio di una persona cara. Triste per l'incombenza affrontata, si avvia verso la porta, costeggiando gli scaffali dell'adiacente libreria. Vede due adolescenti, un maschio e una femmina, che sfogliano un libro da cui esce una musica lieve. Pensa che sarebbe un regalo perfetto per la nipotina e si avvicina allo scaffale dove i ragazzi hanno appena riposto il volume, ma non riesce a individuarlo fra tutte quelle copertine colorate. Chiede aiuto alla coppia di adolescenti, che subito lo rintracciano e glielo porgono. Il libro suona davvero, però costa dodici euro e novanta. Troppo per le tasche di una pensionata. La signora si allontana a passi lenti, ed è già quasi davanti all'uscita quando si sente toccare una spalla. Sono i ragazzi di prima e hanno un pacchetto in mano. « Tenga, per la sua nipotina. » Mi dispiace non conoscere i nomi dei protagonisti. Altrimenti li avrei scritti in stampatello, per una elementare forma di par condicio: se invece di regalare il libro alla vecchietta, l'avessero rapinata, sarebbero stati sbattuti in prima pagina come simboli di una gioventù depravata. So bene che due ragazzini in libreria non rappresentano compiutamente una generazione. Ma nemmeno gli altri. Quelli che picchiano, rubano e stuprano. Dei quali però si parla sempre, al punto da indurre noi adulti a credere che esistano soltanto loro.

In Germania si è dimesso il presidente della Repubblica. Nei giorni scorsi aveva dichiarato che i soldati tedeschi non sono andati in Afghanistan solo per combattere il terrorismo, ma per tutelare gli interessi economici del loro Paese. Governo e opposizione lo hanno trattato come uno zimbello, al punto da indurlo a uno scatto di dignità. Analoga indignazione avevano suscitato le affermazioni del nuovo ministro della Difesa inglese: « Non siamo a Kabul per educare un popolo rimasto fermo al Medioevo, ma perché i nostri interessi nel mondo non vengano minacciati ». Sorprende che due politici abbiano detto per una volta la verità: infatti si è parlato di « gaffe ». Sorprende un po' meno che l'essere umano senta il bisogno di ammantare le guerre di motivi nobili o comunque non biecamente commerciali. Da Elena di Troia all'esportazione della democrazia, la fantasia non ci è mai mancata (anche se Omero aveva obiettivamente più talento degli uffici stampa). Gli stessi dittatori, che vantano meno scrupoli formali, preferiscono agitare spettri molto più orrendi, come la difesa della razza o della purezza ideologica, pur di non riconoscere che fanno la guerra per combinare affari. Guai a chi osa parlare di petrolio, gasdotti, rotte commerciali. Quella è materia da bottegai: si fa, ma non si dice. Un principio che continua a valere persino in un'epoca come la nostra, dove si dice tutto, compreso quello che non si fa. Assuefatti a ogni sorta di scandalo, siamo rimasti sensibili a un ultimo tabù: i soldi, motore « vergognoso » del mondo.

Nel giorno della parata militare lungo i Fori, oso sperare che nessuno sottovaluterà l'importanza dell'acquisto di centotrentuno cacciabombardieri F-35, centoventuno caccia Eurofighter e cento elicotteri NH90 da parte delle nostre Forze Armate. Con una certa malizia i Verdi fanno notare che lo scontrino complessivo di una spesa degna del set di *Apocalypse Now* ammonta a ventinove miliardi di euro, cinque in più della manovra (a proposito di apocalissi). Ma tutti sappiamo che, oggi come oggi, senza un cacciabombardiere non si va da nessuna parte. Quindi lungi da noi l'idea populista di rinunciare al rombo dei motori guerrieri per tutelare lo stipendio di un impiegato pubblico o la sopravvivenza di un ente culturale. Però, forse, almeno un accenno a questa eventualità poteva essere fatto da chi ci governa. Anche solo come gesto di trasparenza e di cortesia: cari italiani, vi chiediamo di stringere la cinghia, però sappiate che i vostri sacrifici non saranno vani, perché dei cacciabombardieri così belli non li ha nessuno. Per non parlare degli elicotteri. L'emozione sarebbe stata talmente forte che i dipendenti dello Stato avrebbero donato, se non l'oro (di cui al momento sono sprovvisti), i loro straordinari alla Patria, pur di consentirle di sfrecciare invitta e gloriosa nei cieli. E i poliziotti avrebbero sbandierato con orgoglio la mancanza di soldi per il carburante delle auto di servizio, con la tranquilla consapevolezza di chi sa che per combattere la mafia, stroncare la corruzione e proteggere i cittadini, nulla è più efficace di uno stormo di cacciabombardieri.

Fino a quando lo affermavano politici prevenuti e intellettuali invidiosi, si poteva sorvolare. Ma ora che persino un punto di riferimento per le masse come il calciatore napoletano Borriello accusa Saviano di « aver lucrato sulla mia città », la questione si fa maledettamente seria. È giusto che uno scrittore possa acquisire fama e denaro parlando di camorra, come un centravanti facendo dei gol? Nel suo ultimo disco il musicista partenopeo Daniele Sepe – meno conosciuto di Borriello perché non si è mai fidanzato con Belén – rinfaccia a Saviano: « Hai fatto fortuna, ma chi ti paga è il capo dei burattinai », come se fosse la berlusconiana Mondadori ad aver arricchito il suo autore e non viceversa. Eppure basta bighellonare fra i blog che commentano le parole di Borriello per accorgersi che tanti la pensano come lui e paragonano Saviano a « uno che fa beneficenza e va a dirlo in giro ». In questo Paese contadino e bigotto, che pensa al denaro di continuo ma non smette di considerarlo lo sterco del demonio, è passato il principio che argomenti nobili come la legalità e la giustizia sociale vanno maneggiati in incognito e senza percepire compensi di mercato. Briatore può farsi docce di champagne su tutti gli yacht che vuole: è coerente col personaggio. Ma Santoro non deve guadagnare come Letterman né Saviano come Grisham, perché da chi sferza il malcostume gli italiani pretendono voto di povertà. A noi gli eroi piacciono scalzi e sfigati, per poterli compatire e sentirci più buoni. Così dopo votiamo i miliardari con maggiore serenità.

Nelle guerre moderne, ciò che fa più paura al potere sono le immagini. Non le parole, slombate dall'uso: « marea nera »,

« disastro ecologico ». Le immagini. Non per niente la Bp ha fatto di tutto perché non fossero diffuse. L'uccello marino che galleggia ricoperto di un liquame fondente che sembra cioccolato, ma un cioccolato che uccide. La tartaruga di mare che si trascina esausta sulla sabbia con lo stomaco intasato di « super ». Il pellicano incatramato che risiede in Louisiana da molto prima che ci arrivassero i petrolieri e si dibatte, condannato a morte dallo stress che gli ha distrutto il sistema immunitario per sempre. Lo squalo spiaggiato, così feroce e nobile anche nella sventura. Il paguro che osserva sospettoso una goccia marrone. E il pesce tamburo che nel marrone ci sguazza senza speranza. Derive di un'apocalisse. Poi l'occhio casca inesorabilmente sui due pulcini d'airone abbandonati nel nido in mezzo alle sterpaglie. Aspettano qualcuno che non torna. Li guardo e vengo assalito da pensieri vendicativi che non condivido e che potrei rozzamente riassumere come un acuto desiderio di incatramare personalmente tutti gli esseri umani che per avidità hanno costruito le condizioni di questo scempio. Stavolta nessuno può dare la colpa al destino o alla natura matrigna. Stavolta il destino siamo noi. Domani l'emozione evaporerà e nuove immagini irromperanno nel luna park dei media. Ma io quei due pulcini non li lascerò volare via dalla mia testa. Me li incollo sul cuore, come una promessa.

Una lettrice racconta di aver ricevuto dal padre, in punto di morte, una confessione che l'ha stupita e confusa. L'anziano signore era stato un professore di latino e greco stimato e temuto da tutti per la sua intransigenza. Il classico duro capace di annullare il compito in classe allo studente sorpreso a consultare un foglietto. Ma il giorno degli esami di maturità il prof implacabile si trasformava nel più imprevedibile degli alleati. A turno i maturandi uscivano dall'aula per recarsi in bagno. E in un angolo buio del corridoio trovavano lui, che consegnava a ciascuno la versione già tradotta. Ma non la stessa per tutti. Una versione personalizzata e con l'handicap. I meritevoli ricevevano un testo impeccabile. I meno bravi uno sporcato da un paio di errori, che per gli scarsi salivano a quattro e per i pelandroni a cinque: al di sotto della sufficienza. Il professore comunicava a ogni ragazzo il numero di errori presenti, così anche il peggiore avrebbe potuto salvarsi, se fosse stato abbastanza bravo da trovarli. Alla figlia, prima di morire, il vecchio ha spiegato che negli esami l'emotività gioca brutti scherzi, mentre con il suo metodo venivano riconosciuti i meriti e i demeriti accumulati durante l'anno. In sostanza quell'insegnante integerrimo metteva in piedi ogni estate una truffa con l'intima convinzione di rispettare una regola superiore di moralità. Non riesco a trovare una rappresentazione più efficace dell'essenza italiana. Una parte di me condanna quel professore. Ma dev'essere una parte norvegese o austro-ungarica, non fateci caso.

Della motivazione con cui il tribunale di Firenze ha negato la libertà provvisoria a due comandanti delle ferocissime Truppe d'Appalto (Balducci & De Santis) mi ha colpito l'ultima riga: « Gli indagati mostrano una evidente carenza di percezione della antigiuridicità del proprio comportamento ». Insomma, dopo mesi di cella, i signori della Cricca continuano a non capire cos'hanno fatto di male. Anche il caso Scajola e le recenti dichiarazioni dell'ex ministro Lunardi rivelano uno stile di vita allucinante percepito come assolutamente normale. La famosa filosofia dell'Embè. Ho ristrutturato casa a un amico, embè? L'amico ha dato un lavoro a mio figlio, embè? Mio figlio ha messo su una società con la moglie dell'amico, embè? Un embè tira l'altro e alla fine tutti confluiscono nel Grande Embè che rischia di sommergerci. Perché Balducci e De Santis non sono schegge impazzite, ma espressioni estreme di un atteggiamento diffuso: il primato delle relazioni sulle capacità, delle conoscenze sulla conoscenza. Chi entra in contatto con un ente pubblico non si chiede neanche più quali siano le procedure. La sua unica preoccupazione è: conosco qualcuno lì dentro? Il morbo ha invaso persino i recinti sacri della giustizia, dove l'avvocato più ricercato non è quello che conosce la legge, ma quello che conosce il giudice. « L'Italia è tutta un frou frou di do ut des » scriveva lo scrittore Enzo Siciliano, assiduo frequentatore delle terrazze romane, altamente specializzate in materia. Non immaginava di avere coniato l'epigrafe delle mille cricche d'Italia.

Ancora una donna uccisa dall'ex, in questa estate del nostro scontento che perseguita a colpi di spranga e di coltello chi ha l'unica colpa di volersi sganciare dal proprio passato. Li chiamano delitti passionali, rievocando il frasario degli omicidi d'onore. Ma la passione è un'altra cosa: per non parlare dell'onore. Non cerchiamo pseudonimi alla bestialità. Oltre a un senso primitivo del possesso, negli ex che uccidono e si uccidono (come l'altra sera a Ceva) in nome dell'amore sfuggito c'è l'incapacità maschile di reggere il distacco, l'abbandono che mima la morte. La prima volta che venni lasciato da una ragazza riconobbi subito la morsa allo stomaco: l'avevo provata per la scomparsa di mia madre. Lo stesso senso di smarrimento e di ingiustizia: adesso che ne sarà di lei, di me, di lei che può fare a meno di me? L'orfano precoce rappresenta un caso estremo. Ma ogni storia che finisce rinnova il trauma primordiale del maschio, quello sganciarsi dal grembo della donna che lo induce a sentirsi abbandonato anziché creato. È una forma disperata di dipendenza che si nutre di falso orgoglio ed egoismo autentico. Per guarire serve lo scatto di coscienza che trasforma una marionetta di muscoli in un uomo. Io la chiamo Difesa della Sconfitta: la capacità di sopportare lo strappo del cuore senza smarrire il rispetto di sé. Saper perdere è la premessa di ogni educazione sentimentale. Si applica in amore come nello sport, in politica come nella vita. Ma non la pratica quasi nessuno, perché nella civiltà delle emozioni isteriche e rancorose quasi nessuno riesce ancora a farsi invadere dalla calma forte di un sentimento.

Lo conosci alla Statale di Milano che non hai ancora vent'anni. A ventitré cominci a lavorare per lui. A trentatré diventi il suo segretario personale e segui i lavori di ristrutturazione della sua villa: impianti elettrici e antifurto umano, un certo Mangano stalliere. A quarantuno entri nella sua concessionaria di pubblicità e gliela trasformi in una macchina da soldi. A cinquantadue converti la concessionaria in un partito politico ed è grazie a te se vince le elezioni. A cinquantaquattro vieni arrestato a Torino per un'indagine sui fondi neri della sua azienda, ti ritiri dietro le sbarre con un'edizione rilegata dei *Promessi sposi* e sopporti tutto in silenzio, persino il chiasso di Sgarbi quando corre a visitarti in carcere. A cinquantotto patteggi una pena di due anni e tre mesi per frode fiscale e false fatture relative a un'azienda il cui proprietario è lui. A sessantanove sei condannato in appello a sette anni per concorso esterno in associazione mafiosa e intanto rilasci interviste sulla sua bontà e su quella di Mussolini, lo consigli, lo proteggi, ti fai intercettare in conversazioni curiose con un coordinatore del suo partito e un piduista sardo. E lui, invece di dedicarti un monumento a cavallo con stalliere o almeno un vialone di Villa Certosa con vista sulle ballerine, che cosa fa? Ti definisce «pensionato sfigato».

Bell'amico si è scelto, dottor Dell'Utri.

Mentre mi trastullavo con le trombette dell'ultimo sondaggio sulla disoccupazione che aumenta ma rimane sotto il livello europeo, ho ricevuto una lettera dalla realtà. L'ha scritta V., una ragazza diplomata che, unica del suo corso, trova posto in un laboratorio chimico, percependo uno stipendio di ben quattrocento euro. I sondaggi la inseriscono alla casella «occupata», invece lei è preoccupata. Ha strane pretese, vorrebbe sposarsi. Così deve arrotondare con un secondo lavoro in nero: intermediatrice finanziaria per tre euro e mezzo l'ora. I pagamenti avvengono sempre in ritardo. Allora l'occupata V. lascia la finanza e si mette a fare le pulizie, ma pagano a singhiozzo anche lì. Poi il laboratorio chimico chiude e V. cambia casella. Nel gioco dei sondaggi, adesso, è «disoccupata». Eppure guadagna e si dispera come prima, fra contratti precari e lavoretti in nero dai riflessi un po' lenti: le hanno appena corrisposto il compenso di maggio. Conclude: «Ho tanti sogni nel cassetto che si stanno riempiendo di polvere, perché con uno stipendio di ottocento euro preso in cinque o sei acconti si fa fatica a vivere». Non vede vie d'uscita. Le cerca nei discorsi dei politici, ma parlano di intercettazioni. Ha letto che ci fu un tempo in cui i giovani volenterosi lavoravano gratis per qualche anno, però dopo venivano assunti, non licenziati o pagati a rate. Un tempo in cui ricevere uno stipendio era condizione sufficiente per abitare la vita con dignità. Vorrebbe sapere se il futuro consisterà nel guadagnare come un indiano in un Paese dove tutto costa il triplo che in India.

Una sera d'estate, nell'unico ristorante di Agrigento affacciato sulla valle dei Templi irrompe la tipica famigliola italiana. La suocera, che incede elegantissima in testa al gruppo, dispensando a destra e a manca sguardi di sufficienza. La figlia, un po' meno elegante ma altrettanto supponente. Due bambini griffati e coi capelli intrisi di gel che slalomeggiano fra i tavoli urlando. Chiude la fila il loro papà: esibisce una protuberanza all'orecchio a forma di telefonino. Sono in cinque, ma puntano diritti verso il tavolo con dieci coperti. I bambini cominciano a litigare per l'assegnazione dei posti. Reclamano patatine e ketchup, poi si alzano. Il più piccolo esce dal ristorante, la cameriera lo acciuffa e lo riporta dalla madre, che nemmeno ringrazia. Il più grande riprende lo slalom fra i tavoli e cerca di afferrare le borsette delle signore, nel totale disinteresse dei suoi familiari. Solo quando il più piccolo si avvicina al carrello dei formaggi e tenta di asportare due formelle, il maître e la cameriera si permettono di interrompere la conversazione dei genitori, facendo presente che un carrello pieno di coltelli appuntiti potrebbe essere pericoloso per il tesoruccio caro. «Ma insomma, sono solo dei bambini», lo zittisce villanamente la madre. La moglie del lettore che ci ha raccontato l'episodio commenta a mezza voce: «Con questa educazione, chissà come cresceranno». Allora il maître le insuffla all'orecchio: «Purtroppo come il padre, signora: faranno anche loro i parlamentari».

Non sono sicuro che i miliardari italiani aderiranno all'appello di Bill Gates e Warren Buffett, due fra gli uomini più ricchi del mondo, che hanno invitato tutti i paperoni a devolvere almeno la metà del patrimonio a una qualche organizzazione di beneficenza, incassando l'adesione entusiastica di Bloomberg, Rockefeller, banchieri e produttori cinematografici. Intanto in Italia non esistono miliardari, come si evince dalle dichiarazioni dei redditi, improntate alla massima modestia. E i pochi che credono di esserlo sarebbero disposti a disfarsi delle loro fortune soltanto dopo la morte, evento che rifiutano di prendere in considerazione per i prossimi cinquant'anni (pur avendone magari già quasi ottanta). Ma anche in quel caso bisognerà fronteggiare la reazione degli eredi, che non gradirebbero affatto una torta dimezzata e strillerebbero la loro indignazione, consapevoli di avere l'appoggio di tutto un Paese. Da noi infatti la famiglia è sacra e ciò che non è famiglia – la comunità, gli altri – va considerata un'entità astratta e pregiudizialmente ostile. Cos'avranno mai fatto, questi « altri », per meritarsi metà dei profitti? Essere malati, disoccupati e disperati non è una buona ragione per disgregare il patrimonio dinastico. Come se non bastassero le matrigne e i fratelli di secondo letto. E poi chi ci assicura che quei soldi finirebbero nelle tasche dei bisognosi e non andrebbero invece ad alimentare gli sprechi di qualche casta? Nel dubbio, meglio tenerseli stretti. Ci pensi lo Stato agli « altri »: si pagano le tasse apposta. Si paghicchiano, via...

Mi unisco alla ministra Gelmini nel caldeggiare la laurea honoris causa a Umberto Bossi in scienza della comunicazione. Il rettore dell'Università dell'Insubria, cui si deve la brillante iniziativa, non ha certo bisogno di aiuto per redigere le motivazioni del meritato riconoscimento, ma vorrei comunque ricordare il contributo del dottor Bossi alla comunicazione politica in un Paese come il nostro, stremato dal linguaggio ipnotico dei democristiani e da quello inaccessibile di Spadolini, che riusciva a pronunciare anche sette congiuntivi di seguito senza sbagliarne uno. Dopo una fase pionieristica, nella quale il dottor Bossi ha saputo sapientemente alternare il registro scurrile (è l'età del celodurismo e del tricolore carta igienica) con la metafora guerriera a sfondo erotico (i kalashnikov e lo spadone di Alberto da Giussano piantabile in luoghi ogni volta piacevolmente diversi), negli ultimi tempi l'accademico ha imboccato una strada davvero innovativa: l'abolizione delle parole, retaggio ingannevole del passato, sostituite da ombrelli, diti medi e mani aperte a casseruola. Questa è, al momento, la punta più avanzata della ricerca. Ma confidiamo negli studi del dottor Fabrizio Corona.

Il vescovo ausiliario di Salisburgo ha scritto, nero su bianco, che la morte di quei ventuno ragazzi alla Love Parade del luglio scorso è stata una punizione divina. Ballare impasticcati e seminudi per le strade costituisce attività peccaminosa, sostiene il vescovo, ed è perfettamente naturale che Dio colpisca chi tenta di sovvertire l'ordine da lui creato. L'attribuzione a un Ente Supremo di pulsioni umane, come la riparazione di un torto attraverso la vendetta, ripugna a chiunque sia in cerca di spiritualità autentica e contiene una falla che nessun teologo è ancora riuscito a colmare. Se Dio aveva deciso di castigare i baccanti della Love Parade, perché ne ha sterminati solo ventuno, risparmiando gli altri? Ma soprattutto: perché ha preso di mira una moltitudine di giovanotti che, per quanto sballati, non stavano dando fastidio a nessuno, mentre non si accanisce con altrettanta precisione su assassini, ladri, stupratori e tutto ciò di ben più orribile e « peccaminoso » di una danza sfrenata che viene messo in scena ogni giorno dalla tragicommedia umana? Un parroco della mia infanzia diceva che il Dio Paura è un'invenzione degli uomini per spaventare, inibire e dominare altri uomini. Gesù, aggiungeva, ci ha insegnato che Dio non è un vecchietto arrabbiato con la barba bianca e il forcone, ma l'energia d'amore di cui è composto l'universo. Peccato che quel parroco illuminato ci abbia lasciati da tempo. Altrimenti avrei umilmente suggerito al vescovo tonante di andare a lezione di catechismo da lui.

Ieri al giornale ho ricevuto questa telefonata. Non l'ho registrata, ma vi prego di credermi: è vera. « Buongiorno, dottore, vorrei che lei esprimesse l'indignazione di noi cittadini comuni per i politici senza senso dello Stato. Piazzano le amanti in televisione. Svendono al cognato l'appartamento del partito. Sistemano i figli nelle società a cui poi danno in appalto i soldi pubblici. Cosa si aspetta a cambiare la Costituzione? 'L'Italia è una Repubblica fondata sul lavoro'. Ma non scherziamo! L'Italia è una Repubblica di famiglie fondata sulle raccomandazioni. Tengono tutti famiglia, questi politici. E in ogni famiglia c'è una moglie o una compagna che a sua volta è madre, figlia, sorella di qualcuno da piazzare. Come un trapano, ogni mattina lo ricorda al marito: hai chiamato?, hai sentito?, hai saputo? Perché le donne, se possibile, sono peggio degli uomini: per loro esiste solo la famiglia. Il resto – lo Stato, le comunità, le regole – sono impacci da estirpare nella lotta per la vita. E il politico trapanato che fa? Abbozza, finché lei spara la bordata micidiale: 'Allora vuol dire che non conti proprio niente...' L'onorevole maschio si sente ferito nell'orgoglio e fa la telefonata che doveva fare. Ma che non avrebbe mai dovuto fare, mi spiego? Eh, bisognerebbe che entrassimo in politica noi, dottore caro. Aria fresca, aria nuova... A proposito, secondo lei ci sono spazi al giornale per un collaboratore giovane? Ho un nipote che vorrebbe fare il giornalista... abbiamo un nipote... è mia moglie che mi dà il tormento, capisce... »

La spiaggia di Mazzaforno, vicino a Cefalù, è una spiaggia come poche, nel senso che la natura si è particolarmente impegnata nel farla bella, ma è una spiaggia come tante: fra lattine, cartoni e materassini abbandonati, ogni mattina d'estate assomiglia a una discarica. Una di quelle spiagge in cui i bagnanti arrivano, guardano, si adeguano. Nel peggiore dei casi gettano qualcosa sulla sabbia anche loro. Nel migliore borbottano: contro gli spazzini che non spazzano, i poliziotti che non puniscono, i politici che se ne infischiano. E i tempi – oh, i tempi! – che non sono mai quelli di una volta. Succede così pure a Mazzaforno. Soltanto che lì c'è la signora Grazia. Che non si adegua e non borbotta. Ma ogni mattina d'estate china la schiena e, munita di guanti e sacchi neri, incomincia a raccogliere le tracce della maleducazione altrui. Perché lo fa? Abita poco lontano e la spiaggia di Mazzaforno è l'angolo di terra che le è stato affidato. Certo gli spazzini, certo i poliziotti, certo i politici: per non parlare dei tempi. Però a lei le colpe del mondo non sembrano una buona ragione per limitarsi a denunciarle senza fare niente. Lei fa. Quel poco che può, che poi è tanto, è tutto, perché chi pulisce davanti a casa propria è come se pulisse il mondo intero. Grazie di esistere, Grazia. E grazie a Elisabetta e Giovanni, i lettori che mi hanno raccontato questa piccola, infinita storia di un'Italia che si rifiuta di deprimersi ed è ancora capace di reagire.

Emilio Alessandrini, magistrato. Giorgio Ambrosoli, avvocato. Vittorio Bachelet, magistrato. Marco Biagi, professore. Paolo Borsellino, magistrato. Bruno Caccia, magistrato. Luigi Calabresi, poliziotto. Rocco Chinnici, magistrato. Carlo Casalegno, giornalista. Nini Cassarà, poliziotto. Francesco Coco, magistrato. Fulvio Croce, avvocato. Carlo Alberto Dalla Chiesa, generale. Massimo D'Antona, professore. Mauro De Mauro, giornalista. Giuseppe Diana, sacerdote. Giovanni Falcone, magistrato. Francesco Fortugno, medico e politico. Boris Giuliano, poliziotto. Peppino Impastato, conduttore radiofonico. Pio La Torre, politico. Rosario Livatino, magistrato. Oreste Leonardi e con lui tutti gli agenti di scorta caduti sul lavoro. Giorgiana Masi, studentessa. Piersanti Mattarella, politico. Aldo Moro, politico. Francesca Morvillo, magistrato. Emanuele Notarbartolo, banchiere. Vittorio Occorsio, magistrato. Giuseppe «Joe» Petrosino, poliziotto. Pino Puglisi, sacerdote. Guido Rossa, sindacalista. Roberto Ruffilli, professore. Giancarlo Siani, giornalista. Antonino Scopelliti, magistrato. Giovanni Spampinato, giornalista. Ezio Tarantelli, professore. Walter Tobagi, giornalista. Angelo Vassallo, sindaco. E tanti, tanti altri. Grazie, perché ve la siete andata a cercare. («Senatore Andreotti, come mai Ambrosoli, l'avvocato che indagava sugli illeciti di Sindona, fu ucciso da un killer nel 1979?» «Non voglio sostituirmi a polizia e giudici, certo è una persona che in termini romaneschi se l'andava cercando». Da *La storia siamo noi*, in onda ieri su Raitre.)

Noi cultori della davantologia – convinti che la verità non si nasconda in un cassetto ma, come la lettera rubata di Edgar Allan Poe, sia in bella vista sulla scrivania – salutiamo con un ghigno di malcelata soddisfazione l'arresto dell'ex arbitro ecuadoriano Byron Moreno, pizzicato all'aeroporto di New York con sei chili di eroina nelle mutande. Quando Moreno apparve nella nostra vita, ai Mondiali coreani del 2002, ci bastò la sua faccia porcina via satellite per capire che avrebbe espulso Totti e annullato agli azzurri un gol regolare. Il resto fu una conseguenza inesorabile: la crociera-premio, l'improvvisa agiatezza culminata nel ripianamento di debiti ancestrali e nell'acquisto di una Chevrolet particolarmente sgargiante, i dodici minuti di recupero regalati alla squadra della città di cui intendeva diventare sindaco, l'ospitata triste in uno show di Raidue con Carmen Russo. E adesso le mutande strafatte. Uno così non poteva che finire così. O vi immaginavate di trovarlo in qualche baracca di Haiti a espiare i suoi peccati soccorrendo terremotati? L'apparenza non inganna. Bisogna imparare a darle retta. Hitler, per dire, aveva già raccontato lo sterminio degli ebrei nel *Mein Kampf*. Troppo spesso mettiamo la sordina al nostro intuito infallibile per smarrirci fra le trappole della dietrologia. Invece le cose e le persone sono come appaiono. Quel politico, capufficio o aspirante fidanzato che vi sembra un bugiardo, mentre gli altri vi dicono che è un sognatore, fidatevi, novantanove volte su cento è un bugiardo. La centesima anche peggio.

E adesso come la mettiamo, noi romantici? Dopo aver sciolto inni all'amore della coppia Mondaini-Vianello, ci tocca prendere atto che la signora ha chiesto di essere sepolta a Lambrate vicino alla mamma, invece che a Roma accanto al marito. E non per colpa della burocrazia, come hanno subito sperato gli increduli, ma per volontà esplicita della defunta, raccolta dalla badante filippina. Possiamo raccontarci la favola che la badante sia una strega che va in giro a rovinare le favole altrui. Però questi sono i fatti e, se non una spiegazione, esigono almeno delle supposizioni. Ipotesi pettegola: non lo ha mai sopportato, il loro matrimonio messo di continuo in scena era una messinscena. Ipotesi leghista: lei era così milanese che non se l'è sentita di trascorrere la vita eterna nella città eterna. Ipotesi raimonda: le tombe separate sono una fantastica battuta per finire lo spettacolo, gliel'avrà sicuramente lasciata scritta lui. Ipotesi esistenziale: dopo averlo sopportato per cinquant'anni e cinquemila sketch, ha deciso di far tirare il fiato almeno alle sue ossa, nell'attesa di reincarnarsi in un amore ribaltato dove sarà lei a guardare le partite e lui a sbuffare «Che barba che noia». Ipotesi filiale: giunta al momento supremo, ha sentito irresistibile il richiamo delle origini e quindi della madre. Di tutte, la mia preferita è l'ipotesi raimonda. Ma la più probabile è l'ultima: se non si diventa genitori, si rimane figli. E comunque in punto di morte non ci si sente vecchi ma bambini.

Non è vero che voi uomini non servite più a niente, dicono tante donne contemporanee. Avete ancora una missione nella vita. Una sola, ma insostituibile. Il ricaricatore esistenziale. Quando al termine della giornata ci mostriamo disperate per qualche problema, non chiedeteci «cosa c'è» e soprattutto non intontiteci con consigli razionali che conosciamo a memoria. Aprite piuttosto le braccia e fateci scomparire lì dentro, sussurrando: non preoccuparti cara, andrà tutto bene. Come Cary Grant in quei polpettoni hollywoodiani degli anni Cinquanta che riguardiamo di continuo, quando nessuno ci vede. Dopo un certo scetticismo iniziale, ho potuto constatare che il vecchio Cary la sapeva davvero lunga in fatto di donne. Il metodo funziona, basta non scoppiare a ridere in corso d'opera. Accolgo perciò con malcelato dispetto l'ennesima innovazione tecnologica che comporterà un aumento dei disoccupati. Si tratta di un servizio telefonico nato in Canada (e speriamo ci resti) che per appena cinque dollari svolge la funzione di tiramisù, elargendo frasi rassicuranti alternate ad altre complimentose. Bravo, sei forte, come te non c'è nessuno. Non mi sfugge, in tempi di depressione incombente, l'utilità di uno specchio personalizzato che rifletta la nostra immagine migliore, accarezzando l'ego ammaccato. Consiglio anzi a tutti i maschi di farne uso, specie quando sono assaliti dalla sindrome piagnona di Calimero. Però non diffondete troppo la notizia in casa. Perché se cominciano a utilizzarlo le vostre donne, anche Cary Grant finirà in cassa integrazione.

Dalle prossime settimane, tramite il sito dell'Inps, anche i precari conosceranno l'ammontare dei contributi versati. Non potranno invece conoscere la loro pensione futura, come accade ai colleghi con il posto fisso. Un difetto del computer? No, una misura di ordine pubblico, ha ammesso con amara ironia il presidente dell'ente previdenziale: « Se dovessimo dare la simulazione della pensione ai parasubordinati, rischieremmo un sommovimento sociale ». E questo perché i para, anzi i pariasubordinati sono attesi da un assegno mensile molto inferiore al minimo. Non è gentile sbatterglielo in faccia, e per giunta con così largo anticipo. Si teme di demoralizzare il paziente o di procurargli un'ulcera. Peggio: di mettergli in corpo il desiderio di farla venire agli altri. Meglio procedere a una bella anestesia totale. E di colpo si comprende quale delicata missione strategica svolgano le barzellette sconce, le pajate in piazza e le mille sciocchezze di pessimo gusto di cui è infarcita la politica di ogni giorno. Servono a far dimenticare la realtà. Questa, per esempio: che milioni di lavoratori guadagnano un parastipendio e che da anziani riceveranno una parapensione. Pur rientrando nella casella benedetta degli occupati. Ma occupati a paravivere, senza la possibilità di progettare un matrimonio, un figlio, una vecchiaia decente. Solo allora, rigirandosi fra le mani rugose lo smunto assegno dell'Inps, si renderanno conto di essere stati fregati. E se la prenderanno con i barzellettieri che comanderanno in quel momento. Rimpiangendo, per amnesia, quelli di oggi.

La telecamera di una stazione della metropolitana ha appena mostrato una scena stupefacente. Un uomo di mezza età dall'aspetto dimesso, riconducibile alla nota setta dei ragionieri, è stato sorpreso nell'atto di aiutare una signora a scendere dal treno. Le immagini non lasciano adito a dubbi: il ragioniere tende la mano e la donna, dopo un momento di comprensibile stupore, vi si appoggia con fiducia. I due si sono poi allontanati in direzioni opposte nell'indifferenza generale, ma non si dispera di poterli rintracciare: le indagini sono in corso, con un massiccio impiego di cockerini scampati alle ruote dei tassisti e di tassisti scampati ai padroni dei cockerini. Tornando alla mano tesa del ragioniere, i contenitori televisivi del pomeriggio si interrogano sull'opportunità di mostrare un filmato di così forte impatto emotivo. Il pubblico potrebbe essere indotto a credere che l'umanità non abbia smarrito il seme della gentilezza e anche prestarsi a pericolose emulazioni. Tanto più che, con una concomitanza perlomeno sospetta, l'emittente locale Telebarbabietola ha diffuso lo spezzone agghiacciante di un giovane precario appassionato di calcio, Ivan il Sensibile, fermato all'ingresso dello stadio di Genova mentre tentava di introdurvi una cassa gigantesca, immediatamente sequestrata dalla polizia. Era piena di coriandoli: rossi, verdi, gialli, arancioni, addirittura blu. Ancora non è chiaro cosa intendesse fare Ivan con quelle briciole di carta fuori stagione: per precauzione, gli artificieri le hanno rovesciate su un asilo nido nei paraggi.

Dottore mi ascolti, la prego, in questi giorni ho serie difficoltà a relazionarmi col prossimo. Non riesco a farmi coinvolgere dallo psicodramma collettivo. La ragazzina uccisa dallo zio e dalla cugina, credo, non so. Ecco il problema: non so. Ci ho provato, ma non ci riesco. Sui giornali salto a piè pari gli articoli (mi bastano e avanzano le foto) e appena in tv se ne parla (cioè sempre) cambio canale. Eppure i miei colleghi fanno soltanto il loro mestiere, servire il lettore. Su dieci lettere che arrivano in redazione, otto trattano di Sarah. Fra le dieci notizie più cliccate sul web, nove riguardano Sarah. Fra i dieci programmi più visti in tv, undici parlano di Sarah. E della cugina. E dello zio. E della zia. E del cognato (ci sarà di sicuro un cognato, c'è sempre un cognato). Non ho scuse, l'insensibile sono io. Mi sento uno di quegli snob che si lasciano attrarre dalla « moviola del male » (copyright di Carlo Freccero) solo se i protagonisti hanno il sangue blu. Apro un sito e in agguato c'è un sondaggio che mi chiede: Sabrina è complice o testimone? E che ne so? Non so neanche chi sia, questa Sabrina, con cui tutti sembrate avere così grande dimestichezza. Perché l'orrido e il torbido non mi attraggono più? Perché preferirei indagare la psiche di una ragazza che scrive poesie o fa volontariato in un ospizio? Non per imitarla, si figuri. È che la trovo più sorprendente, più originale. Il segreto che mi interessa scoprire abita dentro di lei, non dentro Sabrina. O lo zio. O la zia. Con tutto il rispetto. Ho qualche speranza di guarire, dottore?

Se il signor Maro Carfagna, barbuto ministro della Campania, avesse minacciato le dimissioni, affermando che nel suo partito gli impediscono di battersi per la legalità, ora saremmo qui a discutere coi sopraccigli arcuati di malapolitica e affaristi (cosa diversa dagli uomini d'affari). Ma poiché Maro si chiama Mara e ha il corpo e gli occhioni che sapete, la sua denuncia è già stata declassata a scatto isterico, baruffa fra comari. Invece che gli appalti del termovalorizzatore di Salerno, a tener banco sono i suoi rapporti umani: con l'amico Bocchino e la nemica Mussolini. L'algida ministra ci ha messo del suo, paragonando la collega a una popolana sguaiata. Ma non c'è dubbio che il circo mediatico e l'interesse dei lettori hanno sterzato subito verso il gossip, sottovalutando la sostanza delle sue parole. È un problema con cui tante donne meno fortunate della Carfagna devono fare i conti ogni giorno negli ambienti di lavoro. Il parere femminile vale meno e non è considerato autorevole. Quando un uomo s'arrabbia, ha carattere. Quando si arrabbia una donna, ha le mestruazioni. Oppure non le ha più. Non basta nemmeno maschilizzarsi dentro tailleur assertivi e posture manageriali. Se sei bella, i maschi ti desiderano ma non ti considerano: e tutti pensano (anche le donne) che la tua carriera non sia merito dei talenti, ma degli amanti. Se poi sei soltanto passabile, ti trattano come una crocerossina, un angelo custode, una bestia da soma: comunque una comparsa nel film del loro successo professionale, intitolato «Impari Opportunità».

Sulla relazione annuale del Censis aleggia lo spirito di Jung. Giusto così: questa crisi non è materia per economisti, ma per psicanalisti. L'Italia, sostiene il sempre immaginifico De Rita, affonda perché non sa più desiderare. In realtà molti di noi hanno ancora dei sogni. Quello che manca è l'ossigeno per raccontarli, persino a se stessi. A forza di scattare a vuoto, la molla si è inceppata. Il futuro non è un'opportunità e nemmeno una minaccia. Semplicemente non esiste. Il futuro è la rata mensile del mutuo o il bilancio trimestrale dell'imprenditore: nessuno ha la forza di guardare più in là e si vive in un presente perenne e sfocato, attanagliati dallo sgomento di non farcela. Sulle macerie della guerra, l'inconscio dei nonni riusciva a progettare cattedrali di benessere: quegli uomini avevano visto abbastanza da vicino la morte per immaginare la vita. Sulle macerie morali del turboconsumismo, la cui crescita dopata ha ucciso i desideri (di fronte a tremila corsi di laurea o tremila canali televisivi l'impulso è di spegnere tutto), l'inconscio dei nipoti sembra paralizzato da un eccesso apparente di libertà e dall'assenza di punti di riferimento. Anche la delega al leader salvifico, di qualsiasi colore, ha fatto il suo tempo. Bisogna cavarsela da soli e siamo diventati troppo egoisti per ricordarci come si fa. Orfani di padre, cioè dell'autorità che trae origine dall'autorevolezza e consente ai figli di avventurarsi in territori inesplorati, sapendo di poter contare all'occorrenza su una robusta ringhiera. E con una classe dirigente specializzata nel dare cattivo esempio, priva del titolo morale per imporre regole che è la prima a non rispettare. Come si evince da quanto detto fin qui, la fotografia del Censis è decisamente beneaugurante. Almeno per chi è convinto che non ci si possa aspettare il riscatto sociale da teorie economiche e ideologie politiche, ma solo dall'urgenza di tante rivoluzioni individuali che riescano a connettersi fra loro, creando una vera comunità. Darsi una disciplina esistenziale, fissare dei traguardi e poi mettersi in marcia senza vittimismi, perché i « se » sono la patente dei falliti, mentre nella vita si diventa grandi « nonostante ». E che Jung ce la mandi buona.

2011

Le riviste musicali di mezzo mondo annunciano la morte del rock. Dopo il romanzo e il cinema sarebbe deceduto anche lui per consunzione: fra le cento canzoni più vendute nella madrepatria Inghilterra, soltanto tre ospitano ancora chitarre arroventate e rollii di batteria. Per fortuna il rock, come il romanzo e il cinema, è già morto e risorto parecchie volte, e poiché di solito dà il meglio di sé quando i giovani sono arrabbiati con gli adulti, c'è da scommettere che produrrà presto nuovi capolavori. Quando noi diciamo che qualcosa muore, in realtà sta solo cambiando il nostro modo di percepirlo. Il tempo. Che nel precedente evo tecnologico, quello dei telefoni a gettone e del duplex in casa, era composto di strisce lunghe e ininterrotte, durante le quali potevi assaporare senza distrazioni l'assolo dell'organista dei Pink Floyd in *Ummagumma* (tredici minuti) o Maigret alla tv che ispezionava il luogo del delitto in una scena che non durava mai meno di un quarto d'ora. Telefonino e computer hanno frantumato le strisce del tempo: oggi sappiamo godere di più cose insieme, ma di nessuna troppo a lungo. Tutto ci distrae e subito dopo ci annoia. Una musica o una storia, per attirarci, devono essere brevi. Ma ciò che poi ce le fa dimenticare in fretta non è la brevità. È la mancanza di passione. Il rock è nato breve e passionale e quindi saprà rimodellarsi all'era moderna. Non date troppo ascolto ai becchini: il rock non morirà mai. Non fino a quando il piede di un sognatore batterà a ritmo con il suo cuore.

Un amico sorride amaro: « Non farti illusioni, potenzialmente siamo tutti come lui e la sua corte: trombare e fare soldi, interessati solo ai bisogni primari, ai chakra bassi, per dirla alla maniera di voi che meditate e fate yoga. Sì, qualche disturbato che sogna con un romanzo o va in estasi per una notte d'amore sotto le stelle esisterà pure, ma è la buccia del chinotto: scorza sottile, percentuale insignificante». Davvero? Davvero la maggioranza dei giovani assomiglia a quel tipo che incita sua sorella a infilarsi nel letto di un anziano miliardario, «così ci sistemiamo»? Davvero il mondo contemporaneo si divide fra padri padroni, disposti a uccidere le figlie che osano ribellarsi, e padri ruffiani che nelle intercettazioni le incitano a sgomitare perché «le altre ti sono passate davanti, svegliati!» Sarò un ingenuo, eppure vedo ancora in giro della dignità, anche in tanti poveri che una busta di cinquemila euro l'hanno magari sognata, ma non la vorrebbero trovare nella borsa della figlia a quelle condizioni. Vedo donne e uomini pieni di vizi, ma che non invidiano lo stile di vita dei crapuloni e sognano di invecchiare con una persona amata al fianco e la musica di Mozart nelle orecchie. E quando, come ieri, alcuni lettori telefonano al giornale per segnalare che una luna mai così arancione è spuntata fra le colline e mi arriva sul tavolo la raccolta di poesie di una ragazza timida, allora penso che non è finita. Che la buccia del chinotto è più spessa di tutto il gas che le sta esplodendo intorno, in un enorme rutto di niente.

Immaginate un dopocena a casa vostra in cui gli invitati si interrompono di continuo, un tizio vi mostra il dito medio mentre gli servite l'amaro, una signora se ne va rovesciando il caffè e a mezzanotte telefona uno, sempre il solito, che si annoia a stare da solo e vi urla che siete turpi, spregevoli e ripugnanti. È quanto accade ogni sera nei talk show multi-ospiti. La caciara è il tratto dominante di queste palestre dell'ego. Ma un tempo era caciara organizzata, secondo la celebre raccomandazione di Biscardi: «Non parlate più di due alla volta». Invece, da quando è scoppiato il bunga bunga, Biscardi sembra Cetto La Qualunque: un moderato. L'ospite non va in tv per parlare e ascoltare. Ci va per impedire agli altri ospiti di oltrepassare soggetto, verbo e (nei casi fortunati) complemento oggetto, ripetendo ossessivamente una parola qualsiasi – « capra capra capra » « mavalà mavalà mavalà » – al fine di confondere il malcapitato e obbligare il regista a staccare sulla propria faccia. Conquistata l'inquadratura, farà una premessa, « Io non l'ho interrotta, lei non interrompa me » e poi comincerà a parlare: venendo immediatamente interrotto. Forse agli inizi il pubblico si divertiva. Ma adesso vorrebbe una storia, un pensiero, un discorso compiuto. Non la visione di uomini e donne stravolti dall'ansia di insultare il nemico o difendere il padrone. Modesta proposta ai conduttori: spegnete i microfoni di chi non ha la parola. I duellanti diverrebbero afoni. Oppure si prenderebbero a botte. In entrambi i casi, noi torneremmo a divertirci.

Anch'io domenica scenderò in piazza contro chi disprezza il corpo e l'anima delle donne. E cioè contro i vecchi bavosi che le riducono a gingilli. Contro gli arrivisti che le utilizzano come merce di corruzione presso i potenti. Contro le ragazze che si vendono, spacciando la loro bramosia di denaro e di fama per libertà. Contro i genitori disposti ad accettare l'idea umiliante che la carne della propria carne diventi strumento di carriera. Contro chi pensa che non esista una via di mezzo fra il burqa e il bunga bunga e invece esiste: chiamiamolo burqa bunga, oppure dignità. Contro i pubblicitari che da trent'anni riempiono di seni & sederi le tv e i muri delle nostre città per promuovere prodotti (telefoni, gioielli, giornali di sinistra) che nulla c'entrano con la biancheria intima. Contro le tante signore « impegnate » che hanno accettato questo insulto senza protestare. Contro gli autori televisivi che hanno ridotto il vestito delle ballerine a un filo interdentale, imponendo al Paese un'estetica trucida e volgare. Contro gli autori televisivi che hanno fatto la stessa cosa, ma sostenendo che si trattava di una forma sottile di ironia, mentre di sottile c'era solo la gonna. Contro chiunque considera il corpo delle donne un fatto pubblico, quando invece è un bene privato da esibire soltanto a chi si vuole, e nell'intimità. Contro i giornali e i siti « seri » affollati di tette & culi. E contro coloro che se ne lamentano, ma intanto cliccano lì. In fondo domenica scenderò in piazza un po' anche contro me stesso.

Nella primavera del 2007, a Palermo, un alunno di scuola media aveva canzonato un compagno, dandogli simpaticamente del finocchio e facendolo simpaticamente piangere davanti a tutta la classe. La vecchia professoressa di lettere si era accanita contro il mattacchione e, anziché spedirlo ai provini di *Amici*, lo aveva messo dietro il banco a scrivere cento volte sul quaderno «io sono un deficiente». Lui aveva scritto cento volte «deficente» senza la i, dimostrando così di avere le carte in regola per sfondare non solo in tv ma anche in Parlamento. Poi era corso a lamentarsi da papà, che di fronte all'affronto intollerabile inferto al ramo intellettuale della famiglia aveva denunciato la prof ai carabinieri, non prima di averle urlato in faccia: «Mio figlio sarà un deficiente, ma lei è una gran c...». C'è voluto del tempo per ottenere giustizia, però ieri alla fine l'aguzzina è stata condannata: un anno di carcere con la condizionale per abuso di mezzi di disciplina, nonostante l'accusa avesse chiesto solo quattordici giorni. Che vi serva da lezione, cari insegnanti. La prossima volta che un alunno umilierà un compagno di fronte a tutti, aggiungete al coro il vostro sghignazzo e non avrete nulla da temere. A patto che l'umiliato non si impicchi in bagno, come altre volte è accaduto, perché allora vi accuseranno di non aver saputo prevenire la tragedia. E il simpatico umorista di Palermo finalmente vendicato? Lo immaginiamo ormai cresciuto, tutto suo padre, intento a scrivere cento volte sul quaderno «io sono intelligiente» e stavolta senza dimenticare la i.

Questa storia comincia con un malato cardiaco che sta morendo in ospedale. E con un cuore nuovo a bordo di un aereo-ambulanza, fermo sulla pista in attesa di spiccare il volo. Fra il malato e il cuore ci sono quattrocento chilometri e un cielo pieno di neve. In sala operatoria tutto è pronto per l'espianto del cuore guasto, eppure il chirurgo frena: prima, dice, assicuriamoci che l'aereo parta davvero. Scelta giusta numero 1: la saggezza. Sulla pista nevica fitto, non ci sono le condizioni per decollare, ma il pilota e l'équipe medica sanno che è questione di vita o di morte e così decidono di mettere in gioco la loro, di vita. Scelta giusta numero 2: il coraggio. L'aereo prova ad alzarsi, ma la tormenta lo sbatte a terra, costringendolo a piegarsi su un'ala. Tutti sani e salvi tranne il cuore, che l'urto ha reso inservibile. Nessuno recrimina, nessuno perde la testa. Viene lanciato un appello per un cuore nuovo. Scelta giusta numero 3: il carattere. La fortuna ha un debole per i forti: il cuore viene subito trovato e condotto a destinazione in tempo utile per salvare il paziente. Intanto ha smesso di nevicare e l'aereo azzoppato può decollare: dal cuore inservibile i medici riescono comunque a recuperare due valvole. Serviranno ad altri malati. Il gesto di un eroe dipende, in fondo, da un uomo solo. Mentre questa storia è meravigliosa perché allinea una serie ininterrotta di gesti giusti compiuti da un numero rilevante di persone. Che sia potuta succedere in Italia (fra Torino, Lecco e Forlì) è una di quelle notizie che fanno davvero bene al cuore.

L'orrore è spudorato, ma la meraviglia coltiva la riservatezza. Perciò dei protagonisti di questa storia sappiamo solo che sono veneti. E che sono stati sposati. Poi lui si ammala gravemente e ha bisogno di un rene compatibile che, come capita spesso, non si trova. L'ex moglie lo rivede, coglie la situazione e senza dirgli nulla si presenta al centro trapianti di Padova. Disposta a donare un pezzo del suo corpo all'uomo con cui ha diviso un pezzo della sua vita. La commissione medica ha già dato il nulla osta, si attende a giorni quello del magistrato. Subito interpellato dal sottoscritto, l'Ufficio Cinismo (ha sede in una stanza acciaccata del cuore) comunica che la donna agirebbe in preda alla sindrome di Stoccolma – l'attrazione per il proprio persecutore – oppure al senso di colpa, a seconda che nel matrimonio naufragato avesse più sofferto o più fatto soffrire. Invece l'Ufficio Pragmatismo (si trova nell'emisfero sinistro del cervello e salva l'essere umano dai precipizi, anche se gli impedisce di volare) insinua che l'ex moglie sarebbe mossa dal senso materno: verso l'ex marito o gli eventuali figli, per non farne degli orfani. Ma l'Ufficio Intuizione (emisfero destro del cervello, poco frequentato) azzarda una terza ipotesi piuttosto straordinaria: che l'amore di quella donna per quell'uomo non sia finito col matrimonio e la riconosciuta impossibilità di vivere insieme. Perché l'amore, le rare volte in cui è davvero tale, non è un'emozione e neppure solo un sentimento. È un'energia. E l'energia non la puoi fermare, purtroppo. Per fortuna.

Andrea Carandini, archeologo di fama mondiale, ha lasciato la presidenza del Consiglio superiore dei Beni culturali: i troppi tagli al bilancio gli impediscono di continuare a svolgere seriamente il suo mestiere. Non sappiamo a chi Carandini abbia materialmente rassegnato le dimissioni, dato che il ministro Bondi non esce di casa da mesi. Però ci piacerebbe almeno sapere che cos'ha fatto di male la cultura a questo Paese per meritarsi un disinteresse così suicida. Nonostante molti lo ignorino o addirittura lo disprezzino, il patrimonio artistico e culturale è l'unico petrolio su cui siamo seduti, nonché la principale e forse unica ragione per cui il mondo si ricorda ancora ogni tanto della nostra esistenza. Una classe dirigente di buon senso taglierebbe ovunque, tranne lì. Se poi fosse anche una classe dirigente illuminata, proverebbe a immaginare un'Italia diversa. Un'Italia del bel vivere, punteggiata di musei accoglienti, siti archeologici spettacolari e teatri lirici con un cartellone di Verdi e Puccini pensato apposta per i turisti. Un'Italia degli agriturismi e dei centri benessere. Dei mari e delle coste ripulite da tutte le sozzure. Dei pannelli solari installati sui tetti di tutte le abitazioni private. Dei prestiti facili alle cooperative giovanili che propongano iniziative originali nell'arte, nello spettacolo, nella moda e nel turismo di qualità. Un'Italia verde e profumata, il polo attrattivo di tutto ciò che è bello. Saremmo più felici e più ricchi. Ma soprattutto saremmo quel che ci ostiniamo a non voler essere: italiani.

Il programma dei Responsabili è copiato di sana pianta dal *Manifesto degli intellettuali fascisti* del 1925. Incredibile. Non tanto per il riferimento ai fascisti, ma agli intellettuali. Uno non fatica a immaginarsi la scena: Scilipoti alla scrivania con la matita in bocca e gli occhi al soffitto. Responsabilità nazionale è... è... è... Ah, saperlo. All'improvviso, la luce: perché non inserire una parola-chiave su Internet, come uno studente in cerca di ispirazione? « Manifesto », per esempio. Orrore! Sullo schermo è comparso il barbone di Marx. Un momento... più in basso affiora il filosofo Gentile col *Manifesto degli intellettuali fascisti* da lui ispirato. Leggiamo un po'... « Il Fascismo è il movimento recente e antico dello spirito italiano, intimamente connesso alla storia della nazione ». Scilipoti ha un sussulto: parla di me! Chi è più recente e antico della nostra simpatica combriccola di voltagabbana? Chi più intimamente connesso alla storia della nazione? Il leader recente e antico pigia il tasto « copia e incolla » e il più è fatto. Giusto un paio di ritocchi. « Responsabilità Nazionale » al posto di « Fascismo », che come soggetto è un po' datato. Anche « intimamente » va sostituito perché fa venire in mente il bunga bunga. Meglio « internamente »: orribile e casto. Tra una scopiazzata e un'incollata si approda al gran finale. Gentile aveva scritto: « La patria è concezione austera della vita ». Scilipoti lo personalizza con la sua griffe inimitabile: « Responsabilità è concezione austera della vita ». Ci piace sperare che a quel punto gli sia almeno venuto da ridere.

Rovistando in un baule di famiglia, ho ritrovato la scatola di latta che la nonna romagnola utilizzava nel dopoguerra come sua personalissima Banca d'Italia. Ogni volta che il marito portava a casa lo stipendio da tranviere, lei lo requisiva per diritto di vino (nel senso che altrimenti il nonno sarebbe andato a berselo tutto) e lo divideva in mucchietti che poi sistemava nella scatola. C'era il mucchietto dell'affitto e delle bollette, quello della spesa, quello degli sfizi (dove per sfizio si intendeva un cono al cioccolato) e infine, più importante di tutti, il mucchietto dei risparmi. La nonna fissava l'obiettivo finale – il frigorifero, il televisore – e poi curava la crescita del mucchietto mese dopo mese, come se fosse una piantina innaffiata dalle sue preghiere. Per nessuna ragione al mondo era possibile intaccare il tesoro della scatola: i maschi di casa avrebbero dovuto passare sul suo corpo, che era piuttosto muscoloso. Quando il mucchietto aveva raggiunto le dimensioni desiderate, la nonna indossava il vestito elegante e si recava al negozio per l'acquisto. Chi la vide in uno di quei giorni, assicura che neanche una sceicca in missione da Tiffany avrebbe potuto rivaleggiare in fierezza col suo sguardo. Una volta un commesso le suggerì di comprare qualcosa a rate. Lei lo guardò storto: « Ma se mi date quel che voglio prima che io lo paghi, dopo mi passerà la voglia di averlo e anche di pagarlo! » Aveva solo la quinta elementare, ma certe volte mi capita di pensare che, con lei a Wall Street, adesso passeremmo tutti una Pasqua più serena.

Chiunque preferisca gli umili agli infallibili sarà rimasto colpito dal dialogo televisivo tra Papa Ratzinger e la bimba giapponese che gli chiedeva conto del terremoto. « Perché i bambini devono avere tanta tristezza? » domandava la piccola, dando fiato a un tarlo che non trova risposte nella ragione, ma solo in quella che le Chiese chiamano fede e gli psicanalisti junghiani intuizione. Il Papa avrebbe potuto rispondere come quel cattolico saputello e fanatico del Cnr, che a proposito dello tsunami aveva tirato in ballo il castigo di Dio. Invece se n'è uscito con un'ammissione di impotenza dotata di straordinaria potenza: « Non abbiamo le risposte. Però un giorno potremo capire tutto ». Per il niente che vale, la penso (anzi, la sento) come lui. Mi sono sempre immaginato la vita come un film di Woody Allen, dove gli attori recitano le scene senza che il regista mostri loro l'intero copione. Solo al termine delle riprese vengono ammessi in sala montaggio e finalmente comprendono il motivo per cui si erano baciati o presi a schiaffi. Per tutta la vita ci sentiamo sballottare da eventi che non afferriamo e siamo pervasi da un senso di inadeguatezza, come se ogni cosa sfuggisse al nostro controllo e il cinismo rappresentasse l'unico antidoto allo smarrimento. Ma appena diamo tregua al cervello e inneschiamo il cuore, sentiamo che tutto ciò che d'incomprensibile ci succede contiene un significato. E il fatto di trovarci al buio non significa che la stanza sia vuota, ma solo che bisogna aspettare che si accenda la luce.

Però, la vecchia democrazia occidentale. Parte sempre male: lenta, litigiosa, tremebonda, confusa. Dittature e fanatismi le danzano intorno con baldanza sfrontata, esibendo idee chiare, rapidità d'azione, disciplina ferrea. Invadono le pianure della Polonia, sparano il primo uomo nello spazio, abbattono i grattacieli di Manhattan. La democrazia risponde con lo spettacolo desolante della sua impotenza. Balbetta, piange, si arrovella. Si mostra nuda e gonfia di piaghe allo sguardo dei suoi critici, che ne pronosticano i funerali imminenti. Ma passano i mesi, gli anni, talvolta i decenni, ed è ancora lì. Che incassatrice formidabile, la democrazia. Difende la sconfitta e si riorganizza, rivelando riserve insospettabili di pazienza e talvolta anche di ferocia. Vince le guerre, conquista la Luna, stana i «cattivi» e non si vergogna di giustiziarli e di esultarne. Gli egoismi di cui è composta si raggrumano in qualcosa che non sarà mai il paradiso in terra, ma è pur sempre una comunità. Donne e uomini che non si sentono sudditi di nessuno e proprio per questo non inneggiano alla democrazia come a un totem salvifico, ma le restano affezionati. Ne sparlano e però poi la difendono: per poter continuare a sparlarne. Le dittature e i fanatismi sono emozioni violente e superficiali, che sorgono all'improvviso e all'improvviso si afflosciano. La democrazia invece è un sentimento. Scava nel profondo. Non fa battere il cuore. È il cuore. E il cuore, alla fine, vince sempre.

Vorrei spezzare una lancia, o almeno una pancia, a favore del povero Scilipoti, ingiustamente elevato da noi pennivendoli a simbolo del mercato delle vacche di piazza Montecitorio. Nel rimpasto di ieri il capo dei Responsabili ha rimediato soltanto un esilarante inno di partito, composto da una sottomarca di Apicella, che sta facendo il giro di tutte le radio come antidepressivo. Ben diverso il destino del compare Antonio Razzi, cresciuto anche lui alla corte di Di Pietro (l'ex magistrato non ha gran fiuto nella scelta degli uomini, gli vengono quasi meglio i congiuntivi). Razzi. Quello che sei mesi fa diceva «io ho una faccia sola: come potrei farmi vedere ancora in giro, se passassi con Berlusconi?» e poi è passato con Berlusconi, faccia compresa. Quello che denunciava «il Pdl ha persino proposto di pagarmi il mutuo» e da neo-alleato del Pdl ha presentato una proposta di legge per togliere l'Ici agli italiani residenti all'estero, cioè a se stesso. Quello che, sistemata la casa, voleva arredarla con una poltrona, «un posticino, qualcosa per dire grazie». E ieri il posticino è arrivato: consigliere personale del ministro dell'Agricoltura, il corresponsabile Romano. Razzi dovrà occuparsi di lotta alla contraffazione alimentare. Cautamente sondato sulle sue esperienze in materia, il neo-consigliere ha risposto: «Sono un buongustaio e soprattutto un buon cuoco: a tempo perso, aiuto mia moglie in cucina». Perché il vero tratto distintivo di questa casta di macchiette non è più nemmeno l'incompetenza. È la mancanza di vergogna.

Esiste in natura il Farabutto Perfetto? Il pensiero di molte lettrici starà correndo al maschio che ha scompigliato la loro vita o parti consistenti di essa. Però qui si parla dell'archetipo. Del modello che tutti noi, farabutti imperfetti, ci sforziamo per tutta la vita di raggiungere o, viceversa, di sfuggire. Ebbene: il Farabutto Perfetto esiste, abita a Londra ed è l'ex fidanzato della cantante Adele Adkins. Adele è una cantautrice di ventun anni che ha scalato le classifiche del mondo intero senza l'ausilio di un fisico bestiale, ma solo con la forza della sua voce e delle sue canzoni. I testi tormentati e le atmosfere struggenti traggono ispirazione dalla storia d'amore con l'uomo che l'ha conquistata, maltrattata, irrisa, tradita, mollata, ripresa, illusa, ingannata e infine lasciata: per un'altra e per sempre. Il campionario completo, insomma. Ma non è vero che il dolore devasta soltanto.

Quando penetra in un'anima sensibile, ne rischiara gli angoli bui, consentendo di scoprire tesori altrimenti ignorati. Per Adele è stato così: il dolore le ha scavato dentro un traforo al di là del quale c'era il successo. Solo che con il successo sono arrivate sette telefonate dell'ex. Una in fila all'altra e tutte con la stessa richiesta: i diritti d'autore. In fondo, è la tesi di lui, se io non ti avessi fatto del male, tu non avresti mai scritto queste canzoni: perciò mi merito una parte dei tuoi guadagni. Il Farabutto Perfetto. Così perfetto da aver regalato alla sua vittima, oltre alla gloria, la soddisfazione di sbattergli finalmente il telefono in faccia.

Sarei pronto a scommettere che, fra le migliaia di romani che hanno dormito al Circo Massimo o abbandonato la città per paura di un megaterremoto smentito da tutti gli esperti, molti penseranno che Bin Laden sia ancora vivo («pare l'abbiano fotografato mentre gioca a golf in Texas con il papà di Bush» mi ha garantito un lettore con fare cospiratorio) e che il novantanove per cento delle notizie diffuse dai mezzi di comunicazione siano balle spaziali confezionate ad arte dalla famosa agenzia Spectre. Si tratta di uno dei fenomeni più curiosi della nostra epoca: diffidare di tutto e poi abboccare alla prima esca appetitosa che passa. Per proteggerci da un eccesso di messaggi seduttivi viviamo immersi in una brodaglia di cinismo. La capacità di stupefazione è stata espulsa dal vocabolario, dove la parola «ingenuo» (dal latino «*ingenuus*», libero) ha assunto un significato negativo ed equiparabile a stupido. Il mondo pullula di dietrologi, di teorici della cospirazione e più banalmente di poveri cristi che non si fidano delle religioni, delle istituzioni e nemmeno dei congiunti, non sempre a torto. Eppure il bisogno di credere, insopprimibile in ogni essere umano, li spinge a spalancare il cuore a chi sappia bussare alla loro porta con l'aureola del cane sciolto o del perseguitato per vendere sogni e paure. Le uniche merci di cui nessuno di noi riuscirà mai a fare a meno.

« Ha vinto il Sistema. Quello che ti fa scendere in piazza perché hai vinto tu, ma alla fine vince sempre lui. Il Sistema ha liquidato Berlusconi e deve presentare nuove facce per non essere travolto ». L'ultimo monologo di Grillo, « L'Italia di Pisapippa », non rappresenta una novità. La novità è la reazione dei seguaci, che stavolta si sono ribellati al verbo qualunquista: per i suoi toni gratuitamente volgari (« e se cominciassimo a chiamarti Beppe Grullo? », gli ha scritto uno), ma soprattutto perché « Pisapippa » lo hanno votato e tifato anche loro. Mi rifiuto di credere che Grillo parli male del nuovo sindaco di Milano per invidia da soubrette. Ma mi chiedo e gli chiedo che senso abbia mettere sempre tutti sullo stesso piano, Bush e Obama, Borghezio e Vendola, Berlusconi e i critici di Berlusconi. Come se chiunque entri nel teatrone della politica senza il suo « placet » faccia automaticamente parte dell'Impero delle Multinazionali che affamano i popoli per ingrassare gli squali della finanza. Grillo riconoscerà che i suoi argomenti sono gli stessi che portarono i terroristi rossi a sparare, e a sparare proprio contro quei riformisti che il Sistema cercavano di cambiarlo nell'unico modo possibile: un po' alla volta, dall'interno. Gli suggerisco di andarsi a leggere il più commovente discorso politico di tutti i tempi (almeno per me). Quello in cui Cavour sostiene che le comunità umane sopravvivono se sanno autoriformarsi di continuo nella libertà, rimanendo insensibili alla seduzione esercitata da due scorciatoie ingannevoli: conservazione e rivoluzione.

Conoscere la faccia del Bisignani è un privilegio concesso a pochi. Quei dieci o undici milioni di italiani che gli hanno parlato al telefono non l'hanno mai visto di persona e i cittadini comuni che hanno appreso della sua esistenza solo in questi giorni continuano a vedere la stessa foto, quella con gli occhiali a goccia e il faccino stirato, scattata qualche secolo fa. Paradossale, vero? Il mondo non fa che dirci che esistiamo solo se siamo visibili, ma intanto i potenti veri non li conosce nessuno. Mai visto un banchiere sulle poltrone dei talk show, neanche in America. I burattinai mandano i pupazzi in tv ad agitarsi al posto loro. Forse temono che l'immagine rifratta in migliaia di schermi finisca per prosciugare l'anima. O più banalmente sentono che il potere si nutre di timore. E nulla toglie il timore quanto la familiarità. Appena un gradino al di sotto degli invisibili, stanno gli audio-potenti: quelli che non vanno in tv però le telefonano, incombendo con voce monologante sugli ospiti effigiati in studio. Scendendo di un gradino ulteriore, ecco il potente distaccato: si fa vedere, ma in collegamento da un'altra sede, ritratto sul maxischermo con le dimensioni di un poster di Mao. Comunque appare, quindi conta già poco. Chi invece non conta proprio niente sono gli habitué. Le marionette abbarbicate alle poltroncine, che si agitano per strappare un primo piano alla telecamera, bofonchiando il mantra « io non ti ho interrotto tu non mi interrompere ». Il popolo senza speranza li disprezza e li vota. Il potere senza volto li disprezza e li usa.

Caro Marin naufrago di Federica Pellegrini, perdoni se rispondo a una lettera che lei non mi ha scritto, ma alcuni lettori mi hanno chiesto di spedirgliela. È tale l'umore collettivo, depredato da Borse e borsaioli, che si sente l'esigenza di evadere in un dolore più puro. In questi giorni lei incarna in mondovisione quel che, nel nostro piccolo, almeno una volta siamo stati o saremo un po' tutti: l'innamorato abbandonato e tradito. Il suo strazio è passato attraverso tutte le fasi della narrativa sentimentale, a cominciare dall'equivoco sulla « pausa di riflessione », che per chi ama ancora rappresenta una sosta ai box, mentre per chi ha smesso di amare è solo la scorciatoia che lo dispensa dall'imbarazzo di un discorso d'addio. Quando lei archiviò la Manaudou e si trasferì da una primatista mondiale all'altra, la consacrai simbolo di un uomo nuovo: il maschio femmina, altruista e sensibile, che sa infondere sicurezza a compagne ingombranti senza smarrire quella in se stesso. Si tratta di un equilibrio magico, e a vent'anni parecchio provvisorio. Appena uno dei due smette di nuotare, l'amore affoga e non esiste virata che lo rimetta a galla. Ma mi creda: non è mai un altro maschio ad affondare la coppia. Può essere solo una scialuppa con cui la sua ex ha riguadagnato la riva, in attesa di ripartire verso un altrove che non contempla né lui né lei, caro Marin. Non presti orecchio alla voce livida della gelosia. Faccia conto di aver preso un malanno e si metta a letto per un mese senza guardare la tv. E senza andarci, possibilmente. Guarirà. E sarà pronto per togliersi il gusto a lei ignoto di innamorarsi di un'ignota.

La notizia che il Parlamento resterà chiuso fino a metà settembre per consentire a duecento deputati e senatori di fare un pellegrinaggio in Terrasanta ha ridato un po' di fiato ai mercati, ma ha gettato nel panico la Terrasanta. Il sospetto è che, vista l'aria che tira in Italia, decidano di rimanervi per sempre. Permane un fitto mistero sulle ragioni vere della visita. Escludiamo che siano interessati a studiare lo stile di vita di Gesù. Mentre potrebbero nutrire una curiosità professionale per i mercanti del Tempio e per uno dei due ladroni crocefissi, quello non pentito. L'ipotesi che vogliano girare un remake di *Brancaleone alle Crociate* è destituita di ogni fondamento: non hanno il senso del ridicolo. Così come è improbabile che intendano fondare un nuovo ordine templare: non hanno neanche il senso del tragico. Qualcuno immagina che vadano a chiedere una grazia, però lì il foro competente è Lourdes. Qualcun altro spera che vadano a chiedere scusa, o pietà, però è a noi che dovrebbero chiederle, e potrebbero farlo comodamente dal salotto di casa, dove invece convocano le telecamere per accusarsi a vicenda di rubare. Una penitenza? Ci crederemmo soltanto se marciassero a piedi scalzi e battendosi il telefonino intercettato sul petto. No, la motivazione più verosimile del pellegrinaggio, nonché la più coerente con la natura intima dei pellegrini, è che si tratti di una bella vacanza. Formalmente a spese loro, ma di fatto pagata con lo stipendio che noi gli verseremo puntualmente anche a settembre perché continuino a darci il cattivo esempio.

La manovra del governo sposta alla domenica più vicina le solennità religiose non previste dal Concordato quando cadono in un giorno feriale. Ma l'arcidiocesi di Napoli si ribella ai dettami dello Stato italiano, di cui pure risulta far parte, dichiarando in una nota di non avere alcuna intenzione di anticipare di ventiquattr'ore il prossimo miracolo di San Gennaro, previsto in calendario per lunedì 19 settembre. La motivazione offerta è inoppugnabile: « Se si tratta di un evento non determinato da mano e da volontà dell'uomo, è evidente che non può essere spostato ad altra data ». A impuntarsi, secondo l'arcidiocesi, sarebbe dunque lo stesso Santo, in questo assai meno malleabile del suo collega milanese Ambrogio, che ha ceduto alle esigenze del debito pubblico senza neppure mandare un sms di protesta alla Cgil. Invece San Gennaro non vuol proprio saperne di liquefare il suo sangue in una mattinata festiva. Neppure l'ipotesi alternativa – compiere il miracolo di lunedì durante la pausa pranzo o alle nove di sera, in pieno prime time, senza interferire con l'orario lavorativo dei fedeli – pare aver incontrato il gradimento dell'interessato. Naturalmente nessuno mette in dubbio che l'arcidiocesi di Napoli abbia un collegamento preferenziale con San Gennaro e ne interpreti fedelmente il pensiero. Ma allora ci piacerebbe approfittare della linea diretta per conoscere l'opinione del Santo anche sui quattro miliardi annui di esenzioni fiscali di cui la Chiesa italiana continua a godere persino su residenze e attività estranee al culto. Che sia questo il vero miracolo?

Fra le tante proposte di tasse alternative che turbinano in queste ore intorno al portafogli terrorizzato degli italiani, vorrei segnalare quella che mi sembra la più creativa. L'ha partorita il cervello democristiano di Paolo Cirino Pomicino, già ministro della Prima Repubblica. Si tratta di una lettera indirizzabile a società di capitali, società di persone, liberi professionisti e titolari di imprese individuali. Quattro milioni e mezzo di contribuenti, non sempre ascrivibili in blocco alla lista dei più generosi. Il tenore del messaggio sarebbe questo: « Gentile signore, lo Stato in bolletta le propone un patto. Se lei ci anticipa cinquantamila euro spalmabili in comode rate, noi per tre anni la esentiamo da ogni genere di accertamento fiscale». Tradotto dal democristiano «vintage» all'italiano corrente e ruttante suona così: «Caro amico possessore di yacht e fuoriserie a sbafo, dammi un pizzo di cinquantamila e io per tre anni mi dimenticherò di mandarti la Finanza in ufficio». In sostanza, un ricatto: al possibile evasore viene concesso di evadere senza rischi né rimorsi (ammesso che ne abbia ancora) purché paghi preventivamente allo Stato una licenza di impunità. La proposta appare cinica e astuta. Quindi perfettamente in linea con la mentalità di parecchi italiani. I quali non avrebbero alcuna difficoltà a capirla e, fatti quattro conti, ad adeguarvisi. Con un bel guadagno per l'Erario: oltre duecento miliardi di gettito potenziale. Non stupisce che l'idea sia venuta a un democristiano. In fondo la Dc era anche questo. Non pretendeva di estirpare i vizi. Si accontentava di farseli pagare.

Giunge notizia, ma confidiamo in una smentita, che Umberto Eco si accinga a pubblicare la versione riveduta e corretta del suo megaseller *Il nome della rosa*. Un po' come succede per i grandi successi musicali che vengono riproposti dopo qualche tempo in chiave acustica. Lo spirito della replica sarebbe di rendere il libro accessibile ai lettori più giovani. Restringendo i riferimenti eruditi nei 140 caratteri di un messaggino Twitter? Spostando la scena dalla biblioteca di un monastero a un Internet point? Facendo parlare Adso, Guglielmo e Bernardo come Aldo, Giovanni e Giacomo? Tutti noi Eco-ammiratori (so per certo anche Adso, Guglielmo e Bernardo) ci auguriamo di no. Non foss'altro per non creare un precedente. Perché il passo successivo sarebbe la riedizione dei *Promessi sposi* con la censura dei paesaggi lacustri, analizzati fino allo spasimo da generazioni di studenti sbadiglianti, e la trasformazione dei «bravi» in vampiri e di Renzo Tramaglino in un emulo lessicale del Trota.

Eco è troppo intelligente per non sapere che la ragione profonda del successo del *Nome della rosa* consistette proprio nella patina di cultura alta che lo avvolgeva, consentendo ai lettori dei gialli Mondadori di esibire il suo thriller colto per darsi un tono in società. Tolta la patina, svanirebbe la magia. E la magia, in un libro, è tutto. A renderci ottimisti è l'ultima parte della notizia. La nuova versione snella sarebbe di 550 pagine. Più dell'originale. Conoscendo Eco, potrebbero essere tutte di note.

Mancano i fornai. C'è la disoccupazione fulminante, a un concorso per cinque posti da vigile urbano si presentano in ventimila, ma intanto a Roma – è il lamento dell'Unione Panificatori – non si trovano trecento ragazzi disposti a fare il pane per duemila euro al mese. Ho un amico pizzaiolo che cercava un assistente e lo voleva giovane e italiano. Quando ha trovato quello giusto si è sentito chiedere: «Dovrei lavorare anche di sera?» «La gente non viene a mangiare la pizza di pomeriggio». «Allora non m'interessa». Il suo posto accanto al forno è stato preso da un egiziano, che farà gli straordinari per mantenere agli studi il figlio nella speranza che non diventi un pizzaiolo. Perché, al di là degli orari infelici, il problema di certi mestieri resta la loro scarsa considerazione sociale. È una delle follie di questo capitalismo finanziario, per fortuna malato terminale: il disprezzo per i lavori che producono beni materiali e richiedono uno sforzo fisico diverso dal tirare calci a un pallone. Un impiegato di Borsa è considerato più «giusto» di un falegname. E non solo dai ragazzi. Anche dai genitori, che si vergognano di mandare i figli alle scuole professionali. Ora, mi spiegate perché uno che passa otto ore davanti al computer, a fare nemmeno lui sa cosa, dovrebbe sentirsi più elevato socialmente di un altro dalle cui mani escono cose tangibili: un vestito, una scarpa, una pagnotta? Si può fare il barbiere e leggere Umberto Eco, come lavorare in uno studio legale e rimanere un caprone. Si può anche leggere Umberto Eco e rimanere un caprone, ma questo è ancora un altro discorso.

Il mio premier è Simone Pianigiani, c. t. della nazionale di pallacanestro che, sotto di ventuno punti contro Israele, infligge alla sua squadra di talentuosi molluschi una strigliata universale. « Bisogna giocare con un po' di dignità! Con un po' di anima! Facciamo a cazzotti, almeno. Ma che czz avete dentro? » Le parolacce di solito mi danno fastidio, ma stavolta mi hanno messo i brividi. E non solo a me: lo sfogo di Pianigiani è uno dei video più cliccati della Rete. Che czz abbiamo dentro? Il problema è tutto lì. Siamo un Paese meraviglioso ed è inutile che vi elenchi i nostri pregi, che sono sempre stati uno in più dei nostri difetti. Siamo sopravvissuti a lanzichenecchi e venditori di tappeti perché a un passo dal baratro abbiamo sempre trovato la mossa del cavallo, lo scatto di dignità. Noi siamo il Gassman debosciato della *Grande Guerra*. Quello che davanti all'ufficiale tedesco che ironizza sulla vigliaccheria degli italiani, alza la testa e gli fa: « E allora senti un po', visto che parli così, *mi te disi propi un bel nient* ». E pur di non dargliela vinta si fa uccidere, che czz. Ora, non dico tanto. Però un po' di anima, di dignità. La classe dirigente ne è priva. Ma noi? Siamo disposti a smetterla di considerarci pedine impotenti di un gioco incomprensibile per riappropriarci del nostro destino? A svegliarci dal torpore lamentoso degli schiavi e a lottare con orgoglio per quello in cui crediamo? Nulla è inarrestabile, neanche il declino. Ci sarà un tempo per ricordarsi di aver avuto paura. Ma non è questo il tempo. Ora bisogna dare tutti qualcosa in più, amare questa comunità e portarla in salvo. Facciamo a cazzotti con la rassegnazione, almeno.

Steve Jobs era un genio, non un santo. Invece i siti e i giornali di tutto il mondo grondano di allusioni celestiali e riferimenti a Buddha e a Gesù, francamente eccessivi. Sono sicuro che lui si accontenterebbe di essere paragonato a Leonardo: un altro che ha cambiato il mondo nutrendosi di conoscenze spirituali per iniziati. Il discorso di Jobs all'università di Stanford – « La morte è la migliore invenzione della vita » – non smette di commuovermi, ma devo riconoscere di averlo già letto da qualche parte: in qualsiasi testo ispirato di new (e old) age. Se milioni di persone non rendono omaggio soltanto al genio semplificatore di software ma al guru di una setta quotata in Borsa, significa che nei nostri cuori è successo qualcosa di meraviglioso e terribile. Siamo affamati, direbbe Steve. Affamati di valori, di esempi, di storie di successo che indichino una direzione di marcia. A molti le parole delle religioni di massa suonano stereotipate. E da quando neppure Obama è stato capace di fermare il suicidio del capitalismo (o meglio il suo omicidio, perpetrato da certa finanza), nei popoli delle democrazie è subentrata la convinzione che la politica non abbia più alcuna possibilità di cambiare il mondo. Jobs invece ci è riuscito e, nell'innalzarlo alla gloria degli altari laici, manifestiamo il desiderio struggente di altri cavalieri che illuminino il percorso di questo nuovo Medioevo. Il passaggio successivo sarà smettere di rispecchiarci in qualche eroe mitizzato e risvegliare il piccolo Jobs che sonnecchia dentro ognuno di noi.

Mi ribello all'idea che il ragazzo che ha lanciato l'estintore per spegnere l'incendio (premio Balla Spaziale 2011), quello coi genitori così fuori dal mondo che lo credevano all'università di sabato pomeriggio – insomma Fabrizio Filippi detto Er Pelliccia – diventi il simbolo della generazione degli Indignati. Sembra disegnato apposta per i pregiudizi dei benpensanti: belloccio, bamboccio, lavativo, ignorante. Uno che a ventiquattro anni frequenta ancora il primo di psicologia, ma ha tratto poco profitto anche dalla scuola dell'obbligo, visto che nel raccontarsi su Internet non sa scrivere correttamente neppure il titolo del suo film preferito: « Paura e delirio alla svegas ». Non sono proprio tutti così, i ventenni di oggi. Guardatevi in giro senza paraocchi. Vedrete tanti ragazzi che studiano, si sbattono, cercano lavoro e non lo trovano. E quando lo trovano è perché accettano orari duri, stipendi ridicoli, posti precari. Sono anni che gli esperti chiedono alla politica di dissolvere la dicotomia odiosa fra chi lavora con tutte le garanzie e chi non ne ha alcuna. Ma da questo bla bla giovanilista degli adulti è forse uscito un fatto concreto? I ragazzi hanno tutto il diritto di essere arrabbiati. Naturalmente non di essere violenti, una degenerazione della rabbia che non ha mai portato fortuna a chi l'ha esercitata, né di lanciare estintori a favore di telecamera per diventare i capri espiatori perfetti di una società fondata sull'emotività delle immagini, invece che sulla profondità dei gesti e delle parole.

Non c'è mai nulla di glorioso nell'esecuzione di un tiranno. La vendetta resta una pulsione orribile anche quando si gonfia di ragioni. Ci vogliono Sofocle e Shakespeare, non gli scatti sfocati di un telefonino, per sublimarla in catarsi. Gli sputi, i calci e gli oltraggi a una vittima inerme – sia essa Gesù o Gheddafi – degradano chi li compie a un rango subumano. Dal governo del baciamano ci si sarebbe aspettati qualche parola di pietà nei confronti del vecchio sodale tramutato in un cencio sporco di sangue. Invece è toccato leggere le parole del ministro degli Esteri Frattini, che appena tre anni fa chiamava Gheddafi « un grande alleato dell'Italia » e adesso definisce la sua barbara fine « una grande vittoria del popolo libico ». Davvero « grande » anche lui, il signor ministro con delega alla coerenza e alla sensibilità. La Russa non poteva essergli da meno e infatti non lo è stato. Ha detto: « Dobbiamo gioire ». Per la nuova Libia, immagino. Ma con che razza di cuore si può abbinare un verbo di festa alle immagini di un corpo trascinato sull'asfalto? Ho vanamente cercato parole simili nelle dichiarazioni dei ministri francesi, tedeschi, americani. Forse i nostri sono solo più ruspanti: parlano prima di pensare, o anche senza pensare, né prima né dopo. Al confronto giganteggia persino il filosofo di Palazzo Chigi ed ex amicone del rais. Il suo *Sic transit gloria mundi* sulla volubilità della condizione umana (Gloria Mundi non è il nome di una ragazza) sembra voler dar voce, se non a un presentimento, a un tormento interiore.

Da sempre la morte rende mitici i giovani che la incontrano lungo la strada dei propri sogni. Ma forse la tantissima Italia che si è innamorata post mortem di un motociclista che fino alla settimana scorsa era noto soltanto agli appassionati cerca di raccontarci qualcosa di più. Il fenomeno Simoncelli ha colto di sorpresa persino i suoi amici, che continuano a ripetere: non immaginavamo fosse così amato. Infatti non lo era, prima della tragedia, se non nel cerchio magico che ieri si è stretto intorno alla sua bara, in uno dei funerali più coinvolgenti a cui mi sia capitato di assistere in televisione: confesso che quando Valentino Rossi ha fatto rombare la Honda numero 58 in mezzo alla navata centrale della chiesa, le lacrime sono franate a valle senza incontrare resistenza.

Da qualche giorno Simoncelli è il nome più ricercato sul web e il titolo più letto sui giornali. Certo: è morto giovane come il Grande Torino, come James Dean. E in quel modo orribile, riproposto ossessivamente dalla tirannia delle immagini che governa le nostre emozioni. Però c'è dell'altro. C'è che Simoncelli non era un campione consacrato, ma una potenzialità. Era quel verbo futuro che non riusciamo a coniugare nelle nostre vite, appiattite in un eterno presente senza traguardi né desideri che non siano la difesa angosciata dell'esistente. La sua fine ci commuove e ci spaventa. Perché è come se ci avessero ammazzato il futuro, dando forma a una nostra paura profonda. E mette i brividi, adesso, riascoltare i versi della sua canzone preferita, l'anacoluto più famoso e terribile di Vasco e dell'intera musica italiana: *Siamo solo noi. / Quelli che poi muoiono presto. / Quelli che però è lo stesso.*

Se penso a un'Italia senza B, immagino un brigadiere che si addormenta mentre intercetta le telefonate fra il professor Monti e Mario Draghi. Oh, mica voglio un'Italia di banchieri. Ma un po' grigia e barbosa, sì. Non moralista, morale. Che per qualche tempo si metta a dieta di barzellette, volgarità, ostentazioni d'ignoranza. Dove l'ottimismo non sia la premessa di una truffa, ma la conseguenza di uno sforzo comune. Un'Italia solare, anche nell'energia. Con meno politici e più politica. Meno discorsi da bar e più coerenza fra parole e gesti. Una democrazia sana e contenta di sé, che la smetta di prendere sbandate per gli uomini della provvidenza e si ricordi di essere viva ogni giorno e non solo una volta ogni cinque anni per mettere una crocetta su una scheda compilata da altri. Un'Italia di politici che non parlano di magistrati, ma coi magistrati (se imputati). E di magistrati che parlano con le sentenze e non nei congressi di partito. Di federalisti che non fanno rima con razzisti. Un Paese allegro e però serio. Capace di esportare non solo prodotti belli, ma belle figure. Vorrei essere governato da persone migliori di me. Che non facciano le corna, non giurino sulle zucche e si sfilino un paio di chili dalla pancia, prima di far tirare la cinghia a noi, ripristinando il principio che chi sta in alto deve dare il buon esempio. Per giungere a un'Italia così, le dimissioni di B rappresentano un primo passo. Adesso devono dimettersi tutti gli altri. Perché più ancora di Berlusconi temo i berluscloni.

Silvio, mi manchi. L'ho sempre temuto, ma ne ho avuto la certezza ieri pomeriggio. Quando, in piena sonnolenza post-spaghetto e post-discorso programmatico del nuovo premier, mi sono imbattuto in una tua dichiarazione roboante. Te la prendevi con Napolitano « maestrino » e con la stampa « terrorista ». Come ai vecchi tempi. Per un attimo ho creduto che tu fossi tornato, che le tue parole riattizzassero polemiche e scavassero indignazioni. Invece niente. Non ti ha filato nessuno. Tutti dietro a quell'altro che parla di « iato » e di « spending review ». Persino gli studenti in piazza ti hanno già dimenticato: i loro cartelli sfottevano solo i banchieri. Guarda, non dovrei dirtelo, ma persino i tuoi tg hanno fiutato l'aria sobria e anziché sostenere le tue battaglie contro i mulini forti preferiscono darsi alla cronaca nera. Taccio sulla Rai, per non farti soffrire. Comunque sappi che davanti alla porta di Casini c'è una tale fila di tuoi ex raccomandati che fra un po' dovranno dargli il numeretto come alle Poste. Siamo rimasti soli, Silvio. Hai spaccato un Paese, abbassato l'asticella del buongusto al livello dell'elastico degli slip, desertificato i cervelli di due generazioni di telespettatori, abolito il senso di autorità e quello dello Stato (già scarsi anche prima di te), sdoganato un esercito di fascisti, razzisti, squinzie e buzzurri. Soprattutto hai sparato una quantità inverosimile di panzane. Eppure eri la mia musa. Ora basta però, ti devo lasciare. Per il bene della Nazione e mio personale, da domani scriverò solo dei Buongiorno tecnici.

Si può comprendere lo stupore che emerge dagli interrogatori di Tommaso Di Lernia, il tizio che ungeva politici e dirigenti per mungere la mammella degli appalti pubblici. A un certo punto del suo peregrinare fra mazzette e fatture false, Di Lernia finisce nell'ufficio di un alto funzionario dell'Enav che si colloca a uno snodo cruciale del percorso tangentizio. Il corruttore ha bisogno della sua firma o della sua omertà. «Andai da lui per cercare di disincagliare la situazione» racconta nel gergo delle deposizioni, «ed egli mi manifestò le sue ragioni, devo dire valide. Allora tentai di offrigli del denaro, ma mi resi conto che non avrebbe accettato nessuna retribuzione». Dunque il funzionario si attenne alle regole, rifiutandosi di disincagliare e di intascare. Nonostante attorno a lui fosse tutto un fiorire di attività intascanti e disincaglianti: chi si faceva accreditare i soldi all'estero, chi li intestava a una società di comodo, chi maneggiava fondi neri in guanti di velluto. Ma lui niente, «impermeabile a ogni tipo di offerta» lo definisce l'amareggiato Di Lernia. Impermeabile e recidivo. Perché chiunque può avere un momento di sbandamento e rifiutare una mazzetta. Mentre qui siamo di fronte a un caso estremo di onestà continua e reiterata. «Più volte l'amministratore delegato di Finmeccanica mi disse di sistemare la faccenda con tale dirigente perché per lui rappresentava un problema». Difficile dargli torto. Una persona perbene come il dottor Fausto Simoni lì in mezzo era decisamente un problema.

Equità (s. f.) Contrazione di E-qui-taglio. Diffusissima fra i cavalli e le altre bestie da tiro, come i muli, i buoi e i lavoratori con almeno 42 anni di contributi. Ex moglie dell'ex ministro

Tremonti, con il quale ha avuto una figlia: Equitalia. Esempio di equità: andare in pensione alla stessa età dei tedeschi senza però avere mai percepito gli stipendi francamente esosi dei tedeschi. Altro caso tipico di equità è il raddoppio dell'Ici alle vedove che vivono in case fin troppo grandi, per contribuire al fondo di solidarietà «Mansarde di Stato con vista panoramica abitate dai parlamentari a loro insaputa». Aggettivo: equo. Nel sentire comune è equo che paghino gli altri, mentre è iniquo che paghi io. La saga «Lamento dell'Equo» di Evasor Multiplex racconta le avventure dei possessori di yacht in nero, che la tassa sui posti-barca costringerà a tentare un attracco di fortuna in qualche isolotto dei mari del Sud, dopo una sosta nei centri di raccolta svizzeri per fare il pieno di banconote non scudabili e difficilmente scusabili. Sinonimi: torna qua, hai da pagà, ma va là. Frasi celebri: «Rogito, equo suv» (pronunciata dal filosofo Cartesio, già ministro tecnico nel governo Ciampi, alla notizia della rivalutazione degli estimi catastali). Curiosità: dopo le lacrime della ministra Elsa Fornero, alla manovra «Lacrime e Sangue» verrà presto aggiunto il sangue dei pensionati. Per equità.

Arianna scivola sul ghiaccio e viene investita da un pullman che un autista distratto trascina per cinque metri prima di accorgersi che c'è qualcosa di vivo sotto le ruote. L'agente Peck, della contea di Salt Lake City, striscia accanto alla ragazza. Arianna ha le gambe schiacciate e la faccia nascosta dal sangue, ma è ancora viva. Il poliziotto telefona ai vigili del fuoco, eppure sa che potrebbero arrivare tardi, se lui nel frattempo non sarà riuscito a tenerle il cuore in caldo con un gesto profondamente umano. Come prenderle la mano e sussurrare: «*I'll stay until we get you out*». Resterò qui finché non ti tireremo fuori. Poi Arianna si è salvata, l'agente Peck è diventato un eroe nazionale e la sua spremuta di umanità è fra le più lette del mondo intero. Forse perché, col linguaggio dei simboli, parla al subconscio di tutti. Anche noi come Arianna siamo finiti sotto il pullman, un po' per colpa nostra e molto per l'irresponsabilità di chi era al volante. Siamo feriti ma vivi e possiamo ancora salvarci, se qualcuno avrà la forza di stendersi accanto a noi e tenerci la mano, sussurrando quelle parole. Resterò qui finché non ti tireremo fuori.

È il 21 dicembre e il mondo finirà fra un anno: minuto più, minuto meno. Considerato l'anno che ci aspetta, potrebbe essere persino un sollievo. Io la scena la immagino così: un ultrasuono che perfora soltanto gli orecchi dei pigri e dei vigliacchi, i quali per la disperazione corrono a sfracellarsi contro un muro invisibile, osservati con vivo stupore dal resto dell'umanità. Mi resta dunque un anno a disposizione per smettere di essere pigro e vigliacco. Per foderarmi gli orecchi con la cera della passione. Cosa si può fare in un anno che non si è fatto mai? Mi vengono in mente solo fantasie musicali. Ballare un tango con i delfini, addormentarsi sopra un organo a canne suonato dal mare (esiste, è in Croazia), ascoltare a palla in un deserto la canzone più straziante della storia, che per un punkettaro impunito come me rimane *My Way* nella versione di Sid Vicious. Però si possono fare cose altrettanto sfiziose a chilometro zero. Per esempio afferrare il tempo, governarne la fluidità e plasmarla ai nostri scopi. Smettere di lamentarsi, di fare le vittime, di aspettarsi dagli altri la soluzione dei nostri problemi. Diventare adulti. Profondi ma leggeri. Voler bene alle persone a cui si è scelto di voler bene. Leggere Charles Dickens o chi volete voi, purché oltre alla tecnica abbia un'anima, oltre al cinismo un sogno. E le vere profezie dei Maya, per scoprire che il 21 dicembre 2012 non finirà un bel niente, semmai comincerà qualcosa. Qualcosa che sarebbe meglio far cominciare già adesso, anche dentro di noi.

2012

Non conosco personalmente Calderoli e non avete idea di quanto ne soffra: quell'uomo è a conoscenza di segreti, riguardo alla scelta degli abiti e degli aggettivi, che temo mi resteranno preclusi per sempre. Se però avessi confidenza con lui, gli direi che su Monti sta sbagliando strategia. Accusare il premier di aver mangiato il cotechino di san Silvestro a Palazzo Chigi con la sua famiglia di noti trasgressivi è stato un errore. E non solo perché ha offerto il destro al perseguitato di prendere elegantemente per i fondelli il persecutore, fornendo la lista dei negozi in cui la moglie aveva fatto la spesa. Molto più grave, dal punto di vista di Calderoli, è che la rivelazione sulle gozzoviglie montiane non avrà indotto i patrioti padani a scandalizzarsi, ma a riflettere sulla circostanza che, da buon lumbard, Monti aveva lavorato anche l'ultimo dell'anno. Capisco che per scaldare la base leghista e farle dimenticare il nulla combinato a Roma dai suoi rappresentanti sia necessario tirare petardi contro il nuovo governo. È la mira che mi sembra scentrata. Di questo presidente del Consiglio si potrà dire che è un tecnocrate, che è il genero preferito dai tedeschi, persino che appartiene a una setta di banchieri o di vampiri, ammesso sia ancora possibile cogliere la differenza. Ma fare le pulci alla sobrietà di Monti è come esplorare il coté razzista di Obama: vano esercizio retorico. Specie se a farle, le pulci, è uno che ha condiviso l'avventura politica e stilistica di Berlusconi, accettando senza fare una piega che le auto di Stato venissero usate per scarrozzare le escort del sultano.

Da noi funziona così. All'inizio sei Francesco Maria De Vito Piscicelli, imprenditore con faccia comica o crudele, dipende dalla foto, e vieni intercettato al telefono mentre ridacchi del terremoto dell'Aquila propiziatore di appalti. Diventi l'orco, il cattivo per antonomasia, il simbolo della cricca di affaristi che si disputa le briciole più grosse del banchetto della politica. Ti viene l'ulcera, finisci per qualche tempo in galera, poi cerchi di farti dimenticare, ma rovini tutto atterrando con l'elicottero sulla spiaggia di Ansedonia per portare la mamma a mangiare il pesce. Cominci impercettibilmente a spostarti verso la redenzione: diventi un pentito e inguai un sottosegretario dallo sguardo triste e dal cognome Malinconico, confessando di avergli pagato il conto di un albergo da signori al solo scopo di compiacere un amico. Smessi i panni dell'orco, inizi il percorso di avvicinamento al ruolo più ambito: quello della vittima. Rilasci interviste dove ti dipingi come un onesto lavoratore spremuto da gente senza scrupoli, « non le dico la volgarità delle richieste, i ricatti ». Un brav'uomo a cui hanno tolto tutto: gli appalti, il porto d'armi, persino la licenza per l'elicottero. La parabola è quasi completa. Non ti rimane che l'ultimo passo: da imputato ergerti a giudice che pontifica contro il sistema di cui fa parte. Anche lo sghignazzo sul terremoto si trasforma in una prova del complotto ai tuoi danni. « Mi hanno crocefisso per una battuta » dici. E magari a questo punto vorresti pure l'applauso. Be', il mio non lo avrai.

Aiuto, li sto perdendo. Sono i colleghi più cari, gli amici di una vita. Quelli con cui fino all'altroieri potevo scambiare un sano pettegolezzo all'orecchio o uno sguardo d'intesa durante le riunioni. Ora cerco i loro occhi e non li trovo più: sono curvi sul cellulare, con i pollici a forma di sogliola, per digitare ossessivamente dieci, cento, mille tweet (cinguettii). Cosa sono i tweet?, si starà chiedendo qualche lettore arcaico che avrei quasi voglia di abbracciare. Sono degli sms, ma invece di arrivare a un solo destinatario finiscono in simultanea su migliaia di telefonini. Se prima Pippo mandava a stendere Pippa in privato, adesso l'intera comunità degli usignoli può godersi lo spettacolo. Naturalmente su Twitter si parla soprattutto di cose serie. Per esempio si segnalano libri che nessuno avrà tempo di leggere perché per farlo bisognerebbe staccare di tanto in tanto gli occhi da Twitter. Come il giornalista, anche il cinguettatore non vive ma cinguetta il proprio vissuto. E oltre a cinguettare riceve i cinguettii di tutti gli altri, rivivendo così ogni giorno la frustrazione già mirabilmente espressa da Troisi: «I libri non li raggiungo mai, pecché io sono uno a leggere mentre loro sono milioni a scrivere». Scherzavo. In realtà Twitter è: a) un giornale personalizzato di cui si è direttori e lettori al tempo stesso, b) una fonte inesauribile di stimoli, c) un passatempo superficiale per maschi nevrotici, compulsivi e ossessivi. Una di queste tre definizioni appartiene a mia moglie, indovinate quale.

«Approvo alla grande il blitz della Finanza nel centro di Milano. Ma bisognava farlo proprio di sabato sera? Così si danneggia il commercio in un periodo di crisi. Giusta iniziativa, tanto di cappello, però perché non fanno le pulci al quartiere cinese? Sai quanti ne trovano lì, di lavoratori in regola e scontrini fiscali... Sveglia, ingenui: è un complotto per far chiudere i piccoli esercizi a favore della grande distribuzione. Dietro c'è la manina delle multinazionali e delle banche... Se la prendono coi soliti noti: mai una volta che vadano a curiosare nei circoli esclusivi o fra gli iscritti alle scuole d'élite... Cortina, Portofino, adesso Milano: vorrei sapere perché non si spingono al Sud a fare qualche controllo. Hanno paura di sudare o di prendersi una pistolettata?... Il problema sono i dentisti. Quello è il vero scandalo, altro che i commercianti. I dentisti!... Perché invece, i chirurghi? Mio cugino mi ha raccontato che... Sono un dentista. Non per difendere la mia categoria, però vogliamo parlare dei notai? Vogliamo parlarne o no?... La verità è che queste operazioni sono sacrosante, ma troppo spettacolari. Servono solo a gettare fumo negli occhi per far dimenticare alla gente che i politici non si sono ancora ridotti lo stipendio... Fosse solo lo stipendio! I primi a non pagare le tasse sono loro, i politici... I politici e i dentisti, ve lo dico io...»

(Commenti che circolavano ieri in Rete a proposito del blitz della Finanza nei locali di Milano. Perché non è vero che l'italiano medio è vittima di Berlusconi. L'italiano medio è soltanto un Berlusconi più povero.)

Asserragliati nell'ultimo fortilizio della moralità pubblica, l'Italia, osserviamo sbigottiti il disfacimento del paesaggio circostante. A Londra la macchina del ministro dell'Energia, Chris Huhne, è stata colta dall'autovelox in eccesso di velocità. Si fosse trattato di autoblù, la multa avrebbe seguito il percorso rassicurante di tutte le infrazioni che hanno per destinatario qualche onorevole: una capatina al partito prima di spostarsi educatamente nel cestino. Invece questa è finita dritta nella buca del ministro. Il quale – come un disperato, come uno sfigato, insomma come un laureando ventottenne qualsiasi – per non perdere punti sulla patente ha detto che al volante c'era la moglie. Avrebbe almeno potuto sostenere una tesi più credibile: che l'auto aveva accelerato a sua insaputa. A distanza di anni la moglie, diventata nel frattempo ex, ha svelato l'inganno. E ancora una volta il ministro non ha fatto nulla di ciò che ci si aspetta in simili circostanze da una persona del suo rango: non ha accusato i magistrati di golpe e non ha difeso la poltrona (sarà uno di quei precari, oggi di moda, che hanno in uggia la monotonia del posto fisso). Se n'è uscito invece con questa frase sconvolgente: « Mi dimetto per evitare che l'inchiesta interferisca con la carica che ricopro ». Il suo gesto, ancorché assurdo, va rispettato. Infatti « c'è un confine fra opportunità e legalità che è lasciato alla coscienza dei singoli », come in tempi non sospetti ebbe a dire a *Report* il senatore non dimissionario Lusi, tesoriere di Rutelli con casetta in Canada. Uno che di coscienza e di singoli, modestamente, se ne intende.

Dietro lo spazio eccessivo che i giornali hanno dedicato alla nevicata romana c'è un complotto del Nord, ha rivelato Gianni Sciolina Alemanno. Credevo che dietro ci fosse soprattutto lui, un sindaco forse peggiore di altri, ma sicuramente molto più collerico e chiacchierone, disegnato apposta per indossare i panni del capro espiatorio. La sua ultima denuncia però mi ha convinto. Esiste un complotto vichingo per mettere Roma in cattiva luce e ne facciamo parte un po' tutti: giornali del Nord, giornali romani diretti da giornalisti del Nord e telegiornali fatti a Roma da leghisti e comunisti del Nord (i comunisti sono per definizione del Nord, basta vedere la Corea). Siamo stati noi – con il sostegno occulto delle multinazionali del ghiacciolo, della Loggia del Leopardo e di un cugino friulano di Dan Brown – a nascondere le pale nelle catacombe e a rovesciare migliaia di sacchi di sale nell'insalata del Trota pur di sottrarli alla furia bonificatrice di Alemanno. Sempre noi, dopo averlo ipnotizzato, abbiamo costretto il sindaco alpinista a proclamare il coprifuoco al Tg1, a chiedere una commissione d'inchiesta sulle previsioni del tempo (che chicca degna di Totò!) e a mostrare la compattezza delle istituzioni litigando a reti unificate col capo della Protezione civile. E perché mai avremmo fatto tutto questo? Ma per il più meschino degli impulsi. L'invidia. Non vogliamo che Roma ottenga le Olimpiadi del 2020 e ci siamo già accordati segretamente con la Loggia del Leopardo per portarle a Brescia. O ad Asti ovest, si vedrà. (La decisione finale spetta al cugino di Dan Brown).

Il peccato mortale della politica è l'essersi ridotta a una classe di burocrati che forse cambierà la legge elettorale, ma ha smarrito l'ambizione di cambiare la realtà. Sono i mercati a indicare gli scenari, gli obiettivi e persino le cure. La politica si adegua passivamente, come una locomotiva agganciata in coda altreno. Ho ancora negli orecchi la voce roca di Clint Eastwood durante l'intervallo del Super Bowl: quell'invito molto americano a vivere in rimonta, a non arrendersi alla sconfitta perché c'è sempre un secondo tempo da giocare. Ecco, in Europa i politici si comportano come se il secondo tempo non ci fosse più, come se la partita fosse già finita e perduta. Hanno vinto gli altri e a noi non resta che aggrapparci, rancorosi e nostalgici, agli ultimi privilegi di un mondo in frantumi. Lo chiamano realismo, ma nelle epoche di confine il realismo smette di essere un pregio e diventa un alibi per la rassegnazione lamentosa dei perdenti. Io sento il bisogno di politici rispettabili che sollevino gli occhi dai listini della Borsa e, camminando sull'esile filo che separa la passione dalla retorica, sovrastino la nenia dei depressi per indicare all'Europa e al mio Paese un traguardo, un orizzonte, un destino. Nella vita delle nazioni come in quella degli individui, la paura di perdere porta sempre alla sconfitta e vanifica i sacrifici che vengono fatti in suo nome. Lacrime e sangue, Churchill insegna, hanno un senso solo quando c'è un secondo tempo da giocare.

È morto l'inventore del flipper e sono andato in tilt. Più che l'inventore era il perfezionatore che costruì le due palette (*flippers*) azionabili dai pulsanti ai lati del trabiccolo, trasformando un gioco di pura fortuna in qualcosa dove potevamo illuderci c'entrasse l'abilità. Si chiamava Steve Kordek e aveva cento anni: il flipper allunga la vita. Mi guarderò bene dall'imbastire l'elogio nostalgico dei giochi da bar. La modernità è una meraviglia e non c'è nulla di più emozionante che trascorrere le ore nella solitudine del proprio salotto spingendo i tasti di un computerino per condividere vittorie e sconfitte virtuali con una macchina o addirittura con qualche amico appartenente alla razza umana raggiungibile tramite Twitter, Facebook o sms. Però lasciatemi dire a mezza voce che non era poi male nemmeno il flipper. Intorno a quell'aggeggio colorato e chiassoso, un frammento di Las Vegas capitato quaggiù, imparavi un mucchio di cose sul mondo e su di te. Conoscevi l'imperscrutabilità del dolore quando la pallina si infilava con perfida precisione in mezzo alle palette, vanamente sbatacchiate come le nacchere di uno strabico. Assaporavi il piacere della rivalsa quando lo smargiasso della compagnia scuoteva il flipper neanche fossero i fianchi di una preda erotica, ma veniva atterrato dall'immancabile castigo divino: il tilt. E scoprivi il piacere impagabile del lavoro ben fatto quando colpivi il cuore della pallina e la vedevi improvvisare una danza dionisiaca fra i buchi del percorso, raddoppiando il punteggio a ogni rimbalzo. Felicità minime, ma piene. Quanto vorrei essere capace di assaporarle ancora.

Fra i tanti articoli indispensabili che uno si illude di aver scritto, il Buongiorno che ha avuto storicamente il maggior numero di reazioni positive da parte dei lettori è uno squarcio di vita quotidiana pubblicato nel novembre del 2008. Raccontava della salumiera di un mercato di Torino, la signora Kathy, che ogni giorno, alle 13.40, riceveva la visita degli alunni di una scuola media poco distante e a ciascuno offriva un sorriso e una fetta di prosciutto. La signora Kathy non era una missionaria e i ragazzini non erano dei bisognosi. Eppure quel rito quotidiano di assurda e gratuita bontà aveva una sua magia e ogni giorno, alle 13.40, i clienti del mercato posavano le borse della spesa e guardavano in direzione della scuola, chiedendosi: ma i ragazzi quando arrivano? Arrivavano, arrivavano sempre. E continuarono a farlo anche dopo l'uscita dell'articolo. Finché un giorno, alle 13.40, sono corsi al bancone ma non hanno più trovato ad accoglierli il sorriso della signora Kathy, ribattezzata Fata Prosciutto. Si era ammalata. I ragazzini hanno continuato lo stesso a recarsi al bancone: non più per il prosciutto, ma per avere sue notizie. Le mandavano saluti, pensieri, preghiere. E quando l'altra settimana la Fata se n'è andata – perché le fate hanno molto da fare, non possono stare sempre con noi – la chiesa del funerale era stracolma come per una principessa e anche il prete si è commosso. Basta davvero poco per comunicare con il cuore del mondo. È un linguaggio universale che non usa le parole, ma i gesti. A volte anche una fetta di prosciutto.

Eddy Merckx – forse il più grande ciclista di tutti i tempi – è nei guai con la giustizia del suo Paese, il Belgio. Secondo l'accusa avrebbe vinto un appalto per la fornitura di quarantotto biciclette alla polizia di Anderlecht, grazie alla soffiata di un commissario, Philippe Boucar. Questo funzionario avido avrebbe svelato al Cannibale (soprannome di Merckx quando si abboffava di corse a tappe e classiche in linea) le offerte degli altri concorrenti in cambio di uno sconto su una bici da corsa in carbonio. Raramente una storia di mazzette mi aveva tanto commosso. Per la natura di uno dei protagonisti, certo, una biglia di riferimento tra quelle che rotolavano nelle sabbie della mia infanzia. Ma soprattutto per il prezzo della corruzione: una bici scontata. Provate ad ambientare la stessa scena un po' più a sud, nella Roma delle mille cricche o nella Milano dei dieci consiglieri regionali indagati. Altro che sconto. Il funzionario corrotto avrebbe preteso, come minimo, la bici gratis. E non solo per sé, ma per moglie (con zainetto) e figli (con ruotine). Come quel dirigente di Parma che assegnò l'appalto per le fioriere comunali all'azienda disposta a rifare gratuitamente il prato dell'asilo nido gestito dalla sua signora. Che timidezza traspare invece dalla mazzetta belga, da quella tangente piena di pudore. Par di vederlo, il commissario Boucar, davanti al mito Merckx, mentre abbassa gli occhi e si tormenta il cappello con le mani: « Se non chiedo troppo, potrei avere uno sconticino? » E adesso magari lo metteranno in galera. Quando si dice nascere nel posto sbagliato.

Diventare vecchi è una tragedia. Ma fortunatamente non più per i vecchi. Per l'umanità intera. Questo delicato pensiero traspare dalla profezia del Fondo Monetario Internazionale, noto ente benefico con il cuore a forma di trappola. « Se entro il 2050 la vita media dovesse aumentare di tre anni più delle stime attuali » sostengono i buttafuori dell'economia globale, « i già elevati costi del Welfare crescerebbero del cinquanta per cento. » Lo scenario è da film catastrofico. Milioni di anziani che vanno e vengono dagli ospedali terremotando i bilanci delle Asl e le mazzette dei politici. I prezzi dei badanti alle stelle (basta vedere quanto ci è costata quella di Bossi, Rosy Mauro). Il peso di un esercito di indomiti e canuti nullafacenti a gravare sulle spalle di rari lavoratori precari e precocemente invecchiati. I fondi pensione – senza più nessuno che paga la pensione – finiranno per andare a fondo, trascinandosi dietro le Borse, gli Stati e lo stesso Fondo Monetario, che per la gioia del suo ex presidente Strauss-Khan sarà costretto a rifugiarsi in Brasile, uno degli ultimi luoghi del pianeta dove le scuole di samba vantano più iscritti delle bocciofile. Come scongiurare lo sfacelo annunciato? Qualcuno dovrà pur sacrificarsi. Escludendo che quel qualcuno sia il Fondo Monetario, non restiamo che noi, i vecchietti del 2050. Se l'assenza di diluvi universali dovesse malauguratamente protrarsi, ci toccherà mettere in pratica la soluzione avanzata dallo scrittore Martin Amis: entrare in una cabina al compimento del novantesimo anno, schiacciare un bottone e adios. Per lo spread, questo e altro.

Ragazzino, come mai cammini accanto ai binari del treno? Vado per la mia strada, risponde Flavio alla donna di Moncalieri che lo interroga dal bordo del viale. Meglio allontanarsi dalla città, seguire il percorso della ferrovia finché ci sono soltanto prati intorno. È allora che il ragazzino posa a terra lo zaino e corre fra i binari con un tempismo perfetto che impedisce al macchinista di frenare. Aveva quindici anni e un quattro e mezzo in matematica nel suo diario. Adesso scaveranno sulla sua famiglia, il genitore duro, il genitore assente. Tutto vero, tutto relativo. Di assoluto c'è solo quel gesto che sembra ricordarci qualcosa. I nostri quindici anni. Quando la vita è ancora una cosa seria da prendere molto sul serio, senza chiaroscuri né ironie a farci da guscio. Quando un quattro a scuola non è un quattro, ma una sentenza definitiva. E lo sfiorire del primo amore diventa l'archetipo irripetibile di ogni sofferenza futura, come ricorda Nick Hornby alla fidanzata trentenne che lo ha lasciato, nell'incipit memorabile di *Alta fedeltà*: « Se volevi davvero incasinarmi la vita, dovevi arrivare prima ». Perché poi la vita cambia e ci cambia, rendendoci disponibili ai compromessi, ai ragionamenti, alle lusinghe del buon senso e della convenienza. Uno impara a dominare gli istinti, a mentire a se stesso oltre che agli altri, a osservare la realtà in diagonale e non sempre di petto. Ma non tutti arrivano a questo stadio. Qualcuno si ferma prima. Perché più idealista, più tormentato, più debole. Nessuno lo incolpi e nessuno si senta in colpa. Flavio è andato per la sua strada e a me viene soltanto da dirgli ciao.

Dopo alcuni minuti di inopinato silenzio, Daniela Santanchè è tornata per esporci il risultato delle sue meditazioni. Sorvolerei sul paragone fra Nilde Iotti e Nicole Minetti e non solo perché la prima ha fatto la Resistenza e la seconda al massimo la lap dance. Nel Pci bigotto del dopoguerra la carriera di Iotti fu penalizzata dalla storia d'amore con Togliatti, mentre gli incontri ravvicinati con B non hanno ostacolato le ambizioni della statista dell'Olgettina. Veniamo piuttosto al cuore della riflessione santancoide: il familismo degli italiani. Per la filosofa di Cuneo, che la mamma del Trota abbia brigato per piazzare il Trota al posto del Pesce Pilota non è un male in sé. Lo diventa perchè il Trota « è un pirla ». Il trucco starebbe dunque nel raccomandare parenti che non siano pirla. Come la nipote di Santanchè, da lei raccomandata a cuor leggero presso il presidente della Provincia di Milano in quanto « brava e bella ». Ancorché cinico per un patetico moralista del mio stampo, il ragionamento ha una sua coerenza. Però presenta un punto debole: chi decide se un parente è bravo e bello oppure pirla? Interrogata al riguardo, scommetto che la mamma del Trota definirebbe « bravo e bello » il Trota e « pirla » la nipote di Santanchè. Si capisce quindi quanto sia urgente la creazione di un'Authority delle Raccomandazioni in grado di distinguere una volta per tutte il parente bravo da quello pirla. Per la presidenza di detta Authority mi permetto di segnalare un mio consanguineo: bello e bravo, nonostante sia imparentato con un pirla.

Perché Monti continua a farci del male, agitando lo spettro della Grecia? Possibile che nella squadra dei tecnici non ci sia uno psicologo in grado di spiegargli che i cittadini non sono bambini da spaventare, ma adulti da motivare? Anche ieri la solita storia: cari italiani, se non vi tassassimo a sangue, fareste la fine di Atene. Nel racconto montiano l'Italia è un viandante sopravissuto miracolosamente alla prima fase della carneficina, ma tuttora inseguito da un branco di lupi a cui ogni giorno deve sacrificare uno stinco o un gomito per avere salva la vita. Una fotografia vera, ma schiacciata sul presente. Manca ciò che da tempo si chiede invano ai governanti: una visione del futuro. Aumentare la benzina è un'aspirina, non una cura. E non lo è neppure combattere l'economia sommersa dei privati senza toccare la spesa pubblica e il sottobosco corrotto della burocrazia. I nostri nonni possedevano il nulla, ma si sentivano dire dalla politica che, sgobbando con passione, avrebbero potuto avere tutto o almeno qualcosa. Adesso il sentimento dominante nel discorso pubblico non è più la voglia, ma la paura. Quella peggiore, poi: la paura di perdere, anticamera della sconfitta sicura. Il cittadino è disposto a sacrificarsi se gli si offrono una direzione di marcia e una prospettiva di riscossa. Ma se ci si limita a spaventarlo col babau della povertà, lungi dal reagire si dispera e si arrende. Forse, oltre che uno psicologo, a questa squadra di tecnici manca un filosofo. Uno che li aiuti a capire che nel destino delle nazioni esiste qualcosa di più grande dello spread.

Ci dobbiamo occupare ancora una volta di una brutta storia. T., bambino di nove anni iscritto a una scuola elementare di Milano, va matto per i congiuntivi e i compagni di classe lo isolano dal gruppo, riempiendo la lavagna di battutacce contro di lui. Quando ho letto la notizia nel blog di Flavia Amabile su LaStampa.it, ho trattenuto a stento la mia indignazione. Un bambino che ama i congiuntivi! Quanto imbarazzo, quanta vergogna. Quale futuro potrà mai avere un bimbo che, cito ancora dal blog, « è affascinato dalle parole, ne chiede il significato e poi le usa a proposito »? Se per disgrazia il problema dovesse protrarsi fino all'età adulta, gli sarebbero precluse moltissime attività, a cominciare da quella politica. Avrebbe serie difficoltà anche in televisione e nei giornali. Il congiuntivo non è solo una brutta malattia degli occhi, ma un modo sbagliato di affrontare la vita. Se incominci a parlare bene, poi desideri pensare bene. E magari – orrore – agire bene. Funziona così, purtroppo. Per fortuna i compagni del piccolo mostro stanno cercando di riportarlo sulla retta via con un sistema quasi infallibile: la legge del branco, che tutti conforma e appiattisce al livello più basso e rassicurante. Pare però che il diavoletto cocciuto persista nell'errore. Di questo passo imparerà a memoria i primi dodici articoli della Costituzione e allora per rieducarlo non basteranno più nemmeno i compagni: bisognerà chiamare direttamente il Trota.

Torino, semaforo di largo Orbassano. Scatta il rosso e un giocoliere invade l'asfalto per dare spettacolo ai motorizzati in attesa. Purtroppo non è giornata: una clavetta cade a terra e anche il cappellino, invece di roteare diligentemente lungo la schiena, preferisce andarsene altrove. Lo sguardo avvilito, il giocoliere si piega a raccattare gli attrezzi del mestiere. Un uomo su una moto sta per allungargli la moneta d'ordinanza, ma lui sorride e scuote la testa. « No, grazie. Troppo errore », spiega in un italiano stentato. E anziché fare la questua fra le auto in coda, si rifugia sull'aiuola accanto al semaforo per esercitarsi. Riassumendo: il giocoliere ha rinunciato al compenso perché ha ritenuto la propria prestazione inadeguata, era visibilmente imbarazzato per la figuraccia e invece di sedersi ad aspettare il rosso successivo, magari prendendosela con la sfortuna, ha preferito utilizzare quei pochi secondi di pausa per allenarsi. Ciascuno pensi al proprio ambiente di lavoro e faccia i paragoni che crede. A me basta dare un'occhiata allo specchio per avvertire, al confronto, un pizzico di disagio. L'amico che mi ha raccontato la storia (era l'uomo sulla moto) vorrebbe far ottenere al giocoliere di largo Orbassano la nomina a senatore a vita, con successiva e sollecita ascesa alla presidenza del Consiglio. Perché la sensazione – la sensazione del mio amico, s'intende – è che in momenti come quelli che stiamo vivendo non servano degli esperti, ma dei caratteri.

Grazie alla Super Perizia che ha smentito la Perizia, il fidanzato della vittima di via Poma è stato assolto con formula piena ad appena ventidue anni dall'omicidio. E così via Poma ritorna nell'elenco infinito delle cose che in Italia non finiscono mai: le carriere politiche, i problemi sociali, i processi storici e giudiziari. Dopo il punto arriva sempre la virgola, per potersi accapigliare ancora. Da piazza Fontana a piazza della Loggia. E poi Garlasco, Unabomber, il mostro di Firenze. Mai una vicenda che si concluda in modo netto e condiviso. Figuriamoci, non abbiamo ancora chiuso i conti col Sessantotto, che ovunque è stato archiviato il primo gennaio 1969. E nemmeno con il 25 aprile (1945): settant'anni dopo siamo ancora qui a litigare sull'ovvio, e cioè che gli eroi saranno pure tutti giovani e belli, ma una cosa era stare coi nazisti e un'altra con gli americani. Immagino la faccia di un giovane che abbia avuto la sventura di incappare in queste righe: non ne potrà più di nomi e date che si rincorrono dai libri di scuola ai titoli dei giornali, con migliaia di stempiati che ne discutono animosamente a tempo indeterminato (è l'unico settore in cui non esistono contratti a termine), mentre il futuro pone questioni più urgenti. Mi dispiace, signor futuro: prenda il numerino e si metta in coda. Qui dobbiamo ancora risolvere il giallo di via Poma e quello di Perugia: previste sorprese per il 2052, quando Amanda Knox tornerà in Italia con i nipotini e una rivelazione sconvolgente da sottoporre alla nuova Mega Super Perizia.

La notizia della morte di Donna Summer mi ha riportato alla mente il giorno in cui pensai di essere morto io. Accadde quando una ragazza impegnata, che corteggiavo in modo inconcludente accompagnandola a vedere film d'avanguardia turchi sottotitolati in tedesco, scoprì nel vano della mia utilitaria la cassetta dei grandi successi di Donna Summer: *I feel love* e *I love to love you baby*, diciassette minuti di mugolii interrotti dalla sua voce che ripeteva «*I love to love you baby*». Qualcuno l'aveva messa lì a mia insaputa. All'epoca ascoltavo solo rock duro, cantautori impegnati e Baglioni, ma in bagno e con le cuffie ragioni di privacy. La ragazza impegnata la prese malissimo. Forse nessuno le aveva mai detto «*I love to love you baby*», e per diciassette minuti di fila. Avrei dovuto inserire la cassetta nell'autoradio e alzare il volume a palla. Invece le dissi la verità, ma con un tale senso di vergogna che a lei sembrò una bugia. Liberato della sua presenza, annegai il dolore nelle discoteche che cominciavano a prendere il posto delle assemblee studentesche come luogo di aggregazione sociale, rimbecillendomi coi suoni ipnotici di Donna Summer. Mi esibivo nel classico ballo ipnotico di Donna Summer: piedino destro avanti in diagonale, piedino destro indietro, piedino sinistro avanti in diagonale, piedino sinistro indietro. Per diciassette minuti. Ora che Donna non c'è più, risento a piè fermo «*I love to love you baby*». Sembra bella. O comunque migliorata. Dovrei imparare a vergognarmi meno del presente, perché prima o poi diventerà un passato da rimpiangere.

Domenica sera ho condiviso con una trentina di temerari uno spericolato esperimento sentimentale: il raduno dei compagni di classe delle elementari. Erano quarant'anni e centomila capelli che non ci si vedeva e per farsi riconoscere ciascuno si era pinzato sul petto una targhetta con nome, cognome e una propria foto di allora. È stata una delle serate meno nostalgiche della mia vita: il passato da rammentare era così remoto che sembrava futuro. Si è parlato tantissimo di progetti e speranze, pochissimo di calcio, niente di politica. Ma si è parlato soprattutto della, e con la, Maestra. Era per i suoi 88 anni appena compiuti che avevamo apparecchiato lo spettacolo, salvo accorgerci in fretta che lo spettacolo era lei. Buona ma non debole, la schiena ancora dritta come i suoi pensieri. La Maestra. Quella che ci aveva insegnato a leggere con i libri di Primo Levi e di Rigoni Stern. Anche l'altra sera ha ascoltato con attenzione il primo e l'ultimo della classe declamare *Il bosco degli urogalli* e poi ha dato loro il voto: basso e però giusto, come sempre. Si aggirava fra i suoi scolari attempati distribuendo carezze ruvide e rimproveri dolci. Nel guardarla pensavo all'esercito silenzioso di cui quella donnina formidabile fa parte: le maestre elementari della scuola pubblica italiana che hanno tirato su una nazione con stipendi da fame, ma meritandosi qualcosa che molti potenti non avranno mai. Il nostro rispetto. Prima di andare a dormire ci ha detto che averci avuti come alunni era stato, per lei, come riceverci in dono. Poi ci ha baciati sulla fronte, uno a uno. Sono rientrato a casa con addosso l'energia di un leone.

Non ho parole, esala Sara Errani, un attimo dopo essersi sdraiata sulla polvere rossa del Roland Garros con la certezza di essersi arrampicata sopra un sogno: finalista in singolare e in doppio nel torneo di tennis in terra battuta più importante del mondo. Non avendone neanche noi, di parole, ci atteniamo strenuamente ai gesti, che contano molto di più. Per esempio il mulinare inesorabile delle sue gambette strutturate. Gambe da autentico donnino romagnolo, questa genia di femmine coraggiose che sanno godere e soffrire con la stessa sfrontatezza. E poi gli occhi di Sara, inquadrati dalla telecamera mentre aspetta il servizio dell'avversaria. Non sono occhi da tigre, serrati a fessura in una smorfia di risolutezza. E neppure occhi da valchiria, dilatati dalla tensione. Sono laghi, placidi e profondi. Gli occhi della vera passione, che non è un soprassalto isterico di adrenalina, ma una lenta e solenne espansione di energia che consente a una ragazza minuta di domare furenti gigantesse. Se ne vedono sempre meno in giro, di occhi così. La disillusione e il vittimismo – stati d'animo giustificabili ma ferali – hanno divorato la nostra passione, restituendoci sguardi slombati, lividi, arresi. In guerra col mondo eppure incapaci di inquadrare qualsiasi obiettivo. Non bastano le gesta di una campionessa risoluta a cambiare i gesti degli umiliati e degli offesi che bolleranno anche queste righe come esercizio di retorica vuota. Ma almeno possono fungere da ripasso, aiutandoci a ricordare che è solo con quegli occhi lì che si vive la vita davvero.

Per ragioni non riassumibili in venti righe, un cavaliere della Tavola Rotonda si ritrovò sposato a una donna vecchia, sdentata e puzzolente. Dopo il supplizio della festa di nozze, durante la quale il mostro gli aveva ruttato addosso a ogni boccone, il cavaliere raggiunse la camera da letto con passi lenti da condannato. Quand'ecco spalancarsi la porta e apparire la megera, trasformata in una fanciulla incantevole. Abbracciò lo sposo e gli disse: «Sono vittima di un sortilegio. Devi scegliere: preferisci avermi orrida di giorno e radiosa di sera, o viceversa?» Il pensiero del cavaliere andò al suo amico più caro: esibizionista com'era, avrebbe tranquillamente accettato di dormire per sempre con una racchia, pur di avere una fata da esibire agli amici. Poi si immaginò la risposta del suo palafreniere, un ragazzo passionale. Lui al contrario avrebbe sfidato volentieri i commenti malevoli del prossimo, in cambio della possibilità di incontrare la bellezza fra le lenzuola. Ma il cavaliere della Tavola Rotonda la pensava diversamente da entrambi. Disse alla sua sposa che una scelta così importante poteva spettare soltanto a lei. La strega sorrise: «Allora io scelgo di rimanere bella per tutto il tempo, dal momento che tu mi hai rispettata, lasciandomi libera di decidere il mio destino». (Dedicato ai maschi privi di educazione sentimentale e incapaci di evolvere, che perseguitano le donne che non li desiderano o non li desiderano più, arrivando a picchiarle e addirittura a ucciderle, come è accaduto ancora ieri a Legnano.)

Non prendetemi per pazzo. Oppure sì. Ma insomma, provate a immaginare. Provate a immaginare che fra oggi e domani, vigilia d'Olimpiade, tutti gli atleti delle nazioni dell'area euro presenti a Londra si sfidino nelle rispettive specialità. Immaginate che i primi tre classificati, e soltanto loro, partecipino poi ai Giochi con la divisa della Unione Europea. Immaginate davanti al video una ragazzina spagnola che tifa Federica Pellegrini e un pensionato tedesco che incoraggia il centometrista francese Lemaitre. Immaginate il medagliere olimpico, con l'Europa Unita che lotta per il primo posto contro l'America e la Cina, e quasi sicuramente le supera, sentendosi di nuovo il centro glorioso del mondo e non un insieme di piccole, rissose e decadenti periferie. Immaginate quale effetto avrebbe sull'identità del Vecchio Continente la condivisione di emozioni così possenti. Forse persino l'euro cesserebbe di essere una moneta svizzera finita per sbaglio nelle nostre tasche, assurgendo finalmente a simbolo di qualcosa di vivo. Avete immaginato? Ora riatterrate sulla realtà schizofrenica delle prossime settimane, quando nei discorsi economici invocheremo politiche unitarie e in quelli agonistici ci scanneremo per le piccole patrie di appartenenza, nani destinati alla sconfitta: in pista come in Borsa. Prendetemi per pazzo, ma non per scemo. So bene che la crisi d'Europa non si risolve con una manciata di medaglie. Ma so anche che lo sport sarebbe un buon mastice per tentare di mettere insieme le membra di questo gigante depresso, che ha fatto la Storia ma rischia di essere sfatto dalla cronaca.

Ci vorrebbe un Flaubert per rendere giustizia a questo fatterello di cronaca, trasformandolo nel romanzo dei nostri tempi. In un paese dalle parti di Monza, Aicurzio, la signora Janet Miranda Gonzales penetra attraverso la porta finestra nell'appartamento dell'amante che l'ha piantata. Il suo scopo è uccidergli la moglie, che ignara di tutto sonnecchia davanti alla tv, infilandole nel petto una siringa da cui sprizza un potentissimo anestetico. La vittima si ridesta appena in tempo per dirottare l'ago sulla medaglietta d'oro che porta al collo. Janet Miranda cerca allora di soffocarla con un cuscino, ma a quel punto si sveglia la figlia dell'aggredita e mette in fuga l'assassina. A tradire quest'ultima è la ciocca di capelli biondi che le spunta dal passamontagna e indirizza i sospetti su una vicina di casa cilena che i carabinieri arrestano nella sua abitazione mentre cerca di fare sparire la siringa. Le cronache hanno insistito sul travestimento della Gonzales: una calzamaglia nera alla Eva Kant, la compagna di Diabolik. A me incuriosisce di più la sua età, cinquantadue anni. E la sua attività: studentessa di medicina. Se si aggiunge che la moglie assalita ne ha sessantadue e la figlia convivente trentadue, ecco come una baruffa di corna diventa l'istantanea di questa società rallentata, dove a trent'anni si abita ancora con la mamma, a cinquanta si va a scuola e ci si fa sconquassare dalle passioni e solo superati i sessanta si diventa così saggi o arresi da appisolarsi davanti alla tv. L'unico che non cambia proprio mai è il maschio copulatore. Assente. Sarà scappato con Diabolik.

Adoro i miei connazionali, anche se a volte si comportano un po' troppo da italiani. Prendiamo lo sciopero degli stabilimenti balneari annunciato per stamattina. Le ragioni sono serie: c'è una direttiva europea già antipatica fin dal nome, Bolkestein, che prevede la messa all'asta delle concessioni e potrebbe ridurre le spiagge come le città, dove i negozi a conduzione familiare sono stati soppiantati dai grandi gruppi. Per attirare l'attenzione della politica bisognava scioperare. Ma per non irritare la clientela bisognava farlo per finta. E qui entra in scena la creatività italica. Intanto il giorno scelto per lo sciopero, un venerdì: vicino al weekend, ma non dentro. Poi le modalità. L'accesso alla spiaggia rimane aperto, il bar funzionante, le cabine a disposizione, le sdraio in assetto da tintarella. Restano chiusi solo gli ombrelloni. Ma non nelle ore di punta, quando la sabbia scotta e si rischia l'insolazione. Dalle nove alle undici del mattino, mentre i ragazzi dormono, gli adulti fanno colazione e la spiaggia è un deserto tiepido attraversato da torme di nonne e nipoti in età prescolare, ai quali siamo sicuri che anche il bagnino più sindacalizzato spalancherà, a richiesta, almeno un ombrellino. Ho raccontato questa storia a un tedesco in partenza per la Riviera. Dall'alto del suo spread ha commentato che gli italiani non riescono a essere seri nemmeno quando si arrabbiano. Gli ho risposto che è vero, non siamo seri. Però siamo dei paraculi fantastici. E pure un po' vendicativi. In spiaggia alle nove del mattino non ci vanno solo i bambini, ma anche i tedeschi.

L'altra notte è stata una notte molto lunga, a *La Stampa*. Alle tre eravamo ancora tutti lì, abbandonati sulle poltroncine della redazione, gli occhi fissi verso l'unica spaventosamente vuota. Ogni tanto qualcuno si alzava per andare a piangere su qualche spalla. Poi, svuotato, tornava a sedersi. C'era un silenzio duro e però tenero, ammorbidito dai pensieri. Poche ore prima il capo della redazione politica Giampiero Paviolo era caduto per strada e per sempre, colpito da infarto. Aveva appena iniziato le vacanze. «Ecco cosa succede ad andare in ferie», avrebbe di sicuro commentato, e in quel silenzio impossibile da rompere sembrava di sentire il riflesso della sua voce sorniona. Giampiero Paviolo aveva cinquantaquattro anni. Amava una figlia, una compagna, il Toro, le figurine rare dei calciatori e il lavoro ben fatto. Non scriveva in prima pagina e non andava in televisione. Eppure era un giornalista decisivo, una di quelle persone preparate e miti che rendono un po' meno invivibili i mondi a cui appartengono, avendo il buongusto, e persino la civetteria, di mantenersi un passo indietro rispetto ai riflettori. In ogni ufficio, famiglia, comunità umana esiste uno come lui. La colonna invisibile su cui si regge l'edificio. Il bassista che, mentre il cantante saltella e gli altri componenti della band impazzano con gli assolo, resta nell'angolo più oscuro del palco per dettare il ritmo senza il quale non c'è più musica, solo questo silenzio che non se ne va.

Quest'estate il fiorire di volumi porno rosa fra le mani delle signore ha suscitato nella popolazione maschile un moto di curiosità mescolata al timore. Vano, e un po' penoso, il tentativo di fare sentire in colpa le lettrici delle cinquanta sfumature variamente colorate, rinfacciando lo stile sciatto dell'opera. «Come fai a sopportare quelle metafore fruste, quei dialoghi improbabili, quel dilagare di Esclamò e Mormorò?» «Allora lo hai letto?» «Naturalmente no» esclamava lui, aggiungendo in un mormorio: «Ho soltanto dato una sbirciata». Ma chi fra i maschi ha avuto l'ardire di indagare l'argomento con più di una donna avrà scoperto che i porno rosa le intrigano per due ragioni. La prima: il protagonista è la versione adulta del vampiro di *Twilight*. Meglio, la versione sadica del Richard Gere di *Pretty Woman*. L'eterno principe azzurro bellissimo, ricchissimo e con un buco in mezzo al cuore che ovviamente solo l'eroica fanciulla può colmare. La seconda: l'amante sadico è concentratissimo sull'amata. Ancora dopo anni di manette pensa di continuo a lei. Ecco il messaggio drammatico che da quelle pagine arriva fino a noi: le porno-lettrici non pretendono più manette, ma più attenzione. Non un'attenzione totale, sono donne di mondo e sanno che la vita funziona diversamente dai romanzi. Se ho capito bene, si accontenterebbero che i maschi dedicassero loro il dieci per cento del tempo che riservano alle notizie di calciomercato. Ora, il dieci mi sembra francamente eccessivo, specie quando ti mancano ancora un attaccante e un terzino sinistro. Ma sul cinque ci si può intendere. Questione di sfumature.

Per uno di quei cortocircuiti che rendono immortali gli attori, l'infarto che ha ucciso a cinquantaquattro anni Michael Clarke Duncan ha riportato nelle nostre vite l'immagine di uno dei personaggi più meravigliosamente scomodi della narrativa contemporanea. Il gigante buono del film *Il miglio verde* John Coffey, « come la bevanda, ma scritto in modo differente ». Fu concepito in una notte insonne da Stephen King, che gli volle dare le stesse iniziali di Jesus Christ e in fondo lo stesso destino. Un uomo semplice, dotato di poteri di guarigione straordinari, viene giustiziato sulla sedia elettrica per una colpa orribile che non ha commesso. Potrebbe scappare, non lo fa. Potrebbe odiare, non lo fa. Ama e cura il suo prossimo in modo sovrumano, eppure è fragile, pieno di paure. Impossibile resistere a ciglio asciutto alla scena dell'esecuzione, quando J.C. rifiuta il cappuccio sugli occhi: « Ti prego, capo, non mettermi quella cosa in faccia. Io ho paura del buio ». Ma sono altre le sue parole che mi inseguono da anni: « Sono stanco, capo. Stanco di andare sempre in giro solo come un passero nella pioggia. Stanco di non avere un amico che mi dica dove andiamo, da dove veniamo e perché. Stanco soprattutto del male che gli uomini fanno agli altri uomini. Stanco di tutto il dolore che sento nel mondo ogni giorno. Ce n'è troppo per me. È come avere pezzi di vetro conficcati in testa». Vorrei tanto ovattare la tua sofferenza con la mia stupida leggerezza, J.C. Ma ho imparato, anche da te, che sofferenza e amore sono vibrazioni di una stessa corda. Chi per non soffrire la strappa, non sente più niente. Ed è quella l'unica morte di cui avere paura.

Che cosa avete scoperto quest'estate? Io soltanto una cosa, ma importante. Me ne stavo in spiaggia libera, all'ora in cui gli ombrelloni riflettono l'ombra di uno stecchino, e guardavo malinconicamente i relitti di una festa della sera prima – bottiglie, bicchieri, gusci spolpati di anguria – disseminati sulla sabbia rovente. Un tizio intorno ai cinquanta (molto ben portati) si è avvicinato a una comitiva di ragazzi sonnecchianti. Saltellava per via della sabbia, e della rabbia. L'ho sentito urlare: «Vi sembra il modo di lasciare uno spazio pubblico? E guardatemi mentre vi parlo! Io, alla vostra età...» Ho girato la testa: per l'imbarazzo che mi provocano le frasi fatte, ma soprattutto per osservare la compagna del tizio, che aveva afferrato dei sacconi di plastica e cominciato a scaraventarvi dentro bottiglie rotte e bicchieri appiccicosi. Allora anche il tizio ha smesso di sgridare i ragazzi e ha raggiunto la donna. I due hanno lavorato sodo, in silenzio e sotto il sole. Giunti al decimo saccone, li ho visti correre in mare a rinfrescarsi. Ma quando sono usciti dall'acqua per andare a completare l'opera, la scena era completamente cambiata. I ragazzi si erano alzati tutti e, sacconi alla mano, stavano rimuovendo gli ultimi resti della loro bisboccia, in silenzio e sotto il sole. Lì ho capito la cosa importante. Che le ramanzine, i discorsi, le parole in genere sono sterili. L'unica forza che smuove i cuori è l'esempio. Il gesto che accompagna o sostituisce le parole. (La donna dei sacconi era mia moglie. Quanto al tizio, si sarà capito...).

Scrivo queste righe sormontato dagli scatoloni di un trasloco incombente. Dalla settimana prossima *La Stampa* nascerà in un palazzo di vetro. Insomma, si cambia. Con quel misto di nostalgia e di entusiasmo che in fondo è la vita. Ieri questo stato d'animo si è ricomposto plasticamente in una serie di gesti speculari: mentre un gruppo di giornalisti andava col direttore nella sede nuova per scattare le prime foto della conquista, una collega romantica si aggirava fra le antiche stanze immortalando i luoghi e gli oggetti che stiamo per abbandonare. Non pretendiamo di dare l'esempio né di dettare la linea. Ma una cosa, forse, l'abbiamo capita. Chi cambia per il gusto di cambiare è un isterico. Chi si abbarbica al vecchio un illuso e talora un vigliacco. Sul lavoro, in amore e in ogni altra cosa, il cambiamento vero è la rottura di uno schema. Un distacco che fa paura e produce sofferenza, ma una sofferenza indispensabile, preludio alla gioia. Perciò va affrontato col futuro negli occhi e il passato nel cuore.

Piangere Chris Stevens significa riconoscersi nella porzione di umanità che abita la terra di mezzo. Quella striscia di civiltà che le perturbazioni dei fanatici rendono ogni giorno più sottile. È attraversata dai ponti su cui passeggia chi non si crogiola nell'ascolto ossessivo delle proprie ragioni, ma ha ancora voglia di comprendere quelle degli altri. Chris Stevens era un ambasciatore americano, portatore di interessi di parte. Ma sapeva l'arabo, ne aveva studiato i libri e le persone. In Libia aveva appoggiato la ribellione a Gheddafi, però non era un guerrafondaio né un nemico sprezzante. Basta guardare il video in cui si presenta alle popolazioni locali col ciuffo sbarazzino di un liceale e lo sguardo assorto di chi vuole servire a qualcosa e non solo a qualcuno. I fanatici hanno un sesto senso nello scegliersi le vittime. Non se la prendono mai coi fanatici della trincea opposta, verso i quali nutrono anzi una sorta di macabro rispetto. Si accaniscono sugli abitanti della terra di mezzo. Sui Tarantelli, sui Biagi, sui Casalegno. Il loro nemico non è il finanziere senza scrupoli, ma il sindacalista che cerca di firmare un accordo.

Non il pastore americano che brucia il Corano, ma l'ambasciatore che il Corano lo aveva letto e apprezzato. Ai fanatici la vita appare come un contrasto violento che non ammette le mezze tinte. Mentre la vita è proprio questo, un impasto di mezze tinte. Ed è l'incrocio fra i contrasti il nucleo della sua magia. Piangere Chris Stevens significa continuare a credere che la terra di mezzo sia il luogo più pericoloso del mondo, ma anche l'unico vivibile.

Il mio eroe del giorno è la giraffa che scappa dal circo di Imola in cui era ingiustamente detenuta e galoppa libera e impaurita per le strade, facendosi largo a zoccolate fra le auto in sosta finché viene sedata a fucilate di narcotico dalla polizia. Troppe emozioni per il suo cuore grande, che alle tre del pomeriggio cessa di battere. Mi sono indignato e commosso, non solo per lei. Anche noi pascolavamo sereni nella savana dello Stato Sociale. Ma un brutto mattino ci siamo risvegliati in un circo dove tutti ridevano e applaudivano, nonostante nessuno fosse veramente felice, neanche il clown miliardario che incantava i bambini con le barzellette senza mai perdere di vista la cassa. Siamo riusciti a scappare, fino a quando un tecnico ci ha sparato addosso del narcotico, per il nostro bene. Ora siamo qui: liberi ma depressi, barcollanti ma in piedi. Ti riscatteremo, giraffa cara. Riprendendo a galoppare verso la libertà non appena qualcuno, oltre che del narcotico, ci metterà in corpo un po' di vitamine.

Come tutti i nati il 2 ottobre, ho sempre avuto un rapporto tormentato ma vivo con il nostro co-festeggiato: l'angelo custode. La preghiera infantile « Angelo che sei il mio custode... » ha lasciato il posto alle ironie dell'adolescenza e ai dubbi dell'età adulta, fino a quando un approccio diverso alle questioni dello spirito mi ha convinto dell'esistenza di energie invisibili agli occhi (come tutto ciò che è essenziale, direbbe il Piccolo Principe). Ma c'è un angelo visibilissimo, la cui festa è stata giustamente associata a quella degli esseri di luce. Il nonno. Il nuovo Stato Sociale. Se in Italia la disoccupazione endemica dei ragazzi dai diciotto ai quarant'anni non ha ancora prodotto una rivolta è perché i nonni mantengono i nipoti con i soldi che avrebbero voluto lasciare in eredità ai figli. Il nonno custode è anche un nonno sempre più lucido e longevo. Un nonno pioniere, protagonista di una rivoluzione demografica che non ha precedenti nella storia. Gli anziani si avviano a diventare maggioranza nel Paese. Un primato che comporta diritti ma anche doveri. Uno è il ruolo, già ricordato, di banchieri a fondo perduto. L'altro consiste nel non potersi più permettere il lusso di essere vecchi. Finché erano pochi, i nonni avevano tempo e modo di dedicarsi alla rivisitazione nostalgica del passato. Ma da quando sono un esercito, e un esercito in salute, tocca loro il compito che sarebbe della giovinezza: fare progetti, annaffiare sogni e coniugare i verbi al futuro. Affinché si avveri l'auspicio di un umorista sublime, Marcello Marchesi: l'importante è che la morte ci colga vivi.

Quando ho saputo che Antonio Piazza, presidente in quota Pdl dell'Azienda lombarda per l'edilizia residenziale, da tre anni parcheggia la sua Jaguar nello spazio riservato ai disabili, ho borbottato: ohibò. Quando ho saputo che il presidente Antonio Piazza, dopo aver parcheggiato per tre anni la sua Jaguar nello spazio riservato ai disabili, è stato finalmente multato dai vigili su segnalazione di un disabile che non trovava mai posto per parcheggiare, ho gridato: urrà. Quando ho saputo che il presidente multato Antonio Piazza, pervaso dalla rabbia, ha tagliato le gomme dell'auto del disabile che lo aveva segnalato ai vigili, mi sono chiesto: ma dove siamo? Quando ho saputo che il presidente multato e taglia-gomme Antonio Piazza ha tentato di rimediare chiamando precipitosamente un gommista, mi sono risposto da solo: siamo in Italia. Quando ho letto le dichiarazioni del presidente multato taglia-gomme e chiama-gommista Antonio Piazza – « Perché dovrei dimettermi dal mio incarico politico per un errore tecnico? » – mi sono detto: con un corso accelerato di educazione civica, alternato a pesanti corvée nei servizi sociali, forse lo recuperiamo ancora. Ma quando ho ascoltato in tv le successive dichiarazioni del presidente multato taglia-gomme chiama-gommista ed errante tecnico Antonio Piazza – « Solo un pezzo della mia Jaguar sporgeva nel posto riservato ai disabili, in realtà da tre anni io parcheggio nel posto accanto, in divieto di sosta: qual è il problema? » – ho capito di essere sostanzialmente un illuso. Questa è gente che non si recupera più.

Ieri a Montecitorio l'onorevole La Loggia ha affrontato di petto Mario Monti: « Presidente, crede sia possibile immaginare, da qui alla fine della legislatura, anche soltanto individuare, un percorso per una prima tappa della riduzione fiscale? » Tramortito da una domanda tanto diretta da sfiorare la sfacciataggine, Monti ha replicato con l'entusiasmo che gli è proprio: « Non lo escludo ». La lieta novella ha attraversato come una folgore l'Italia dei media. « Monti: taglieremo le tasse ». Anzi, « taglieremo le tasse entro Pasqua ». E perché non entro Natale, entro Halloween, entro domattina? Nella mia mente, improvvisamente alleggerita di un paio di punti Irpef, ho visto folle giubilanti che gettavano il cilicio sul pianerottolo e si precipitavano in massa nel supermercato più vicino per fare incetta di beni di prima, seconda e terza necessità. Equitalia disoccupata che si riconvertiva in un consorzio di ippodromi. Fiorito che partecipava alla festa dal carcere, comprando un atollo delle Maldive col bancomat della Regione Lazio. Poi il duro ritorno alla realtà. In conferenza stampa Monti precisava di non avere escluso la possibilità di immaginare, anche soltanto individuare, un percorso per una prima tappa della riduzione fiscale. Ma una cosa è immaginare, un'altra tagliare. E al momento lui si sente ancora nella fase dell'immaginazione. Da giornalista obbligato a condensare mondi complessi in titoli di tre parole, mi assumo la nostra parte di responsabilità. Ma anche lei, onorevole La Loggia. La prossima volta gli chieda: « Presidente, ci riduce le tasse?» Vedrà che Monti le risponderà di no direttamente in tedesco.

Da oggi ho uno slogan nel cuore che vale più di tutti gli «Yes, we can» del mondo. L'ho sentito fiorire sulle labbra di una ragazza napoletana, prostrata dall'assurdità di una sofferenza insostenibile. Si chiama Rosanna Ferrigno, fa la segretaria in uno studio medico e l'altra sera ha dovuto raccogliere sotto casa il cadavere del promesso sposo, crivellato dalla camorra con quattordici proiettili. I camorristi hanno confuso il suo Lino, che stava andando a giocare a calcetto, con uno di loro. La gratuità del crimine e l'estraneità della vittima hanno scosso l'abulia di una città che da troppi secoli sopporta la malavita organizzata come una forma endemica di malaria. Poi è arrivata Rosanna. Non ha pianto in pubblico, non ha insultato le istituzioni, non ha elargito finti e precoci perdoni. Ma l'amore e il dolore le hanno dettato parole decisive: «Non bisogna avere paura dei camorristi. Sono loro che devono avere paura di noi. Noi dobbiamo continuare a uscire per la strada a testa alta. Sono loro che si devono nascondere. Noi siamo di più». Noi siamo di più. Non ci avevo mai pensato. Con tutti i nostri difetti – perché ne abbiamo a iosa, sia chiaro – noi siamo di più. Siamo di più dei mafiosi, dei corrotti, dei finanzieri senza scrupoli. Siamo più numerosi di qualunque minoranza coesa che cerchi di dominarci con le armi del potere e della paura. Averne consapevolezza, lo so bene, non basta. Ma è la premessa per svegliarsi dall'incubo e provare a trasformarlo in un sogno. Grazie, Rosanna, per avercelo ricordato.

Romney dice che con Obama l'America rischia di fare la fine dell'Italia. Nel frattempo siamo noi a scimmiottare il peggio dell'America. Non bastava avere importato il lavoro precario e gli uragani. Ci mancava Halloween, la versione yankee dell'antica festa celtica di Capodanno (a proposito, auguri) che l'altra notte ha lasciato sul terreno una scia di morti, feriti e mani amputate dai petardi. La globalizzazione è il tentativo di trasformare gli europei in americani e gli americani in asiatici. Nessuno ha la forza di opporsi. Però un pizzico di resistenza morale, dài. Perché sbracare così, con il masochismo festoso di chi si consegna all'ineluttabile? Le maschere di Carnevale non saranno state spaventevoli e orripilanti come quelle di Halloween, ma raccontavano la nostra indole meglio di un saggio di costume. Per non parlare delle bugie (o chiacchiere, o frappe) e delle frittelle di mele della nonna, molto più buone di qualsiasi dolcetto di Halloween, un condensato di trigliceridi e di messaggi minatori per il colesterolo. Anche le pioggerelline e lo Stato Sociale, a pensarci bene, non erano poi da buttare via. I temporali di una volta non avevano nomi di persone, ma in compenso erano più umani. Come il Welfare, sotto la cui coperta di sicurezze l'individuo si impigriva, ma si rilassava. Simboli di un'esistenza mite, dove gli spiriti selvaggi della natura, dell'economia e della festività venivano imbrigliati, levigati, ammansiti. Ora siamo solo dei precari in ammollo che subiscono continui scherzetti per consentire a qualcuno di sgranocchiare dolcetti.

Sonia Sotomayor, prima ispanica a diventare giudice della Corte Suprema, è andata nel più famoso programma americano della tv dei ragazzi per dire alle bambine: « Sognare di essere principesse è divertente, ma non è una carriera. Per quella vi serviranno studio e fatica ». Eppure è sano che una bambina sogni di essere una principessa. Di solito continua a sognarlo anche da adulta, altrimenti non si spiegherebbe il successo di *Pretty Woman* e *Cinquanta sfumature di grigio*. Il problema nasce quando il naturale desiderio di una vita felice si trasforma nel suo gemello materialista, che fa coincidere la felicità con la ricchezza ottenuta senza fatica. Viene in mente la ragazza che alla festa dei diciott'anni mostrava alle amiche la borsa di lusso regalatale da papà e diceva: ora devo trovare un uomo che mi regali la prossima. Prima di imputare ai ragazzi dei sogni sbagliati, mi chiederei chi glieli ha messi in testa, educandoli a desiderare una carriera da calciatori e veline invece che a inseguire i propri veri talenti. I responsabili sono molti e i giovani vengono all'ultimo posto. Prima ci sono i genitori che – anche per la scomparsa di una struttura familiare che li supporti – hanno delegato ai media l'educazione dei figli, cioè la gerarchia dei valori. Poi gli autori televisivi, che per bieca pigrizia hanno concimato l'etere di sogni fasulli. E infine la scuola, che nonostante l'eroico impegno di tanti insegnanti fa una fatica tremenda a rendere i personaggi del passato competitivi con i divi platinati. Per fortuna c'è qualcosa che condiziona i giovani molto più profondamente dei modelli mediatici ed è l'esempio che diamo loro ogni giorno. Invece di fare la predica, sarebbe meglio concentrarsi su quello.

Se dico « contropiede », « libero », « ammiraglia » e « abatino », è tutta colpa di Brera, ultimo genio ad avere partorito o riplasmato parole in lingua italiana.

Se non dico più « acciaccapesta inenarrabili » e « mulinando frenetiche gambette da sorcio », la colpa è soltanto mia, perché Brera diceva questo e molto altro.

Se ho imparato che « negli italianuzzi l'intelligenza è un'aggravante come l'ubriachezza nei fatti di sangue », è tutta colpa di Brera (ma un po' anche degli italianuzzi).

Se vedo influenze longobarde o alla peggio gallo-cimbriche in chiunque mi capiti a tiro, è tutta colpa di Brera, che da Siddharta a Rummenigge nelle vene di ogni essere umano rintracciava i segni di qualche antenato cresciuto sulle rive lombarde del Po.

Se sono riuscito a finire i libri di Gadda, che mi hanno reso un uomo confuso e migliore, è tutta colpa di Brera: è stato il suo linguaggio fra Padania e Sudamerica a farmi da allenatore.

Se ogni volta che ho perso, in amore e nella vita, ho chiamato a raccolta il ricordo di quando l'Uruguay batté il Brasile in rimonta, dopo avere a lungo difeso la sconfitta, è tutta colpa di Brera e della sua cronaca di quella partita: memorabile, nel senso di imparata a memoria, a furia di ricopiarla sul quaderno durante le lezioni di matematica.

Se faccio il giornalista e non so un tubo di matematica, è tutta colpa di Gianni Brera, tornato dagli avi gallo-cimbri la sera del 19 dicembre 1992, vent'anni fa, eppure immortale nel mio vecchio quaderno, dove ancora mi insegna a difendere le sconfitte e a prendere il destino nell'unico modo possibile: in contropiede.

Capita di rado che un articolo di giornale faccia spuntare i lucciconi. A me è successo con la storia raccontata da Laura Bogliolo sul *Messaggero*. In apparenza parla di una signora di trentaquattro anni, Isabella Viola, morta domenica 18 novembre per un malore sulla banchina della stazione Termini a Roma. In realtà dentro quella donna c'è tutto. C'è la pendolare che si sveglia alle quattro ogni mattina per andare a preparare le brioche in un bar del quartiere Tuscolano. C'è l'orfana precoce che la vita ha costretto a crescere in fretta, come se già sapesse di non poterle concedere troppo tempo per esprimere i propri talenti. C'è la mamma di quattro figli che sulla sua pagina Facebook scrive: « Una donna il suo gioiello più prezioso non lo indossa, lo mette al mondo ». C'è la sognatrice che fantastica di aprire un forno tutto suo per le brioche. C'è la sgobbona di cuore che risparmia per i regali di Natale dei ragazzini e si agita per trovare casa a tre cani randagi. C'è la malata che da tempo non si sente bene, ma non può smettere di alzarsi alle quattro – a Torvaianica, in faccia a un mare che non vede mai – per prendere un bus e due linee di metropolitana fino al bar del Tuscolano. C'è una vita dura. E una persona vera, completa. Da qualche giorno accanto al bar è spuntata una cassetta con la scritta: « Aiutiamo i figli di Isabella ». Giovani, casalinghe, impiegati e pensionati sfilano come in una processione, togliendosi magri spicci dalle tasche. Non è un'elemosina. È l'omaggio a una regina.

Com'è possibile che alla ventiduesima replica *Pretty Woman* abbia radunato ancora davanti al video quasi cinque milioni di persone? Esiste un filo onirico che unisce Cenerentola a Sissi, Sissi alla prostituta di Julia Roberts e la prostituta alle eroine di *Twilight* e delle *Cinquanta sfumature*? È così originale la vicenda di un miliardario che affitta una escort (una sola, poi) per qualche cena elegante? Le domande sono molte e, poiché esiste la fondata ipotesi che una delle ventidue repliche vi abbia attraversato la retina, non starò a ripercorrere la trama del film per filo e per segno. Basterà ricordare che *Pretty Woman* racconta la fiaba d'amore fra una moderna Cenerentola e un moderno principe azzurro: un finanziere prima della crisi dei mutui, quindi ancora circonfuso da un alone immacolato di irresistibilità. Ma un sogno esclusivamente materialista sarebbe evaporato in fretta. Se l'immaginario delle donne è rimasto segnato per sempre, ci deve essere qualcosa che agisce a livelli più profondi. Ho il sospetto che sia il rovesciamento dei ruoli nell'interiorità. La prostituta è povera e volgare, ma si vuole bene. Il manager è ricco e raffinato, ma si detesta. Il più disgraziato dei due, alla fine, è lui. Infatti la escort può anche ricominciare a vivere senza il lusso garantitole dal finanziatore. È il manager che si sente sperduto senza l'energia vitale della ragazza. Andando a riprenderla, non salva lei, ma se stesso. Meglio, si salvano a vicenda. Perché cos'è in fondo l'amore, se non l'eterna storia di due naufraghi che decidono di salvarsi a vicenda?

Sarebbe una consolazione se con i funerali di Francesco Pinna, lo studente lavoratore caduto a Trieste nel crollo di un palco, ieri avessimo sepolto anche lo sciacallaggio, che è il vero differenziale, il vero « spread » fra l'Italia e il resto del mondo, la ragione profonda per cui il mondo non si fida di noi. Sto parlando di quell'impasto di invidia, spirito di clan e voluttà nel denigrare il prossimo che ciascuno sperimenta in ufficio, in famiglia, sui social network. Francesco aveva tutto per offrire un massaggio ricostituente a questo Paese intorpidito dal rancore. Era un ventenne lontano dagli stereotipi del figlio di papà. Uno che studiava ingegneria e intanto si guadagnava i primi soldi montando i palchi dei concerti per una cooperativa che gli dava

13 euro e mezzo lordi l'ora, la paga di un giovane laureato (come mi hanno confermato tanti di loro). Se fosse caduto sotto l'impalcatura di una sagra paesana, la sua morte non avrebbe sfondato la trincea dell'abulia contro cui rimbalza ogni giorno il plotoncino delle notizie. Ma il palco era quello di Jovanotti, cioè di un famoso, e di un famoso che sorride (quindi doppiamente detestabile). Così gli sciacalli sono entrati in azione. Sul web e in tv hanno detto che Francesco era uno schiavo del rock. Veramente gli schiavi sono altri. I precari illusi e sfruttati. I lamentosi, arrabbiati fuori ma arresi dentro, che si limitano a far tintinnare le loro catene. Francesco non era uno schiavo. Era un signore. Il signore della propria vita, che stava portando dove voleva. Poi la vita gli si è chiusa addosso. Mi auguro che lo conduca in un altrove senza sciacalli né schiavi.

2013

Vorrei esprimere tutta la mia solidarietà all'influenzata Barbara D'Urso che, tossendo e starnutendo in un video assai condiviso su Internet, si scaglia con la forza di cento raffreddori contro Trenitalia, colpevole di non averle ancora spedito la tessera di platino che le consentirebbe di attendere il treno al calduccio della sala vip invece che sul marciapiede della stazione, in balia di refoli gelidi come sorbetti. Una vergogna. Tanto più – e la conduttrice ci tiene giustamente a sottolinearlo – che l'aggressione batteriologica di cui Trenitalia è complice con la sua ignavia va a colpire un organismo già fiaccato da cinque ore al giorno di diretta pomeridiana. Una minaccia costante per il fisico, sottoposto al continuo logorio dei casi umani. Si consoli, la signora: sono i costi della celebrità. Solo le persone comuni hanno la possibilità di percorrere ogni giorno delle tratte come la Bergamo-Milano (e ritorno, forse) con mezzi di trasporto che nulla hanno da invidiare alle suggestive locomotive a vapore. Stipati in vagoni che attingono al più ecologico dei riscaldamenti, l'alito, questi autentici privilegiati non conoscono malattie respiratorie né altre patologie della civiltà. Vivono in un microcosmo allietato dalla speranza: che domani il treno arrivi, o almeno che parta. Sono persone semplici, sane, felici. A volte appena un po' furibonde, ma sempre con classe. Terza classe. In possesso di una speciale tessera di platino che le mette al riparo da un malanno ultimamente piuttosto diffuso: le cadute nel ridicolo.

La precaria del Pd che espone al rischio di un linciaggio la figlia del teorico della flessibilità Pietro Ichino perché ha un lavoro stabile da dodici anni mi ha insinuato nelle narici un certo olezzo di forca. Essere «figli di» non è una colpa né un merito. È un fatto. Nella vita avrai più opportunità degli altri e pagherai questo privilegio con la maldicenza. È stato e sarà sempre così. La novità drammatica è che oggi non esiste altro modo di entrare nel mondo degli adulti. La precaria del Pd ha sbagliato bersaglio e dovrebbe riflettere su quanto sia pericoloso titillare la rabbia dei suoi coetanei con la scorciatoia emotiva dell'invidia sociale. Ma che quella rabbia esista, e che sia assolutamente giustificata, è da ipocriti o da pazzi sottovalutarlo. Nei giorni scorsi a Milano ho partecipato alla festicciola di inaugurazione di una casa di ringhiera, dove cinque ragazzi erano appena andati a vivere insieme. Esperienza goliardica, se non fosse che l'età media degli inquilini era trentasette anni. Lo stipendio micragnoso e volatile li condanna a un'eterna fanciullaggine, negando loro il traguardo di un monolocale solitario, figuriamoci di un mutuo o di una convivenza di coppia. Oggi il primo diritto civile che la politica è chiamata a garantire non è la possibilità giuridica del matrimonio gay, ma la possibilità pratica di qualsiasi matrimonio – etero e gay – e di qualsiasi divorzio, perché persino lasciarsi sta diventando un lusso per benestanti. Un tempo si diceva: nessun Maradona rimane a lungo in panchina. Non è più vero. Adesso anche Maradona rimane in panchina tutta la vita, se non è figlio di un altro Maradona.

Cara immarcescibile mammina, ti scrivo per relazionarti sulle ultime notizie provenienti da Roma. Non alludo alla campagna elettorale di quel pittoresco Paese, dove un tuo quasi coetaneo che va dallo stesso parrucchiere di Elton John si candida per la sesta volta a governare i suoi telespettatori, nonostante abbia collezionato più gaffe del mio daddy e non si stanchi di inanellare doppi sensi da pub sulle signore, fra gli applausi di una platea di berluscloni strozzati dentro orrendi cravattoni. Mi riferisco, o presenza stabile – stabilissima – della mia vita, a quanto accade dall'altra parte del Tevere, nel regno di quel monarca colto con cui condivido la passione per la natura. Il Papa, the Pope. Anzi, ex: un prefisso di appena due lettere che sto invano cercando di insegnarti dal 26 luglio 1966, il giorno ahimè lontanissimo in cui raggiunsi la maggiore età e mi preparai a salire di grado. Benedetto XVI si è dimesso perché gli mancano le forze. Uno spunto di riflessione interessante, non trovi, dear mom? In Italia la politica e l'università pullulano di stremati che si dimetterebbero volentieri se solo il senso di responsabilità e lo spirito di servizio non li obbligassero contro qualsiasi interesse personale a rimanere. E quel signore diversamente educato di cui ti parlavo, perse le elezioni, potrebbe persino accontentarsi della sede vacante e farsi eleggere papa col nome di Pio Tutto. Ma, per venire a noi, non sarebbe wonderful se il capo della Chiesa anglicana, che mi pare sia tu, rispondesse al Vaticano colpo su colpo, dimissione su dimissione? Pensaci, mamma Elizabeth. Il tuo Charles, principe di tutti i precari in stand by del mondo.

Mentre gli esperti si arrovellano alla ricerca di una soluzione della crisi, qualcuno sembra averla già trovata e ne ha mostrato l'efficacia con la testimonianza personale. Questo qualcuno è un autodidatta appassionato di giacche a fiori, Roberto Formigoni. Secondo gli atti dell'inchiesta che lo riguarda (istruita, immagino, dalla commissione del Nobel), l'economista italo-hawaiano ha scoperto un sistema per ovviare alla ormai cronica carenza di denaro. Non pagare. Come diceva Einstein, le idee geniali sono sempre le più semplici. Al pari di tanti suoi connazionali, Formigoni si è posto il problema di mettere insieme il pranzo con la cena. E lo ha risolto individuando un ristorante di lusso di Milano come sede dei suoi esperimenti. Lo studioso vi si è recato per anni, talvolta da solo, più spesso in comitiva. Ordinava ostriche e champagne, mangiava con appetito, ringraziava il cuoco e i camerieri, poi infilava il soprabito sopra i bermuda e andava a digerire altrove. E il conto?, direte voi. Ma il conto è una convenzione. Io ti pago perché tu coi miei soldi possa pagare qualcun altro. Mentre qui è la premessa a venire messa in discussione. Se il proprietario del ristorante avesse saputo portarla alle logiche conseguenze, per esempio andando al cinema e limitandosi a salutare calorosamente la bigliettaia, il sistema capitalistico sarebbe stato terremotato dalle fondamenta. Perché poi la bigliettaia del cinema avrebbe fatto la spesa al supermercato uscendo col carrello senza pagare, fra gli olé delle cassiere. E alla fine della catena ci si sarebbe ritrovati tutti nel ristorante di lusso a ordinare ostriche e champagne in compagnia di Formigoni.

Scrivere per criticare Giannino essere troppo facile. Uno che fondare un partito che parlare come la Mamie di *Via col vento* (« Fare per fermare il declino ») avere bisogno di tanto affetto e comprensione. Perciò io non capire perché, a una settimana dal voto, l'economista Luigi Zingales fare cagnara per fermare il Giannino, dopo avere scoperto che lui millantare un master di economia all'università di Chicago. Giannino avere fatto l'incauta affermazione in tv, non per truffare il destino ma per titillare il suo ego smisuratino: nelle immagini essere possibile vedere come lui abbassare la voce e storcere gli occhi e la bocca mentre pronunciare le parole « master all'università di Chicago ». In realtà Giannino essere andato a Chicago in vacanza per imparare rudimenti della lingua inglese: to make to stop the decline. (In inglese non usare il doppio infinito, ma questo imparare solo nel secondo master). Come milioni di altri italiani davanti alla moglie o a Equitalia, Giannino non inventare completamente la realtà: solo un po' migliorare. Per lui il master di Chicago essere come fiore all'occhiello delle sue giacche color formigoni: un apostrofo rosa fra le parole « me amare ». Certo, in Germania due ministri essersi dimessi per laurea taroccata. Ma io dire: con tutti i guai e i cialtroni che noi avere, essere questo il problema? Bugie assomigliare a omeopatia: in piccole dosi aiutare a difendersi dalle grandi. Ieri il primo a dare del bugiardo a Giannino essere stato uno che per fermare il proprio declino avere fatto votare dal Parlamento che Ruby essere la nipote di Mubarak.

La storia a pessimo fine di Oscar Pistorius ci costringe a riflettere sui danni arrecati a troppe generazioni di maschi dall'ideologia del Superuomo. Non nella versione originale di Nietzsche, ma nelle sue troppe parodie, la più tragica delle quali è stata il nazismo. Per il Superometto del Duemila, cresciuto a colpi di retorica pubblicitaria (« l'uomo che non deve chiedere mai ») e cinematografica (« al mio segnale scatenate l'inferno »), la M di maschio significa muscoli anziché maturità. Il Superometto pensa ancora che il coraggio consista nell'oltrepassare i propri limiti, anziché nell'accettarli per trovarvi un senso più profondo. È un conformista dell'anticonformismo, ottusamente convinto che il solo modo di opporsi alla mollezza dei deboli sia l'energia che scaturisce dalla violenza. Ama le armi e risolvere i conflitti con la forza bruta. I valori in cui crede sono la vendetta, come riequilibrio di torti subiti o supposti, e quel malinteso senso dell'onore che lo induce a considerare ogni scelta da lui non condivisa un attacco al suo fragile ego. Piace alle donne che scambiano la sua carica isterica per forza d'animo e spesso, purtroppo, ne subiscono le conseguenze. Ma sotto la sua corazza da duro è così debole e complessato da rifiutarsi di capire che la mascolinità non si misura nella conquista degli altri, ma di sé. Ogni volta che le mie viscere sono lambite dal virus del Superometto, corro a cercare l'antidoto in una massima che la leggenda attribuisce a Re Artù e ai suoi cavalieri: « Siamo stati costretti ad andare nel mondo in cerca di avventure perché non eravamo più capaci di viverle nei nostri cuori ». La vera avventura è quella lì.

Un amico racconta che qualche tempo dopo la morte del nonno ha dovuto liberare la cantina del suo appartamento. Tra le altre cose ha trovato uno scatolone pieno di lampadine fulminate. Era accompagnato da un biglietto scritto a mano: « Casomai in futuro inventassero un sistema per ripararle ». Dietro certi aneddoti affiora un mondo. Pare di vederlo, quell'uomo, mentre accatasta oggetti inutilizzabili in un angolo della cantina con la speranza segreta che un giorno possano servire ancora: se non più a lui, a qualcuno della sua famiglia. C'è chi interpreterà il gesto del nonno come un rifiuto del consumismo o un afflato di tirchieria. Io al contrario vi sento la fiducia nel futuro. È lei che abbiamo perso, è lei che ci sorride nostalgica da questi quadretti del passato che ammorbidiscono i cuori perché sembrano celare una risposta possibile alle angosce presenti. L'Italia è uscita dalle macerie di una guerra mondiale grazie a persone che ragionavano così. Statisti che inseguivano obiettivi e non sondaggi, imprenditori che rinunciavano agli utili per tradurli in investimenti, banchieri che prestavano denaro senza passare subito all'incasso, famiglie che risparmiavano sui cappotti dei figli ma non sui loro studi. Milioni di appassionati della vita che coniugavano i verbi al futuro, pur sapendo che non lo avrebbero goduto ma soltanto propiziato. A chi, seduto su nuove macerie, si chiede da dove ripartire, mi verrebbe da indicare quello scatolone di lampadine bruciate.

È timido, è semplice, è piemontese, anche se parla come Maradona. Chissà se gli basterà essersi chiamato Francesco per seppellire la pompa della Chiesa e la società dei consumi, entrambe degenerate a livelli insostenibili. Di sicuro uno che al suo primo affaccio dal balcone si mette in ginocchio e riesce a fare tacere per quasi mezzo minuto la folla di Roma può essere capace di qualsiasi impresa. Mezzo minuto di silenzio, cioè di spiritualità, qualcosa di molto più ampio della religiosità. Le parole trasmettono emozioni e pensieri. Il silenzio, sentimenti. Erano anni che lo aspettavamo. Anni orribili di applausi ai funerali e di minuti di silenzio inquinati da coretti da stadio non solo negli stadi. Questo terrore di entrare in contatto con se stessi, contrabbandato per empatia ed espansività. Questo bisogno di buttare sempre tutto fuori, per paura di sentire che cosa c'è dentro, fra la pancia e la testa. Il cuore. Il gesuita Francesco ha mandato nel mondo il suono dimenticato del silenzio. Per trentadue secondi: in televisione un'eternità. Sarebbe bastato che dalla piazza partisse un «viva» o un «*daje*» per rovinare tutto. E invece una Roma improvvisamente e miracolosamente afona non gli ha sporcato il primo e fondamentale discorso a bocca chiusa. Ora il suo cammino può cominciare, nonostante le difficoltà del caso. Lui è abituato a girare in metropolitana, ma muoversi coi mezzi a Roma risulta piuttosto complicato. Le strade sono piene di buche, in Curia anche di burroni.

Stazione di Brescia, treno fermo da un'ora. L'altoparlante interno irradia scuse per il ritardo «dovuto all'investimento di una persona». Qualche passeggero si scruta le tasche del cuore alla ricerca di scampoli di pietà, ma è interrotto dal prorompere stentoreo di una signora: «Non poteva buttarsi sotto un altro treno?» Lo ripete tre, quattro, cinque volte. Chiudo gli occhi per resistere alla tentazione di buttare di sotto lei e mi appare un'immagine di dieci anni prima, quando durante la discesa nella piramide di Cheope fui colto da un malore. Mi appoggiai a una parete dell'orrido budello, reprimendo il desiderio di vomitare. Venni scavalcato da una comitiva di tedeschi, che non mi degnò di uno sguardo, e da una di francesi, che mi rivolse smorfie schifate, come se fosse inciampata nei detriti di un debosciato. Poi sentii una voce: «Ehi mister? Mister... ahò!» Alzai gli occhi e nell'oscurità del budello inquadrai la sagoma di un ragazzino con le braccia tatuate e la maglia numero 10 di Totti. Non poteva sapere di che nazionalità fossi: indossavo un capellino da baseball e un giubbotto pieno di scritte in inglese. Ero semplicemente un essere umano. «You are ok?» si informò. Rantolai qualcosa e allora lui cercò la risposta nelle saccocce dei suoi jeans. Estrasse una bustina di zucchero da bar, sudaticcia e spiegazzata, e me la porse. In qualche modo riemersi alla luce, ma quella bustina giace tuttora in un cassetto della mia scrivania. Ogni volta che penso a quanto siamo diventati cupi e rabbiosi, apro il cassetto e mi dico che ho torto. Che anche sotto l'egoismo amaro dei disperati giace uno strato di zucchero. Basta scavare.

Gianpaolo è un grande brav'uomo con due figli, una moglie, un mutuo, una passione sconsiderata per il Toro. Da oltre vent'anni si alza alle cinque del mattino per andare a lavorare a *La Stampa*. Uno dei suoi compiti è lo smistamento della posta. Ieri una busta ha attirato la sua attenzione. Era senza mittente, con i francobolli privi di timbro e i bordi parzialmente scollati. Rivelando un discreto sesto senso e un coraggio temerario, Gianpaolo ha preso una penna e ha aperto la busta un pezzetto alla volta. Conteneva un disco a cui erano appesi dei fili. Il resto è stato affare degli artificieri. Il disco non è scoppiato per puro miracolo: custodiva 48 grammi di polvere pirica, quanti ne sarebbero bastati per fargli perdere un occhio o una mano. Viviamo tempi di rancori accumulati e poi sparati alla cieca verso obiettivi indefiniti o simbolici. Perciò vorrei chiarire una cosa che sembrerebbe ovvia, ma evidentemente non lo è: se il pacco bomba fosse esploso, non avrebbe colpito il Sistema o la Casta. Avrebbe colpito Gianpaolo, un grande brav'uomo con due figli, una moglie e un mutuo, che da oltre vent'anni si alza alle cinque del mattino per andare a lavorare.

Nell'esporre la sua netta contrarietà all'esecuzione di « Fischia il vento e infuria la bufera » durante le celebrazioni del 25 aprile, il commissario prefettizio di Alassio ha spiegato agli ultimi, stupefatti partigiani che la festa della Liberazione è apolitica. Non me ne voglia Sua Eccellenza, ma fatico a trovare una festa più politica dell'abbattimento di una dittatura. Politica in senso nobile e bello, al netto degli orrori reciproci che purtroppo fanno parte di ogni guerra civile. Oggi il modo più diffuso per commemorare la Liberazione consiste nel rimuoverla, annegandola in un mare di ignoranza. Un signore ha scritto scandalizzato dopo avere udito all'uscita da una scuola la seguente conversazione tra ragazzi: « La prof dice che giovedì non c'è lezione ». « Vero, c'è qualcosa tipo... una liberazione. » Ma anche i pochi che sanno ancora di che cosa si tratta preferiscono non diffondere troppo la voce « per non offendere i reduci di Salò », come si è premurato di precisare il commissario di Alassio. Una sensibilità meritoria, se non fosse che a furia di attutire il senso del 25 aprile si è finito per ribaltarlo, riducendo la Resistenza alla componente filosovietica e trasformando le ferocie partigiane che pure ci sono state nella prova che fra chi combatteva a fianco degli Alleati e chi stava con i nazisti non esisteva alcuna differenza. La differenza invece c'era, ed era appunto politica. Se avessero vinto i reduci di Salò saremmo diventati una colonia di Hitler. Avendo vinto i partigiani, siamo una democrazia. Nonostante tutto, a sessantotto anni di distanza, il secondo scenario mi sembra ancora preferibile. Grazie, partigiani.

Le ragioni dell'odio sono state analizzate a sufficienza. Mi sposterei dall'altra parte del campo, dove abitano le ragioni di Martina. Martina ha ventitré anni e soltanto tre mesi fa ha perso la madre. Si è licenziata per stare accanto al papà carabiniere, che nel tentativo di farle coraggio le diceva: « Siamo un piccolo esercito sgangherato, noi due, ma ce la faremo ». Adesso l'esercito è diventato ancora più piccolo. L'esercito è lei, china sul padre intubato in ospedale che la guarda e muove le palpebre, cerca addirittura di parlarle, ma non può. Chissà se vivrà, chissà come vivrà. Le pallottole del pistolero di Palazzo Chigi gli hanno danneggiato il midollo spinale. Martina potrebbe inveire o perdonare, per i guardoni del dolore sarebbe la stessa cosa. A loro non interessa la qualità della reazione, ma la sua intensità: superficiale e isterica. Invece la figlia del carabiniere sceglie la strada più dura e più vera: accettare. Tutto, anche l'inaccettabile. « Se riesci a contemplare le cose cui hai dedicato la vita, infrante, e piegarti a ricostruirle con i tuoi arnesi ormai logori ». La poesia di Kipling al figlio rivive nella voce gonfia di questa giovane adulta: « Ho perso un'altra volta il lavoro per seguire mio padre. Tutti i miei progetti sono di nuovo saltati. Pazienza. Si ricomincia. Si rifà un altro piano, un'altra speranza, altri obiettivi ». Senza saperlo Martina ha dettato il programma di governo delle nostre vite per gli anni a venire. Le do di tutto cuore la mia fiducia.

Una volta Montanelli scrisse che in chiesa De Gasperi e Andreotti si dividevano i compiti: De Gasperi parlava con Dio e Andreotti col prete. « Sì, ma a me il prete rispondeva », gli replicò Andreotti. Forse ora toccherà a lui parlare con Dio e non se la potrà cavare con una delle sue battute. Ciniche, gelide, brevi: da star di Twitter prima di Twitter. Se Dio esiste, ci sono forti dubbi che sia democristiano (ecco, questa potrebbe averla detta lui) e meno che mai della sua corrente, per un pregiudizio anzitutto estetico (Sbardella, Vitalone, Evangelisti: più che ritratti sono foto segnaletiche). Senza l'ambizione di rubare il mestiere al pubblico ministero celeste, un lungo soggiorno in purgatorio deve averlo messo in preventivo anche Andreotti. Fin dal giorno in cui, ancora imberbe, decise di sporcarsi le mani con il potere. Perché il potere logora chi non ce l'ha, ma sporca tutti coloro che lo toccano, e chi sostiene il contrario è solo un fanatico, o un ipocrita. Resta l'ironia, molto andreottiana, della scomparsa di un uomo che dopo sessant'anni di vita pubblica sembrava incarnare la prova dell'immortalità: non dell'anima, ma del corpo. Se ne va col suo carico intatto di misteri, ma dopo averne chiarito almeno uno: non è vero che tirare a campare è sempre meglio che tirare le cuoia, come recita uno dei suoi tweet più celebri. Proprio perché a tutti succede di tirarle, prima o poi, tanto vale campare a testa alta e a cuore acceso.

Mentre il consiglio regionale della Lombardia rendeva omaggio al fantasma di Andreotti, il capo dell'opposizione Umberto Ambrosoli è uscito dall'aula. Suo padre, l'avvocato Giorgio, fu ammazzato sotto casa in una notte di luglio per ordine del banchiere andreottiano Sindona: aveva scoperto che costui era un riciclatore di denaro mafioso. Trent'anni dopo Andreotti commentò l'assassinio di Ambrosoli con queste parole: « Se l'andava cercando ». Il perdono è una cosa seria. È fatto della stessa sostanza del dolore e si nutre di accettazione e di memoria, non di ipocrisie e rimozioni forzate. La morte livella, ma non cancella. Con buona pace del quotidiano dei vescovi che ieri titolava: « Ora Andreotti è solo luce ». Per usare una parola alla moda, Andreotti era divisivo. Lo era da vivo e lo rimane da morto. Purtroppo anche Ambrosoli. Perché esistono due Italie, da sempre. E non è che una sia « buona » e l'altra « cattiva », una di destra e l'altra di sinistra (Giorgio Ambrosoli era un liberale monarchico). Semplicemente c'è un'Italia cinica e accomodante – più che immorale, amorale – che non vuole cambiare il mondo ma usarlo. E un'altra Italia giusta e severa – più che moralista, morale – che cerca di non lasciarsi cambiare e usare dal mondo. Due Italie destinate a non comprendersi mai. Un'esponente lombarda del partito di Berlusconi ha detto che il figlio di Ambrosoli ha mancato di rispetto al morto. Non ricorda, o forse non sa, che anche Andreotti aveva mancato di rispetto a un morto. Quell'uscita dall'aula se l'è andata a cercare.

Dopo l'ennesima sbornia di insulti, per lo più anonimi, persino un formidabile incassatore come Enrico Mentana ha abbandonato Twitter, nuovo giocattolino dei maschi influenti. Il meccanismo è implacabile: milioni di italiani atterriti dalla crisi hanno bisogno di capri espiatori su cui sfogare la loro paura tramutata in rabbia, e non li cercano fra i colpevoli di primo livello – finanzieri e alti burocrati dello Stato, volti muti e oscuri – ma fra i personaggi che vanno in tv, cioè politici e giornalisti: i Visibili. Con Twitter la tecnologia offre al popolo un modo per sfogarsi in tempo reale. La cattiveria contro Mentana che prima gridavi al televisore del tinello, sentendoti un frustrato che parlava da solo, adesso puoi spedirgliela direttamente sul telefonino: sai che il suo amor proprio ne soffrirà e ti consideri vendicato. È una società schizofrenica quella che da un lato ti illude di poter dialogare con Mentana e dall'altro ti preclude qualsiasi crescita nella scala sociale. Che ti regala brividi di onnipotenza sul telefonino, mentre nella vita reale ti ricorda di continuo che non conti nulla. Il Visibile, a sua volta, paga il proprio peccato di narcisismo con la vulnerabilità: è un bersaglio a cui non è consentito offendersi, perché se rifiuta il botta e risposta con chi lo insulta diventa subito un censore o uno snob. L'equivoco che distruggerà la finta democrazia di Twitter è che ogni dialogo implica intimità e conoscenza reciproca. Mentana aveva 312.000 followers (seguaci). Ma nemmeno un millepiedi può imbastire un rapporto autentico con 312 mila telefonini.

Buongiorno, mi chiamo Gabriele Francesco. Sono nato a Novara l'11 aprile 2013 e oggi avrei un mese, se fossi ancora vivo. Invece sono morto lo stesso giorno in cui sono nato. Adesso tutti starete pensando che mamma e papà non si sono comportati bene: in effetti mi hanno lasciato solo, sotto un cavalcavia, con indosso pochi stracci e senza un biberon nei paraggi. Ma io non mi permetto di giudicarli. Certo è che noi neonati siamo indifesi: ci buttano dai ponti, ci fanno esplodere sotto le bombe, ci vendono per pochi soldi. Siamo carne da telegiornale. Prima di chiudere gli occhi, mi sono raggomitolato tra i rifiuti per cercare conforto e ho pensato: ma è davvero così brutto questo mondo che sto già per lasciare? Poi mi sono sentito sollevare e sulla nuvola da cui vi scrivo ho visto che la bellezza c'è ancora. C'è bellezza nel camionista che mi ha trovato e nell'ispettore che mi ha messo questo nome meraviglioso: è importante avere un nome, significa che sei esistito davvero. C'è bellezza nei poliziotti che per il mio funerale hanno fatto una colletta a cui si sono uniti tutti, dai pompieri alle guardie forestali. E c'è, la bellezza, nella ditta di pompe funebri che ha detto « per il funerale non vogliamo un euro », così i soldi sono andati ai volontari che in ospedale aiutano i bimbi malati. Dove sono nato io, metteranno addirittura una targa. Allora non sono nato invano. Mi chiamo Gabriele Francesco, e ci sono ancora.

(*Liberamente tratto dal testo inviatomi ieri, giorno del funerale di Gabriele Francesco, da un lettore di Novara che ha chiesto di restare anonimo. C'è tanta bellezza anche in lui.*)

Dice il saggio zen: la tua debolezza sarà la tua forza. Non so se al momento dell'illuminazione il saggio zen avesse in mente le correnti del Pd, però la massima buddista si adatta perfettamente al partito più caciarone del globo. Qual è il limite da sempre riconosciuto al centrosinistra italiano? Di essere un'accozzaglia di feudatari senza re, di galletti in perpetua baruffa fra loro, la cui preoccupazione principale non consiste nel cercare una strada propria, ma nel tagliare quella del vicino di pollaio. Ebbene, nel voto per pochi intimi di domenica scorsa gli unici a salvare parzialmente le ossa sono stati i galletti democratici, preferiti un po' ovunque ai capponi della concorrenza. Il problema dei movimenti padronali è che l'identificazione degli elettori scatta soltanto nei confronti del capo. Il resto è truppa, selezionata sulla base della fedeltà anziché del carattere. Là dove comanda uno, al massimo due, i talenti sono soffocati in ruoli gregari e i mediocri impazzano, credendosi fenomeni. Nel Pd invece comandano tutti, quindi nessuno, ma quello che su scala nazionale è un difetto catastrofico, a livello locale diventa la garanzia di personalità riconoscibili dall'elettorato. Dopo i risultati di domenica, un partito banale si batterebbe per il ripristino dei collegi nelle elezioni politiche, così da sfruttare il proprio punto forte. Un partito banale, ma non il Pd: ieri ha affossato a maggioranza quella proposta per la ragione inoppugnabile che a presentarla era stato uno dei propri parlamentari. Appresa la notizia, il saggio zen autore della massima è stato ricoverato per esaurimento nervoso.

L'elezione a sindaco di Carovigno dell'ex deputato udc Cosimo Mele sta dividendo l'opinione pubblica internazionale. Chi pensa che gli elettori del Comune brindisino lo abbiano votato nonostante lo scandalo boccaccesco di cui Mele fu protagonista nel 2007. E chi invece (ma siamo una minoranza di cinici e burloni) ritiene che lo abbiano scelto proprio per quello: una sorta di premio alla carriera. Era la notte fra il 27 e il 28 luglio quando il deputato di Casini, solerte firmatario di appelli in difesa della famiglia e della moralità pubblica, veniva sorpreso in una suite dell'hotel Flora di via Veneto in compagnia di un paio di fanciulle, nessuna delle quali coniugata con lui. A compromettere la segretezza del convegno subentrò il malore che costrinse una delle ospiti a trasferirsi al pronto soccorso. Nel sangue le trovarono tracce di varie sostanze, tutte abbastanza proibite, e lei accusò l'onorevole di avergliele procurate. Si instaurò un processo, che grazie ai tempi riflessivi della giustizia italiana è tuttora in corso, ma la carriera politica del presunto libertino si rattrappì. Il suo partito, notoriamente frequentato da galantuomini sordi a ogni deviazione dal solco tracciato da Santa Romana Chiesa, gli fece il vuoto intorno. A Mele non restò che ritirarsi nella natia Carovigno, di cui fu vicesindaco negli Anni Novanta, prima di essere momentaneamente arrestato per una questione di tangenti, anch'essa ancora sotto il vaglio paziente della magistratura. Ma Carovigno la saggia ha già perdonato e oggi ricomincia da Mele, così come Mele ricomincia da Carovigno. Siamo noi che non sappiamo più dove diavolo andare.

Il mondo si dimenticherà di me, le mie invenzioni non mi sopravvivranno. Così diceva Steve Jobs in un video inedito del 1994 che da ieri ronza su telefonini e computer di mezzo mondo, in buona parte ideati da lui. Jobs aveva dunque torto a sottostimarsi. Ma non sarebbe mai diventato Jobs se non avesse avuto quel tarlo: il desiderio di diventare immortale attraverso le sue opere. Prima di prenderlo per un fanatico pieno di sé, provate a rifletterci. L'immortalità è una pulsione comune a tutti gli esseri umani quando creano: un figlio, un progetto, una cosa che non c'era. Si tratta di un sentimento naturale. Innaturale, semmai, è averlo irriso o addirittura rimosso. Ho il sospetto che alla base della nostra infelicità di fondo, di questo malcontento cronico che ci fa uscire di casa ogni mattina con la maschera della rabbia e dell'impotenza dipinta sul volto, non ci siano solo le mille cose pratiche che non vanno, ma anche un vuoto interiore: la mancanza di una certa idea di noi stessi come esseri unici e irripetibili che nel loro piccolo possono cambiare un po' il mondo. Magari meno di Steve Jobs, ma ciascuno nel suo orticello, scovando e liberando il proprio talento, che quasi mai coincide con quello che ci viene indicato o imposto dagli altri. Chiamatemi illuso. Eppure se ogni persona, nella vita privata e in quella pubblica, pensasse di poter davvero lasciare un segno indelebile del suo passaggio, forse al mondo ci sarebbero meno corruzione, meno miseria, meno squallore. Le decadenze sono sempre frutto della sfiducia, di un cinismo che abdica alle ragioni più profonde del nostro esserci: qui, adesso, per fare – nonostante tutto – qualcosa.

Sabato scorso un ciclista parcheggia la sua bici da tremila euro sulla punta del molo di un porticciolo di Agrigento per andarsi a fare un giro in barca. Al ritorno dalla gita il ciclista scopre che la bicicletta è stata rubata e, senza troppe speranze, sporge denuncia all'autorità competente. Invece, nonostante siano sotto organico e oberate da ogni genere di reati, le forze dell'ordine trovano il tempo di visionare insieme con il derubato le immagini dell'impianto di videosorveglianza, smascherano il ladro in men che non si dica e recuperano la superaccessoriata refurtiva. Sempre sabato scorso un ciclista parcheggia la sua bici da duecento euro intorno al palo che fronteggia un bar di Pavia per andarsi a fare un giro in centro. Al ritorno dalla passeggiata il ciclista scopre che la bicicletta è stata rubata e, senza troppe speranze, sporge denuncia all'autorità competente. Purtroppo, poiché sono sotto organico e oberate da ogni genere di reati, le forze dell'ordine non trovano il tempo di visionare le immagini dell'impianto di videosorveglianza, che dopo una settimana (domani) verranno inesorabilmente cancellate, rendendo impossibile lo smascheramento del ladro e il recupero della sottoaccessoriata refurtiva. Dagli scarni indizi sopra esposti, vi sfido a scoprire quale dei due ciclisti derubati sia il signor Angelino Alfano, ministro degli Interni, e quale la signora Tina Bianco, lettrice de *La Stampa*.

Riunito in seduta permanente dai tempi del tiramolla indiano sui marò, l'Ufficio Figuracce Internazionali (UFI) sta affrontando in queste ore il delicato caso del ratto delle kazake. Il problema, naturalmente, non è riportare indietro la moglie del dissidente che l'Italia ha consegnato, insieme con la figlia, al dittatore dello Stato poco libero del Kazakistan, trattandole come clandestine. Il problema è decidere a chi darne la colpa. Dai primi accertamenti dell'UFI – citiamo il comunicato ufficiale – « è emerso che l'esistenza e l'andamento delle procedure di espulsione non erano state comunicate né al presidente del consiglio, né al ministro dell'interno e neanche al ministro degli esteri o della giustizia ». Il comunicato non accenna al ministro dei trasporti (le due espulse hanno viaggiato in aereo) né a quello dell'agricoltura (il Kazakistan ha un'importante tradizione di pastorizia), ma anche da una lista così scarna si deduce che non un solo fondoschiena governativo è rimasto allo scoperto. Escludendo l'ex ministro all'edilizia inconsapevole Scajola e il comandante scogliocentrico Schettino, e considerando momentaneamente esaurite le parentele egizie, l'elenco dei capri espiatori di routine comincia a scarseggiare. Restano i giudici che hanno esaminato la pratica e il funzionario dell'ufficio immigrazione che ha visionato i passaporti. Ma non sottovaluterei l'addetto ai bagagli (« non poteva non sapere ») e la hostess addetta alle salviette. L'importante è che il capro salti fuori al più presto, affinché intorno al suo collo si possa stringere il cappio mediatico che metterà in salvo tutti gli altri. Lunga vita al Kazakitalistan.

Se la cronaca vi disgusta e tutto – dai pasticci di Siria ai capricci di Silvio – vi provoca una sensazione sconfortante di già visto, nel fine settimana potreste sempre chiedere asilo emotivo alla repubblica di Poesia. È una terra non troppo frequentata e questo presenta i suoi vantaggi: si trova facilmente parcheggio e gli abitanti sono riservati e accoglienti. L'occasione è particolarmente propizia perché oggi e domani la repubblica festeggia l'arrivo di un suo figlio prediletto, Séamus Heaney, che proprio ieri ha lasciato le terre d'Irlanda per tornare a casa. È stato il poeta di un popolo e di un premio Nobel, ma i cerchi immensi della sua anima hanno abbracciato orizzonti imprevedibili, trovando una connessione con la poesia lirica del nostro tempo, la musica pop. La prima canzone di *The Unforgettable Fire*, l'album degli U2 che gli altoparlanti diffonderanno nelle piazze ombreggiate di Poesia per l'intero weekend, si chiama *A Sort of Homecoming*, « Una specie di ritorno a casa ». Il titolo, bellissimo, lo dobbiamo a un altro nobile cittadino della repubblica, Paul Celan. Ma la trama e l'umore del testo sono ispirati alla poetica di Heaney. Questa canzone lo ha strappato all'altare austero delle lettere per farlo conoscere ai ragazzi di mezzo mondo. Oggi quei ragazzi sono cresciuti e lo salutano come lui vorrebbe: senza lacrime, sussurrando i primi versi quasi fossero una preghiera silenziosa: « E lo sai che è ora di andare, in mezzo al nevischio e alla neve sospinta, attraverso i campi del lutto verso una luce che c'è in lontananza ». La luce di casa.

E così vorreste condannarlo ai domiciliari. Costringerlo a trascorrere un anno sul divano della trisnonna, intrappolato fra pareti color salmone, al lume fioco di una lampada a forma di fungo atomico, tra le braccia di una giovane donna che lo soffoca con promesse di amore eterno, quando lui chiede soltanto libertà. Fanatici senza cuore, ma non vi tormenta il destino di quest'essere incolpevole che una serie inaudita di coincidenze ha trascinato negli abissi domestici documentati da tante foto? Abbiate il coraggio di guardarlo, tremate davanti al suo smarrimento, date sfogo all'imbarazzo e al rimorso che vi suscita il suo atteggiamento di resa. Dove sono l'antica fierezza, la passione per gli ambienti promiscui e la spregiudicatezza che gli consentiva di oltrepassare ogni porta socchiusa, infischiandosene di regole e divieti? Neanche un mostro merita di finire così. E lui non è un mostro. Chiunque abbia lo sguardo puro di un Bondi lo troverà bellissimo. È solo troppo orgoglioso per chiedere la grazia. E allora la chiediamo noi: libertà per il cagnolino Dudù.

Ogni tanto succede. Un liceale in vacanza, a passeggio sul lungomare di qualche cittadina ligure, incrocia lo sguardo di una coetanea. Lui è un Eugenio di Cusano Milanino, lei un'Ofelia di Rivalta Torinese. Insieme sono una storia d'amore, la prima per entrambi. Ma le vacanze finiscono, le famiglie e le distanze stemperano gli entusiasmi, le comunicazioni rigorosamente cartacee (siamo negli Anni 50), che celano i messaggi di passione sotto i francobolli, col tempo si diradano. Eugenio e Ofelia si perdono, trovano i compagni delle loro vite e costruiscono famiglie resistenti. Passa mezzo secolo, anche di più, e i fidanzati dell'adolescenza sono diventati due vedovi anziani. Ofelia incontra casualmente un vecchio vicino di casa che è tuttora in contatto con Eugenio. Dopo qualche giorno, a casa di Ofelia suona il telefono: «Ciao... (la chiama con un diminutivo che solo loro conoscono e che dopo sessant'anni non hanno dimenticato). Mi vuoi sposare?» Sabato 14 settembre, nella chiesa di Gignese sul Lago Maggiore, l'ingegnere Eugenio Griziotti e la signora Ofelia Filip, presidente onoraria di un'associazione benefica dal nome profetico di Amar, si sono uniti in matrimonio. Non a tutti è concesso di ritrovare il primo amore perduto. Ma tutti hanno un sogno o un talento coltivato negli anni della giovinezza e poi messo da parte per tanti motivi. Eugenio e Ofelia sembrano volerci dire che ogni desiderio negato, purché profondo, è ancora vivo, e che lo si può realizzare finché si è vivi. Forse si comincia a morire proprio quando si smette di credere che quel che solo ogni tanto succede potrebbe succedere sempre.

E così alla fine Enrico Letta non avrà scritto in fronte Jo Condor, ma Joe Vanardi. Nelle prossime righe tesserò l'elogio di Giovanardi Carlo, parlamentare cattolico di resistibile simpatia e marmorea duttilità che sui diritti civili si colloca storicamente a destra di Papa Borgia. Messosi alla guida di un drappello di dissidenti, Joe rischia seriamente di salvare il governo e magari l'Italia. L'uomo si conferma coerente: è sempre stato favorevole all'accanimento terapeutico. E in fondo quel Berlusconi così futile e immorale non gli era mai piaciuto. Lo ha sopportato per vent'anni – come il male minore rispetto a invertiti e sinistrati – dirottando la sua ferocia conservatrice verso altri sfoghi. Le coppie gay, perché nei Paesi dove possono adottare è esplosa la compravendita dei bambini. Aldrovandi, il ragazzo morto in carcere, perché la macchia di sangue che si vede nella foto non è sangue ma un cuscino rosso. L'Olanda, perché usa le leggi sull'eutanasia per ammazzare i bambini malati. E ancora le coppie gay – un suo classico, come « Champagne » per Peppino Di Capri –, perché vederle quando si baciano è come guardare qualcuno che fa pipì in un luogo pubblico. Ora il vecchio Joe ha finalmente trovato il tempo per dedicarsi al bersaglio grosso: il badante di Dudù. Qualcuno sarà stupito dal suo colpo di reni. Qualcun altro (Sallusti?) gli darà del traditore e gli rinfaccerà un garage abusivo a Modena nord. Ma si sbagliano. Joe Vanardi è incapace di ribellioni e tradimenti, operazioni che richiedono giravolte incompatibili con la sua struttura mentale. Lui è stato programmato per andare diritto e non sarà tanto facile fargli cambiargli scheda.

Questa storia di Renzi che vuole fare fuori Letta per prenderne il posto è destituita di ogni fondamento. Il sospetto, suggerito dal caso Cancellieri, che su qualsiasi vicenda l'imminente segretario del Pd prenda sempre la posizione più urticante per il governo del Pd è quanto di più lontano ci possa essere dalla realtà. L'idea poi che Renzi, appiattendosi su Letta, abbia il timore di perdere le prossime elezioni europee e di finire rottamato in sei mesi, e perciò punti a prendere il posto di Letta il più presto possibile, rientra nel novero delle ricostruzioni giornalistiche fantasiose. Il sindaco di Firenze, una volta conquistato il partito, sosterrà con forza il governo. Non vede l'ora. A condizione che Letta realizzi i pochi, semplici punti del programma che il nuovo Pd di Renzi gli indicherà: abolizione del Senato, delle Province, della disoccupazione giovanile e della fame nel mondo; riduzione del numero dei parlamentari e delle apparizioni in video della Camusso, abbattimento delle pensioni d'oro e indoramento delle pensioni abbattute dai precedenti governi, taglio delle tasse e accorciamento dei baffi e della spocchia di D'Alema, assunzione di un milione di dipendenti pubblici senza raccomandazioni e nel pieno rispetto dei parametri europei, superamento dell'effetto serra e degli ingorghi nei centri storici, assegnazione dello scudetto alla Fiorentina, ritrovamento della pietra filosofale. Naturalmente il segretario Renzi non sarà così ingeneroso da pretendere che queste piccole riforme vengano realizzate tutte di colpo, pena la caduta del governo. Concederà a Letta ben 48 ore di tempo.

Alla notizia della morte di Nelson Mandela, milioni di persone hanno inviato un pensiero riconoscente al leader della lotta al razzismo. Qualcuno già da tempo aveva disincarnato l'uomo per trasformarlo in un santino buono per tutte le cause, un'icona del politicamente corretto. Ma nell'insieme, per una volta, ci si è ritrovati in tanti a coltivare emozioni positive e unificanti intorno a una bella figura e a una bella idea. Per mezzo minuto nessuno ha pensato esclusivamente ai fatti propri. Nessuno tranne uno. Lui. Nel dettare alle agenzie di stampa il coccodrillo sull'esimio scomparso, ha mescolato narcisismo e capacità mimetica per calarsi con voluttà nei panni di Silvion Mandeloni. Riga dopo riga, dietro l'uomo che ha sconfitto l'apartheid ne affiorava un altro di nostra conoscenza, « un eroe della libertà capace di non arrendersi mai, anche quando le forze del male sembravano imbattibili ». E anziché i razzisti sudafricani, venivano alla mente i magistrati norditaliani e i presidenti napolitani. Il finale era all'insegna dell'immedesimazione totale: « Mi auguro che molti, tra coloro che in queste ore ne tessono le lodi, imparino a praticare la riconciliazione nella verità e nel rispetto reciproco ». Praticamente ha brandito il ritratto dello zio d'oltremare, imprigionato per reati di opinione, pur di chiedere alla sinistra nostrana la grazia per un evasore fiscale. Mandela ci mancherà. Ma, a suo modo, anche il nipote.

2014

Chiedo scusa per la futilità dell'argomento, ma i traffici sentimentali del presidente Hollande (pronuncia: Olaond, con bocca storpiata in una smorfia parigina di fastidio) suscitano in noi, maschi banali e insensibili alle grandi questioni geopolitiche, una vibrante e insopprimibile curiosità: come fa? Come fa, dico, un ometto dal viso di meringa occhialuta a saziare e straziare legioni di cuori femminili? E non si sta parlando di suffragette libro-repellenti, incantabili da una collana di lapislazzuli o dal miraggio di una scodinzolata in tv. Le donne che quel signore senza carisma – ogni volta che apre bocca sembra il vicepresidente di se stesso – è riuscito a sedurre vantano fascino e personalità da vendere, oltre che una dose ubriacante di puzza sotto il naso. Eppure la statista raffinata e la giornalista unghiuta hanno baccagliato come tigri al momento della sua incoronazione, una di loro è in ospedale a curare lo smacco del tradimento, mentre la favorita del momento – un'attrice, ma naturalmente un'attrice impegnata – si è battuta per lui in campagna elettorale. E questo per limitarsi alla lista di dominio pubblico. Come fa? Le ipnotizza con il suo irresistibile sguardo da sogliola alla mugnaia? O le conquista con uno di quei comizi che hanno fatto russare davanti alla televisione milioni di francesi? Al confronto Sarkozy è Johnny Depp. A proposito, non è che anche madama Bruni ha incontrato Hollande davanti a una tisana e... No, impossibile, e comunque non lo voglio sapere.

Ma è mai possibile, si lamentano da alcuni giorni i miei cari, che il dottor Mastrapasqua riesca a fare il presidente dell'Inps, il vicepresidente esecutivo di Equitalia, Equitalia nord, Equitalia centro ed Equitalia sud, il direttore dell'ospedale israelitico e della casa di riposo ebraica, il dirigente di Italia Previdente, Eur spa, Eur Tel, Eur congressi Roma, Coni servizi spa, Autostrade per l'Italia, Fandango, Telecom Italia Media, il consigliere d'amministrazione di Quadrifoglio, Telenergia, Loquendo, Aquadrome, il presidente onorario di Mediterranean Nautilus Italy, Adr Engineering, Consel, Groma, Emsa Servizi, Telecontact Center, dell'immobiliare Idea Fimit Sgr e di chissà cos'altro ancora – insomma, che in un'epoca di disoccupazione diffusa il dottor Mastrapasqua sia in grado di gestire da solo venticinque incarichi, venticinque uffici, venticinque ficus da bagnare almeno venticinque volte l'anno, venticinque posti macchina e forse venticinque macchine, ma di sicuro venticinque chiavi d'ingresso e quindi un portachiavi immenso, un bigliettone da visita a venticinque strati e decine di riunioni, cene di rappresentanza, ricevute gonfiabili, conflitti di interesse, incontri e telefonate per litigare, mettersi d'accordo e combinare affari con le altre ventiquattro parti di se stesso – mentre tu ogni volta che in casa c'è qualche lavoretto da fare dici sempre che non hai tempo e che sei stanco morto?

Il direttore della metropolitana di Londra ha spedito una mail personalizzata a tutti gli abbonati per ringraziarli della pazienza con cui hanno sopportato lo sciopero dei giorni scorsi e informarli delle prossime agitazioni decise dai sindacati, fornendo una lista dettagliata degli orari di chiusura, dello stato delle trattative e delle linee che verranno comunque garantite. Quanta ipocrisia, in queste memorie dal sottosuolo. E quale mancanza di tatto. Seminare il panico tra decine di migliaia di persone con l'annuncio di disagi futuri che impediranno loro di godersi il fine settimana in relax. Ben altrimenti vanno le cose nei Paesi di più antica tradizione e cultura. A Torino, Milano e Roma nessun manager di autobus o metropolitana si sognerebbe mai di togliere all'utente l'ebbrezza della sorpresa. Stamattina i mezzi pubblici funzioneranno? Andranno a singhiozzo con pause riflessive di un'ora tra una corsa e l'altra? Salteranno le fermate dispari, costringendoci a camminare per un quarto d'ora sotto la pioggia? Sono questi i dilemmi che danno un senso alle nostre giornate. I manager italici lo sanno e, resistendo alla naturale pulsione del loro animo gentile che li spingerebbe a portare parole di conforto casa per casa, si trincerano dietro un apparente menefreghismo per lasciare ai cittadini il piacere di condurre un'esistenza improvvisata e spontanea. Senza quelle certezze educatamente british che la renderebbero così prevedibile, lineare, noiosa. In una parola: civile.

Oggi la direzione del Pd dovrà decidere se sfiduciare il suo premier o il suo segretario. Non è che l'ultima di una serie di scelte impossibili e tendenzialmente suicide a cui i democratici vengono sottoposti fin dalla più tenera età. Quando un cretino chiede a un bambino se vuole più bene alla mamma o al papà, e lui anziché fargli la pipì addosso lo guarda con gli occhi di Franceschini, ecco, siamo in presenza di un bambino democratico. Da lì in avanti la sua vita sarà un tormento continuo. Alle elezioni locali: andare a votare il candidato di un altro partito polemicamente alleato e potenzialmente infido oppure restare a casa per decenza, ma con il ricatto morale che così si fa il gioco di Berlusconi. Alle primarie: puntare su Bersani per accorgersi soltanto dopo che il cavallo vincente era Renzi. Allora puntare su Renzi per andare finalmente al governo, sottovalutando che nel frattempo al governo c'era già arrivato Letta. Al Quirinale: farsi piacere Marini perché gradito ai berluschi o Rodotà perché gradito ai grillini, finendo con l'impallinare Prodi e riprendersi Napolitano. Un bivio esistenziale dopo l'altro, i seguaci del Pd sono ormai prossimi all'esaurimento nervoso. Ne conosco uno che, quando a tavola gli chiedono se preferisca la pasta in bianco oppure al sugo, solleva la forchetta in segno di resa e si mette a piangere. Alla vigilia dell'ennesima decisione suprema, vorrei inviare ai dirigenti democratici un messaggio di serenità. Non vale la pena che si preoccupino. Tanto, qualunque scelta faranno, risulterà poi essere quella sbagliata.

Un calciatore del Cagliari, Daniele Dessena, è stato pesantemente insultato sul web da alcuni tifosi della sua squadra per avere indossato dei lacci color arcobaleno a sostegno della campagna contro l'omofobia. Una vicenda che ha subito propiziato nuovi sermoni contro l'arretratezza del maschio italiota. Sono andato a leggere i commenti incriminati: saranno stati una ventina. I tifosi del Cagliari sono almeno cinquecentomila. Se quella manciata di omofobi avesse scritto i propri pensieri sulla parete di un orinatoio, la questione sarebbe rimasta circoscritta ai frequentatori del luogo. Ma poiché i beceri hanno usato la Rete, la loro bravata è diventata una notizia. Senza che nessuno si fermasse a riflettere che sul web non interviene un campione significativo dell'opinione pubblica, ma solo chi è fortemente motivato a esprimersi sull'argomento in questione, perché ne è toccato in prima persona. E chi mai sarà toccato in prima persona dalle campagne contro l'omofobia, se non gli omofobi? La sudditanza culturale dei giornalisti (e dei politici) verso la Rete sta cominciando ad assumere le forme di una malattia. Si vive appesi agli umori di minoranze infinitesimali, dilatandoli arbitrariamente a giudizi universali. Si scambia il salotto esclusivo di Twitter per una piazza collettiva, quando la stragrande maggioranza degli italiani di Twitter ignora persino l'esistenza. Come tutte le novità, il fenomeno è stato sopravvalutato proprio da chi dovrebbe avere gli strumenti intellettuali per filtrarlo. E adesso scusate, ma devo correre sui social network a leggere i commenti.

Il cinquantesimo anniversario di *The Sound of Silence*, composta al buio da Paul Simon nel bagno di casa, stimolerà in molti il flusso benevolo dei ricordi. Per me è stata la colonna sonora di un'indimenticabile educazione e illusione sentimentale. Quella canzone accompagnava i minuti finali del film *Il laureato*. Dustin Hoffman aveva rapito in chiesa la figlia di Mrs. Robinson, che per inciso si era appena sposata con un altro, e l'aveva trascinata su un autobus. Ma adesso, seduti in ultima fila, quei due non si scambiavano baci e impressioni sull'impresa compiuta. Non si guardavano neppure, limitandosi a esplodere in incerti sorrisi, mentre l'impasto delle voci di Simon e Garfunkel dava corpo al « suono del silenzio ». Era evidente che Dustin e la sua amata avevano raggiunto un livello tale di intimità che per comunicare tra loro non avevano più bisogno delle parole. Erano arrivati all'essenza. Ho inseguito quell'essenza per tutta la vita. Finché un giorno mi imbattei per caso in un'intervista al regista del film, Mike Nichols. Il disgraziato dichiarava, in pieno accordo con Simon (ignoro la posizione di Garfunkel), che il suono del silenzio andava inteso come un inno alla incomunicabilità e all'insoddisfazione umana. Altro che essenza. Dustin e la ragazza non si parlavano perché, cessata l'adrenalina dell'azione, non avevano già più niente da dirsi. *Il laureato 2* non era mai stato girato, ma in ogni caso avrebbe raccontato la storia di un divorzio. Non mi sono mai ripreso del tutto. Ma almeno una cosa l'ho imparata: a tenermi lontano dalle interviste ai registi e ai cantanti delle mie opere preferite.

Le matrone tedesche hanno un debole per gli italiani impuniti. Secoli di storia e chilometri di lungomare romagnolo sono lì a testimoniarlo. Angela aveva scartato tutti gli altri pretendenti. Quel Silvio greve, liscio come un tapis roulant e troppo anziano. Il professor Mario: algido, secchione, più noioso di un tedesco. E il composto Enrico, un bravo ragazzo, come lo definì lei con un'espressione che sulle labbra di una donna non è mai sintomo di passione. Ma alla fine è arrivato Matt, il principe azzurro e simpaticamente un po' buzzurro, con l'energia della giovinezza e il cappotto abbottonato zoppo che stimola tenerezze materne. Ad Angela sono crollate le difese. Si è tolta lo spread dagli occhi e lo ha guardato come la figlia di un pastore tedesco può guardare una giovane marmotta italiana. Ha congiunto in una mossa leziosa le mani ad artiglio che solitamente maneggiano forbici e ha sorriso a Matt, che dardeggiava sguardi tra l'impacciato e l'inceneritore. Lì per lì Angela ha pensato di alzarci il differenziale deficit-Pil dal 3 al 30 per cento, ma è stato solo un attimo. Poi la sua moralità protestante ha prevalso. Fino a quando?

Ogni anno, ai primi di marzo, Klepetan lascia il Sudafrica e intraprende un viaggio di tredicimila chilometri per incontrare Malena. La storia va avanti da dodici anni, da quando i due amanti vivevano insieme nel villaggio croato di Brodski Varos. Un cecchino sparò a Malena e la colpì in una zona vitale, costringendola per sempre su una poltrona. Klepetan avrebbe voluto restare con lei, ma la vita lo reclamava in Sudafrica e lui non aveva i mezzi per portarla con sé. Così la condusse dall'unica persona di cui si fidava, un bidello in pensione di nome Stiejepan Vokic, che da allora ospita Malena nella sua piccola mansarda. Klepetan però non è scappato dall'amore e tantomeno lo ha dimenticato. Ogni anno, da dodici anni, con il sopraggiungere della primavera si prende una vacanza. E pur non avendo altro sostegno materiale che il desiderio, attraversa l'Africa e l'Adriatico con le proprie forze, fino a raggiungere il villaggio croato e bussare alla porta della mansarda. Malena è lì che lo aspetta sulla poltrona, impaziente. Ogni anno, da dodici anni. I due si sfiorano e, mentre il bidello si allontana con una scusa qualsiasi, con grande naturalezza fanno l'amore. Esauriti i giorni dell'estasi, Klepetan ritorna in Sudafrica, dando appuntamento a Malena per l'anno successivo. Non ha mai tradito la promessa, pur essendo un maschio. E lei non gli ha mai fatto scenate, pur essendo una femmina. Si amano, senza complessi né rimpianti. Hanno trovato un senso alla parola eternità. Può darsi che li favorisca il fatto di non essere umani, ma cicogne.

Marine Le Pen ha ragione: il conflitto sociale non è più tra destra e sinistra, ma tra élite e popolo. In ossequio al nuovo bipolarismo, il Buongiorno si sdoppia.

Buongiorno Élite. Dopo due figli e undici anni di matrimonio la famosa attrice Gwyneth Paltrow e il non meno famoso cantante Chris Martin, leader dei Coldplay, hanno annunciato su Internet il loro divorzio. Sotto il titolo «Separazione consapevole» e una foto che li ritrae nostalgicamente sereni, i due divi raccontano gli sforzi compiuti nell'ultimo anno per salvare il salvabile, il dolore del distacco, ma anche la certezza che, sia pure da lontano, il loro amore continuerà per sempre. Che classe. Che maturità. Che lezione di civiltà dal volubile pianeta dello star system.

Buongiorno Popolo. Due miliardari che sono riusciti a sfondare nello spettacolo grazie agli appoggi familiari hanno annunciato il loro divorzio. Chi se ne frega. Siamo stufi di imbottirci il cervello con queste vacuità patinate, mentre i banchieri affamano i lavoratori e la classe politica è ancora a piede libero. Se abbiamo deciso di occuparcene è perché gli ex piccioncini hanno usato la separazione per farsi pubblicità, vendendosi come coppia perfetta persino nel divorziare: nessun piatto rotto, ma foto romantiche e promesse di amore eterno. Ci prendono per scemi? Facile darti arie da persona matura quando il tuo conto in banca è obeso come quello di un manager. Se uno dei due avesse dovuto sganciare all'altro la metà del proprio stipendio riducendosi in miseria, come accade nel mondo reale, le parole sarebbero state molto diverse. E la foto, potete scommetterci, l'avrebbero scattata su un ring.

Quale preferite?

La spettacolare omelia in cui Papa Francesco ha maltrattato le centinaia di politici seduti davanti a lui, bollando come corrotte le loro anime, ha fatto sorgere in molti di noi un dubbio esistenziale. Come è possibile che i destinatari di un simile schioccar di fruste, anziché rotolarsi nel fango o almeno scappare a gambe levate, siano rimasti rigidi nei loro completini e sorrisini d'ordinanza, dichiarandosi addirittura stupiti che Bergoglio abbia lasciato la cappella senza salutarli? Azzardo delle ipotesi.

a) I politici italiani sono masochisti. Se li insulti, godono. Più alto è lo scranno da cui arriva il maltrattamento, più sottile sarà la qualità del loro piacere. Quando Napolitano accettò la rielezione a presidente riempiendoli di contumelie gli risposero con un'ovazione. Le parole spietate del Papa li avranno condotti direttamente all'estasi.

b) I politici italiani sono bronzei. Nemmeno un Papa che di fatto li paragona agli assassini di Gesù riesce a scalfire il giubbotto antiproiettile della loro autostima. Esistono anche altri modi per definire l'attitudine a lasciarsi rimbalzare addosso qualsiasi accusa senza mai perdere la calma né soprattutto l'appetito, ma sono tutti troppo volgari.

c) I politici italiani sono ipocriti. Come chiamare altrimenti chi condivide le critiche rivolte alla propria categoria fino a spellarsi le mani, ma è convinto che riguardino tutti tranne lui? Ricordano la vecchia storiella della coppia di amici che vaga da giorni nel deserto, finché uno dei due sbotta: « Sei un cretino! » E l'altro: « Dici a me? »

Il trattore truccato da carro armato. E poi, chissà, i forconi truccati da fucili e le mucche da portaerei. Il rischio, con i secessionisti veneti, non è di farne dei martiri, ma di consegnare problemi reali e giganteschi a una parata di macchiette. La lista dei nostri guai è stranota. Altrettanto nota, ma forse meno meditata, è la lista di coloro che intendono risolverli con ricette strampalate e atteggiamenti grotteschi. Uno legge le biografie e le parole dei « terroristi » e pensa: dopo avere assaggiato e sputato la politica a fumetti della Lega, davvero il ceto medio impoverito e arrabbiato del Nordest immagina di affidare la propria riscossa a persone che al massimo avrebbero potuto fare le comparse in un film del colonnello Rambaldo Buttiglione? E i tantissimi giovani laureati e disoccupati che comprensibilmente votano per i Cinquestelle non meriterebbero un movimento politico più trasparente e un portavoce meno approssimativo di Beppe Grillo? E il senso di legalità e giustizia sociale che anima il popolo della sinistra può identificarsi in una conventicola di intellettuali che da decenni dice di no a qualsiasi tentativo di cambiare questo sistema sclerotico e oggi si stringe come una vecchia cintura di castità intorno al povero Tsipras?

Chi sperava che il dilettantismo folcloristico di Berlusconi fosse stata una parentesi deve ricredersi: in Italia la politica continua a essere considerata una cosa talmente poco seria che persino i tentativi di golpe si delegano ai pagliacci.

Vent'anni fa, proprio in queste ore, Kurt Cobain finiva di scrivere la lettera che fu poi ritrovata tra i fiori, accanto al cadavere. Per chi non lo sapesse, Kurt Cobain è stato un musicista, forse l'ultimo per il quale si possa spendere la definizione abusata di genio. Ha inventato suoni che prima non esistevano. E qualunque anima raminga si imbatta nella sua chitarra o nella sua voce graffiata si troverà a pensare: eccomi a casa. Aveva ventisette anni, quando scrisse la lettera. Ventisette anni, una moglie e una figlia amatissime, eppure indirizzò la missiva a Boddah, l'amico immaginario che aveva riempito la sua infanzia solitaria di figlio di divorziati. Nel messaggio di congedo gli rivelò di non riuscire più a provare nessuna emozione. E di amare troppo il genere umano, tanto da sentirsi «fottutamente triste». Succede agli spiriti esageratamente sensibili che raggiungono vibrazioni d'amore così alte da risultare insostenibili.

Di questa lettera si cita sempre la penultima frase. Là dove Cobain, riprendendo il verso di una canzone di Neil Young, sostiene che è meglio bruciare in fretta che spegnersi lentamente. In realtà a spegnersi più o meno lentamente è solo il corpo (il suo era tormentato da un'ulcera). L'anima non si spegne né brucia. Ma mi guardo bene dall'entrare in polemica con un genio. Preferisco ricordarlo con le sue ultime e sottaciute parole: *peace, love, Empathy* – pace, amore, Empatia – l'ultima delle quali sottolineata e in maiuscolo. Vent'anni dopo non ne ho ancora trovate di migliori.

INDICE

MASSIMO GRAMELLINI

FAI BEI SOGNI

Il romanzo che ha incantato oltre un milione di lettori

Fai bei sogni è la storia di un bambino, e poi di un adulto, che imparerà ad affrontare il dolore più grande, la perdita della mamma, e il mostro più insidioso: il timore di vivere. *Fai bei sogni* è dedicato a quelli che nella vita hanno perso qualcosa. Un amore, un lavoro, un tesoro. E rifiutandosi di accettare la realtà, finiscono per smarrire se stessi. Come il protagonista di questo romanzo. *Fai bei sogni* è soprattutto un libro sulla verità e sulla paura di conoscerla. Massimo Gramellini ha raccolto gli slanci e le ferite di una vita priva del suo appiglio più solido. Il sofferto traguardo sarà la conquista dell'amore e di un'esistenza piena e autentica, che consentirà finalmente al protagonista di tenere i piedi per terra senza smettere di alzare gli occhi al cielo.

LONGANESI